Das Buch

Die Geschwister Malika und Wilfried leben allein mit einer Haushälterin in einer großen Wohnung in Paris. Die Mutter ist tot, der Vater Geschäftsmann und viel auf Reisen. Malika und Wilfried gehen zur Schule. Ansonsten bleiben sie sich selbst überlassen. In dieser scheinbaren Freiheit, die zugleich eine große Verlassenheit ist, und in der Abwehr einer gleichgültigen und lieblosen Erwachsenenwelt schließen sie sich immer enger zusammen. Abwechselnd erzählen sie von ihren Erlebnissen, Gefühlen und Träumen in einer Sprache, die intensiv und spontan ist. Valérie Valères Roman spiegelt die Kindheitserfahrungen, die Kindheitsträume dieser sehr jungen und sehr begabten Autorin.

Die Autorin

Valérie Valère wurde 1960 in Paris geboren. Mit dreizehn Jahren verbrachte sie wegen Magersucht vier Monate in einer psychiatrischen Anstalt. Mit fünfzehn Jahren schrieb sie ein Buch darüber (›Das Haus der verrückten Kinder‹). Als sie siebzehn war, erschien ›Malika‹, ihr erster Roman. Valérie Valère starb mit vierundzwanzig Jahren am 18. Dezember 1984.

1

Ich versuche dem zuzuhören, was dieser alte Pauker mit seinen Hängeschultern und seinem Hängeschnurrbart erzählt, ich sage mir: »Konzentriere dich jetzt, mein Lieber, du weißt genau, daß das nächste Woche abgefragt wird«, aber wissen Sie, manchmal ist es gar nicht so einfach, ernsthaft zuzuhören, wenn von chemischen Formeln die Rede ist, und erst recht nicht, wenn einem ständig ein einziges Wort durch den Kopf schwirrt, das einen inmitten dieser Totenstille dazu bringen will, laut herauszulachen: »Lächerlich, l, ä, c, h, e, r, l, i, c, h«.

Echt, ich habe wirklich Lust zu lachen, vor allem, wenn ich den Kopf hebe und alle diese fleißigen Schüler über ihre Hefte gebeugt sehe, als hinge ihr Leben davon ab. Ich weiß wohl, daß in Wirklichkeit nur ihr zukünftiges Traum-Mofa davon abhängt. Na ja, für sie läuft das auf das gleiche hinaus, die machen da keinen Unterschied.

Ich schreibe die Formel der Schwefelsäure auf, damit die Argusaugen dieses alten Paukers nicht den einzigen Schüler ausmachen, der nicht arbeitet. Letztlich hätte ich mich wohl besser in die erste Reihe gesetzt, weil er immer nach hinten sieht, wo man meint, sich besser verstecken zu können. Aber er macht das sehr unauffällig, offenbar hat er mit der Zeit Übung gewonnen, unauffällig und scharf blickt er auf die Verdächtigen und spult gleichzeitig seine chemischen Formeln herunter, als wären sie ein Zauberrezept, durch das man in das Reich der »Weisheit« gelangen könnte.

Und gleichzeitig habe ich Lust zu lachen, Sie können sich gar nicht vorstellen, wie sehr, der Bauch tut mir richtig weh von diesem Lachen, das nicht herauskann, ich bin total »frustriert«, richtig »frustriert«. Aber ich sage mir, wenn es geläutet hat, bin ich dran, aber dann! Nur habe ich in fünfundzwanzig Minuten und fünfunddreißig Sekunden (ich habe nämlich eine Uhr, die läuft auf die Sekunde genau) überhaupt keinen Grund mehr zum Lachen, weil dieser dämliche Lehrer nämlich aufrechten Hauptes durch die kleine Tür hinter seinem Tisch verschwinden wird ...

Ich drehe die Seite um, diesmal schreibe ich alles auf, was er sagt, ich muß doch nicht unbedingt die Arbeit verhauen, nur weil er in seinem großen weißen Kittel mit den Flecken so lächerlich ist ... Und plötzlich, ich sehe ganz richtig, da steht mitten auf dem Blatt in dicken Großbuchstaben und ganz deutlich, da steht wirklich »MALIKA«, wieder ein Streich meiner kleinen Schwester. Schrecklich, sie will immer, daß ich an sie denke! Selbst wenn ich morgens aufstehe, finde ich kleine Ecken Zeichenpapier, auf denen »Malika« steht, überall finde ich sie, selbst in meinen Schulbüchern, stellen Sie sich das mal vor, das sieht doch so ernsthaft aus, die Lehrer glauben ja, das sei meine kleine Freundin und ich vertriebe mir die Zeit damit, sie durch ihren Namen zu beschwören, solange sie ihren Stoff über Rußland von 1768 bis 1914 hersagen, also ... ich stehe dann ganz verdattert vor ihnen, mit ihrem fiesen Blick, der heißen soll, daß sie über alles Bescheid wissen, dabei wissen sie in Wirklichkeit rein gar nichts. Aber dieser in dicken und deutlichen Großbuchstaben geschriebene Name freut mich tatsächlich irgendwie ... Ich sehe das kleine Gesicht und die großen grünen Augen, die mich lächelnd ansehen, und dann auch die langen blonden Haare, die bis zur Taille reichen ... Ich sage mir, daß Malika jetzt wohl hinten in ihrer Klasse in aller Stille am Zeichnen ist, während die anderen Mädchen über ihrer Rechenaufgabe schwitzen. Sie muß sicher lachen, wenn sie daran denkt, daß ich ihren Namen im Chemieheft finde ...

Ich weiß nicht, wie sie immer zu ihren einwandfreien Noten kommt, es würde mich aber sehr wundern, wenn sie ihre Lehrerin bezirzen würde, nachdem das eine puterrote alte Dame ist, die nichts von der Schönheit kleiner Mädchen versteht. Ich glaube eher, daß sie einen kleinen Streber verführt hat. Sie ist nämlich so hübsch, daß man ihr kaum widerstehen kann, ehrlich. Wenn sie Sie mit ihren fast marineblauen Augen darum bittet, sie auf einen Eiskaffee in den Drugstore mitzunehmen, dann, das können Sie mir glauben, dann muß man wirklich ein alter Griesgram sein, um es ihr abschlagen zu können. Und wenn Sie ja sagen, auch wenn Sie jedesmal ja sagen, dann springt sie Ihnen um den Hals und nimmt Sie in den Arm, und ich schwöre Ihnen, es kann Sie nicht kalt lassen, daß sie Ihnen diesen Beweis ihrer Zuneigung gibt und Sie ihre weichen Haare auf Ihren Armen und ihren kleinen schmächtigen Körper fühlen, der sich an Sie schmiegt. Mich macht das buchstäblich verrückt. Vor lauter Freude, glaube ich. Und dann ihr Eiskaffee, wenn Sie sehen könnten, wie sie ihn ißt! Sie strengt sich an, sie benimmt sich wie eine kleine Gräfin, und ihr kleines Gesicht strahlt, als habe man ihr das Allerschönste von der Welt gegeben. Sie braucht mindestens eine halbe Stunde, bis sie fertig gegessen hat, so sehr will sie Ihnen zeigen, daß dieser Eiskaffee etwas ganz Besonderes ist! Und anschließend können Sie ihr wirklich nicht abschlagen, mit ihr ins Kino zu gehen ... Vor allem, weil sie keine Zeichentrickfilme oder ähnlichen Mist sehen will; meiner kleinen Schwester gefallen nämlich nur richtig schöne Filme. Sie ist erst zehn, aber Sie müßten sie einmal reden hören ... Sie würden sie gut fünf Jahre älter schätzen. Man kann sie gar nicht anlügen, weil sie es gleich merkt, und sie haßt es, wenn man ihr Dinge verschweigt, die sozusagen nicht ihrem Alter gemäß sind. Übrigens hat sie eigentlich kein bestimmtes Alter, sie begreift alles. Natürlich nehme ich sie mit in Filme, die erst ab dreizehn sind, und manchmal kommen wir sogar in Filme ab sechzehn, da weiß sie natürlich alles. Ich finde diese Verbote nämlich dumm, als ob es ein bestimmtes Alter gäbe, in dem man bestimmte Dinge verstehen kann, ich bin sicher, daß ihre alte Ziege von Lehrerin geschockt wäre, wenn sie einen Mann und eine Frau sähe, die zärtlich zueinander sind. Also wissen Sie ...

Wir wohnen am Boulevard Malesherbes in einem sagenhaften Haus. Es ist groß und schön, mit Steintreppen und Läufern darauf, richtig reich. Wissen Sie, es ist schön, reich zu sein, auch wenn Leute ohne Geld das blöd finden. Wir wohnen im dritten Stock, erste Tür rechts, passen Sie gut auf, unser Name steht nämlich nicht an der Tür, weil uns nie jemand besuchen kommt.

Unsere Mutter ist vor langer Zeit gestorben, unser Vater kommt hin und wieder vorbei, aber man kann nicht sagen, daß er allzu lästig ist. Er kommt aus seiner Boeing 747, um Geld in eine Schublade zu legen, dann nimmt er uns übertrieben in den Arm und sieht sich unsere Noten an, damit es so aussieht, als kümmere er sich um uns, und dann fährt er mit seinem superschnellen Intercity wieder weg, keiner weiß wohin, aber das ist auch egal. Natürlich haben wir eine Art Haushälterin, die die Küche und den Haushalt macht, aber wir sehen sie nicht oft. Sie arbeitet, solange wir in der Schule sind, und stellt die Ergebnisse ihrer mickrigen Kochkunst mit einem Zettel dabei im Kühlschrank ab: »Auf kleinem

Feuer neun Minuten und zehn Sekunden aufwärmen.« Sie wagt sich nie in unsere Zimmer, sonst könnte sie aber auch was erleben ...! Da wir sechs Zimmer in der Wohnung haben, hat sie am Anfang so getan, als wüßte sie nicht, welche davon wir uns ausgesucht haben, aber Malika und ich haben eine Woche lang alle Türen zugeschlossen ... damit sie es begreift. Sie ist nämlich ganz versessen darauf, alles aufzuräumen. Sie legen also ein wichtiges Heft mitten auf Ihren Tisch und suchen es ihretwegen die ganze Nacht, oder Sie sitzen dann eben ohne einen blassen Schimmer vor Ihrem leeren Testblatt. Na ja, ideal ist das nicht gerade. Sogar die Schallplatten räumt sie irgendwie ein, Hauptsache, sie liegen nicht herum, und so findet man Brahms dann neben den Rolling Stones. Es hilft überhaupt nichts, überall kleine Zettel hinzulegen: »Lassen Sie die Schallplatten liegen, wo sie sind.« »Rühren Sie Malikas Collagen auf dem Tisch auf keinen Fall an.« »Schlagen Sie die Bücher nicht zu, man findet sonst die Seite nicht wieder.« Es nützt alles nichts, sie bringt alles sorgsam und in bester Absicht durcheinander. Das Größte sind ihre »Mahlzeiten«. Niemals gibt es dasselbe: Mittags Spaghetti mit Tomatensoße, abends die restlichen Spaghetti mit Tomatensoße, Buletten mit Spaghetti am nächsten Tag, Spaghettiauflauf mit Tomatensoße und Gruyèrekäse ... oh, oh! Manchmal, das muß man zugeben, kocht sie Reis, aber das ist dann eine solche Pampe, daß man Spaghetti schließlich doch noch lieber mag. Eines Tages hatten wir die Nase so gestrichen voll, daß wir mit Filzstift auf die Kühltruhe schrieben: »Pommes frites, Pommes frites, Eis, Steak, alles, nur keine SPAGHETTI!« Sie war so wütend, daß sie darunterschrieb: »Ich kann nur Nudeln kochen!« Und zur Belohnung gab es an diesem Abend Maccaroni.

Noch zehn Minuten und zweiundzwanzig Sekunden! Ich habe um den Namen Malika herumgemalt, anstatt das aufzuschreiben, was Sie schon wissen. Von weitem sieht es wirklich schön aus, aber aus der Nähe ist es nicht gerade überragend. Ich zeichne nicht so gut wie Malika. Eines Tages hat sie mir mein Porträt gegeben. Natürlich war es ein wenig ungeschickt, aber trotzdem unheimlich ähnlich. Ich muß sagen, daß sie mir doch ein wenig geschmeichelt hat, ein kleines bißchen natürlich nur, nicht sehr. Es war wirklich ein schönes Bild. Sie war sehr stolz darauf, sie wußte, daß sie mir nicht irgendwas gegeben hatte. Deshalb also hatte sie mich die Tage vorher so seltsam angeschaut und mich nicht sehen lassen, was sie machte. Ich war so glücklich, daß ich ohne ein Wort zu sagen ihre Zeichnung mit ausgestrecktem Arm betrachtete. Wahrscheinlich sah ich ganz schön lächerlich aus, mit meiner pathetischen Haltung und meinem bewundernden Blick ... Aber sie lachte nicht. Wo denken Sie hin, sie ist ein kleines Mädchen, das durchblickt, sie weiß, wann man sich lustig machen kann und wann nicht. Sie sah mich aus dem Augenwinkel heraus an und fragte sich, was ich wohl sagen würde, und ich gab ihr einfach einen Kuß auf die Haare. Und nachher haben wir gelacht wie die Verrückten, ohne zu wissen warum, einfach weil es gut tat, sich den Bauch zu halten und Lärm zu machen, und weil es in diesem Augenblick keinen Platz für »Gefühle« gab.

So wie Sie ihn jetzt gerade sehen, fragt er sich, was ich wohl auf meine Blätter kritzle. Ich sehe wohl nicht gerade sehr »konzentriert« aus, kein Wunder auch ... Ich schaue ihm direkt in die Augen, damit er nicht denkt, ich hätte etwas zu verbergen. Ich habe nichts zu befürchten, er geht niemals durch die Reihen, also ... Im übrigen bin ich sicher, daß er gerade überlegt, was er in seinen zwei Stunden Freizeit unternehmen könnte. Ich weiß, daß er nach uns keine Stunde hat, weil ich ihn einmal im Café gesehen habe; er schwänzt nie, und seine Schüler wagen nicht, alle auf einmal zu fehlen. Er spult weiter mit gleichgültiger Stimme seinen Stoff herunter, als ob wir ihn abfragen und ihm eine Note geben würden. Diese Mistglocke läutet immer eine Minute und drei Sekunden zu spät, unerträglich ... Sie meinen vielleicht, nach einer Stunde könnte ich es auch noch dreiundsechzig Sekunden aushalten ... Ich fange unauffällig an, meine Sachen einzupacken, die in der Reihe vor mir haben schon ihre Bücher zugeklappt, in der ersten Reihe haben sie schon die Mäntel an ... Man weiß ja nie, vielleicht läßt er uns doch eher hinaus ... Ich träume, »ich bin für euch verantwortlich, wenn ihr euch auf der Treppe das Bein brecht, prozessieren eure Eltern gegen mich, und ich kann für den Rest meiner Tage bezahlen ...«. Ein kleiner Knacks, und sie stürzen auf die Tür zu, noch bevor diese Elendsschelle richtig läutet, ich klappe den Heftdeckel auf Malika, aber sie ist immer noch da, ich meine, ich denke immer noch an sie. Man kann sie nicht so einfach vergessen ...

Ich trödle im Gang herum, Sie können sich gar nicht vorstellen, wie sehr es mir in diesem beschissenen Gymnasium stinkt, da stehe ich und sehe mir die Streifen auf dem Fußboden an, klar versuche ich, mir zu sagen, daß wir morgen eine tolle Englischstunde haben, schon, aber bis dahin stinkt es mir nun mal tödlich. Und sagen Sie ja nicht, ich hätte Glück, weil die Sonne nicht scheint und es draußen eher trübe ist, sagen Sie das nur nicht, ich liebe Spaziergänge im Regen, also ... Hier rennen jede Menge Typen durcheinander und brüllen wie die Irren, mit ihrem Ranzen auf dem Rücken oder ihrer Schultasche in der Hand und ihrem properen Muttersöhnchen-Look. Ich versuche, sie nicht zu sehr zu bemerken, sonst ... ich glaube, sonst würde ich mich einfach mit ihnen prügeln, nur so, damit mir leichter wäre ... Aber ich bin nicht doof, sie sind alle stärker als ich ... Und dann hat ein Faustschlag ja auch noch niemanden verändert.

Jetzt gehen wir auf Steinplatten, und ich höre selbst meine Schritte nicht mehr, ich habe Turnschuhe an ... Schade, ich könnte mich abreagieren, wenn ich merken würde, daß ich Lärm mache, ich habe Lust, der Wand Fußtritte zu versetzen, aber trotzdem, sie finden mich ja jetzt schon ziemlich komisch ... Da sind sie alle, in dem verdammten Hof, sie rauchen ihre Zigarette gewollt locker und bemühen sich, nicht zu husten, wirklich toll, wie sie dastehen, mit der Schulmappe zwischen den frisch geputzten Schuhen ... Ich habe Lust zu lachen ... Aber in Wirklichkeit ist das überhaupt nicht komisch, es ist eher fürchterlich, na ja, der Himmel weint schon, da brauche ich nicht auch noch anzufangen ... Außerdem werde ich doch wegen diesen Blödmännern nicht weinen.

Ich stand also da und beobachtete sie und verfluchte sie und plötzlich ... raten Sie mal, was ich, hinter einem Pfeiler versteckt, entdecke ... Das erraten Sie sicher nicht ... Eine kleine Gestalt, die hin und wieder aus ihrem Versteck hervorkommt und nicht ganz unauffällig zu den Typen hinübersieht, die sich im Regen lümmeln ... Ein kleines, sehr schönes Mädchen mit unheimlich langen und schönen Haaren und schüchternen Bewegungen ... Sie können mir glauben, daß es mich ganz schön gefreut hat zu wissen, daß sie mich suchte, daß sie zu mir kam ... Ich war richtig glücklich, jetzt konnte mir diese Scheißschule und die Blödmänner darin den Buckel hinunterrutschen und die endlosen Stunden dazu ... Ich lief auf sie zu und kümmerte mich nicht um die Idioten, die mich ironisch anlächelten, weil die nämlich nur auf ihre kleine Freundin mit Plisseerock und Pferdeschwanz so zurennen. Ich hatte mich wirklich nicht getäuscht, es war tatsächlich Malika, die mit einem schüchternen und schuldbewußten Gesicht hinter dem verflixten Pfeiler auf mich wartete. Sie lächelte mich zaghaft an und drehte ihre Haare um die Finger, weil sie nicht wußte, was sie machen sollte. Ich freute mich wirklich, daß sie gekommen war ... Ich war buchstäblich ... Dann hatte ich plötzlich das Gefühl, daß irgendeine schwachsinnige Aufsicht auf uns zukommen und mich fragen könnte, was meine kleine, zehnjährige Schwester wohl in einem Jungengymnasium verloren habe ... Ich wollte wütend werden, aber sie schien so verlegen, daß ich es anständigerweise lassen mußte. Und wissen Sie, was ihr einfiel, mir zu sagen? »Meine Lehrerin ist krank, deshalb wollte ich dich besuchen kommen ...«

Ich war baff ... Sie hätte genausogut in ein Klassenzimmer hineingehen und zu dem Lehrer sagen können: »Ich komme meinen Bruder besuchen, weil meine Lehrerin nicht da ist ...«

»Aber Malika, du weißt doch, daß das verboten ist ...«

Wirklich, ich konnte sie nicht anschreien, weil ich mich in Wirklichkeit so sehr darüber freute, daß sie da war ... Ich hätte sie sogar am liebsten an der Hand genommen und wäre mit ihr irgendwohin gegangen, und die anderen wären uns beiden völlig egal gewesen, und wir hätten einander Blödsinn erzählt, zum Lachen, solange die anderen einem schwachsinnigen Lehrer zuhören mußten ...

Aber wie Sie sicher schon geahnt haben, kam einer von den Typen, bei denen schon der Bart sprießt, auf uns zu, einer von der schäbigen Sorte, die nichts Besseres zu tun hat, als einem Fünfzehnjährigen zu zeigen, wer hier das Sagen hat. Er stellte sich mit einem zufriedenen Gesichtsausdruck zwischen Malika und mich und fing an, Blödsinn zu erzählen, aber nicht so wie wir, sondern wirklichen Blödsinn ...

»Sag mal, weiß du nicht, daß Mädchen hier nicht rein dürfen? Was glaubst du, wenn jeder es so machen würde wie du und seine kleine Schwester oder Freundin hierher holen würde? Du verstehst mich, ich bin kein Schwein, aber das kann ich nicht dulden ... Du wirst zum Direktor gehen und das Ganze erklären ...«

Das erstaunte mich gar nicht bei diesem Mistkerl. Wenn ich hier meine Kündigung hätte einreichen können, hätte ich sie ihm wie eine Beleidigung in seine Stoppeln geschleudert und wäre mit Malika weggegangen. Aber leider sind immer die größten Idioten im Recht.

So fand ich mich also in einem großen Sessel vor einem Herrn wieder, der gemächlich seine Zigarre rauchte, ich hätte ihm gern gesagt, er solle meine Lungen nicht mit seinem Altmännerlaster verpesten, aber ...

Ich redete pausenlos, damit er nicht dazu kommen sollte. »Meine kleine Schwester hat ihre Schlüssel vergessen und konnte nicht bis abends auf dem Treppenabsatz auf mich warten, das verstehen Sie sicher. Und sie mußte auch ihre Hausaufgaben erledigen, die im Haus sind, in das sie nicht hinein kann, und weil sie sehr vernünftig ist, hat sie sich gesagt, daß es dumm wäre, einen Schlosser zu holen und die Tür aufbrechen zu lassen, sie fand es besser, hierher zu kommen und mich um meine Schlüssel zu bitten ...« Ich habe ihn reingelegt, den Alten ... Ohne mich loben zu wollen, ich habe ihn ausgetrickst! Natürlich habe ich noch ein bißchen zugegeben ...

»Sehen Sie, unsere Eltern sind verreist, also muß ich mich um sie kümmern. Sie wußte nicht, daß Mädchen nicht ins Gymnasium kommen dürfen, aber ich erkläre es ihr, und sie wird es nicht wieder tun, das verspreche ich Ihnen, sie wird es sehr gut begreifen ...« Er hat ganz gerührt ausgesehen und mich angelächelt (das hat ihn noch häßlicher gemacht, aber ich war trotzdem sehr zufrieden), und dann begann er, mit seiner ernsten und kalten Stimme zu sprechen.

»Diesmal sage ich nichts, weil es sich um einen Ausnahmefall handelt, aber nächstes Mal mußt du trotzdem aufpassen.«

Darauf habe ich ihm einfach so geantwortet:

»Sie können sicher sein, daß es kein nächstes Mal geben wird, ich werde Ihre Nachsicht nicht mißbrauchen ...«

Das hat ihm vielleicht gefallen! Es hat ihm nämlich bewiesen, daß ich kein skrupelloser Dummkopf bin. Was wollen Sie, manchmal muß man eben so idiotisch heucheln, wenn man ihren blöden Vorurteilen entgehen will.

Währenddessen beobachtete Malika stillvergnügt die Fische im Garten des Direktors, den ich ausgetrickst hatte. Sie versuchte, sie zu fangen und sagte: »Scheibenkleister! Ich hätte auch gern so einen Garten.« Ich sagte mir, wenn er bloß nicht hinter dem Fenster steht... dann habe ich ihr gesagt, daß ich mich unheimlich über ihren Besuch gefreut hatte, daß ich aber deswegen Ärger bekommen hätte und sie deshalb gehen müsse. Und daß sie nicht wiederkommen dürfe. Ich wollte vorbauen. Sie nimmt mich immer ganz genau beim Wort. Sie war erleichtert, daß ich nicht verärgert war, aber sie zeigte es nicht, sie ist schlau.

»Nimmst du mich heute abend mit ins Kino?«

»Ja, wenn du bis dahin arbeitest, dann nehme ich dich mit in einen irren Film. Und wir gehen sogar spazieren.«

»Gut, dann mache ich diese Scheißstrafarbeit. Weißt du, sie hat mir Verben im Konditional zum Abschreiben aufgegeben, weil ich im Aufsatz ihr Porträt gemalt habe und es ihr nicht gefallen hat. Sie übertreibt wohl leicht.«

»Das stimmt, sie übertreibt. Gut, bis heute abend, ich habe heute morgen noch zwei Stunden und heute nachmittag auch noch zwei. Gegen halb fünf komme ich nach Hause, okay?«

»Okay, tschüs also. Schade, daß du nicht jetzt schon gehen kannst.«

»Das stimmt.«

Beim Gehen drehte sie sich noch einmal um, um mich anzulächeln, und ehrlich, ich sagte mir, daß ich sie liebe, daß ich sie wirklich liebe, nicht so, wie die Typen sagen, sie lieben ihre kleine Schwester, sondern tausendmal mehr.

2

Ich habe am Gare Saint-Lazare den Bus genommen, weil mir der Bus mehr Spaß macht als die Metro. Es gefällt mir zu sehen, wie alte Damen außer sich geraten, wenn ich nicht für sie aufstehe. Ich sehe ihnen in die Augen und lächle sie an, wie wenn ich ihnen guten Tag sagen wollte, aber auf meinen Platz können sie lange warten, das wäre ja noch schöner! Schade, daß Wilfried in seinem Gymnasium nicht gehen durfte, wir hätten viel Spaß gehabt. Ich hatte ihm sagen wollen, er sei ganz blaß und sehe krank aus, dann wäre er mit mir nach Hause gegangen, aber das hätte nicht geklappt, und dann hatte er ja ohnehin schon Ärger meinetwegen, also ... Trotz allem wäre es schön, wenn er jetzt mit mir über den großen Zinken dieser buckligen Alten lachen könnte ... Ich hätte nur noch meine Verben im Konditional abschreiben müssen, ganz fix natürlich, und dann ... Nachher, ich weiß nicht, nachher könnte ich vielleicht zeichnen, weil diese doofe Lehrerin gar nicht zu meinen braucht, daß ich nur wegen ihrer schönen Augen ihr blödes Gedicht lerne. Soll sie mir eben eine sechs geben. Übrigens wagt sie das gar nicht.

Ich bin ein wenig in der Avenue de Wagram spazierengegangen, bevor ich zum Boulevard Malesherbes ging, weil es erst elf Uhr war und ich bis halb fünf auf Wilfried warten mußte ... Was für ein Glück aber auch, daß diese alte Schreckschraube krank ist! Hoffentlich ist es schlimm, na ja, nicht gerade schlimm, aber langwierig ... Im Gymnasium hat man es nicht so gut, da gibt es eine Menge Lehrer für die verschiedenen Fächer, und man hat nie das Glück, daß unverhofft ein ganzer Schultag ausfällt ... Ich gehe die Treppen hinauf und hoffe, daß die Haushälterin nicht da ist, richtige Schloßtreppen, wie im Märchen, mit Läufern und Pflanzen auf jeder Etage, aber ja, es gibt auch einen Aufzug, aber das verdirbt den Spaß. Ich warte vor der Tür, um zu hören, ob der Staubsauger läuft, ob im Spülbecken mit Geschirr geklappert wird. Ich höre nichts, und das beruhigt mich, aber ich zweifle doch noch ein bißchen. Wenn sie am anderen Ende der Wohnung ist, kann ich ja immer noch die Ohren spitzen ... Na gut, ich kann nicht auf dem Treppenabsatz stehen bleiben, schließlich muß ich mich irgendwann doch entschließen, hineinzugehen ... Ein Glück! Die Tür ist doppelt verschlossen, also ist niemand da. Nicht daß ich sie nicht mag, diese Haushälterin, aber ihr fällt immer etwas ein, womit sie mich beschäftigen könnte: »Tu dies, Kleines, tu das, Kleines ...« Dabei müßte eigentlich sie alles machen, dies alles, meine ich, also ... Ich lege meinen Mantel und meinen Schulranzen im Gang ab und hebe beides wieder auf, weil man schließlich nicht alles so herumliegen lassen kann. Theodor kommt zu mir gerannt, um an meinen Beinen herumzustreichen (das ist meine kleine weiße Katze). Ich nehme ihn in die Arme. Auch wenn er noch so klein ist, kann er schnurren wie eine Lokomotive, jedenfalls muß er sehr glücklich sein. Ich lasse mich in einen großen weißen Sessel voller kleiner Kugeln fallen, das Fellknäuel rollt sich in meinem Arm zusammen und schnurrt weiter so laut wie der Donner. Nicht daß ich faul bin, aber ich habe wirklich Lust, nichts zu tun ... Ich störe Theodor, der sich wie ein Herzog erhebt und sich würdevoll entfernt. Ich schalte das Radio ein, weil die Stille nicht sehr lustig ist, und dann gehe ich meine Filzstifte und meinen Zeichenblock holen. Wenn ich zeichne, langweile ich mich nie. Aber auch, wenn ich mit Wilfried spazierengehe, langweile ich mich nicht, auch nicht, wenn er nur bei mir ist und wir nichts machen ... Ich mag ihn schon am liebsten ... Obwohl ich ihn eines Tages gefragt habe, ob wir unser ganzes Leben lang so zu zweit zusammenleben und er ganz betreten ausgesehen und mir geantwortet hat, wenn wir groß seien, würden wir lieber mit jemand anderem als unserem Bruder oder unserer Schwester zusammenleben, so wie andere Kinder ihren Vater oder ihre Mutter verlassen.

»Aber willst du nicht bei mir bleiben? Gehst du auch weg?«

»Nicht gleich, aber später schon, und du auch.«

»Aber wenn ich mit dir zusammenbleiben will?«

»Vorerst bist du ja mit mir zusammen, oder etwa nicht? Aber ich bin nicht der einzige auf der Welt, später wirst du andere Leute liebhaben, das ist immer so. Man bleibt nicht sein ganzes Leben mit ein und demselben Menschen zusammen.«

Es hat mir gar nicht gefallen, daß er das gesagt hat. Natürlich weiß ich, daß Bruder und Schwester einander nicht heiraten und Liebe machen können (im Kino tun sie es, und jeder hält es für pervers), aber wenn ich doch nur ihn liebe, warum sollte ich dann mit einem anderen weggehen, na? Vielleicht möchte er gern weggehen und wagt nicht, es mir zu sagen, weil ich noch zu klein bin ... Ich will aber nicht, daß er jemand anderen lieb hat, ich will, daß er bei mir bleibt.

Nur weil die Richter sagen, man darf nicht mit seinem Bruder zusammenleben, brauche ich ja nicht unbedingt auf sie zu hören. Vielleicht sind sie auch gar nicht auf dem Laufenden. Sie juckt das ja nicht, oder? Für sie ändert das nichts ... Und außerdem weiß ich genau, daß Wilfried nur mich liebt. Sonst wäre er nicht jeden Abend mit mir zusammen, er würde mich nicht ins Kino mitnehmen, er würde nicht absichtlich einen Umweg machen, um mich abzuholen und Schallplatten oder Bücher mit mir zu kaufen. Außerdem würde er mir nicht dabei helfen, diese schwachsinnigen Rechenaufgaben zu lösen, wissen Sie, die mit den Wasserhähnen, die laufen, mit den Zügen, die halten und mit Frau X, die einen Schwimmingpool mit dem Radius x kauft und nicht weiß, wie man die Fläche ausrechnet. Und auch wenn er nicht gerade begeistert ist, hilft er mir dabei und erklärt mir alles so lange, bis ich es begriffen habe, auch wenn es lange dauert, und außerdem schreit er nicht, er wird nie wütend. Wenn er das alles für mich tut, heißt das doch, daß er mich liebt, oder nicht?

Er ist nicht wie die großen Giraffen von Erwachsenen, er hört mir zu, ohne mich für schwachsinnig zu halten. Auch wenn ich völlig verrückte Dinge sage. Als ich zum Beispiel eines Tages eine Frau aus Bronze kaufen wollte, mit einem Blumentopf auf dem Kopf, sehen Sie, da hat er einfach den Preis nachgesehen und mir geantwortet, daß wir viele Möbel verkaufen müssen, um uns diese Dame leisten zu können. Dann sind wir zu Hause welche holen gegangen, wir haben die häßlichsten genommen und sie gegen die Statue getauscht. Obwohl wir uns fast einen abgebrochen haben, als wir sie nach Hause trugen, weil sie wirklich schwer war, nicht besonders dick, aber schwer! Wilfried hat also nicht gesagt, sie sei zu teuer oder sie sei häßlich oder sie passe nicht zu den anderen Dingen, er hat nur gesagt, ich hätte auch das Recht zu entscheiden, weil wir ja zu zweit hier wohnen. Allein deshalb liebe ich ihn mein ganzes Leben lang, ehrlich, ganz im Ernst.

Jetzt gerade steht meine Dame vor mir. Wir haben ihr Blumen auf den Kopf gepflanzt, das heißt eigentlich keine richtigen Blumen, eher so eine komische Pflanze, die bis zu ihren Füßen herunterhängt. Bald wird sie in einem Urwald verschwunden sein, meine schöne Frau. Sie thront neben der Stereoanlage, ein spitze Plattenspieler, kann ich Ihnen sagen, mit Platten, Kassetten und Radio, mit allem eben ... Nur spielen sie gerade einen schwachsinnigen Schlager von Pierre Perret, bei dem sich einem die Haare sträuben ... Gerade jetzt, wo ich einen ganz irren Stern aus ›Tausend und eine Nacht‹ zeichnen wollte! Bleibt mir nur, zwei Minuten lang so zu tun, als würde ich nichts hören ... Ich nehme den lila Filzstift und freue mich darüber, daß ich nicht wie alle anderen Mädchen einen bärtigen Alten habe, dem ich abends einen Kuß geben muß ... Und wenn ich nicht gleich einschlafe, dann tue ich so, als hätte ich Alpträume, dann will Wilfried nämlich, daß ich in seinem Zimmer schlafe. Ich weine, ich sage, daß ich ein Monster gesehen habe, das sich auf mich stürzen wollte, jedenfalls erzähle ich einen Haufen Blödsinn, aber vor allem flenne ich wie eine Blage von zehn Jahren, weil ich weiß, daß Wilfried es nicht ertragen kann, daß ich weine.

Nicht daß ich im Dunkeln Angst habe, ganz und gar nicht! Aber ich bin lieber mit ihm zusammen, das ist alles. Geht es Ihnen denn nicht auch manchmal so, daß Sie lieber mit jemand zusammen sind? Na endlich! Die Stimme von Pierre Perret ist abgewürgt, ich zeichne das Haus des Maharadscha, ein unheimlich schönes Haus, mit Mosaiken und Statuen, nachher mache ich eine Frau, eine Orangen- oder Leguanverkäuferin, ich weiß ja nicht, was sie in dem Land essen. Ich muß Wilfried fragen ... Natürlich nicht wegen der Früchte, das können Sie sich ja denken, ich werde ihn fragen, ob wir eine Reise unternehmen können ... Ich habe noch Zeit, nachdem es erst Oktober ist ... Aber das würde er mir nicht abschlagen ... weil ich sicher bin, daß er genausoviel Lust dazu hat wie ich ... Natürlich weiß ich, daß Sie mir sagen werden, das sei unmöglich, wir seien noch minderjährig, aber ich habe Sie nicht nach Ihrer Meinung gefragt, ich darf doch wohl noch träumen ...

Eines Tages habe ich einen Schulkameraden mit nach Hause gebracht. Ich konnte nicht anders, weil er mir alle seine Hausaufgaben gibt und mich abschreiben läßt. Wissen Sie, so ein Papas-und-Mamas-Sonnenschein, eine fürchterliche Birne mit einer schrecklichen Brille und die Nase schon voller Pickel. Ich kann Ihnen sagen, Wilfried hat ganz schön gestaunt, klar! Er hat mich angesehen, als wollte er mich fragen, wer dieser errötende Jüngling denn sei, da habe ich ihn vorgestellt. Er war wohl eher enttäuscht, wahrscheinlich sagte er sich, ich hätte wirklich überhaupt keinen guten Geschmack, stellen Sie sich vor, mit diesem Hornochsen, der mich ständig fixierte und anfing zu zittern, sobald ich ein Wort sagte ...

Ich gab ihm schnell einen Orangensaft zu trinken, »ich muß in zehn Minuten zum Zahnarzt, es ist sehr wichtig, ich habe rasende Zahnschmerzen«. Natürlich habe ich ihn noch nach der Lösung der Rechenaufgabe gefragt, bevor er ging, und dann aber raus mit ihm!

Sicher meinen Sie, ich sei undankbar, faul und launenhaft. Sagen Sie es wenigstens, aber ich antworte Ihnen, Sie verstehen überhaupt nichts davon. Er braucht mich ja nicht abschreiben zu lassen ... Ich lasse mich nicht gern erpressen: »Du kriegst die Lösungen, aber dann ...« mit dem Hintergedanken, du lädst mich zu dir ein, ich finde dich nett ... Ich jedenfalls, wenn ich jemandem etwas gebe, dann tue ich es nicht, damit er mir auch etwas dafür gibt.

Und dann (sein Name war irgend so etwas wie Valentin, André oder Etienne), dann, ich meine, nach dem Orangensaft, der ihm wohl in der Gurgel kleben geblieben ist, so schnell habe ich ihn trinken lassen, dann hat er einfach so gesagt: »Ich bin bezaubert, mein Fräulein, diese Einladung war wirklich charmant.« Natürlich hat Wilfried laut herausgelacht, er konnte nicht mehr aufhören, das war wie ein Asthmaanfall, es war nicht seine Schuld. Ich habe diesen pickligen und ganz schön dicklichen Etienne wieder zur Tür gebracht und mich damit beeilt, denn wissen Sie, Wilfrieds Lachen, das muß man sagen, ist richtig ansteckend.

Ich hätte ihm gern erklärt, daß ich mir diesen Typ nicht ausgesucht hatte, daß ich nur eine Woche lang meine Ruhe und seine Lösungen wollte, aber er hätte nichts gehört. Er senkte den Kopf, und ich sah nur noch sein blondes Haar mit den vielen dunklen Strähnen, und als er mich ansah, wirklich, da fragte ich mich, warum ich diesen Typ eigentlich eingeladen hatte, denn abgesehen vom Kopfrechnen ... Ganz bestimmt, denn Wilfried ist unheimlich schön, ehrlich, ich habe noch nie jemand gesehen, der so hübsch ist. Nein, auch nicht im Kino. Natürlich sind die in den Filmen auch nicht schlecht. Aber es ist nicht dasselbe. Man hat sie vielleicht geschminkt oder ihnen die Nase operiert, aber auch so sind sie weniger schön als Wilfried, und außerdem sind sie zu eingebildet. Und sie jedenfalls würden mich nie ins Kino oder ins Café mitnehmen, weil sie immer viele wichtige Dinge zu tun und jede Menge Frauen in jeder Beziehung haben. Dann bin ich ihnen sowieso egal.

Und dann habe ich auch angefangen zu lachen. Fast so laut wie Wilfried. Nicht ganz, aber fast. Es wurde ein richtiger Wettkampf, wer am meisten Lärm machen kann. Wir haben uns gebogen, um noch lauter brüllen zu können, und die

Lacher wurden zu Heulern. Das war unheimlich komisch, wir sahen uns an, und man durfte auf keinen Fall nur lächeln, sonst hätte man natürlich gleich verloren. Jedenfalls hätten wir nie gewußt, wer gewonnen hat, wir haben keinen Schiedsrichter, und das ist auch viel besser so. Als wir aufhörten, konnten wir nicht mehr sprechen, damit Sie sehen, daß wir nicht nur so taten. Deshalb haben wir eine Geheimsprache erfunden, nur für uns zwei, und wir haben uns kleine Zettel zugesteckt, bis wir unsere Stimme wiederfanden. Und jetzt schreiben wir uns immer noch, wenn wir nicht zu sprechen wagen ...

Ich habe das Haus des Maharadscha fertiggezeichnet. Es ist bescheuert. Ich werde ein anderes machen. Aber ein schönes diesmal! Ich zerreiße das Blatt in ganz kleine Schnipsel, damit niemand dieses grauenhafte Bild sehen kann. Ich sammle sie ein, und dann begrabe ich sie in dem kleinen Garten, den wir in einem Alkoven am Fenster angelegt haben. Ich bin sicher, daß das Papier den Pflanzen wachsen hilft. Wir haben jeder drei Stengel gepflanzt, und meine sind unheimlich schön und lang und schön grün. Ich würde gern Kartoffelschalen oder Kirschkerne einpflanzen, aber es hat nicht genug Platz, sie würden sich am Ende noch streiten. Gut, ich weiß, daß ich Sie mit meinen Geschichten nicht besonders amüsiere, ich gebe Ihnen meinen Bruder Wilfried, aber Sie müssen mir alles sagen, was er Ihnen erzählt hat, schließlich spricht er von mir, oder etwa nicht?

3

Sie können sich das Gefühl beim letzten Läuten des Tages gar nicht vorstellen. Natürlich darf man nicht daran denken, daß morgen früh um acht die erste Stunde des nächsten vertanen Tages beginnt. Man darf nur daran denken, daß es jetzt erst mal vorbei ist. Schließlich ist morgen erst in acht Stunden, und nach Mitternacht hat man noch einmal acht Stunden, also ... Gut, ich packe meine Blätter ein. Und ich stürze nicht etwa zur Tür, ich hole auch nichts herein, wenn ich eine Minute früher auf der Straße bin, denn jetzt ist es jedenfalls erst mal vorbei. Ich weiß auch nicht warum, aber ich fühle mich ganz traurig. Nicht richtig traurig, aber entmutigt und erschlagen, erschlagen, weil ich nichts richtig Schönes gemacht habe. Wissen Sie, wie wenn man zwei Stunden in der Metro eingekeilt ist und Höllenqualen aussteht, wenn man daran denkt, daß man alles mögliche tun könnte und seine Zeit verliert. Das ist eben bescheuert. Und dann ist da auch noch etwas, das mich unheimlich beunruhigt, nämlich was ich später einmal machen werde. Natürlich ist das nichts so Besonderes, aber es macht mir unheimlich Angst. Sie meinen, es kann mir nicht so stinken wie jetzt die Schule? Nein, das glaube ich auch nicht. Ich habe auch noch überhaupt keine Idee. Pianist wäre ich gern geworden, aber ich spiele grauenhaft. Vielleicht Tierarzt, aber ich habe keine Lust, zehn Jahre lang zu studieren. Forscher, aber ich weiß nicht, wie man die Präparate für dieses supergenaue Mistmikroskop vorbereitet. Vielleicht Übersetzer... Aber sehen Sie, morgen erzähle ich Ihnen, daß ich lieber Geologe werden will, weil man dann reisen kann, also hören Sie nicht zu sehr auf mich.

Die Gänge sind leer, die Glocke hat zum zweiten Mal geläutet für die, die bis um fünf Schule haben, die anderen fahren mit dem Mofa an den heimischen Herd...

Er nervt mich, dieser Stein in der Brust, ich möchte gern zufrieden sein und lustig und daran denken, daß ich mit Malika ins Kino gehen werde, aber ich kann es mir wieder und wieder sagen, es nützt überhaupt nichts, rein gar nichts. Na gut, ich werde Sie nicht mit meiner Traurigkeit anöden, das hat noch keinem jemals Spaß gemacht.

Ich nehme die Metro am Gare Saint-Lazare, ich fühle mich ganz bescheuert, ich habe nicht einmal Lust, nach Hause zu fahren, also ich habe einfach zu nichts Lust. In diesen orange und grün gestrichenen Wagen sehen sie alle aus, als gingen sie zu einer Beerdigung (ich gehe in die erste Klasse, aber das ist beschissen, weil nur alte Leute drin sind). Natürlich versuche ich manchmal, in einem Buch zu schmökern, aber ich konzentriere mich so sehr darauf, nur die Wörter zu sehen, daß ich immer meine Haltestelle verpasse. Schließlich kann ich aber auch nicht zu Fuß nach Hause gehen, das ist zu weit. Und dann plötzlich denke ich an Malika, die auf mich wartet. Wahrscheinlich malt sie gerade, sie hat wenigstens mehr Ideen als ich, sie weiß wenigstens, was sie will.

Draußen ist es ein bißchen kühl, der Himmel ist grau, und es wird regnen. Der Boulevard Malesherbes ist wirklich düster, einige Passanten gehen mit verschlossenen Gesichtern vorbei, sie senken den Kopf, als wollten sie sich jetzt schon vor dem Regen schützen, der noch gar nicht herunterkommt, es sind alte Leute, gebeugt und runzlig, sie scheinen zu träumen, aber in Wirklichkeit lassen sie wahrscheinlich traurig ihr Leben an sich vorüberziehen. Vielleicht war es schön, ihr Leben ... Oder vielleicht schrecklich ... Es wird mir ganz eigenartig, wenn ich mir vorzustellen versuche, was sie denken. Ich male mir ihren Tagesablauf aus, ich erfinde ihnen eine Beschäftigung, und das ist, als ob ich selbst alt wäre, als ob ich eine Geschichte hätte, die ich mir selbst erzähle und wieder erzähle, kritisiere und kommentiere. Denn Runzeln kommen ja schließlich nicht bloß vom Alter, nicht?

Ich komme vor dem Haus an, ich fühle mich ganz eigenartig. Ich frage mich fast, ob ich hineingehen soll, es sieht so tot aus, wenn man es einfach so ansieht ... Ich läute, damit das Tor aufgeht, die Concierge sieht mich vorbeigehen, wie immer. Die guckt vielleicht blöd aus der Wäsche, das muß wirklich mal gesagt werden ... Also wirklich, ich weiß nicht, was ich heute habe, auf der Treppe haut es mich rein, aber immerhin rückt mir das die Gedanken wieder zurecht, denn sie sind nicht gerade da, wo sie sein sollten, aber wo sollten sie sein, das ist ja gerade die Frage ...

Malika kam gelaufen, um mir zu öffnen (ich habe ihre Schritte gehört), und dann hat sie ihr übliches Späßchen gemacht, aber sehr ernsthaft:

»Monsieur, Sie wünschen?«

Und ich antworte wie üblich:

»Ich glaube, ich bin der Bruder eines gewissen kleinen Mädchens, das hier gewohnt hat. Aber ich gehe wieder, wenn sie nicht mehr hier wohnt.«

»Sie trinken doch ein Glas, bevor Sie weiter die Treppen hochsteigen?«

»Aber gern!«

Darauf läßt sie mich hinein und zeigt mir den Weg, aber ich habe genug von diesem Spiel, ich stelle wieder auf meine normale Stimme um und gehe pfeifend an ihr vorbei. Da wird sie aber wütend, wirklich wütend, ganz ernsthaft.

»Monsieur, man pfeift nicht, wenn man eingeladen ist! Sie vergessen, daß Sie hier nicht bei sich zu Hause sind.«

»Es reicht, Malika, hör auf!«

»Du willst nie spielen, du bist langweilig!«

Ich glaube, sie wäre fast auf mich losgegangen. Sie sah mich genauso an, als hätte ich sie drei Tage lang sitzenlassen, und es gefiel mir gar nicht, daß sie das tat, ehrlich, ich hatte ihr doch nichts getan. Ich hatte ihr sogar versprochen, mit ihr ins Kino zu gehen und so, also, was wollte sie eigentlich?

»Was hast du gegen mich? Habe ich dir etwas getan, was dir nicht gefallen hat? Dann sag es!«

Aber Sie können sich sicher vorstellen, daß sie nicht so leicht herumzukriegen war. Sie wandte mir hocherhobenen Kopfes buchstäblich den Rücken, ganz würdevoll, wie wenn gerade ihre Lakaien an ihr vorbeimarschiert wären, ihre Haare senkten sich noch weiter hinab und wippten auf ihren Hüften. Und weil ich ein Dummkopf bin, weil ich absolut alles mache, was »sie« will, ging ich hinter ihr her und schimpfte zwischen den Zähnen: »Du bist wirklich nicht gerade nett ...«

Sie schmollte und setzte sich in einen großen weichen Schaumstoffsessel. Sie stützte ihr Kinn auf ihre Knie und wartete. Worauf? Darauf, daß ich ihr Fragen stelle, daß ich betrübt darüber bin, daß sie einfach so zum Spaß ein Gesicht zieht?

Aber heute hatte ich wirklich keine Lust, diese Komödie zu spielen, und außerdem hatte ich es satt, ihr Spielzeug zu sein. Gewöhnlich lasse ich sie machen. Ich wußte wohl, daß es für sie nicht schön war, ich meine, nicht jeder wird immer alles machen, was sie will. Ich ja auch nicht, jedenfalls ... Was mich rasend macht, ist, daß Malika das ganz genau weiß. Sie ist nur bei mir so. Anders gesagt, in dieser ganzen Geschichte muß ich mich einmal durchsetzen.

»Hör mal, Malika, du sagst mir jetzt, was nicht stimmt, oder du sagst nichts, und ich gehe an meine Arbeit.«

Sie sah mich wütend an, die Beine immer noch unter sich verschränkt, unbeirrt, als ob sie nichts gehört hätte. Ich stand auf, um eine Platte aufzulegen, ging zurück zum anderen Sessel und holte meine Bücher heraus, um meine Chemiestunde zu wiederholen.

Sie können sich natürlich vorstellen, daß ich nicht gerade hellauf begeistert war, aber irgendwann mußte ich mich ja daranmachen ... (Schließlich mache ich keinem Mädchen schöne Augen, damit sie mich abschreiben läßt, das wäre im übrigen auch ein wenig schwierig in einem Jungengymnasium.)

Malika sieht mich aus dem Augenwinkel heraus an, sie will nicht, daß ich weiß, daß sie mich beobachtet, und sie tut so, als sähe sie nichts. Ich schreibe eifrig, ich kratze mich am Kopf, aber in Wirklichkeit achte ich nur auf die Musik und nicht auf die chemischen Formeln, die meine Gedanken vereinnahmen wollen, wie man so schön sagt.

Es ist etwas in der Luft, das mir sagt, daß sie keine Wut mehr auf mich hat. Sie ist trotzdem ganz schön irre, erst ist sie mit mir beleidigt, und dann bin ich es, der... Vergessen wir es. Sie hat die Augen niedergeschlagen, die Hände auf die Beine gelegt, das Kinn auf die Knie gestützt, sie scheint darüber nachzudenken, was sie sagen oder tun wird, und das scheint sie wirklich zu beschäftigen. Sie steht auf, natürlich ohne mich anzusehen, sie geht auf Zehenspitzen (wie rücksichtsvoll!) hinter dem Rauchglastisch vorbei, streicht mit der Hand über eine Stuhllehne, geht zu der Stereoanlage zurück, holt ein paar Zeichnungen vom Regal und versteckt sie hinter ihrem Rücken. Heimlich.

»Willst du, daß ich sie dir zeige? Ich habe nicht gearbeitet... Ich meine, nicht für die Schule... Gehen wir trotzdem ins Kino?«

Sie sehen, daß sie wirklich prima durchblickt. Sie wußte, daß ich sie hinter meinem Chemieheft beobachtete... Sie fragt mich schüchtern, ihre Augen lächeln, sie wartet. Die Zeichnungen sind sehr schön, vor allem sehr lustig. Eine alte, häßliche Frau geht vor dem Harem des Maharadscha herum, als wolle sie hineingelassen werden, sie verkauft Kirschen und komische Früchte, die sie Leguane nennt.

»Bei den Früchten wußte ich nicht so recht... Ich habe die gemalt, die ich konnte...«

»Du hättest Bananen und Ananas malen sollen, aber trotzdem, das ist gut so. Das springt ins Auge.«

»Arbeitest du wirklich?«

»Aber nicht doch! Komm, wir wollen uns hier nicht zu Tode langweilen.«

Ein strahlendes Lächeln, das das ganze Gesicht überzieht, eine solche Freude. Ich bin immer noch ein wenig bedrückt, und es gefällt mir, daß Malika nur ins Kino zu gehen braucht, und schon ist sie fröhlich, glücklich. Deshalb sage ich mir, daß es dumm wäre, das zu verderben... Also vergesse ich ein wenig meine doofe Melancholie, ich suche in meinen Wattebeinen die nötige Energie, ich stehe auf und singe (falsch), ich ordne die Platte von Leonard Cohen ein (ja nicht daran denken, daß ich niemals seine Stimme haben werde), ich hole einen Fünfzig-Franc-Schein aus der Tasche, und ich schwenke ihn schreiend (fragen Sie nicht, was, ich weiß es selbst nicht) durch die Luft. Malika schlüpft lachend in ihren marineblauen Mantel (der, unter uns gesagt, ein Vermögen gekostet hat), ordnet sorgfältig ihre kostbaren Werke auf dem Regal in der Bibliothek und schnappt sich den Geldschein, den ich noch immer in der ausgestreckten Hand halte ...

»Heute bezahle ich.«

»Prima. Ich lasse mich einladen. Was sehen wir uns an?«

»Einen Musik-Film.«

»Bist du sicher?«

»Natürlich, ich lade dich doch ein.«

»Gut, okay, du hast mich überredet.«

»Zum Glück.«

»Aber hör mal, du willst doch nicht tanzen lernen! Das ist sicher wieder so eine Idiotengeschichte, eine Frau, die einen anderen liebt als ihren Ehemann und plötzlich, zack! Ein Glücksfall, der Ehemann bricht sich das Rückgrat auf der Treppe, und sie wurden glücklich und hatten viele Kinder.«

»Na ja. Aber du kannst trotzdem nicht so tanzen.«

»Wie Fred Astaire oder Gene Kelly? Na gut, so kann ich wenigstens meinen Ami-Akzent verbessern.«

»Siehst du.«

»Das ist ein mildernder Umstand. Gut, bleiben wir nicht drei Stunden im Korridor stehen.«

Ich ziehe meinen Blouson über, ein spitze Lederblouson, nun ja, ich muß ja meine langen Beine zeigen. Ohne mir schmeicheln zu wollen, alle Frauen auf der Straße drehen sich nach meinen Haxen um, und das, das kann ich Ihnen sagen, das sagt viel. So viel wie meine Beine lang sind. Während ich die Tür abschließe, purzelt Malika die Treppe hinunter (ohne zu fallen), ich hole sie vor dieser komischen Concierge ein, die hinter ihrem Spitzenvorhang sitzt, als könne sie kein Wässerchen trüben.

Wir gehen nebeneinander die Straße entlang, ohne zu lachen, wir sind wirklich hübsch. Wir würden sicher ohne jede Schwierigkeit den Schönheitspreis für das hübscheste Paar gewinnen. Wir bräuchten noch nicht einmal aufzutreten, weil uns der Goldpokal von vornherein sicher wäre. Und was würden wir mit diesem grauenhaften Ding anfangen? Es ist zehnmal besser, einfach zu wissen, daß wir gewinnen würden. Malika reicht mir bis zur Schulter, das ist gut, denn so brauche ich nur den Arm auszustrecken, damit wir nur noch eine Person sind, damit wir einander ganz nah sind. Sie sagt nichts, aber sie drückt sich nach und nach fester an mich und nimmt dann meine Hand, als ob sie wollte, daß ich erst sehr viel später merke, was sie gemacht hat. Sie sieht ernst aus, sie sieht ins Leere. Wenn ich wollte, könnte ich sie mit einem Arm umfassen, denn sie ist wirklich klein.

Wir steigen an der Haltestelle Villiers in die Metro, ich kann Ihnen sagen, daß ich die Metro gefressen habe, aber mit Malika ist es nicht dasselbe. Sie hüpft beim Gehen, sieht den Leuten unter die Nase, platzt vor Lachen, wenn sie jemanden sieht, den sie wirklich zu komisch findet, macht Wortspiele mit den Namen der Haltestellen. So daß wir sie meistens verpassen. Wir sind umgestiegen in »Reh-am-Ur-See-Bartstoppel« und ausgestiegen in »Oh-der-Mohn«. Es mußte gegen sechs sein und war noch nicht Nacht, Malika hängte sich an meinen Arm und sagte mir, wir müßten uns beeilen, »wir verpassen sonst die Vorstellung«, schließlich rannte sie vor mir her zwischen den Autos und Fußgängern. Ich folgte ihr mehr schlecht als recht, ich muß sagen, das ist nicht so einfach. Wir kamen in der Rue Christine an, außer Atem wie Rennpferde, wir bogen uns vor Lachen (fragen Sie nicht, warum). Malika verlangte mit einem wichtigen Gesichtsausdruck zwei Plätze, aber sie wurde ungeduldig, weil die Kassiererin kein Kleingeld hatte, sie will nie auch nur eine Sekunde der Wochenschau verpassen, auch wenn sie völlig idiotisch ist ... Schließlich landeten wir in den weichen Sitzen eines kleinen, wie ich sagen muß, nicht gerade überfüllten Raumes, und dann gingen die Lichter aus, und wir saßen fasziniert vor einer Leinwand, auf der ulkige Bilder vorbeiliefen.

Als wir hinausgingen, war es sehr kalt und es waren viele Menschen auf dem Boulevard Saint-Germain. Ich hatte den Eindruck, ich ginge auf Wolken, der Film war doof gewesen, aber ich hatte aufgepaßt, um zu verstehen, was sie sagten, ich hatte mich gezwungen, die Untertitel nicht zu lesen. So hat es mir nicht zu sehr gestunken. Malika wollte nach Hause, weil wir wirklich schlotterten, und schließlich hatte sie mich ja eingeladen. Übrigens hatte ich auch keine große Lust, mich und meine eiskalten Füße über den verdammten Boulevard zu schieben, eigentlich hatte ich auf gar nichts Lust. Langweilig eben. Sie war ganz blaß, und ich fragte mich, ob sie nicht krank war, das wäre wirklich »ärgerlich«, weil ich mich mit Angina und Grippe nicht auskenne, ich meine, ich kenne mich bei den Arzneimengen nicht aus. Ich hatte den Eindruck, daß ich sie mit meiner Traurigkeit angesteckt hatte, und ich fühlte mich ein wenig bedrückt, ich will sagen, das ist vielleicht ein komisches Gefühl zu wissen, daß wir trübsinnig und nicht lustig sind, daß wir zu nichts Lust haben, daß es uns eben stinkt. Selbst in der Metro lachte sie nicht mehr, sie saß ganz still und sah der Nacht zu, die vorbeiflitzte, wir sprachen nicht miteinander, wir sahen uns noch nicht einmal mehr an.

Es war zu traurig, daß wir so nach Hause kamen, deshalb haben wir auf der Treppe ein Rennen gemacht. Wer mit einem Schritt am meisten Stufen auf einmal schaffen würde. Natürlich war ich im Vorteil, nachdem ich so lange Beine habe, ich habe Ihnen schon davon erzählt, aber ich habe absichtlich ein wenig verloren, sonst wäre es nicht gerecht gewesen. Und außerdem haben wir sie am Schluß gar nicht gezählt, diese famosen Treppen, weil uns das Ergebnis letzten Endes schnurzegal ist.

Wir haben uns in die Küche gesetzt. Einer dem anderen gegenüber. Ohne uns zu bewegen, wir sahen uns nur an.

Wir haben eine hübsche Küche. Mit einem großen Tisch aus gewachstem Holz und mit Caféstühlen, und außerdem mit Pflanzen auf dem Fenstersims, sie nehmen eine ganze Seite des Raumes ein. Wir haben sogar Beete angelegt, mit Pfefferminze, Schnittlauch, Tomaten, und ich weiß, daß Malika alles mögliche in der Erde vergräbt, Kartoffel-, Birnen-, Orangenschalen, Kirschkerne ... Die Schränke stehen voller Konserven, voller Dinge, die wir zusammen einkaufen gehen, viele Sorten Tee, na eben alles mögliche.

Malika streichelte verträumt die kleine weiße Katze. Ihre Augen waren winzig geworden, wie wenn sie sehr lange geweint hätte, und ihr Gesicht war noch blasser. Ich fand sie richtig schön so. Mit ihren smaragdgrünen Augen und den Ringen darum, die noch dunkler waren als ihr Haar, sah sie so müde und verwundbar aus.

Ich sah schon, was los war. Ich würde mir die Spaghetti zum Aufwärmen hinstellen, die Orangen auspressen, die Teller abwaschen, nachdem Malika nur noch wie ein Schatten ihrer selbst vor sich hin döste. Es machte mir übrigens überhaupt nichts aus, mich um sie zu kümmern, das Essen vorzubereiten, solange sie mich beobachtete, ohne daß man es ihr hinter der kleinen weißen Fellkugel ansah. Ehrlich, wenn man jemand liebt, dann »beschützt« man ihn auch gern.

Zuerst sah ich in den Kühlschrank, wo, Sie werden es sich schon gedacht haben, die übliche Schüssel voll Spaghetti stand. Aber als ich die Teller aus dem Schrank nahm, entdeckte ich (o Wunder!) ein Prachtstück von einer Apfeltorte ... Ganz echt, jetzt konnten uns die Maccaroni, Spaghetti, Italiani dieser alten unsichtbaren Haushälterin gestohlen bleiben! Da hatte ich plötzlich eine Idee (ich sage nicht eine geniale Idee, ich bin bescheiden), ich goß Tee auf, holte die Apfeltorte heraus, und dann flüsterte ich Malika ins Ohr: »Sieh mal, eine Überraschung!« Natürlich ist ihr das Eis aus dem Drugstore lieber, aber das da verlockte sie doch. Vor allem, nachdem ich alles schön hergerichtet hatte, ich hatte sogar Kerzen angesteckt und einen Korb voller Früchte hingestellt. Es sah wirklich unheimlich schön aus. Sie hob den Kopf, lächelte mich an (mit einem Lächeln, das mich buchstäblich umgehauen hat, so lieb war es), und dann öffnete sie die Lider, um mich zum Lachen zu bringen, mit einer ganz kleinen Bewegung, die gerade groß genug war, ehrlich, sie ist vielleicht süß!

»Gibst du mir etwas davon?«

Sie fragte mich gerade so, als könnte ich es ihr abschlagen! Ich glaube, ich sah sie mindestens zwei Minuten lang regungslos an, nachdem sie das zu mir gesagte hatte ...

»Aber ... Natürlich! Ein großes Stück, ein kleines?«

Und da fing sie plötzlich an zu weinen, die Tränen liefen ihr über die Wangen, aber sie bewegte sich immer noch nicht, und ihr ins Leere gerichteter Blick leuchtete von diesen glänzenden Tropfen. Das war sehr schön. Ich wußte nicht, was ich sagen sollte, ich zerbrach mir den Kopf darüber, was nicht in Ordnung war, was ich machen könnte ... Mir wurde ganz komisch, wenn ich sie so sah, es war, als existiere sie gar nicht mehr richtig, und doch mußte ich sie immerzu ansehen, so sehr war ich davon fasziniert, wie sie lautlos weinte, als sei sie untröstlich.

»Malika, willst du schlafen?«

Ein undeutliches Ja, nur eine Bewegung des Kopfes und ein Leuchten in ihrem Blick. Natürlich weinte sie aus einem anderen Grund. Ich meine, aus einem anderen Grund als Müdigkeit, aber ich wagte nicht, sie danach zu fragen, ich fühlte, daß es ihr lieber war, wenn ich nicht mit ihr sprach. Ich nahm sie in meine Arme und führte sie in mein Zimmer. Ich konnte sie nicht allein lassen. Normalerweise kommt sie fast jeden Abend nach dem Gute-Nacht-Sagen und klagt über ihre Alpträume. Sie legt sich in das Bett, das meinem gegenüber am Fenster steht, und ich kann sie dann nicht wieder wegschicken, auch wenn ich weiß, daß es nicht gut ist, daß sie bei mir schläft, denn wenn ich sie wegschicke, könnte ich ihr ja auch schaden. An diesem Abend legte ich sie in mein Bett, weil es am Fenster zog. Sie schlief bereits – das heißt, wenn sie nicht nur so tat, damit ich ihr keine Fragen stellte.

Und dann legte ich mich ganz leise hin, auch wenn ich wußte, daß nichts mehr sie wecken konnte. Zu meiner Beruhigung sagte ich mir, daß sie vielleicht krank war. Ich schloß die Augen und sah im Dunkeln ihr Gesicht, das Gesicht, das sie hatte, als sie mich im Sommer fragte: »Warum ...«

Wir waren im Jardin du Luxembourg spazieren gegangen, weil Malika wissen wollte, wie man Wasserbassins und Bänke malt. Die Sonne schien warm, und auf dem Boulevard Saint-Michel war es endlich einmal nicht so voll, alles war wirklich dufte.

Wir gingen in den Park, zum Glück waren keine Mütter mit Kinderwagen und keine Pfadfindergruppen da, sie waren sicher weggefahren, um »die frische Landluft zu genießen und die abgasverpesteten Lungen zu lüften«.

Malika war sehr schön in ihrem schneeweißen Kleid und mit ihrem Haar, das so glänzte wie die Sterne, ich konnte einfach nicht die anderen neben ihr ansehen, sie erschienen mir alle häßlich. Sie begann durch die Alleen zu rennen und rief mir zu:

»Wilfried, er gehört uns ganz allein!« Sie war glücklich, daß keine Horden von Kindern da waren, die mit Murmeln oder Himmel und Hölle spielten. Ich folgte ihr langsam, die Hände in den Hosentaschen, und ich dachte an die verdammte Mütze, die mir jedesmal auf die Nase rutschte, wenn ich den

Kopf bewegte. Plötzlich sah ich sie nicht mehr, und ich ging weiter vor mich hin, ich war zufrieden, ohne zu wissen warum, doch es genügte mir zu merken, daß ich fröhlich war, einen Grund brauchte ich nicht dafür. Gedankenverloren setzte ich mich auf eine Bank und wartete auf sie, ich war buchstäblich im Paradies. Vielleicht fühlt man sich so, wenn man Drogen nimmt. Als ich aus meinen Träumen auf die Erde zurückkam, saß ein Mädchen neben mir. Ich will Ihnen nichts verheimlichen, sie war nicht einmal schlecht, aber trotzdem nicht mein Typ. Vor allem ihre Unschuldsmiene gefiel mir gar nicht, sie wartete darauf, daß ich sie ansprach. Ich hatte keine Lust, sie zu fragen, was sie so machte im Leben und ob sie ein Glas mit mir trinken wollte, den ganzen Mist eben, den die Typen die Weiber fragen, Sie wissen schon, in welcher Absicht.

»Haben Sie Feuer?«

»Nein.«

Damit hätte ich rechnen müssen, sie hatte nicht einmal gemerkt, daß sie mir auf den Wecker ging und daß ich zu nichts anderem Lust hatte, als mich wieder in meine Träume zu flüchten.

»Warm heute, nicht? Wie wär's mit etwas zu trinken?«

»Nein, keine Lust.«

Ich fand es erniedrigend, daß ich so ausgesucht wurde, wegen meiner Visage, wegen meinen Beinen und dazu noch von jemand, der mich nicht die Bohne anmachte. Ich zog also meine Mütze wieder über die Augen und stand auf, um Malika zu suchen.

Von weitem schon sah ich ihr weißes Kleid, ich lief auf sie zu, um sie zu überraschen, aber diesmal war ich überrascht: Sie stand vor einer Bank und beobachtete aufmerksam ein Liebespaar, das sich hingebungsvoll küßte. Unbeweglich, wie festgebannt, stand sie da. Vielleicht schon seit einer Ewigkeit.

»Malika, kommst du?«

Sie schien nicht erfreut. Ganz echt, sie beobachtete richtig ernsthaft.

»Sag mal ... warum küßt du mich nie so?«

»Na hör mal, das ist doch nicht dasselbe, du bist meine Schwester. Das machen nur Liebespaare.«

Was würden Sie wohl auf so eine Frage antworten, na, sagen Sie mal?

»Aber bist du denn nicht verliebt?«

»Natürlich, ich liebe dich sehr. Aber... Schließlich küßt du deine Katze ja auch nicht auf die Schnauze, obwohl du sie sehr liebhast. Ich weiß auch nicht, das ist wie bei Mutter und Sohn, Vater und Tochter, sie küssen sich nicht so.«

»Aber das kann doch nichts machen?«

»Hör mal, wenn du größer bist, dann wirst du jemand sehr, sehr liebhaben, und den kannst du dann küssen, wohin immer du willst. Aber mich nicht.«

»Aber ich habe doch dich so lieb.«

Ich kann Ihnen sagen, da kommt man ganz schön ins Schwitzen.

»Du kannst mich sehr liebhaben, ohne mich deshalb gleich auf den Mund zu küssen.«

»Meinst du, weil man davon Kinder kriegt, die nicht normal sind?«

»Ja, genau.«

»Aber man kann doch auch mit jemand schlafen, ohne ein Kind zu bekommen, oder nicht?«

Also das warf mich um. Das war schlicht und einfach eine Herausforderung. Jetzt war ich wirklich beschissen dran. Schließlich kannte noch nicht einmal ich selbst die richtige Erklärung. Es stimmt zwar, daß man sagt, man solle »es« nicht zusammen tun, aber was kann das in Wirklichkeit schon machen, wenn sie sich lieben, na? Und dann, warum sagt man überhaupt »Das tut man nicht«, wenn es noch nicht einmal einen vernünftigen Grund dafür gibt?

»Natürlich kann man mit jemand schlafen, ohne Kinder zu kriegen, aber du weißt doch, daß Bruder und Schwester einander nicht heiraten.«

»Ja schon, aber die Leute heiraten doch, um Kinder zu haben, also ist es normal, daß sie es nicht tun, weil sie sonst Kinder hätten, die nicht normal sind. Aber wenn sie gar keine Kinder wollen, was soll das dann ausmachen?«

»Hör mal, Malika, ich liebe dich sehr, aber ich würde es nicht mit dir machen, das ist alles.«

Ich mußte einfach lügen, um da herauszukommen. Übrigens log ich gar nicht. Es stimmt, daß ich es nicht mit meiner Schwester tun könnte. Erstens war sie zu klein, und dann war sie ja meine Schwester. Aber in mir, ganz tief in mir sagte ich mir: »Was soll das schon machen?«

Ich schreckte hoch, ich fürchtete mich zu sehr davor, daß diese Erinnerung zu einem Traum werden würde und daß Malikas Hand in meiner Hand so viel mehr bedeuten könnte als eine einfache Geste.

4

Wilfried wußte wirklich nicht recht, woran er war, als ich gestern abend anfing zu weinen. Er schien gerührt, aber er war trotzdem irgendwie aus der Fassung. Ich wußte nicht, warum ich traurig war, es war einfach so. Einfach so eben. Vielleicht, weil er alles für mich aufgetragen hat. Natürlich hat es mich gefreut, aber ich weiß auch nicht, warum es mich traurig gemacht hat, mir war richtig elend. Ich konnte nicht glauben, daß das alles für mich sein sollte. Nur für mich allein. Ich fühlte mich nicht wohl. Wilfried hat mir eine Tasse Tee gebracht, um mich aufzuwecken. Ich bin froh, daß er mich in seinem Zimmer hat schlafen lassen, ohne daß ich ihn darum bitten mußte. Das war irre. Er hat mich ein wenig beunruhigt angesehen, als ob ich krank gewesen wäre, und ich freute mich, als ich seine großen blauen Augen sah, ich mag sein Gesicht.

»Wie spät ist es?«

»Sieben. Wie geht es dir?«

»Gut. Bist du nicht sauer?«

»Warum sollte ich sauer sein?«

»Ich weiß nicht, du könntest ja sauer sein ...«

»Nein, bestimmt nicht, ich bin überhaupt nicht sauer.«

Er küßt mich auf die Stirn. Ich höre ihn duschen. Heute ist Samstag. In der Schule zeichnen wir heute. Wenn man im Leben bestimmte Dinge auch nur an bestimmten Tagen machen könnte, wäre es wirklich zu traurig. Aber das scheint nun einmal »Erziehung« zu sein. Ich stehe auf, und ich denke daran, daß es heute nicht einmal so schlimm werden kann, wenn man bedenkt, daß wir nur vormittags arbeiten müssen und daß wir zeichnen. Ich mag den Geschmack der Zahncreme, deswegen putze ich mir auch die Zähne so lange. Außerdem muß man zugeben, daß das Badezimmer unheimlich schön ist, mit den Holzleisten auf dem Boden und der grünen, runden Badewanne. Sie befindet sich genau in der Mitte des Raumes, in den Boden eingelassen, das sieht irre aus, wenn man hereinkommt. Und dann gibt es ein Waschbecken in jeder Ecke und zwei Duschen mit Kabinen, wie in einem Hotel. Wir haben ein Aquarium mit exotischen Fischen hineingestellt und ein paar Blumentöpfe von der Decke heruntergehängt. Ich kann Ihnen sagen, das sieht unheimlich schön aus. Neben das Waschbecken habe ich einen Frisiertisch gestellt, wie eine Schauspielerin in ihrer Garderobe, das gefällt mir wirklich. Ich nehme einen Kamm in die Hand, aber ich muß leider gestehen, daß ich nie länger als zwei Minuten Lust habe, mich mit diesem Folterwerkzeug herumzuschlagen. Aber während ich mich im Spiegel betrachtete, sah ich Wilfried aus seiner Dusche herauskommen. Er war ganz naß und ganz nackt. Es war das erste Mal, daß ich ihn so sah. Er war schön. Nicht so, wie Sie meinen, sondern so, wie ich mir schön vorstelle. Ich meine, er hatte keinen Bizeps, er war nicht braun, und seine Schultern waren auch nicht so breit wie ein Kleiderschrank. Er war schön mit seinen ein wenig mageren Armen, seinem zu langen Hals, seinen feuchten Haaren, seiner ganz hellen Haut, seinen muskulösen Beinen und diesem ulkigen Ding, das da hin und her baumelte. Er wußte nicht, daß ich ihn ansah. Ich drehte mich um, um es ihm zu zeigen. Er lächelte, und dann zog er seine Jeans über, was mir gar nicht gefiel. Es gefiel mir wirklich nicht, daß er sich anzog und nichts zu mir sagte, daß er nicht einmal so tat, als sei er verlegen. Aber vielleicht war es ihm zu kalt ... Trotzdem wäre es mir lieber gewesen, er wäre ganz nackt geblieben. Wissen Sie, angezogen ist er auch unheimlich schön, aber ganz nackt kann nur ich ihn sehen, deswegen mag ich ihn so am liebsten.

Ich war also in der Schule. Sie wissen nicht, in welcher Straße sie liegt? In der Straße der Wohltätigkeit! Ein Name wie ein schöner Traum. Ich gehe mit Wilfried zum Gare Saint-Lazare, und da ich erst eine halbe Stunde später als er anfangen muß, gehe ich am Bahnhof entlang und sehe in den Drugstore hinein, und manchmal gibt mir der Kellner einen Kaffee umsonst, weil er mich gut leiden kann. Anschließend gehe ich in die Rue de Rome und sehe die Geigen bei den Instrumentenhändlern an, Geigen sind unheimlich schön. Ich treffe immer ein paar kleine, gut gekleidete Musiker auf ihrem Weg ins Konservatorium und zack! bin ich auch schon vor dem schmutzigen Haus angekommen, vor dem die gräßliche blau-weiß-rote Fahne weht. An manchen Tagen ist es mir schnurzegal, aber manchmal habe ich auch einfach Lust, mich wieder zu verdrücken, wenn ich nur daran denke, daß ich jetzt wieder der alten Schreckschraube zuhören muß, die uns eine von ihren Moralpredigten hält oder uns in allen Einzelheiten den Sturm auf die Bastille oder irgendeine andere von ihren idiotischen Geschichten erzählt, die heute wirklich niemand mehr interessieren können.

Heute weiß ich es nicht so recht, allzu schlimm ist es nicht, an all das denke ich nicht. Ich sehe nur Wilfried vor mir, so wie er im Badezimmer war, und das geht mir nicht aus dem Kopf, echt, es macht mir ein ganz seltsames Gefühl... gleichzeitig schön und nicht schön.

Dann hat es also geläutet, und ich saß plötzlich mit meinem komischen Gefühl hinten in der Klasse. Ich holte ganz automatisch meine Sachen heraus, aber ich dachte nur an ... Sie wissen schon, an wen. Und da ich mich nicht langweilen wollte, begann ich zu träumen. Ich schlief nicht wirklich, aber ich träumte einen schönen Traum ... Nur fragte mich dieses Luder nach einer Weile nach meinen Verben im Konditional. Sie brüllte nicht los, als ich ihr sagte, ich würde sie ihr nicht zeigen, aber sie richtete sich in ihrer ganzen Länge auf, dürr wie eine Bohnenstange, und sagte zu mir: »Gut, dann wirst du also heute nicht malen, du wirst statt dessen einen Aufsatz schreiben. Beschreibe jemand, den du gern magst.«

Sie können sich vorstellen, daß mir das nur allzu recht war. Ich hatte so viel über Wilfried zu erzählen, daß mein Aufsatz länger als der von all diesen Streberinnen werden würde. Sie können ja gar keinen so tollen Bruder haben, auf keinen Fall! Ich nahm einen Kuli und fing gleich an, sein Gesicht und sein weißer Körper gingen mir einfach nicht aus dem Kopf.

»Er heißt Wilfried, ein schöner Name, nicht? Das gehört sich auch so, weil er selbst sehr schön ist. Überall. Ich weiß Bescheid darüber, denn ... na ja, das geht Sie nichts an. Er ist unheimlich nett zu mir. Er schreit mich nie an, und er schlägt mich nie, er ist eben nicht wie die anderen. Wenn ich zu ihm sage, daß ich nicht schon um neun Uhr schlafen gehen will, dann macht er überhaupt kein Theater, er versucht nicht, mir seine ›Autorität‹ zu beweisen, die ist ihm schnurzegal, und da hat er auch recht. Er fragt mich immer nach meiner Meinung, bevor wir ins Kino gehen, und ich freue mich darüber, weil es zeigt, daß ich ihm nicht schnuppe bin. Und außerdem erzählt er mir lustige Geschichten, nie solche ›langweiligen‹ Sachen wie meine bekloppte Lehrerin jeden Tag. Natürlich tut sie das nicht aus Bosheit, man hat ihr gesagt, sie müsse uns ›bilden‹, also pariert sie auch, aber mir stinkt es trotzdem. Um auf Wilfried zurückzukommen, er sagt nie, meine Bilder seien perfekt, er zeigt mir wenigstens, was noch nicht stimmt, so daß ich später schönere malen kann. Und wenn sie nichts geworden sind, dann verbirgt er es nicht vor mir, übrigens würde das auch nichts nützen, ich merke es nämlich selbst. Kurz, er ist ein wirklich lieber Junge. Nicht so, wie Sie meinen. Natürlich ist er höflich und alles, aber das hindert ihn nicht daran, sich über unsere Concierge lustig zu machen, nachdem er ihr irgend etwas hingeworfen hat wie zum Besipiel: ›Alles Gute für Ihren weiteren Lebensweg, Madame.‹ Und man muß sagen, das klingt schon ganz witzig, wenn man weiß, daß die fragliche Dame mindestens sechzig Jahre alt ist und bestimmt nicht so aussieht, als könne sie sich noch einen Mann angeln. Nein, Wilfried ist lieb. Lieb zu mir. Natürlich streiten wir manchmal ein wenig, aber das ist dann, weil ich ihn provoziere, um zu sehen, ob er mich wirklich liebhat. Und er hat mich sehr, sehr lieb, denn er schreit mich nie an, auch nicht, wenn ihm danach ist. Er paßt unheimlich auf mich auf, als sei ich zerbrechlich, als wolle er mir nie wehtun. Eigentlich rührend, finden Sie nicht? Ich könnte Ihnen noch viele Seiten lang über Wilfried erzählen, aber es läutet, und ich habe keine Lust, in dieser Klasse zu vergammeln, und außerdem geht es Sie vielleicht gar nichts an, was ich von meinem Bruder denke.«

Nein, das war nicht gut. Ich meine, in Wirklichkeit erinnere ich mich nicht an einen Satz wie »Alles Gute für Ihren weiteren Lebensweg, Madame«, wenn ich an Wilfried denke. Natürlich sind manche Dinge richtig, an manche denke ich wirklich, aber das sind nicht die wichtigsten. Nur begreifen Sie sicher, daß ich dieser alten Schreckschraube nicht erzählen konnte, daß ich Wilfried lieber nackt sehe als angezogen. Nein. Das konnte ich anständigerweise nicht sagen. Ich kann ihr auch nichts davon erzählen, daß wir alle Möbel unseres »Vaters« verkauft haben, um uns schönere zuzulegen. Wenn Sie die Wohnung gesehen hätten, bevor wir alles hergerichtet haben! In allen Ecken hingen mittelalterliche Gobelins, überall standen Überreste aus der Zeit Napoleons herum, schreckliche Tische, auf denen man nicht einmal eine Tasse abstellen konnte, altersschwache Sessel unter »Schonbezügen« und altmodische Bilder, wissen Sie, diese düsteren, dramatischen Dinger, ich glaube, sie sind flämisch oder so ähnlich, jedenfalls wirkten sie gruselig ... Aber die Zusammenstellung war perfekt, es fehlte nicht einmal der Bettüberwurf oder die Vorhänge aus alten Spitzen, die sich auflösten, wenn man sie nur anfaßte, der passende Teppichboden, die passende Tapete ... Und natürlich das unvermeidliche Farbfernsehgerät mit drei Programmen, reicht Ihnen das, um sich eine Vorstellung zu machen? Aber wissen Sie, wenn es Ihnen nicht reicht, dann haben Sie eindeutig keinen Funken Phantasie. (Nicht schlecht, mein Satz, oder?!) Gut, Sie können sich also denken, daß wir, als wir sahen, daß der Besitzer dieses heruntergekommenen Museums nur etwa einmal jährlich oder manchmal auch zweimal vorbeikommt, um »ausnahmsweise« mit einem in der Regel (das muß man schon zugeben) hübschen Mädchen eine Nacht in seinem Bett zu schlafen, daß wir also dachten, dies sei letztlich unsere Wohnung und wir hätten das Recht, sie so zu möblieren, wie wir wollen. Also sagte Wilfried, es wäre gut, wenn wir den alten Kram verkaufen würden, denn man würde »phantastisch viel« Geld dafür bekommen. »Der ganze alte Kram ist wertvoll, auch wenn er nicht so aussieht.« Wir erkundigten uns unauffällig bei den Antiquitätenhändlern in unserem Quartier (Wilfried sagte, hier in der Gegend seien die Kunden reich, und auf dem Flohmarkt zum Beispiel würden wir kaum etwas dafür bekommen). Wir schwindelten ihnen alles mögliche vor: »Unser Großvater hat uns ein Haus mit vielen wertvollen Gegenständen vererbt, aber wir gehen nicht sorgfältig genug damit um, deshalb wollen wir sie nicht behalten. Sie könnten sie an einen Sammler weiterverkaufen, das wäre besser ...« Alles lief wie geschmiert. Wilfried kannte sich bei den Preisen nicht aus, und damit sie uns nicht übers Ohr hauen konnten, verlangte er doppelt so viel, wie sie uns anboten: »Aber mein Großvater hat mir gesagt ...« »Wenn sie versuchen, mich hereinzulegen, gehen wir zu jemand anderem, denn diese Dinge sind so gefragt, daß man leicht einen Käufer findet, der kein Dieb ist.« Er wußte, daß alle diese blöden Antiquitätenhändler Betrüger waren, aber wir mußten lügen, um zu Rande zu kommen. Schließlich brachten wir ganz schön viel Geld zusammen. Wirklich viel sogar.

In der Wohnung standen keine Möbel mehr, außer den Betten und dem Allernotwendigsten, weil wir nicht überstürzt das erstbeste kaufen und dann wieder im gleichen Gerümpel wie zuvor wohnen wollten. Obwohl, schlimmer hätte es kaum werden können. Kurz, wir wollten unsere Wohnung richtig toll, irre, spitze einrichten, so, wie es uns gefiel. Wir planten einen Monat lang. Das heißt, wir zeichneten richtige Pläne auf großen Blättern mit Sofas, Fellen und allem, was wir aus Zeitschriften ausschnitten, wissen Sie, aus so doofen Magazinen wie ›Schöner Wohnen‹ oder ›Zuhause‹. Jeder durfte gleich viel entscheiden, aber wir paßten trotzdem darauf auf, daß alles zusammenpaßte und daß es uns beiden gefiel. Ich war unheimlich froh, weil Wilfried ungefähr den gleichen Geschmack hatte wie ich. Kurz, wir schleppten unsere Pläne in die großen Geschäfte und suchten drei Tage lang aus, und ich kann Ihnen sagen, daß wir den Verkäufern ziemlich zum Hals heraushingen. Aber das war uns piepegal. Die Wohnung, die wir jetzt hatten, war die ganze Mühe wert gewesen! Weiße Sessel, Felle, eine Stereoanlage, überall Pflanzen ... Ehrlich gesagt, es war »unbeschreiblich«. So schön haben wir es jetzt. Schön, wie ich es schön finde.

Wilfried hat keine Freunde. Er sagt, sie seien blöd, er habe keine Lust, sich mit solchen Typen zu treffen. Ein Glück, denn ich kann Ihnen sagen, daß ich Wilfried gar nicht gern mit jemand teilen würde. Auf keinen Fall! Ich wäre in der Lage ... (Sie wissen schon, was ich tun könnte, ich wage es nicht zu sagen ...). Aber das würde er mir nicht antun. Nein, dazu ist er zu lieb. Echt, er weiß trotz allem, was sich gehört. Und außerdem ist er irrsinnig sensibel. Er errät alles, was ich denke. Und wenn er mir sagen würde, er würde lieber mit jemand anderem gehen, na gut, dann ... Ich ...

Ich mag nicht daran denken. Dabei wird mir ganz komisch, als ob eines Tages eintreffen könnte, was ich mir vorstelle. Natürlich vertraue ich Wilfried, aber das macht mir trotzdem Angst, so sehr, daß ich nach Hause renne, um auf ihn zu warten und ihn zu fragen.

5

Samstag ist ein spitze Tag, ich habe um zehn Uhr Schule aus. Da jetzt Wochenende ist, können Sie sich vorstellen, daß es nicht in Frage kommt, daß ich an Wiederholungen oder an Arbeit oder an irgend etwas von all den Dingen denke, bei denen man vor Langeweile stirbt. Da ich keine Lust hatte, gleich nach Hause zu gehen, ging ich an der Ecke Rue Pépinière/Rue Tronchet einen doppelten Milchkaffee trinken. Ein klasse Bistrot, in dem es nie zu voll ist, und in dem die Kellner nicht darauf achten, daß man ja nicht zu lange sitzenbleibt. Ich rührte in meiner Tasse und dachte daran, daß Malika in einer Woche Geburtstag hatte und daß ich etwas wirklich Schönes vorbereiten mußte. Bücher über Malerei, neue Farben, ein üppiges Essen ... Aber in Wirklichkeit hing es mir zum Hals heraus, daß ich kein anderes Geschenk hatte, nur diese unpersönlichen Sachen ... Ich wußte gut, daß sie etwas anderes erwartete, aber hatte ich ihr nicht schon genug gezeigt, daß ich sie liebte? Der Kaffee kommt mir bitter vor. Ich fühle, daß dieses Luder, das mich gestern abend verlassen hat, seine Klauen wieder nach mir ausstreckt. Ich spreche von der Traurigkeit, falls Sie mir nicht folgen können. Es ist wirklich demütigend, nicht zu wissen, wie man sich dagegen wehren könnte. Das gibt mir genau das gleiche Gefühl wie damals, als das Mädchen im Jardin du Luxembourg mir vorschlug, etwas trinken zu gehen, aber diesmal ist es noch demütigender, weil ich nicht weggehen und meinen Trübsinn allein auf dem ledernen Sitzpolster zurücklassen kann.

Ich frage mich wirklich, was mit mir los ist, denn gewöhnlich kann ich noch so sehr in der Scheiße stecken, dann bin ich immer noch lustig, lustig, okay eben. Denn hören Sie mal, als wir die Möbel unseres sogenannten Vaters verkauft haben, saß ich vielleicht in der Patsche! Ich war bei einem Antiquitätenhändler gewesen, der versucht hatte, mich ganz gewaltig hereinzulegen. Er wollte mich nicht sofort bezahlen, als er die Möbel abholte. Nichts zu machen, sagte er, er habe kein Geld bei sich. Nach zwei Tagen immer noch nichts. Also sagte ich einem Klassenkameraden Bescheid, dessen Vater Polizeikommissar war. Ich mag diese Typen nicht, aber man muß zugeben, daß sie manchmal nützlich sein können. Ich führte ihn in unsere Wohnung, um ihm zu zeigen, daß außer den Betten nichts mehr da war, ich erklärte ihm alles, und der Bulle sagte: »Mach dir nichts daraus, Kleiner, das bringen wir schon in Ordnung.« Wir gingen also zu dem beschissenen Antiquitätenhändler. Es war sehr beeindruckend, der Kommissar trug eine unheimlich gockelhafte Uniform, er hatte sogar einen Revolver, das kann ich Ihnen sagen. Dieser Blödmann von Antiquitätenhändler hätte sich fast in die Hosen gemacht ... Er war sogar mit dem schlicht überzogenen Preis einverstanden, den der Vater meines Klassenkameraden verlangte. Ich muß allerdings sagen, daß ich auch das Meine dazu getan hatte. Ich zeigte ihm alles, was der Händler bei uns geholt hatte, absolut alles, selbst die mickrigen Terracotta-Töpfe, die nichts wert waren. Ich kann Ihnen gar nicht sagen, wie stolz ich darüber war, daß ich soviel Geld einsacken konnte. Ich habe sogar den Bullen zu einem Glas Champagner eingeladen, um die Sache zu begießen.

Natürlich habe ich Malika angelogen. Ich konnte ihr nicht erzählen, was genau passiert war. Schließlich war es meine Schuld gewesen, ich hätte besser aufpassen müssen, sie konnte nichts dafür.

Jedenfalls war ich selbst während dieser beiden Tage, an denen ich wirklich Angst hatte, nicht traurig. Nein, wirklich nicht. Ich war sogar fröhlich. Also verstehen Sie sicher, daß ich mir komisch vorkomme, wenn ich plötzlich so traurig bin und nicht einmal weiß, warum. Ohne einen »richtigen« Grund. Und sagen Sie mir ja nicht, das seien »Pubertätsprobleme«, denn mit der »Pubertät« können Sie mir nicht kommen.

Und plötzlich, raten Sie, wer da in das Café kam ... Ich glaubte wirklich meinen Augen nicht trauen zu können. Eine Frau, die schön war, unheimlich schön, mit schwarzen Haaren, wie sie alle Mädchen gern haben möchten, und mit so blauen Augen, daß man noch kilometerweit weg gelähmt wird, wenn ihr Blick einen trifft. Aber ich fand es trotzdem doof, daß dieser Blick nicht »zärtlich auf mich gerichtet« war. Ihr Aussehen konnte einen vom Stuhl reißen ... und ihre Beine nahmen einem den Atem ... Ein blaues Seidenkleid mit einer Stoffblume genau über dem Busen, und ich kann Ihnen sagen, daß es nicht einfach war, so zu tun, als sei man nicht hin und weg, wenn man diese kleine himmelblaue Blume sah, die genau an der richtigen Stelle saß. Außerdem paßte sie unheimlich gut zu ihrer Augenfarbe. Katzenaugen ... Blau wie das Meer (oh! ich weiß schon, daß ich nicht zum Dichter berufen bin, aber ihre Augen waren wirklich blau wie das Meer) ... Und außerdem trug sie solche hochhackigen Schuhe ... Wissen Sie, mit einem kleinen Riemchen um die Knöchel. Wirklich umwerfend ... Und ich bleibe wie ein Dummkopf in Bewunderung versunken vor meiner Tasse Kaffee sitzen, die zwischen meinen Armen steht und kalt wird. Ich lasse sie nicht aus den Augen. Sie setzt sich mir gegenüber, aber ziemlich weit weg, schade ... Und plötzlich flüsterte mir jemand unheimlich Bescheuerter, jemand aus irgendeiner Ecke meines Unbewußten ins Ohr, eine solche Frau habe es wirklich nicht nötig, sich mit einem mickrigen Fünfzehnjährigen abzugeben. Ich nehme einen Schluck Kaffee, um meine Fassung nicht zu verlieren, aber das geht mir wirklich nach. Und als ich wieder aufsehe, raten Sie mal, wen sie da ansieht, diese Prinzessin? Mich! Mich! Stellen Sie sich vor! Ich lächle mein schönstes Lächeln, nicht so, wie man einen Mathelehrer anlächelt, wenn er einem auf den Geist geht, nein, ich kann Ihnen sagen, es war ein Lächeln, dem niemand widerstehen kann, ein quasi »unwiderstehliches« Lächeln. Aber in diesem Augenblick stellte sich der blöde Kellner vor sie hin, um mir die Sicht auf sie zu nehmen und unser Gespräch zu unterbrechen. Ich war ganz schön sauer auf ihn, das können Sie mir glauben, denn als dieser verfluchte Barkeeper wieder wegging, hatte sie, die Frau meiner Träume, den Blick auf ihre Tasche gesenkt, um eine Zigarette herauszuholen.

Wilfried, ich habe dir doch schon gesagt, daß du sie nicht interessierst. Ja, ja, wir werden schon sehen, ob sie meinem Lächeln widerstehen kann ... Wenn sie doch zu mir hersehen würde ... Aber nein! Sie schreibt in ihrer gepflegten Art, die mich buchstäblich verrückt macht, etwas in ihr in Krokodilleder gebundenes Adreßbuch ... Ich habe meinen Kaffee ausgetrunken, aber Sie können sich ja denken, daß ich keineswegs gehe. Ich fixiere sie, ich versuche es mit Gedankenübertragung. Man weiß nie, vielleicht klappt es doch. Sie sieht nachdenklich auf, ich bin platt vor Bewunderung. Sie ist so schön und so charmant. Ich verliere mich allmählich in wahnsinnigen Träumen: Vielleicht steht sie auf und spricht mich an? Genau, wenn sie nicht mit mir sprechen wollte, hätte sie sich nicht mir gegenüber gesetzt, sie wäre nicht einmal in dieses lumpige Café gekommen, in dem sonst nur Schüler sitzen, die nichts anderes zu tun haben, als einen durchgeseihten Kaffee zu trinken und dabei fiktive Arbeitspläne zu entwerfen, und außerdem hätte sie mich dann nicht so angesehen, wie sie es getan hat. Das dachte ich also, und ich war so in meine Gedanken versunken, daß ich nicht einmal merkte, daß sie einen Geldschein auf den Tisch legte und ihre superschicke Jacke überzog ... So ist sie also verschwunden, die Frau meiner Träume.

Verbittert bezahlte ich meinen Milchkaffee, der mir im Hals steckengeblieben war. Ich ging etwas ungeschickt ein paarmal um den Tisch herum, an dem »sie« gesessen hatte, aber das half mir auch nicht, ihre meerblauen Augen wiederzusehen, also stürzte ich auf die Straße hinaus, um die blaue Gestalt zu suchen, aber ich fand nichts, nichts, nur unförmige und häßliche Gestalten ...

Sie muß fünfundzwanzig sein. Sicher hat sie viel Geld und viele Liebhaber. Vielleicht traf sie sich mit einem von ihnen, nachdem sie gegangen war? Hör mal, alle Frauen, die du auf der Straße siehst, selbst die häßlichsten ... Also bildest du dir ein, daß »sie« auf dich gewartet hat, nur, weil es dich gibt? Du spinnst wohl!

Oh, Scheiße! Wie komme ich nur dazu, so etwas zu denken. Außerdem kann sie mich mal, diese blöde reiche Ziege, die nicht einmal geruht, mich anzusehen! Sie kann mich mal, und im übrigen denke ich nicht mehr daran. Nein wirklich, was meinen Sie denn, ich habe schließlich auch meinen Stolz!

Heute gehe ich zu Fuß nach Hause. Niemand wartet auf mich. Malika hat bis zwölf Uhr Schule. Ich habe ihr schon gesagt, sie solle später ja kein Luder werden, nur weil sie schön ist. Das habe ich ihr ganz klar gemacht.

»Wenn du zum Beispiel akzeptierst, daß dich ein Typ zum Eis einlädt, dann mußt du auch damit rechnen, daß er dich fragt, ob du mit ihm schläfst. Wenn du also nicht willst, dann lehnst du auch das Eis ab, auch wenn du große Lust darauf hast, und du sagst ihm, du hättest schon einen Freund. Denn verstehst du, es wäre nicht sehr nett von dir, wenn du ihn glauben machen würdest, daß du etwas von ihm willst, obwohl du dich anschließend verziehen und ihn vor dem leeren Eisbecher sitzen lassen willst. Okay?«

»Aber du spendierst mir doch auch Eis ... oder? Und ...«

»Ah, nein. Ich habe es dir schon mal gesagt. Bei mir ist es normal, daß ich dir dein Eis bezahle. Schließlich ist das Geld, das uns dieser Typ gibt, für uns beide und nicht nur für mich.«

Ich muß sagen, ich hatte nicht damit gerechnet, daß sie so antworten würde, aber ich hätte es ahnen müssen. An dem Tag hat sie mich wirklich aufs Kreuz gelegt.

»Ich habe dich nur gefragt, um dich wütend zu machen, aber ich habe dich schon verstanden, ich bin ja nicht blöd. Übrigens nehme ich genau aus dem Grund nur deine Einladungen an, die anderen interessieren mich nicht. Aber wenn dir ein anderes Mädchen nur ein Tausendstel von dem sagen würde, was ich zu dir sage, würdest du es als ein Angebot auffassen, und wenn ich es sage, tust du so, als würdest du es nicht begreifen.«

»Du tust auch so, als würdest du die Sache mit Brüdern und Schwestern nicht begreifen.«

(Ich wäre verlegen geworden, wenn ich das Wort gebraucht hätte ... Sie wissen schon, welches).

»Das stimmt nicht! Es ist nicht, weil ich deine Schwester bin, sondern weil ich noch klein bin, und weil ich keinen großen Busen und keine dicken Hüften und all das nicht habe, was Frauen haben!«

Ich war baff, als sie das zu mir sagte, sie klagte mich an, sie verachtete mich, sie ...

»Malika, du willst es einfach nicht begreifen ... Ich schwöre dir, daß ich dich viel schöner finde als alle Mädchen in meinem Alter, die absichtlich keinen Büstenhalter tragen, um den Typen auch zu zeigen, was sie vorzuweisen haben. Echt, ich liebe dich so, wie du bist. Scheiße aber auch! Das weißt du ganz genau, du gehst mir absichtlich mit solchen Fragen auf den Wecker!«

Sie mußte meinen, ich sei das »Luder«. Aber Sie dürfen mir glauben, daß es nicht leicht war für mich ...

Als sie zum erstenmal über solche Dinge mit mir gesprochen hatte, hatte ich nicht einmal mehr gewagt aufzustehen. Weil ich genau wußte, daß sie jedesmal auf meine Beine, meine Hüften und Sie wissen schon was schielte, und ich wollte sie nicht, wie man so schön sagt, »provozieren«. Später begriff ich dann, daß das auch nichts half, daß sie immer Mittel und Wege finden würde, um mich anzusehen, um mir peinliche Fragen zu stellen. Und im übrigen ist ja auch nicht nur der Körper wichtig. Also habe ich ihr alles noch einmal erklärt, und ich sagte ihr, ich würde böse werden und weggehen, wenn sie noch einmal mit diesen Geschichten anfangen würde. Ich wollte ihr keine Angst machen, sondern sie nur überzeugen. Sie war sehr lieb, wirklich, sie bat mich um Verzeihung:

»Weißt du, ich habe mich nur wie alle Jungen und Mädchen gefragt ... Natürlich war ich ein bißchen überdeutlich, aber das war nur, damit du besser verstehst, was ich meine.«

Jetzt sagt sie nichts mehr, aber ich weiß, daß es ihr keine Ruhe läßt. Gestern zum Beispiel hat sie mich im Badezimmer nackt gesehen. Ich war verlegen, aber ich habe versucht, es nicht zu zeigen, nicht, daß sie nicht wüßte, wie ein Typ aussieht, aber ... Und als ich meine Jeans überzog, schien sie wütend zu sein. Wissen Sie, ich war vielleicht wütend, als die Frau meiner Träume wegging, ohne mir auch nur einen Blick zu gönnen.

Ich rechnete damit, daß Malika wieder mit ihren Fragen anfangen würde, aber nein, sie sagte nichts, nicht das geringste. Und seltsam, ich fühlte mich schuldig, ich fühlte mich, als hätte ich sie verletzt.

Ich schloß die Tür meines Zimmers hinter mir. Ich nahm mein Englischbuch und las ganz laut einen schwachsinnigen Text aus ›Vom Winde verweht‹. Die englischen Wörter beruhigen mich. Ich weiß auch nicht, warum ich sie schöner und geheimnisvoller finde als die Wörter, die man den ganzen Tag lang benutzt, ohne daß man auch nur daran denken würde, sie richtig auszusprechen. Aber nichts kann mich davon abhalten zu denken. Das ist ja das Schreckliche.

Von meinem Fenster aus geht der Blick auf das Haus gegenüber, lauter Büros, wo man manchmal dickliche Sekretärinnen hin und her gehen sieht. Ich habe einen ganzen Stapel Bücher auf meinem Schreibtisch aufgetürmt, um mich zur Arbeit anzuhalten, aber es ist einfach nichts zu machen. Übrigens sehe ich auch nicht ein, warum ich mich abzappeln sollte, schließlich habe ich auch ohne zu arbeiten gute Noten. Ich strecke mich noch länger auf dem Fell aus und strekke meine Arme nach den Seiten aus. Mein Zimmer ist so groß, daß ich nicht einmal das Bett oder die Holzkästen berühre, in denen die Bücher verstaut sind. Ich betrachte das Poster an der Decke, eine Reproduktion von einem surrealistischen Maler. Mein Blick streift über die Flanken des Hengstes, streichelt seine Mähne, richtet sich dann auf den nackten Mann, der vor dem Tier kniet, bleibt stehen, untersucht ihn genau; das edle und vollkommene Profil, die breiten und knochigen Schultern, der ausladende Brustkasten, das unsichtbare Geschlechtsteil, die muskulösen Beine.

Ich liege hier, auf meiner Kuhhaut, und plötzlich finde ich mich mickrig, mickrig, weil ich nichts tue als ein unheimlich schönes Bild anzusehen und auf diese Schönheit eifersüchtig zu sein, nichts als eifersüchtig. Am liebsten würde ich mich hinlegen und schlafen, tagelang, nur so lang, bis meine Gedanken wieder geordnet sind, bis ich nicht mehr völlig durcheinander bin.

Ich stehe auf und gehe am Fenster hin und her. Über meinem Tisch hängt eine Zeichnung von Malika, ein Junge, der ein kleines Mädchen auf dem Rücken trägt. Ihm läuft der Schweiß herunter, sie lächelt. Malika hat sie mir gegeben, damit ich ihr verzeihe ...

Eines Abends waren wir zwischen dem Pont-Neuf und dem Odéon spazieren gegangen. Wir betrachteten die Sterne in dem großen, durchsichtigen Schleier über uns, und Malika sagte viele schöne Dinge über sie: »Genau wie Theodors Augen.« »Es muß ein eigenartiges Gefühl sein, sie zu berühren. Ich bin sicher, sie sind aus Pailletten gemacht.« »Ich wollte, sie wären auch tagsüber da, dann könnte ich sie ansehen, wann immer ich wollte.« Nach unserem Spaziergang, der so lange gedauert hatte, daß ich wirklich fix und fertig war, gingen wir in ein Café. Obwohl ich so müde war, fühlte ich mich wohl. Ich weiß nicht, wie ich es ausdrücken soll, ich war einfach froh. Ohne Grund. Auf dem Heimweg ging Malika vor mir her. Und als sie den Gehweg entlanglief, sah ich plötzlich, wie sie umknickte, und das jagte mir einen solchen Schrecken ein, daß ich zu ihr hinstürzte, fast hätte es mir an ihrer Stelle wehgetan ...

Sie hielt die Tränen zurück, wimmerte nur und biß sich auf die Lippen, wirklich rührend. Ich nahm ihren Fuß in die Hand, aber das tat ihr weh ... Ich wußte nicht genau, was ich am besten tun sollte. Ich kannte keinen Arzt, der mitten in der Nacht von Samstag auf Sonntag Sprechstunde hatte, und ich befürchtete, daß der Knöchel bis zum anderen Morgen anschwellen würde. Ich hatte daran gedacht, ein Taxi zu nehmen, aber ich hatte leider nicht mehr genug Geld bei mir.

Also trug ich Malika bis zur Metro auf dem Rücken. Ich war wirklich schon ganz fertig, aber es gelang mir, meine Müdigkeit nicht mehr zu fühlen, weil ich Angst hatte, es sei etwas Schlimmes. Ich befürchtete, daß Malika einen Monat lang nicht mehr würde gehen können oder daß man sie operieren müßte. Kurz, alle diese Möglichkeiten gingen mir durch den Kopf, und ich sagte mir, ich habe kein Recht darauf, ausgerechnet jetzt keine Kraft mehr zu haben. Ich fragte sie ununterbrochen »Geht's noch?«, und Malika antwortete nur mit einem undeutlichen und schwachen Ja, das mich noch mehr erschreckte und mich noch schneller gehen ließ. Ich kann Ihnen sagen, an diesem Tag kam mir der Aufzug gerade recht! Genauso idiotisch wie zuvor fragte ich sie mit zitternder Stimme: »Geht's noch? Hältst du es noch aus? Tut es nicht zu sehr weh?« Ich mußte mich beruhigen, um die Aufzugtür zu öffnen, und es wäre mir peinlich gewesen, wenn Malika gesehen hätte, daß ich wirklich Schiß hatte. Als nun die Tür geöffnet war, ging Malika an mir vorbei, einfach so, völlig normal ...

Sie können sich denken, daß ich erst einmal erleichtert war, aber eine Sekunde später war ich vielleicht wütend!

»Was! Und ich kann dich nach Hause schleppen! Du übertreibst wohl ein bißchen! Du hast wohl überhaupt keine Skrupel! Schauspielerin müßtest du werden! Und ich Idiot trage dich und habe sogar noch Angst, daß du Schmerzen hast!«

»Ich wollte sehen, ob du mich so sehr liebst, daß du mich auch dann noch trägst, wenn du fertig bist.«

Wie bitte? Was hätte ich darauf antworten sollen? Hätte ich sie anschreien sollen?

»Dann hättest du dir einen anderen Test überlegen müssen, denn wenn ich einen Verletzten auf der Straße liegen sehe, helfe ich ihm in jedem Fall, auch wenn ich ihn nicht liebe, also ...«

»Ja schon, aber du hättest mich zwingen können, selbst zu gehen. Und das hast du nicht getan.«

»Du brauchst immer Beweise. Kannst du mir denn nie glauben? Du brauchst mich gar nicht so anzusehen, ich bin verärgert. Darum werde ich schlafen gehen, ohne dir gute Nacht zu sagen.«

Am anderen Morgen hatte ich die Zeichnung unter meiner Tür gefunden. So war das gewesen. Ich war ihr übrigens nie böse gewesen. Es hatte mir sogar Freude gemacht. Aber ich hatte für sie so getan, als sei ich ihr böse, denn selbst wenn ich es dulde, werden es andere doch nicht akzeptieren. Ich wollte nicht, daß sie später wegen solcher Dummheiten keine Freunde haben würde.

Ich hörte sie läuten. Natürlich hat sie Schlüssel, aber sie will, daß ich öffnen komme. Sie wartet auf mich, den Schulranzen in der Hand, ein Lächeln auf den Lippen. Auch Theodor kommt sie begrüßen. Er streicht an ihren Beinen entlang, und sie nimmt ihn auf den Arm, um ihn zu streicheln. Wir gehen in die Küche. Malika sieht mich an, als müsse sie mich etwas sehr Wichtiges fragen.

»Was sind Eltern?«

»Die Leute, die sich um die Kinder kümmern.«

»Aber du bist doch nicht meine Eltern ...«

»Die Leute, die Kinder in die Welt setzen, wenn es dir so lieber ist. Aber da sie sie meistens auch aufziehen, sagt man, das sind die Eltern.«

»Und wo sind unsere?«

»Unser Vater ist der, der ein- oder zweimal im Jahr vorbeikommt. Weißt du, der Typ, der ein wenig gemotzt hat, wir hätten seine ›wertvollen Möbel‹ gegen unseren ›Kitsch‹ eingetauscht.«

Sie schien nicht sehr überzeugt. Also erklärte ich ihr, daß Eltern letzten Endes ziemlich überflüssig sind, daß sie einem auf den Wecker gehen, daß sie einem ständig sagen: »Hast du in der Schule gut aufgepaßt? Hol mir mal das Brot. Wasch dir die Hände. Mach deine Hausaufgaben. Geh um neun ins Bett.« Ich sagte ihr, daß ihre Klassenkameradinnen nur deshalb sagten, sie hätten ihre Eltern lieb, weil sie neidisch waren und in Wirklichkeit viel lieber genauso viel Dusel hätten wie sie und auch gern das tun würden, was sie für richtig halten.

»Oder meinst du, es würde dir gefallen, wenn dieser alte Macker mit seinem Bart dir jeden Abend einen Kuß geben würde? Wenn er dir sagen würde, er liebt nur dich und sonst niemand auf der Welt, und gleichzeitig würde er mit Frauen ausgehen? Und dann das Kino und die Horrorfilme und so im Fernsehen, das alles wäre nicht gut für dich. Eltern sind nur dazu da, ihren Kindern auf die Nerven zu gehen. Nur wagen es deine Klassenkameradinnen nicht zu sagen, weil ihre Eltern schon vorsorgen und ihnen ständig erzählen: ›Ich verbiete dir das und das und das und und das, aber es ist nur zu deinem Besten.‹ Also ...«

Aber Malika hatte nur am Anfang meiner Erklärung zugehört ...

»Ah, nein! Ich will nicht, daß er mich jeden Abend mit seinem Bart kratzt! Ich will, daß du mich jeden Abend küßt!«

Wirklich, ich mache mir langsam ernsthaft Sorgen, weil sie nur mich zu lieben scheint. Sie werden sagen, das sei normal, weil wir ja allein leben und so ... aber trotzdem. Sie ist trotzdem allzu besitzergreifend. Obwohl ich weiß, daß sie sehr gut begreift, daß wir nicht unser ganzes Leben lang zusammenbleiben können. Sie tut nur so, als wisse sie es nicht. Wenn ich versuche, es ihr zu erklären, hört sie mir nicht zu. Soll ich damit warten, bis sie größer ist? Aber sie weiß doch schon alles.

»Was machen wir heute nachmittag?«

»Ich weiß nicht. Was du willst.«

»Ich muß ein Buch kaufen.«

»Also gehen wir in die Buchhandlung.«

Es war kalt. Malika summte ein Lied, das sie aus dem Radio kannte. Ich war in einem Traum von meiner blauen Dame versunken. Ich war traurig, und Malika wußte es. Sie sagte nichts. Sie beobachtete mich, als wolle sie etwas anderes entdecken als das, was ihr Angst machen könnte. Entschlossen schob sie sich zwischen mich und meine Erinnerung. Ich schämte mich fast, wenn ich daran dachte, daß sie im Augenblick gar nicht mehr richtig für mich existierte.

6

In der Buchhandlung waren so viele Kunden, daß wir uns mindestens dreimal aus den Augen verloren. Aber ich fand das Buch, das ich gewollt hatte. Mit vielen Bildern von Pflanzen und mit schönen Fotos. Wilfried hatte auf nichts Lust. Er sagte es nicht, aber ich wußte es. Er dachte an etwas anderes. Wir gingen ein wenig über den Boulevard Montparnasse, ohne miteinander zu sprechen und ohne uns auch nur anzusehen. Vielleicht war er verliebt? Nein, wenn er verliebt gewesen wäre, dann wäre er ja froh gewesen, denn ich war doch bei ihm. Ich setzte mich auf eine Bank und wartete darauf, daß er zu mir herkam.

»Was ist mit dir? Sollen wir ins Kino gehen?«

»Wenn du willst...«

»Es stinkt mir, daß du immer sagst: wenn du willst, wie du willst... Weißt du denn nicht einmal, was du gern machen würdest?«

»Okay, Malika. Wir gehen jetzt ins Kino, und ich suche einen Film aus. Ist doch mir egal, wenn er dir nicht gefällt. Paßt dir das?«

»Ja. Und in welchen Film willst du gehen?«

»Ich weiß auch nicht...«

»Jetzt fang nicht wieder damit an. Such einen aus, egal welchen.«

Und so gingen wir in das erstbeste Kino auf unserem Weg, wir sahen nicht einmal auf den Filmtitel. Ich ging dreimal zur Toilette. Nur um nicht diesen Schwachköpfen zuhören zu müssen, die gekünstelt ihren Text herunterleierten. Und außerdem saß vor uns ein Pärchen, das sich ständig küßte. Wilfried starrte ununterbrochen auf die Leinwand, aber in Wirklichkeit träumte er... Er gehörte mir nicht mehr. Ich hätte alles mögliche machen können, er hätte immer noch nicht zu mir hergesehen. Er war überhaupt nicht anwesend. Ich war nicht einmal wütend, nur traurig. So traurig wie er.

Ich versuche eine der Pflanzen aus meinem neuen Buch zu zeichnen. Aber ich kann Ihnen sagen, das ist gar nicht so einfach. Wilfried liest mit düsterer Miene eines von seinen englischen Büchern, und ich kann ihn nicht anschreien, weil er mir nicht zuhören würde. Er ist zum erstenmal so, ich meine, so weit weg. Ich bin ihm böse deshalb. In der Buchhandlung haben wir einander verloren, im Kino haben wir uns angeödet, und jetzt tun wir so, als würden wir uns »bilden«, und jeder sitzt in einem Sessel und hört Radio.

Ich weiß nicht, warum mir Wilfried eben die Geschichte mit den Eltern erzählt hat. Ich habe ihn absichtlich gefragt, damit er keine Antwort finden sollte. Aber er findet immer eine!

Natürlich brauche ich gar nicht erst zu sagen, daß ich Wilfried lieber mag als den alten Macker, der uns besuchen kommt. Als unseren Vater, wenn es Ihnen so lieber ist. Als er letztes Mal da war, bekam er fast einen Herzinfarkt, als er sah, daß wir alle seine Möbel verkauft hatten. Er trug einen superschickten Reiseanzug, ja wirklich, superschick, aber er stand ihm überhaupt nicht. Letztlich ist er wohl gar nicht so alt, fünfunddreißig oder vierzig, ich weiß nicht genau, und unter uns gesagt, es ist mir auch piepegal. Ein parfümierter Bart, der perfekte Geschäftsmann ...

Er war um zehn Uhr abends angekommen, und wir waren wohl im Kino oder irgendwo spazieren, während er über den unersetzlichen Verlust seiner antiken Schätze die Hände rang. Während er auf uns wartete, bereitete er seine schneidende Rede vor. Wir waren unheimlich erstaunt, als wir ihn sahen, wie er ruhig im Wohnzimmer saß und eine von seinen stinkenden Zigarren rauchte, deren widerlicher Gestank eine Woche lang nicht aus der Wohnung geht. Man kann ihm nichts nachsagen, er war korrekt, zuerst sagte er: »Guten Abend, wie geht es euch?« und dann schlug er einen strengen Ton an.

»Kann ich euch fragen, wo meine Möbel hingekommen sind? Ich nehme an, ihr habt sie gegen diesen Kram hier eingetauscht?«

»Na ja ... Wir dachten, wir würden sie nur kaputt machen ... Und außerdem gefielen sie uns nicht besonders, deshalb haben wir uns entschlossen ... Weißt du, Vater, schließlich leben wir hier ...«

»Ihr hättet bis zu meiner Rückkehr warten und mich nach meiner Meinung fragen können. Was ihr hier habt, ist nicht ein Viertel von den Schätzen wert, die ich mühsam im Laufe der Jahre gesammelt hatte.«

»Wir haben daran gedacht, aber wir wußten nicht, wann du zurückkommen würdest. Außerdem wäre es für dich noch teurer gewesen, wenn du uns Möbel gekauft hättest und eine zweite Wohnung für die alten hättest kaufen müssen.«

»Ich will ja gar nichts sagen, denn in gewisser Hinsicht ist es meine eigene Schuld. Und außerdem steht es euch frei, in diesen Plastikmöbeln zu wohnen ... Später werdet ihr wissen, was die Dinge wert sind, und ihr werdet hoffentlich auch ein wenig mehr Geschmack entwickeln.«

Er zieht tief an seiner Zigarre, um wieder zu Atem zu kommen.

»Paßt ihr gut auf in der Schule?«

Wilfried steht auf und holt die Klassenarbeiten, wie jedesmal, wenn dieser Mann mit süß-saurer Stimme fragt: »Paßt ihr auch gut auf?« Er bläst den Rauch von sich, nimmt die Hefte, die man ihm hinhält, und betrachtet sie lange, als wolle er darin die Zeichen des unverzeihlichen Mißerfolgs entdecken. Aber er findet nichts. Weil es nichts zu finden gibt. Dann holt er ein Bündel Geldscheine aus dem »schikken« Lederköfferchen, »das ein seines Namens würdiger Geschäftsmann für die reibungslose Abwicklung seiner Transaktionen einfach immer bei sich haben muß«.

»Ich sehe, daß ihr gut zurechtkommt.«

(Ich frage mich, woher er das wissen will.)

»Hier ist Geld für mehrere Monate. Wenn es nicht reichen sollte, geht zu meiner Bank, sie wissen Bescheid. Gefällt euch eure Haushälterin?«

»Oh ja, sie ist sehr nett.«

»Ich bin zufrieden mit dir, Wilfried.«

Das sagte er mit dem unterschwelligen Stolz des Besitzers.

»Ich kann auf dich zählen und bin wirklich froh darüber. Jetzt werde ich euch allein lassen. Ich habe einen wichtigen geschäftlichen Termin.«

Die Lügen von Erwachsenen können niemanden hinters Licht führen. Aber letztlich interessierte es uns nicht die Bohne.

Er war zehn Minuten lang geblieben, und letzten Endes hatte er seine Vaterpflichten erfüllt, denn er hatte uns Geld gegeben und uns unsere Freiheit und unsere Umgebung gelassen.

Wilfried liest weiter mit gleichgültiger Miene sein Buch. Meine Pflanze ist mißraten, und ich bin wütend über die Fotos. Wirklich, Fotos sind Betrug. Man braucht nur auf einen Knopf zu drücken, und schon ist das Bild fertig. Ich dagegen strenge mich an, und es wird trotzdem nichts ...

»Wilfried, spielst du mit mir Scrabble?«

»Wenn du willst. Ah! Sorry, I forgot ... Ja, ich möchte gern. Scrabble macht mir wirklich Spaß, ich wollte dich auch gerade fragen, aber du warst so in deine Zeichnung vertieft ...«

»Oh! Jetzt reicht's aber! Ich hole es.«

»Bring das Wörterbuch mit, sonst bescheißt du wieder.«

»Aber mit dem Wörterbuch ist es langweilig.«

»Gut, okay, laß es weg.«

Ich habe alles auf dem Boden vorbereitet, die Buchstaben in einer (undurchsichtigen) Papiertüte und einen Schreibblock für die Punkte. Ich habe sogar Orangensaft geholt, aber ich wußte genau, daß Wilfried trotzdem so komisch bleiben würde.

Jetzt betrachten wir also die Buchstaben, die wir bekommen haben. Nicht schlecht, ich habe ein W, ein Y und ein X (sie zählen alle zehn Punkte!). Nur finde ich kein Wort ...

»Karawane ... Bist du sicher, daß man das nicht mit zwei »r« schreibt?«

»Ja.«

»Gut. Sieh mal, Xares.«

»Das heißt Xeres. Xares gibt es nicht.«

»Doch, es ist ein Name. In meiner Klasse ist ein Mädchen, das so heißt.«

»Das glaube ich dir nicht.«

»Wenn ich es doch sage!«

Sie können sich denken, daß wir am Ende doch das Wörterbuch nahmen. Sonst macht es immer sehr viel Spaß, weil wir über jedes Wort mindestens eine Stunde diskutieren, aber heute ...

Ich habe verloren. Ist mir auch egal. Und Wilfried ist es egal, daß er gewonnen hat. Wir waren eben beide nicht besonders gut gelaunt. Wir gossen uns Tee auf und aßen zu Abend wie die Engländer.

»Wenn wir heute abend aufräumen würden, könnten wir morgen früh weggehen.«

Wir waren so mies gelaunt, daß wir die ganze Wohnung durchputzten. Ich wischte Staub, und Wilfried nahm den Staubsauger. Wir wischten sogar den Fliesenboden auf, ich kann Ihnen sagen ... Um zwei Uhr morgens waren wir endlich fertig.

»Na gut, morgen früh können wir ja schlafen ... Ich meine, heute morgen ...«

Übrigens haben wir mit dem Schlafen nicht bis zum Morgen gewartet, das kann ich Ihnen sagen.

Ich bin um zwölf aufgewacht. Wilfried goß Kaffee auf. Sein Oberkörper war nackt, aber er hatte trotzdem seine Jeans an. Ich glaube, er wollte nicht unanständig erscheinen. Aber was schön ist, ist nicht unanständig, nur was häßlich ist. Als er die Tassen hinstellte, lächelte er. Dann setzte er sich mir gegenüber. »Hast du gut geschlafen?«

»Ja. Ich hatte keine Zeit für Alpträume.«

Wir sprachen miteinander, aber wirklich nur, damit es nicht so still war. Was war eigentlich geschehen, damit alles so werden konnte, so unecht, wie in einem Film? Und im Film passieren immerhin auch schöne Dinge. Während uns beiden, auch wenn wir nicht richtig mieser Laune waren, trotzdem nicht gerade zum Lachen war. Und ich hatte das Gefühl, es würde auch noch eine Weile so weitergehen.

»Was machen wir heute?«

»Ich weiß nicht. Wir könnten spazierengehen. Ich habe gesehen, daß es in der Nationalbibliothek eine Ausstellung mit Zeichnungen gibt. Hast du Lust, sie anzusehen?«

»Ja schon, aber stinkt es dir nicht, wenn du immer mit mir Bilder ansehen gehst, obwohl, ich meine, obwohl sie dir vielleicht zum Hals heraushängen ...«

»Nein, nein, bestimmt nicht. Das gefällt mir, auch wenn ich selbst nicht male.«

Er schien es wirklich so zu meinen. Jedenfalls konnten wir nicht hierbleiben. Theodor kommt gerannt, um sein Fressen zu verlangen. Er miaut, als sei er kurz vor dem Verhungern, aber er macht nur Theater. Er meint, man würde sich erweichen lassen und ihm ein besonders üppiges Frühstück hinstellen.

»Eigentlich müssen wir ihn impfen lassen.«

»Meinst du? Hier kann er sich doch keine Mikroben fangen.«

»Bah! Grippe kann er trotzdem kriegen. Er ist ja noch klein und zerbrechlich.«

»Morgen lassen wir ihn impfen. Wann hast du aus?«

»Um drei.«

»Wartest du dann auf mich?«

»Natürlich.«

Wir brauchten irrsinnig lange, um uns anzuziehen, um zu entscheiden, an welcher Metrostation wir aussteigen sollten, ob wir am Palais-Royal oder am Seineufer spazierengehen sollten. In Wirklichkeit war uns das alles piepegal, aber die Zeit mußte schließlich vergehen, also diskutierten wir über alles.

»Der Park wird ziemlich überlaufen sein.«

»Ja, aber am Seineufer ist es ziemlich langweilig.«

»Du hast recht. Außerdem können uns die vielen Leute egal sein.«

»Außer, wenn es viele Babys und Kindermädchen hat ...«

»Und das Ufer ist eigentlich auch schön. Manchmal sieht man sogar Angler.«

»Sie tun nur so, sie fangen nie etwas.«

»Stimmt. Warum gehen sie dann nicht in ein Fischgeschäft?«

»Na ja, vielleicht sind sie arm ...«

»Sie müssen sich doch langweilen, wenn sie stundenlang ihren Korken ansehen. Also ich begreife das nicht ...«

»Gut, gehen wir in den Park, und wenn er zu voll ist, gehen wir ans Seineufer.«

»Vorher oder nachher?«

»Vor oder nach was?«

»Na ja, gehen wir erst ins Museum oder erst spazieren?«

»Wir gehen zuerst ins Museum, denn wenn wir lange bleiben wollen ...«

»Ja, aber nachher haben wir keine Lust mehr spazierenzugehen.«

»Das kommt auf das gleiche raus. Wenn wir zuerst spazierengehen, sind wir nachher zu müde, um noch alle die Zeichnungen anzusehen.«

Schließlich entschlossen wir uns doch noch. Obwohl wir ziemlich lange dafür gebraucht hatten. Wir schlossen also die Tür hinter uns und rannten die Treppen hinunter, nur um wenigstens so zu tun, als sei uns zum Lachen, aber dann auf der Straße war uns wieder ganz anders zumute. Wir gingen nebeneinander her, ohne zu sprechen, ohne uns anzusehen.

Es waren Kohlezeichnungen. Sie waren schön. Aber ich wurde ärgerlich, wenn ich daran dachte, daß ich nie so würde zeichnen können. Sie waren eben zu schön. Wilfried war überhaupt nicht lustig. Er wartete auf einer Bank auf mich, mit verschränkten Armen und herunterhängenden Beinen, geduldig. Alles, was ihn interessierte, waren die Leute, die vorübergingen. Und selbst die sah er an, ohne sie zu sehen. Er dachte an etwas anderes. Aber woran dachte er nur? Woran? Ich glaube kaum, daß ihn sein Chemie-Test so beschäftigt. Warum sagt er es mir nicht? Er könnte mir doch wenigstens erklären ... ich möchte es gern wissen.

Aber ich kann ihn nicht fragen. Als ich das letzte Mal weinte, wollte ich nicht, daß er mir Fragen stellt, und er hat es auch nicht getan ... Also gehe ich ihm auch nicht damit auf den Geist.

Die vielen schönen Zeichnungen nahmen mir allen Mut. Wirklich, so etwas ist nicht sehr ermutigend. Natürlich sagte ich mir, daß ich noch Zeit hatte, um diese berühmten Männer einzuholen und daß es, wenn ich nur arbeiten würde, überhaupt keinen Grund gab ... Aber ich glaubte nicht so recht daran.

Um fünf warfen uns die Wärter hinaus. Meine Füße und mein Kopf konnten nicht mehr. »Ob ich es wohl schaffen werde? Für wen hältst du dich eigentlich? Sieh doch deine dilettantischen Zeichnungen an, dann weißt du, daß du nicht zum Malen berufen bist ... Aber das ist mir egal, auch wenn meine Bilder häßlich sind, male ich sie gern ...« Kurz, ich fand mich ziemlich angeberisch ... mittelmäßig ... unbegabt ...

»Hast du noch Lust spazierenzugehen?«

»Mmhm ...«

»Ich bin ganz geschafft. Wir könnten ja ein Eis essen gehen ... Weißt du, unter den Arkaden ist ein unheimlich tolles Café.«

»Ich gehe mit ...«

Eigentlich war es zu kalt, um auf der Terrasse zu sitzen. Wir gingen hinein. Das Café war luxuriös eingerichtet. Sie hatten alles wie einen tropischen Urwald hergerichtet, mit Stoffblumen, Lianen und grünem Samt. Wissen Sie, fast wie in einem Nachtclub.

»Es wäre doch nicht schlecht, wenn wir unser Badezimmer so herrichten würden, meinst du nicht?«

»Wir müßten einen Einrichter fragen.«

»Aber nein, das brauchen wir nicht. Ich würde die Wände bemalen, und du würdest die Blumen und alles hineinstellen ... Das wäre doch gut, oder nicht? Gefällt es dir nicht?«

»Und wie es mir gefällt. Einverstanden. Morgen fangen wir an. Wir kaufen wasserdichten Stoff und was wir sonst noch brauchen. Aber du entscheidest, wie wir es machen und welche Form die Blumen haben sollen ... Ich werde die Nägel einschlagen und kleben, was zu kleben ist, und so.«

»Genial! Warte, ich schreibe mir auf, wie sie es hier gemacht haben.«

Während ich schrieb: »Die Lampen sind mit Blumen besteckt, damit das Licht gedämpft wird, die Lianen hängen von den Wänden, aber nicht zu weit, damit man noch vorbeigehen kann«, schmolz langsam mein großes Mokkaeis, und ich beschloß, es wäre vernünftiger, zuerst das Eis zu essen. Schließlich würde die Einrichtung nicht wegschmelzen. Ich war unheimlich zufrieden darüber, daß wir unser Badezimmer auch so einrichten würden, es würde irrsinnig schön aussehen. Und es würde Spaß machen ...

Und schließlich sah auch Wilfried nicht mehr so trübsinnig aus. Er lächelte liebevoll, als er sah, wie ich alles sorgfältig aufschrieb. Er mußte denken, daß mir diese Idee unheimlich gefiel, wo ich noch nicht einmal mein Eis zu Ende gegessen hatte ... Ich kann Ihnen sagen ...

Aber vor allem waren die blauen Augen nicht mehr traurig. Sie lächelten, sie strahlten, sie waren schön. So schön, wie ich sie immer hätte haben wollen.

7

So ist es eben. Zwei Tage lang habe ich nichts anderes getan als von ihr geträumt, und auch jetzt noch sehe ich sie wie durch einen Schleier, statt dem zuzuhören, was dieser vergammelte Mathelehrer erzählt. Obwohl, er weiß schon, daß dies die erste Stunde der ganzen Woche ist, und daß all die fünfzehnjährigen Typen etwas anderes im Kopf haben als seine Asymptoten. Und das ist ihm auch egal, er »hält seine Stunde«, weil er sie eben halten muß.

Malika war sehr lieb gewesen. Es war ihr sogar gelungen, mich mit ihrer Urwaldeinrichtung abzulenken. Sie hat vielleicht Ideen ... Trotzdem war ich als unglücklicher Liebhaber wohl nicht besonders lustig. Ich überließ alles ihr, sie entschied alles allein (wie zum Beispiel, daß wir von elf Uhr abends bis nachts um zwei den Haushalt machen würden). Ein Glück, daß sie da war, sonst hätte ich mich vollends von meinen verrückten Träumen überwältigen lassen ... Wenn sie da war, hatte ich keine Zeit, sie weiter auszubauen oder sie zu perfektionieren, mit Hollywood-Kulisse und hingebungsvollen Küssen ... Sie war eben wirklich lieb.

»Die Gerade Delta der Funktion $y = ax + b$ ist eine

schiefe Asymptote von ...« Heute abend müssen wir Theodor zum Tierarzt bringen. Den Stoff können wir später kaufen, wenn Malika die Einrichtung entworfen hat. Die Sache mit dem Urwald hat ihr wirklich gefallen. Es sah aber auch wirklich schön aus.

»Die Asymptote und besonders dieser Ast ...« Da ich um drei Uhr aus habe, habe ich noch Zeit, in dem Café vorbeizuschauen ... nein, nicht in dem mit dem Urwald, sondern in dem Café, in dem ich die Frau meiner Träume gesehen habe. »Ja, ja, mein Lieber, du träumst schon wieder. Sie wartet bestimmt nicht ausgerechnet auf dich. Oder meinst du, sie sieht aus wie jemand, der seine Zeit in den Cafés totschlägt? Aber wenn sie einmal dort war, wüßte ich nicht, warum sie nicht noch einmal dort sein sollte ...« Ich könnte bis vier Uhr warten. Wenn ich mich beeile, bin ich um halb fünf zu Hause, und Malika kommt gerade eine Viertelstunde nach mir an ... »Du spinnst wohl, oder was? Willst du in das Café rennen, um auf ein Phantasiegebilde zu warten? Und selbst wenn sie kommt, wird sie niemals mit dir sprechen ... Sie wird eine Zigarette aus ihrer Tasche holen und etwas in ihr Adreßbuch aus Krokodilleder schreiben, und du wirst wie ein armes Würstchen dasitzen und sie anstarren. Sie ist ein Luder! Sie sieht dich an, als ob ... Und außerdem spricht sie dich nicht einmal an. Soll ich sie etwa ansprechen? Du spinnst wohl! Das würde ich nie wagen! Sie wird mich beschimpfen, mich für einen aufdringlichen Kerl halten. Was, so sehe ich nicht aus? Nein, aber es wird ihr trotzdem nicht gefallen. Und dann wäre alles zu spät. Ich könnte versuchen, mich bei ihr zu entschuldigen, aber sie würde nur meinen, ich wolle sie noch einmal belästigen. Du meinst also, es sei nicht alles zu spät? Daß ›etwas‹ laufen kann? Mein Lieber, du bist eben nur ein Paranoiker.«

Oh, Scheiße! Wenn Sie glauben, ich würde wie ein Idiot in diesem Scheißcafé warten, dann täuschen Sie sich! Ah, nein! Schließlich muß sie wissen, daß ich mich nicht wegen ihrer schönen Augen vor ihr in den Dreck werfe ... Stimmt, ihre Augen sind wirklich schön ... Das ist noch lange kein Grund! Diese blöde Glocke läutet aber auch immer gerade dann, wenn sie nicht soll. Jetzt müssen wir den Französischlehrer mit seinem zurückgebliebenen Montesquieu über uns ergehen lassen.

Ich habe nicht auf sie gewartet. Nein. Ich habe nur eine

Cola getrunken, weil ich Lust darauf hatte. Die anderen Cafés hatten geschlossen. Sie glauben mir vielleicht nicht, aber es stimmt. Scheiße aber auch! Es bringt nichts, wenn ich lüge. Ja gut, ich habe auf sie gewartet. Aber sie ist nicht gekommen. Ich habe eine Stunde lang geschmort und einen Satz vorbereitet, falls sie kommen sollte. Aber nein, ich blieb allein vor meiner Cola sitzen und wurde dabei fast verrückt. Verrückt nach diesem Mädchen, das ich nicht einmal kenne. Natürlich habe ich versucht, mir in meinen Träumen ihr Leben vorzustellen. Sie muß reich sein, mit einem alten, betuchten Mann in einem prachtvollen Haus wohnen und sich hinter seinem Rücken eine Menge Liebhaber leisten. Sie muß jeden Abend ins Theater gehen oder Empfänge geben. Es sei denn, sie ist Schauspielerin oder Schriftstellerin ... Sie ist begabt ... Sie ... Vielleicht auch Mode-Designerin ... Sie entwirft Modelle, und die reichen Frauen stürzen sich auf ihre Kreationen, um genauso schön zu sein wie sie. Sie will nicht heiraten. Und auch keine Kinder haben. Sie besitzt ein Landschloß und hat viele Hausangestellte. Sie ...

Ich kann vielleicht schwachsinnig sein! Sie ist nicht da. Ich bezahle meine Cola, ohne ein Trinkgeld zu geben. Ich hasse die ganze Welt, weil sie nicht gekommen ist. Ich möchte sie vergessen können.

Wir haben irrsinnig lange gebraucht, um Theodor so weit zu bringen, daß er in seinen Korb steigt. Mit Tieren muß man vorsichtig umgehen. Wir wollten, daß er sich von sich aus auf sein Kissen legt, ohne daß wir ihm durch die ganze Wohnung hinterherrennen müssen. Wir hätten ihm heute morgen nichts zu fressen geben sollen, dann hätte er dem Stückchen Steak nicht widerstehen können. Schließlich haben wir ihn durch Streicheln so weit bekommen, er ist verrückt danach. Malika legte ihre Hand auf das Kissen und versprach ihm ganz viele Streicheleinheiten. Sobald der Korb verschlossen war, hörte er nicht mehr auf zu miauen, als ginge es ihm an den Kragen. Irgendwie war uns nicht wohl dabei.

»Theodor, mein kleiner Liebling, wir gehen spazieren, hör auf zu miauen ...«

Meinen Sie vielleicht, das hat ihn zum Schweigen gebracht? Glücklicherweise war der Tierarzt in der Avenue de Wagram. Theodor entsprang buchstäblich seinem Korb, wie ein Raubtier, und Malika sagte zu mir:

»Er wird uns tagelang böse sein. Weißt du, er ist nachtragend!«

Sie blieb im Wartezimmer, um nicht sehen zu müssen, wie die Spritze in das schöne weiße Fell eindrang. Theodor betrachtete alles mit dem eingeschüchterten Blick eines gefangenen Tieres und ließ alles brav mit sich geschehen. Ich an seiner Stelle ... Zum Glück war ich ja nicht an seiner Stelle. Übrigens bin ich wirklich verrückt, ich bin doch keine Katze!

»Hat es ihm weh getan?«

»Ein wenig. Nicht sehr.«

»Wir werden ihn pflegen müssen und uns gut um ihn kümmern. Er darf nicht glauben, daß wir es in böser Absicht getan haben. Schließlich ist es nicht unsere Schuld, daß Katzen geimpft werden müssen.«

Kein einziges Miauen kam aus dem Korb. Ich fühlte nicht einmal, ob sich der kleine Körper bewegte.

»Meinst du, er ist ohnmächtig geworden?«

»Nein. Er ist ein bißchen schwach auf den Beinen, das ist alles.«

Man sah, daß sie unheimlich beunruhigt war. Trübsinnig ging sie vor sich hin und sah dabei auf ihre Füße.

»Hast du schon angefangen ... mit dem Badezimmer?«

»Nein, ich fange heute abend an. Ich habe jede Menge Ideen.«

»Kommst du mit mir den Stoff kaufen?«

»Natürlich!«

Sie wurde wieder ein wenig fröhlicher. Theodor war aus ihren Gedanken verschwunden, und das war auch besser so. Also stellte ich ihr noch mehr Fragen.

»Willst du auch Lampen anbringen?«

»Ich denke schon. Und Blumen daneben, damit das Licht abgedunkelt ist. Es wird unheimlich schön sein, wenn wir das Licht einschalten. Außerdem müssen wir Stoffstreifen flechten, um Lianen zu machen. Und dann kaufen wir noch mehr Pflanzen und stellen sie neben die Badewanne. In weißen, ziemlich hohen Töpfen, so daß sie eine richtige Absperrung bilden, wenn sie groß sind.«

»Allzu viele sollten wir trotzdem nicht reinstellen ...«

»Nein, nur so viele wie nötig.«

Ihr Gesichtsausdruck verdüsterte sich wieder. Theodor war ihr wieder eingefallen.

»Warum sagt er nichts?«

»Er schläft. Weißt du, es geht ihm gut. Wir müssen ihn in Ruhe lassen. Er ruht sich aus.«

Malika hat ihre Zeichenblätter hervorgeholt und begonnen, ihre Pläne zu entwerfen. Sie waren wirklich nicht schlecht. Ich ging hinter ihr vorbei, aber ich tat es ganz vorsichtig. Ich wollte nicht, daß sie sah, daß ich sie beobachtete. Sie ist sehr empfindlich, und sie hätte sich gar nicht darüber gefreut, daß ich zusehe. Sie hätte gemeint, ich vertraue ihr nicht.

Ich habe versucht, diesen verfluchten Chemie-Test zu wiederholen, als mir plötzlich einfiel, daß Malika in sechs Tagen Geburtstag hatte ... Am Sonntag ... Was sollte ich ihr schenken? Sie hat schon eine ganze Anzahl Farbkästen in allen Größen, Zeichenblöcke in allen Formaten, Filzstifte in allen Farben ... Obwohl, ich könnte ihr auch etwas schenken, das sie nicht zum Malen braucht ... Aber sie macht sich nichts aus Kleidern. Sie hat immer dieselbe Cordhose an und mag kein Parfüm und keinen Schmuck ... Selbstverständlich spielt sie nicht mit Puppen oder mit Murmeln. Was also? Einen Hund? Er würde sich nicht mit Theodor vertragen ... Einen kleinen Panther? Ich bin doch kein Milliardär! Vielleicht einen kleinen Affen? Das wäre wohl etwas gewöhnlich, oder nicht? Meinen Sie nicht? Ich muß mich entscheiden ... Genau, einen kleinen Affen. Wir werden ihn in den Urwald setzen. Morgen gehe ich zum Quai aux Fleurs. Aber wo soll ich ihn bis Sonntag unterbringen? Die Concierge brauche ich gar nicht erst zu fragen. Aber in einen Schrank kann ich ihn doch auch nicht sperren! Aber am Ende gefällt ihr ein Affe gar nicht ...

»Malika ... Könntest du nicht einen kleinen Affen malen ... Für den Urwald.«

»Ah, nein! Affen sind häßlich! Einen Papagei, wenn du willst, aber keinen Affen.«

Gut, ich kaufe also einen Papagei. Mit grünen und roten Federn. Einen, der sprechen kann. Was macht schon das genaue Datum. Es ändert auch nichts, wenn ich ihn ihr schon am Samstagabend gebe. Stimmt eigentlich, sie hätte genauso gut am 24. abends statt am 25. Geburtstag haben können ... Dann kann man das Geburtstagsgeschenk ja auch gleich zur exakten Uhrzeit der Geburt übergeben! Wenn sie am 25., am Sonntag, die Augen aufschlägt, ist sie schon morgens glücklich. Ihr Geschenk wird sie aufwecken und sie »Malika« rufen, und sie wird ihm Körner zu fressen geben...

Eines Tages hatte ich einen ganzen Nachmittag mit einem Klassenkameraden verbracht. Nicht, weil ich ihn besonders mochte, sondern... Ich wollte jedenfalls nicht ewig ohne »soziale Kontakte« bleiben, Sie verstehen? Natürlich war er schon okay, der Typ... Na ja, nicht blöd oder lästig... Nur waren wir beide unheimlich verlegen, wenn keiner etwas sagte, und deshalb redeten wir unaufhörlich. Am Anfang war es nicht allzu schwachsinnig, aber dann... Anders gesagt, der Typ hatte überhaupt keine Persönlichkeit, sobald er den Mund zumachte, war er gar nicht mehr vorhanden. Nach und nach (was meinen Sie, was man an einem Nachmittag alles reden kann) erzählte er mir also von seinen Freundinnen (ich wußte genau, daß er sie nur erfand, um mich zu beeindrucken), von seiner Familie (die natürlich in wohlgeordneten Verhältnissen lebte), und schließlich erfand er auch noch ein Abenteuer mit einer berühmten Frau. Am Ende fand ich ihn dann nicht mehr so okay. Während seines ganzen Palavers dachte ich an Malika (immerhin war sie viel intelligenter als dieser flotte Hecht). Ich sah ständig ihre grünen Augen vor mir, die mich ansahen, als riefen sie mich, und ihre Haare, die auf ihre Hüften hingen und bei jeder Bewegung mitwippten. Das war etwas, das mich beeindrukken konnte, ihre Haare, die den Formen ihres Körpers folgten, und es beeindruckte mich viel mehr als die dummen Geschichten meines Klassenkameraden, das kann ich Ihnen sagen. Aber es war nicht wie im Kino, ich meine, Malika ist meine Schwester, und sie beeindruckt mich nur, weil sie unheimlich schön ist und weil sie nicht so ist wie die anderen, also, es ist nicht wie bei einem Mann und einer Frau im Kino, haben Sie das mitgekriegt? Nein, überhaupt nicht so... Und ich saß da und hörte mir den Blödsinn von diesem phantasierenden und neurotischen Typ an. Ich fragte mich, was ich hier eigentlich sollte. Wirklich, das war mir schleierhaft... Schließlich sagte ich mir, es sei besser, keine »sozialen Kontakte« zu haben, bis ich jemand wirklich Netten treffen würde. Und für den Augenblick war dieser Jemand Malika.

Dienstag, Mittwoch, Donnerstag, Freitag rannte ich wie ein Verrückter in das Café. Natürlich nicht, um eine Cola oder einen Kaffee Tropicana zu trinken. Nein, ich sah die Glastüren an und ließ sie nicht aus den Augen. Und ich fand mich mickrig, unheimlich mickrig. Um mich wieder ein wenig besser zu fühlen, sagte ich mir, ich sei nur so da, zufällig, nur weil ich keine Lust hatte, gleich nach Hause zu gehen. Und dann konnte ich in aller Ruhe träumen: »Sie wird auf mich zukommen ... mir sagen ... ich sei ... ein netter Typ ... und mich fragen ... ob sie ... sich zu mir setzen kann ...« Ich war eben völlig idiotisch, Sie sehen es ja. Aber das ist mir egal, manchmal tut es nämlich gut, idiotisch zu sein. Einmal kam ein Typ aus meiner Klasse zu mir hergeschlappt und fragte mich, ob er sich neben mich setzen könne! Ich war vielleicht wütend. Wenn sie nun kommen würde, solange dieser Schwachkopf seinen Mist erzählte, wie würde ich dann aussehen! Ich stand auf und setzte mich auf einen anderen Platz, damit er begriff ... Ich weiß, daß es ein wenig fies war, aber ... Vor allem, nachdem die Frau meiner Träume nicht gekommen ist. Nein. Nicht mal eine Spur von ihr.

Und plötzlich, am Samstag, glaubte ich, mein Wunschbild käme auf den Flügeln der Phantasie zu mir hergeschwebt. Aber es war Wirklichkeit. Sie setzte sich sehr würdevoll an den übernächsten Tisch links von mir, und das ärgerte mich unheimlich, weil ich sie so nicht ansehen konnte, ohne daß sie es merkte. Ich sah weiter zur Tür hin, nur um nicht idiotisch zu erscheinen, und drehte mich dann unauffällig in ihre Richtung. Dabei strich ich mit den Fingern über den Rand meines Cola-Glases, als sei es Kristall, das man zum Singen bringen kann. Ich fragte mich, ob sie eine Zigarette rauchte oder ob sie mit ihrem Kuli etwas in ihr Adreßbuch aus Krokodilleder schrieb ... Es sei denn, sie sah mich an ... Ich strich über meine Haare (damit sie auch sah, wie schön sie waren). Und dann tauchte sie vor meinen Augen auf. Mit ihrer smaragdgrünen Seidenbluse und ihrer beigefarbenen Baumwollhose, ihrem Aigner-Gürtel und ihren blauen Augen, die auf mir ruhten ... Ich dachte, ich würde verrückt. Natürlich vor lauter Freude. Sie war unheimlich schön. Ich bin sicher, daß Sie noch nie jemand so Schönen gesehen haben ... Und so vornehm ... und alles ... Sie stellte ihre Krokotasche auf meinen Tisch, genau vor mein Glas, und sie setzte sich wie eine Königin ... Wirklich, sie war eine Königin. Und dann warf sie ihr ebenholzschwarzes Haar hinter die Ohren, die mit Silberringen und Diamanten geschmückt waren ... Sie legte ihre Hände auf den Tisch, lange, samtige Hände mit irrsinnig schönen Fingernägeln, keine langen Hexennägel, nein, sie waren genau auf die richtige Länge geschnitten und glänzten wie kostbare Steine ... Ich sah sie an und wagte nicht zu sprechen, das können Sie sich ja denken ...

»Störe ich Sie?«

»Nein, nein, überhaupt nicht.«

Natürlich versuchte ich, mit »fester« Stimme zu sprechen, aber das ist nicht so einfach, wenn man von einer Königin aus meerblauen Augen angeschaut wird. Dann dachte ich an alle die Typen in den Büchern und Filmen, die immer verführerisch und unwiderstehlich sind ... Ich versuchte, mich an das zu erinnern, was sie zu Damen sagten, die sich zu ihnen setzten ... Denn bei ihnen ging die betreffende Dame niemals wieder weg ... Aber es fiel mir nichts ein, und da ich nicht für einen schüchternen und komplexbeladenen Jüngling gehalten werden wollte, fragte ich sie, was sie trinken wolle. Das muß man eine Dame immer fragen, nicht?

»Einen Orangensaft.«

Wer so prompt, so lässig antwortet, muß wirklich mit einer entsprechenden Frage gerechnet haben, meinen Sie nicht auch ... Ich wäre wirklich blöd gewesen, wenn ich sie nicht mit der mir eigenen natürlichen Lockerheit gefragt hätte: »Möchten Sie etwas trinken?« Aber so wirkte es schon nicht mehr so besonders. Ich war eben noch nicht ganz perfekt. Ich rief den Kellner, um meine Bestellung aufzugeben, aber dieser Idiot tat so, als höre er mich nicht, und ich kann Ihnen sagen, ich war unheimlich verlegen. Sie sah mich mit einem kleinen Lächeln in den Mundwinkeln an, als wolle sie sich über mich lustig machen. Ich wollte mit den Fingern schnalzen, aber das sieht allzu herablassend aus, also schrie ich mich eben weiter mit meiner Kastratenstimme heiser: »Bitte.« Und der verfluchte Kellner kam einfach nicht. Sie können sich ja denken, daß er neidisch war, schließlich kommt so einer wie er nicht so leicht in die Verlegenheit ... Jedenfalls kam er dann doch noch, und ich sagte mit fester Stimme zu ihm: »Einen Orangensaft.« (Inzwischen fühlte ich mich eindeutig sicher, und ich hatte keine Lust mehr, »bitte« zu sagen, schließlich habe ich auch meinen Stolz.) Ich seufzte tief (aber nur innerlich, damit sie es nicht merkte, es hätte allzu gewöhnlich gewirkt).

»Haben Sie heute nachmittag etwas vor?«

Ich mußte ein grün und rot gefärbtes sprechendes Geschenk kaufen. Das Geld hatte ich dabei, hier, in der Tasche meines Blousons. Ich hatte ihr gesagt, heute sei ein ganz besonderer Tag und ich könne nicht vor abend nach Hause kommen. Sie hatte gelächelt ...

»Ich muß ... Ich muß einen Papagei kaufen gehen.«

Sie schien überrascht. Vielleicht dachte sie, ich mache mich über sie lustig ...

»Aber ich wäre gern ...«

»Na gut, und wie wäre es mit Montag?«

»Ja, sicher, am Montag habe ich Zeit.«

»Würden Sie gern ins Kino gehen?«

»O ja, sehr gern sogar.«

»Warten Sie hier auf mich? Um zwei?«

»Ja.«

Der Kellner stellte den Orangensaft vor ihr auf den Tisch. Endlich tat er einmal das Richtige, denn jetzt konnte sie nicht gehen, ohne ihn vorher auszutrinken. Sie nahm Zukker, rührte vorsichtig, lächelte mich an. Ich dachte daran, daß ich der glücklichste Typ auf der Welt war ... Und ich wagte es nicht, sie so anzusehen, wie ich es gern gewollt hätte. »Kannst du dir das vorstellen, mein Lieber, jetzt ist genau das eingetreten, worauf du so sehr gewartet hast, nein wirklich, ist dir das denn überhaupt klar?!« Am liebsten wäre ich vor Freude in die Luft gesprungen, hätte ich ... sie ... geküßt ... ihr ... gesagt ... Dann stand sie auf ... Nein! Nicht so schnell! ... Sie nahm mit einer graziösen Bewegung ihre Tasche ... Warum bleibt sie nicht noch ein bißchen? ... Sie machte eine Handbewegung, um sich zu verabschieden. Natürlich weiß sie, daß ich möchte, daß sie hierbleibt, auch wenn ich nichts sage ... Sie drehte sich zur Tür, und ich sah bewegungslos zu, wie ihre Königinnengestalt verschwand. Und ich habe nichts unternommen, ich bin ihr nicht nachgerannt! Durch die Fensterscheiben sehe ich noch einen Augenblick ihr Haar und ihre Schultern und dann ... nichts mehr ... Sie ist so schnell wieder verschwunden, wie sie aufgetaucht ist ... Am liebsten würde ich weinen. Auch wenn ich weiß, daß sie am Montag wiederkommen wird. Aber ich kann nicht weinen, und das tut noch viel mehr weh.

Die Hunde sehen mich mit ihren traurigen Augen an ... Hinter ihren Gittern ... Hinter ihrem Elend. Kleine, frierende Fellknäuel, die warten. Kleine Fellknäuel, die ich streicheln und beschützen möchte. Während ich an ihnen vorbeigehe, wende ich meinen Blick ab und halte mir die Ohren zu, um ihre gequälten Stimmen nicht hören zu müssen. Ich beeile mich, um zu den Vögeln zu kommen. Zu den Papageien. Die auf ihrer einzigen Stange von einem Bein auf das andere schaukeln, mit gesenktem Schnabel und nach vorn gereckter Brust, und die versuchen, ihre Flügel auszustrecken. »Nein, keinen Ara. Er ist für ein kleines Mädchen, ich möchte einen kleinen rot und grün gefiederten, so wie den da, und sprechen soll er.« Er zeigt mir ein paar. Ich komme mir ganz komisch vor, als ich einen aussuchen soll, den schönsten, den mit dem schönsten Gefieder, ganz so, als würde ich mir eine Hose aussuchen. Ich sehe nicht mehr hin. »Eine Stange brauche ich auch noch ... Nein, keinen Käfig, eine Stange. Können Sie ihn vorbeibringen, um sechs?«

Ich irre ein wenig am Châtelet herum, dann an den Quais. Ich sehe die ganze Zeit nur ein Gesicht vor mir, einen Blick, ich höre nur eine Stimme ... »Sie hat dich eingeladen, stell dir das doch mal vor!« Ja, ja, Sie wissen es schon. Und Sie wissen auch, was es heißt, verliebt zu sein.

Malika malte hingebungsvoll auf dem Tisch, der voller Papier und Zeichenstifte lag. Sie bemühte sich, sehr sorgfältig waagrechte Linien zu ziehen. Ich setzte mich neben sie, und sie zeigte mir stolz ihre Pläne, aber ein wenig unsicher war sie doch, weil sie Angst hatte, daß sie mir nicht gefallen könnten. An diesem Tag hätte mir alles gefallen, wirklich alles. Und die Entwürfe waren hübsch. Wirklich hübsch. Wir beschlossen, am Mittwoch den Stoff zu kaufen. Malika strich um mich herum, und ich wußte wohl, daß sie hin und her überlegte, ob sie mich fragen sollte, was ich ihr gekauft hatte.

»Nun sag schon! Du wirst es doch nicht bis morgen verstecken wollen!«

»Es ist nicht hier. Es wird heute abend gebracht.«

»Ist es etwas, das angeliefert wird?«

»Ja.«

»Mal sehen ... Was wird denn alles geliefert ... ein Möbelstück?«

»Nein.«

»Ein Kleidungsstück? Eine Torte?«

»Nein. Die Torte gibt es nur dazu. Und du wirst sie mit mir zusammen kaufen. Beeil dich, wir haben nur noch eine Stunde, bis es ankommt.«

Wir waren in der Konditorei, in der schönsten des ganzen Quartiers, in der Rue de Courcelles. Das war vielleicht ein Fest!

»Sollen wir die hier nehmen? Die andere ist aber schöner ... Aber die hier schmeckt wahrscheinlich besser ... Oh, hast du die da gesehen? Nur könnte ich keine Kerzen daraufstecken. Sieh mal, innen sind sie noch schöner ...«

»Schließlich feiern wir ein Fest, da darf ich nichts überstürzen.«

»Sieh doch, die große ... Was hältst du von der?«

»Daran essen wir eine Woche lang!«

»Um so besser, dann dauert mein Geburtstag eine Woche lang ... Willst du lieber die gelbe oder die dunkle? Oder die rote? Oder die Mokkatorte?«

»Du suchst heute aus.«

»Nein, du mußt mir helfen. Du mußt sie doch auch mögen. Oder wir suchen jeder eine aus.«

»Wir können doch nicht zwei Wochen lang Torte essen!«

»Wir heben sie auf. Oh, sieh mal ...«

Als wir gingen, hatten wir beide ein Paket in der Hand, wir mußten lustig aussehen. Jetzt fehlten nur noch Blumen. Und Malika konnte nicht mehr aufhören ...

»Letzten Endes hätte ich doch die dunkle nehmen sollen. Weißt du, die mit den hellen und dunklen Rechtecken und den Kugeln außen herum. Oder die rote. Die rote war schön ...«

Ich weiß nicht, warum ich nicht froh darüber war, daß Malika so lustig aufgelegt war. Ich war nicht neidisch darauf, aber irgendwie machte es mir ein komisches Gefühl. Wenn ich sie sonst lachen sehe, macht es mich glücklich, aber heute hat es überhaupt keine Wirkung. Überhaupt keine. Und ich hatte Angst, daß sie es merken würde.

»Warum macht es mir nichts aus, daß ich morgen zehn werde? Irgend etwas müßte ich doch merken.«

»Mach dir nichts draus, das ist immer so ...«

Ich sagte mir, ich muß jetzt froh sein. Und dann dachte ich an Montag ...

Man hörte einen seltsamen Schrei. Der von unten heraufdrang. Malika sah mich erstaunt an. Sie rannte die Treppen hinunter, so schnell sie nur konnte und stürzte auf den Lieferanten zu.

»Aber passen Sie doch besser auf, Sie schütteln ihn zu sehr, er ist zerbrechlich!«

Uff! Sie mochte ihn schon. Ich muß sagen, ich war froh darüber, auch wenn ich nicht eine Sekunde lang gedacht hatte, er würde ihr nicht gefallen. Der Papagei war in einen winzigen Kanarienvogelkäfig eingesperrt und stieß einen durchdringenden Schrei nach dem anderen aus.

Wir zeigten ihm seine Stange und öffneten die Käfigtür. Er kam heraus und setzte sich auf die Stange. »Warum windet er sich denn so? Hat er Bauchschmerzen?«

»Nein, das machen alle Papageien.«

»Wie nennen wir ihn? Meinst du, er streitet mit Theodor?«

»Nicht, wenn du ihm zu fressen gibst.«

»Warum haben sie seine Flügel abgeschnitten?«

»Damit er nicht wegfliegt. Er kann sprechen, aber er muß sich erst ein wenig eingewöhnen.«

»Ich werde ihm beibringen, ›Wilfried‹ zu sagen.«

»Du könntest ihm beibringen ›Wilfried, bring mir einen Orangensaft‹.«

»Ich werde daran denken. Du wirst schon sehen.«

Malika trug die Stange überall mit sich herum. Und ich begriff nicht, warum mein Kopf so leer war, so leer wie ein Traum.

8

Ich habe für meinen Papagei einen Namen gefunden! Mandrika ... Schön, nicht? Natürlich ist das eigentlich ein Mädchenname, aber was macht das schon ... Ich will damit sagen, ich sehe nicht, ob ein Vogel ein Männchen oder ein Weibchen ist. Mandrika ist schön. Er hat rote und grüne

Federn und einen gelblich-braunen Schnabel. Und er sitzt keine Minute still. Man würde es nicht glauben, wenn man ihn so sieht, aber er ist unheimlich graziös. Echt. Er bewegt sich wirklich so geschmeidig wie eine Katze. Heute morgen begann er schon zu singen. Ich werde ihm eine Menge Wörter beibringen. Und ich werde ihm beibringen, sich auf die Schulter oder den Arm zu setzen. Nur daß er geschrien hat, als ich heute morgen wegging, hat mich ein wenig beunruhigt. Vielleicht langweilt er sich ...

Ich bin zehn Jahre und einen Tag alt. Blöd, diese Altersgeschichten!

In dieser Klasse stinkt es mir. Wirklich, wirklich, wirklich. Ich kann nur lachen, wenn die Erwachsenen sagen, wir könnten nicht einschätzen, wie schön die Kindheit sei. Da sieht man doch wieder, daß nicht sie sich jeden Tag in der Woche außer mittwochs, jeden Tag von halb neun bis halb zwölf und von halb zwei bis halb fünf mit dieser lallenden und gräßlichen alten Paukerin abgeben müssen. Schön sind nur die Ferien. Und die gibt es nicht so oft, wie man meint. Und leider fällt der 1. November dieses Jahr auf einen Sonntag! So daß wir noch ... sechzehn ganze und vier halbe Tage vor uns haben (wenn man Sonntag und Mittwoch abzieht) ... Und erst dann ist es wirklich schön.

Gerade gestern habe ich Wilfried gefragt, wo wir in den Weihnachtsferien hingehen werden. Sonst hat uns immer die Haushälterin begleitet, und das war ziemlich lästig, denn sie rückt uns nicht von der Pelle. Deshalb müssen wir das von jetzt an ändern.

»Es wird nicht leicht sein, sie zu überzeugen.«

»Wir könnten sagen, wir fahren mit Freunden weg.«

»Malika, sie weiß genau, daß wir keine haben. Außerdem wird sie dann die Eltern kennenlernen wollen.«

»Sie wird uns nie allein wegfahren lassen.«

»Gut, dann sagen wir es eben nicht vorher. Wir schreiben ihr einen netten Brief, in dem steht, daß wir allein sein wollen.«

»Und am nächsten Morgen rückt sie auf dem Land an.«

»Wir gehen nicht in das Haus in der Normandie. Die Normandie hängt mir zum Hals heraus.«

»Aber wo sollen wir dann hingehen?«

»Ich dachte an irgend etwas im Süden ... Dort gibt es eine Menge verlassene Häuser.«

»Nein, wir sollten ins Gebirge. In die Alpen ...«
»Du spinnst, dort ist es zu kalt!«
»Du bist ja lustig, im Süden ist jetzt auch Winter ...«
»Aber es ist nicht so kalt.«
»Und wie kämen wir dann in deinen verfluchten Süden? Sollen wir uns in einem alten, heruntergekommenen Haus einen abfrieren?«
»Wir nehmen den Zug.«
»Aber es ist nicht einmal sicher, daß wir ein Haus finden ...«
»Hör mal, wir haben noch einen Monat. Also, wenn du willst, mieten wir uns etwas. Ein Haus nur für uns allein.«
»Genau! Ja genau, das ist gut.«
Zum Glück bin ich trotz allem vernünftig ...
Wilfried ist komisch. Zwei Tage lang sah er aus, als ginge er zu einer Beerdigung, und heute morgen fehlt nicht viel, und er würde vor Freude an die Decke springen. Obwohl eigentlich nichts besonderes passiert ist. Er hat sich nicht einmal für Mandrika interessiert, und die Pläne für das Badezimmer hat er auch kaum angesehen. Und trotzdem hat er mir heute morgen beim Weggehen noch über das ganze Gesicht strahlend gesagt, heute nachmittag werde er die Stoffe aussuchen gehen, nicht um sie zu kaufen, aber um zu sehen, in welchen Geschäften es die schönsten gibt. Immerhin ... war es schön, daß er nicht mehr aussah, als ginge er gleich zu einer Beerdigung. Stimmt schon, es gefällt mir nicht, wenn er traurig ist. Ich habe dann das Gefühl, er liebt mich nicht mehr, denn wenn er mich lieben würde, wäre er glücklich, wenn ich bei ihm bin. Ich bin nie traurig. Ich weiß, daß er auf mich wartet.

Ich habe jemand anderen gefunden, der die Aufgaben für mich löst. Ein Mädchen. Ich glaube, sie mag mich, weil sie sehr häßlich ist und gern so aussehen möchte wie ich. Wenn sie mir die Lösungen gibt, stellt sie sich vor, wir würden eine Art Tauschhandel machen. Sie hätte lieber lauter Sechsen und wäre schön ... Komisch nur, daß sie sich ein Mädchen ausgesucht hat ... Ich an ihrer Stelle hätte mir einen Jungen ausgesucht. Vielleicht ist sie lesbisch (ich meine, vielleicht wird sie es einmal) ... Andererseits ist es aber auch logisch, weil sie ja nicht wie ein Junge aussehen möchte, auch nicht wie ein schöner Junge. So einfach kann man sein Geschlecht nicht wechseln. Und sein Äußeres auch nicht, so schade das für sie ist ... Wahrscheinlich ist sie sehr unglücklich ...

Ich habe mich hinten in der Klasse neben sie gesetzt. So kann ich machen, was ich will. Ich spiele ganz allein Scrabble. Das heißt, ich spiele beide Rollen, Wilfried und mich. Ich muß doch üben, damit ich gewinne. Ich habe ein Gittermuster gezeichnet (ich kenne es auswendig, mit den Wörtern, die doppelt zählen, und den Buchstaben, die dreifach zählen), und ich habe kleine Papierschnitzel für die Buchstaben ausgeschnitten, die ich unter meinem Tisch verstecke. (Die Lehrerin sieht sie nicht und ich auch nicht. Übrigens brauche ich nicht zu bescheißen, weil ich auch gewinne, wenn Wilfried gewinnt, ich spiele ja für ihn). Ich finde es unheimlich lustig. Meine Nachbarin vertieft sich in Rechnungen, Kreisflächen und in die Volumen von Würfeln. Manchmal dreht sie den Kopf zu mir her und lächelt mir zu. Sie mag häßlich sein, aber sie rührt mich, ich habe Mitleid mit ihr. Ich habe ihr gesagt, sie soll Zitronensaft nehmen, damit ihre Sommersprossen verschwinden, und an diesem Tag ist sie mir fast um den Hals geflogen, so froh war sie. Endlich beachtet sie jemand und kümmert sich um sie. Sie ist wirklich nett, wissen Sie, und außerdem ist sie überhaupt nicht neidisch. Sie wünscht mir nicht, daß ich so häßlich bin wie sie, obwohl sie gern so wäre wie ich. Und das beweist, daß sie okay ist.

Nachmittags haben wir Diktat geschrieben, und es war nicht allzu langweilig. Ich schreibe gern, und außerdem habe ich immer gute Noten. Meine Nachbarin und ich haben unsere Hefte ausgetauscht und mit dem Bleistift die Wörter korrigiert, von denen wir sicher wußten, wie sie geschrieben werden. Die Lehrerin sah überhaupt nichts davon, übrigens ist sie kurzsichtig und trägt eine unglaublich lächerliche Brille! Ich kann Ihnen sagen, Sie würden sich biegen vor Lachen, wenn Sie die nur sehen würden. Wir hatten beide eine Eins-bis-Zwei, und sie hat nicht einmal bemerkt, daß wir denselben Fehler hatten. Ich muß allerdings sagen, daß wir die Hefte in den Stapel gemischt haben, damit sie nicht beieinander liegen.

Ich war wirklich froh, daß wieder ein Schultag vorbei war. Auch wenn ich wußte, daß morgen der nächste kam. Vorläufig hatte ich jedenfalls frei bis morgen früh um halb neun, und das kam mir vor wie eine Ewigkeit. Ich fühlte mich wohl. Langsam ging ich in Richtung Gare Saint-Lazare und sah mir dabei die Geschäfte und die Menschen an. Ich hatte es nicht eilig mit dem Nachhausegehen, denn ich wußte ja, daß Wilfried noch nicht da sein würde. Trotzdem nahm ich den Bus, denn sein rot und grün gefiedertes Geschenk wartete auf mich, und ich mußte ihm seinen Namen beibringen ... Mandrika ...

Er wollte ihn mir nicht nachsprechen ... Vielleicht gefiel er ihm nicht? Ich habe ihn gefragt, aber er gab keine Antwort. Ich habe ihm meinen Arm gezeigt, damit er daraufsteigen sollte, aber er war ein wenig ängstlich und rückte schüchtern an das andere Ende seiner Stange. Dieser Vogel ist sehr empfindlich. Aber er gefällt mir, und vielleicht gerade deshalb, weil er so zerbrechlich ist.

Er mußte verärgert sein, weil ich ihn den ganzen Tag allein gelassen hatte. Also erklärte ich ihm, daß es nicht meine Schuld gewesen war, daß ich gar nicht anders konnte als in die Schule gehen. »Was meinst du wohl, wenn ich nicht müßte ...« Er wand sich und stieß einen kleinen Schrei aus, wahrscheinlich, um mir zu verzeihen, meinen Sie nicht auch? Ich zeigte ihm die Wohnung, indem ich seine Stange in jedes Zimmer schleppte. Und das gefiel ihm wirklich, er sang ununterbrochen. Dann gingen wir ins Wohnzimmer, und ich legte eine Schallplatte auf, immer dieselbe, damit er die Lieder lernte. Er hörte zu, ohne etwas zu sagen. Wahrscheinlich war er ein wenig beleidigt, weil an seiner Stelle eine andere Stimme sang. Ich zeichnete an meinen Badezimmerplänen weiter, und als ich genug davon hatte, versuchte ich, ein Stilleben zu malen. Die Blumen auf dem Tisch waren schön ... Ich habe sie sogar angemalt. Sie waren unheimlich schön ... Ich werde sie Wilfried geben. Nein, nicht gleich, erst werde ich sie noch einmal mit Ölfarben malen, das ist noch schöner. Ich lege die Platte von neuem auf. Mandrika sieht mich erstaunt und mit ulkigem Ausdruck an. Er ist wirklich ein süßes Geschenk.

Um sechs war Wilfried immer noch nicht da. Ich weiß schon, daß es lange dauert, bis man alle Stoffgeschäfte durchgesehen hat, aber trotzdem, er hatte nur bis drei Uhr Schule. Oh, Scheiße! Ich werde doch nicht so bescheuert werden wie die Väter und Mütter. Außerdem wäre es mir am liebsten, er käme genau dann, wenn ich das Bild fertiggemalt habe. Und ich fange ja eben erst an. Mandrika hört immer noch empört der endlosen Schallplatte zu. Manchmal versucht er, der Musik zu folgen, aber dann verstummt er wieder, als sei er mit dem Ergebnis nicht zufrieden. Mit einem Schnabelhieb öffnet er hin und wieder einen Sonnenblumenkern, nachdem er ihn wieder und wieder in seinen Krallen herumgedreht hat. Eines Tages werde ich versuchen, ihn zu zeichnen. Es wird schwierig werden.

Theodor ist immer noch schwach auf den Beinen. Er schläft auf einem Kissen, und wenn er aufwacht, bewegt er sich ungeschickt, mit halb geschlossenen Augen. Er hat nicht einmal etwas von der »ungebührlichen« Ankunft Mandrikas bemerkt (ungebührlich deshalb, weil ihm sein Instinkt sagen muß, daß er vielleicht in Gefahr ist). Ich hoffe, daß er dadurch nicht traumatisiert wird ... Wissen Sie, in einer Familie ist manchmal das ältere Kind sehr eifersüchtig auf das Baby, das ihm einen Teil der »elterlichen« Liebe wegnimmt, und deshalb holt sich das ältere Kind alle möglichen Komplexe. Ich will nicht, daß Theodor Komplexe bekommt ...

Manchmal frage ich mich, ob Wilfried eine ... Geliebte hat. Oder ob er eine haben wird. Natürlich weiß ich, daß alle Typen eine haben, aber das würde mir trotzdem nicht gefallen. Ich wäre unheimlich eifersüchtig. Ich würde sterben vor Eifersucht. Im Ernst, ehrlich. Natürlich sage ich es ihm nicht, schließlich bin ich nicht seine Frau, deshalb kann ich es ihm nicht sagen ... Aber trotzdem, wenn er mich verraten, wenn er mich ... betrügen würde ... Ich könnte es nicht ertragen. Ich wäre ihm mein ganzes Leben lang böse. Ja, genauso ist es. Aber das wird Wilfried mir nicht antun. Er hat es mir gesagt.

»Sag mal, Wilfried ... Bist du ein Lügner?«

»Meinst du, ich hätte dich schon einmal angelogen?«

»Nein. Aber würdest du mich irgendwann einmal anlügen?«

»Das hängt davon ab, von welchen Lügen du sprichst. Wenn ich eine Überraschung für dich vorbereite, lüge ich dich an, damit du nichts errätst, aber das ist dann keine echte Lüge.«

»Aber würdest du mich auch echt anlügen?«

»Nein, nicht wirklich. Warum sollte ich dich auch anlügen?«

»Ich weiß auch nicht ... Wenn du eine Geliebte hättest, zum Beispiel ...«

»Na, na, sehe ich denn aus, als hätte ich eine Geliebte? Das ist etwas für kleine Mädchen wie dich, die in die Schule gehen.«

»Du verstehst mich absichtlich nicht! Ich meine eine Freundin!«

»Aber das bist du doch, meine Freundin, so klein du bist.«

Das war wirklich nett. Wirklich tausendmal nett. Sie können sich vorstellen, daß mir die Geliebten und die Freundinnen gestohlen bleiben konnten, nachdem Wilfried das zu mir gesagt hatte. Ich war unheimlich glücklich ...

Er kam um acht. Ich wollte ihn anbrüllen, aber ich merkte erst, wie spät es war, als er schon eine Viertelstunde zu Hause war. So vertieft war ich in meine Zeichnung. Sie können sich vorstellen, daß ich sie schnellstens verschwinden ließ, als ich die Tür hörte! Ich dachte nicht gleich daran, wütend zu werden. Und außerdem, Wilfried, ich weiß nicht, was mit ihm geschehen war, aber er war so ... euphorisch ... (Ich suche nach einem hochgestochenen Wort ... Wissen Sie, nach einem, das nicht richtig schön ist, aber das eine durchschlagende Wirkung hat ... Ah, genau! Er war buchstäblich »freudetrunken«, nicht schlecht, oder?) In Wirklichkeit störte es mich ein bißchen. Ich fragte mich, ob ihn der Stoff so fröhlich gemacht hatte ...

9

Sie können sich vorstellen, daß ich die Physikstunde am Montag zwischen zwei und drei locker geschwänzt habe. Also da gab es nichts ... Um halb zwei saß ich schon vor einem Orangensaft im Café (er schmeckte bescheuert, aber an dem Tag war alles gut), und ich sagte mir: »Wenn sie nicht allzu früh kommt, dann sieht es ziemlich doof aus, wenn ich hier warte und sage, ich sei eben erst gekommen, aber ich wußte, daß sie keine von den Frauen war, die zu früh kommen, nein, sie würde genau um zwei Uhr da sein ... Und wenn sie dich nun aufs Glatteis geführt hat? Aber nein, warum sollte sie. Sie ist vornehm, sie hält, was sie verspricht, was glaubst du denn? Na eben, was weißt du denn schon davon, du kennst sie ja gar nicht, mein Lieber ... Ich sage dir, daß sie kommen wird ...«

Eine Minute vor zwei bekam ich wirklich Angst. Echt, ich hatte vielleicht Schiß ... Sie war vielleicht verhindert, eine wichtige geschäftliche Besprechung oder so etwas ähnliches ... Außer ... Sie kam herein! In einem hocheleganten grünen Jackenkleid, das gerade eng genug und gerade weit genug war, und sie trug eine kleine Tasche aus rotem Leder ... Sie lächelte mich an! kam auf mich zu ... setzte sich direkt mir gegenüber und sah mich an, als sei ich eine wichtige Person, als habe sie diese verdammten zwei Tage plus einen Morgen, genau siebenundsechzig Stunden lang, an mich gedacht. Viele kleine Schauer liefen mir vom Kopf bis zu den Füßen ... und hielten genau an der Stelle an, die Sie sich denken können, dann stiegen sie wieder weiter hinauf, und ich befürchtete wirklich, daß ich anfangen würde zu zittern. Stellen Sie sich vor, wie lächerlich ich dann ausgesehen hätte.

»Geht es Ihnen gut?«

»Ja, sehr gut ...«

»Haben Sie an einen bestimmten Film gedacht, oder soll ich einen aussuchen?«

Ich wollte höflich und galant sein und alles, was dazugehört, deshalb antwortete ich beflissen:

»Sie suchen ihn aus. Sie laden mich ein, also sollen Sie ihn auch auswählen.«

Sie senkte die Augen und polierte einen ihrer Fingernägel, dann hob sie den Kopf wieder und sah mir mitten ins Gesicht, sagenhaft, wie sie das machte ...

»Ich dachte an einen amerikanischen Film ...«

Nein, keine von diesen Musikschnulzen!

»Wissen Sie, die Geschichte von Henry Ford. Der Film heißt ›Betsy‹.«

»O ja, gern, ich wollte ihn ohnehin sehen.«

Wie Sie sich vorstellen können, sagte ich ihr natürlich nicht, daß ich diesen verdammten Film schon gesehen hatte. Malika hatte unaufhörlich geredet, so sehr hatte er sie gelangweilt, und ich hatte mich wie üblich an den englischen Dialogen festgehalten, um nicht vor Langeweile zu sterben ... Eine idiotische Geschichte; ein Rennfahrer wird Fabrikdirektor, alles läuft wie geschmiert, die Bösen sterben, und nur er bleibt übrig. Er hat ein geniales Fahrzeug konstruiert, das er nach der Enkelin des Großvaters Ford Betsy nennt ... und die liebt ihn natürlich wahnsinnig (was die

Geschäfte erleichtert). Und sie heirateten und hatten viele Kinder ... Und deshalb kann man heute so sicher in einem luxuriösen amerikanischen Ford fahren und alle seine Freunde zutiefst damit beeindrucken ... Trotzdem war es mir eigentlich nicht recht, daß sie diesen Film sehen wollte. Denn ich will Ihnen ja nichts verschweigen, mit diesem Playboy und seinen vielen Abenteuern kann ich es natürlich nicht aufnehmen ... Und *das,* Sie wissen schon, tat er »wie ein junger Gott«. Nur konnte ich das der Frau meiner Träume nicht erklären, es hätte ordinär gewirkt, nicht?

»Wir müssen uns beeilen, dann kommen wir gerade rechtzeitig.«

»Er läuft in einem Kino auf den Champs-Elysées, bis dahin brauchen wir fünf Minuten.«

»Oh! Dann sehen wir vielleicht noch die Werbung.«

Ich bezahlte ganz lässig meinen Orangensaft und ließ ein enormes Trinkgeld liegen (ich hatte keine Zeit, um auf mein Wechselgeld zu warten, und ich wollte auch nicht knickrig erscheinen), ich ging hinter ihr her (und sah dabei auf ihre Hüften, aber Sie können sich vorstellen, daß sie sie nicht so schwenkte wie die Nutten in der Rue Caumartin, und außerdem waren ihre unheimlich vornehm), und als wir dann draußen waren, zeigte sie mir einen Sportwagen (kein protziger Schlitten, bestimmt nicht, aber trotzdem irre gut). Und die ganze Zeit über lächelte sie mich an, das machte mich richtig wahnsinnig ...

Mit einer gleichgültigen Bewegung (damit man nicht sehen konnte, wie beeindruckt ich war) öffnete ich die Tür und richtete mich gerade, um größer zu erscheinen, ich stellte meine Tasche auf den Boden, damit sie meine Beine auch richtig sah. Ihre Beine jedenfalls ... Ich mußte sie einfach ansehen ... Ihr Rock war hochgerutscht, als sie sich hingesetzt hatte, und sie waren wirklich irre, mit diesen Strumpfhosen, die sie braun und schön machten ... Selbst im Kino haben die Mädchen keine so schönen Beine. Natürlich sind die im Kino nicht schlecht, aber sie sind nicht so vornehm ... Sie schloß ihre Tür, und eine Kassette begann zu laufen, die Stimme John Lennons sang ein sehnsüchtiges Liebeslied, während der Motor zu schnurren begann und ich das Armaturenbrett bestaunte. Wenn Sie das gesehen hätten! Jede Menge blinkende Lichtchen in allen Farben, sogar ein Telefon, nur damit Sie sich eine Vorstellung machen können! Die Fensterscheiben bewegten sich automatisch, die Zigaretten kamen schon angezündet heraus, wenn man auf einen Knopf drückte!

»Gefällt er Ihnen?«

»Das kann man wohl sagen.«

Warum hatte ich das nur gesagt? Ich wollte nicht, daß sie dachte, ich interessiere mich dafür ... Aber letztlich stimmte es ja ... Er gefiel mir ...

Sie fuhr gut. Es war ganz anders als im Bus, wo man sich an den Stangen festhalten muß, um nicht auf einer alten klapprigen Oma zu landen. Sie bremste nicht etwa vor jeder Ampel, sondern sie kam ganz sanft zum Stehen. Der Wagen hielt auf der Höhe der Metrostation Franklin-Roosevelt, ungefähr den Kinos gegenüber. Sie brauchte nicht einmal zu suchen, der Parkplatz war schon da. Sie war wirklich wunderbar. Ich kann Ihnen sagen, ich war ganz schön stolz darauf, daß ich neben einer solchen Frau ging. Irgendwann fragte ich mich, was sie wohl an mir fand, an mir, einem mickrigen Fünfzehnjährigen, der seine Tasche voller idiotischer Schulbücher mit sich herumschleppte und versuchte, sich dadurch älter zu machen, daß er seinen Brustkasten unter dem schon etwas abgewetzten Blouson aufblähte ... Und wenn es nun überhaupt keinen Grund gab? Letzten Endes wäre das wohl besser ... Außer, es ist mein ... mein Charme ... Ganz echt, es gibt jede Menge Frauen, die sich auf der Straße an mich ranmachen. Aber sie interessieren mich nicht. Schließlich habe ich ja auch meinen Stolz.

Wir gingen also nebeneinander über die Avenue des Champs-Elysées, und alle anderen drehten sich nach uns um. Wahrscheinlich sagten sie sich: »Manchen gibt's der Herr im Schlaf ...« Soviel Glück wie ich hatte eindeutig niemand auf der Welt ... Mit einer lässigen Bewegung nahm sie einen Hundert-Franc-Schein aus ihrer Tasche, ging an mir vorbei und sagte:

»Beeil dich.«

Es gefiel mir, daß sie du zu mir sagte. Aber ich fragte mich, ob ich selber es wohl auch wagen könnte ...

»Ich komme schon.«

Ich lief zu ihr hin, fast hätte ich ihre Hand genommen, aber im letzten Moment habe ich es doch gelassen, weil ich Angst hatte, daß sie mich für einen Schürzenjäger halten und mich wie einen Idioten mit meiner Eintrittskarte für einen

Film stehenlassen könnte, den ich schon einmal gesehen hatte. Sie lief wie eine Katze auf ihren Zwei-Meter-Absätzen, und ich konnte es nicht fassen. An ihrer Stelle hätte es mich trotz aller Schönheit auf die Schnauze gehauen. Der Saal war dunkel, und sie flüsterte der Platzanweiserin zu: »Zwei Plätze«, und dann nahm sie meine Hand, und ich fühlte ihre zarten Finger, die meine drückten, und mir wurde ganz anders, und ich versuchte, sie, ich meine, ihr Gesicht zu sehen, aber es war ganz dunkel, und schließlich war alles gut so. Wir gingen nach hinten, sie ließ meine Hand los, um sich zu setzen, dann griff sie sanft wieder danach und drehte sich zur Leinwand hin, aber ich, das können Sie mir glauben, hatte etwas anderes zu tun als mir den Vorspann anzusehen.

Sollte ich näher an sie heranrücken? Ihr meinen Arm um die Schulter legen? Ihr Haar streicheln? Allein der Gedanke daran ... ich wurde fast wahnsinnig ... Aber ich wagte es nicht. Ich wagte es wirklich nicht. Sogar meine Hand blieb völlig unbeweglich, ich hatte Angst, sie zu bewegen, obwohl ich fühlte, daß ich einen Krampf bekommen würde, aber ich bewegte mich nicht, ich konnte einfach nicht ... Ich versuchte, mich für den verdammten Film zu interessieren, nur war ich völlig durcheinander, und unter uns gesagt, das Mädchen auf der Leinwand war unheimlich häßlich neben ... ah, wie hieß sie denn eigentlich? Und vor allem mußte ich sie unablässig ansehen, sie hatte vielleicht ein Profil! Und dann, in der Mitte des Films, drehte sie sich zu mir her, näherte ihr Gesicht dem meinen und flüsterte:

»Komm, wir gehen.«

Ich traute meinen verdammten Ohren nicht. Das freute mich allerdings, kann ich Ihnen sagen ... Damit sie nicht denken sollte, dieser Scheißfilm interessiere mich, antwortete ich:

»Oh ja, diese Betsy stinkt mir.«

Und so fanden wir uns auf dem Trottoir wieder. Sie lächelte mich an, als sehe sie mich zum erstenmal, da lächelte auch ich sie an und versuchte, mit den Augen zu sprechen, aber das ist gar nicht so einfach. Ich hatte das Gefühl, ich müßte zerspringen, so glücklich war ich, so glücklich, Sie können sich überhaupt nicht vorstellen, wie sehr ... Ich fragte mich, wo sie mich wohl hinbringen würde, als der Wagen über die Champs-Elysées zur Place de l'Étoile rollte, sie sprach nicht mehr, und auch ich sagte nichts mehr ... Ich sah nicht mehr auf das Armaturenbrett, das mich überhaupt nicht mehr interessierte, Sie können sich ja vorstellen, daß mir andere Dinge im Kopf herumgingen.

»Ich hoffe, daß dir mein Haus auch gefällt.«

Und wie es mir gefiel! Es war fast so schön wie unseres! Das kann ich Ihnen sagen. Mitten in der Avenue Victor Hugo, ein tolles Haus, am Anfang dachte ich sogar, es sei die »Residenz« eines Botschafters oder so ähnlich ... Ich ging nach ihr in den Aufzug, und die ganze Zeit über lächelte sie mich an, wirklich, sie schien mich sehr gern zu haben ... Und dann die Wohnung! Ein richtiger Palast! Das warf mich wirklich um, ich bekam den Mund nicht mehr zu, ich war baff. Dicke Teppiche, Felle an den Wänden, Tische aus Marmor ... Sie führte mich in einen Raum, der so groß war wie ein Salon. Dort thronte eine riesige Stereoanlage inmitten von Tausenden von Schallplatten, ein Bett in der Mitte des Raums, eine wahnsinnige Bibliothek und Schränke, in denen die irrsinnigsten Kleider hingen ... wie bei einem Filmstar ... Ich setzte mich etwas verlegen in einen großen Ledersessel, sie legte ihre Tasche auf einen kleinen niederen Tisch, öffnete ein Fach des Schränkchens unter dem Verstärker und bot mir ein Glas an.

»Whisky? Oder Orangensaft?«

»Whisky ... mit ein wenig Orangensaft ...«

Natürlich trinke ich gewöhnlich keinen Whisky, aber das hier waren trotz allem außergewöhnliche Umstände, ich konnte ihr doch nicht sagen, daß ich sonst mit Cola und Orangensaft lief ... das konnte ich ihr wirklich nicht sagen ... Ganz lässig nahm ich das Glas, das sie mir hinhielt, als hätte ich mein Leben lang nichts anderes getan, ich nahm langsam einen Schluck, und es zerriß mir die Kehle (Pfeffer, das mußte Pfeffer sein oder Tabasco!), aber ich zuckte weder mit den Lippen noch mit den Schultern, bestimmt nicht, Sie können mir glauben, ich verhielt mich einwandfrei. Genauso, wie man sich in einem solchen Fall zu verhalten hat. Sie setzte sich mir gegenüber und begann, an ihrem Glas zu nippen, und bei ihr sah man wirklich, daß sie das ihr ganzes Leben lang getan hatte! Dann bot sie mir eine Zigarette an, und ich wagte nicht, sie abzulehnen, mir würde ganz schön komisch werden, nach dem Wisky und der Zigarette ... Aber was sein muß, muß sein ... Der erste Zug zerriß mir die Gurgel, die Mandeln und die Luftröhre ... Und in meinem Kopf drehte und drehte es sich, ich mußte aufpassen, daß er sich nicht bewegte, damit sie nicht sah, daß ich nicht daran gewöhnt war. Wie sah ich wohl aus ... Bestimmt ganz fürchterlich ... leichenblaß sicher und mit einer leichten Anstrengung im Gesicht ... Schließlich fing sie an zu sprechen, und das machte es mir viel leichter.

Sie hieß Hélène. Ihre Eltern waren reich, sehr reich. Sie hatten sogar soviel Moneten, daß sie ihr dieses Haus bezahlen konnten ... und auch alles andere, den Wagen, die Möbel, die Kleider ... Anders gesagt, wie wurde ausgehalten, aber nicht im gewöhnlichen Sinn ... Sie war nicht verheiratet, weil alle Typen es auf ihr Geld abgesehen hatten und die restlichen alt und häßlich waren. Sie sprach sehr leise und sah mich aufmerksam an, wie um festzustellen, was ich davon hielt, ganz so, als sei ich der einzige, dem sie sich anvertrauen konnte. Ich zitterte nicht mehr. Jetzt war ich überlegen. Natürlich bin ich nicht so, ich würde diese blöde Überlegenheit niemals ausnutzen.

Übrigens hat sie alles an meiner Stelle gemacht. Sie kam näher zu mir heran, ganz langsam. Nicht zu schnell, sie hat es nicht nötig, etwas zu überstürzen. Einen Augenblick lang lehnte sie sich an mich, und ich fühlte ihre Arme und ihren Busen an meiner Seite, ich zitterte nicht mehr, ich war nur noch glücklich. Und dann, dann strich sie über mein Haar, ganz sanft, mit ihren sagenhaften Händen ... Sie ... nahm mich in die Arme ... und ...

Jedenfalls ging es genau so weiter, wie Sie sich denken können.

Das habe ich gesagt, weil ich keine Pornographie machen wollte. Aber trotzdem ... ich bin sicher, daß Sie mir nicht glauben. Sie denken, ich sei ein Phantast ... ich sei vom Kino abgestumpft ... oder nicht? Ich weiß wohl ... Na gut, ich kann Ihnen auch alles erzählen, im Detail. Und Sie werden blaß werden vor Neid, das können Sie mir glauben! Aber nein! Es bringt nichts, Dinge zu erzählen, die nur mich angehen. Und sie. Sie brauchen mir ja nicht zu glauben, ich weiß jedenfalls, was wahr ist. Und das genügt mir, um ein glücklicher Typ zu sein.

Ich lag auf dem Fell ausgestreckt und sah zur Decke. Hélène rauchte eine Zigarette, und ich fühlte, daß sie mich beobachtete, auch wenn ich ihre Augen nicht sehen konnte. Ich hätte reden wollen, aber ich wußte nicht, was ich ihr hätte sagen können, so sehr ich auch suchte, ich fand nichts in meinem Leben, das sie hätte interessieren können. Ich fragte mich ständig, ob sie alle Typen, die ihr gefielen, so zu sich kommen ließ. Wirklich, ich machte mir Gedanken darüber, nicht weil ich eifersüchtig bin, aber ich hätte gern mit ihr zusammenbleiben wollen. Sie meinen wohl, das sei eine ganz und gar unpassende Frage? Ich hatte den Eindruck, daß sie alles erriet, was ich dachte, und ich glaubte, sie würde anfangen zu lachen und mir sagen, das ginge mich nichts an.

»Wohnst du bei deinen Eltern?«

»Mmh ... nein. Nein, meine Eltern sind dauernd unterwegs, man sieht sie nie.«

»Wer, man?«

»Meine kleine Schwester und ich. Aber wissen Sie, meine kleine Schwester ist unheimlich in Ordnung.«

»Du kannst du zu mir sagen.«

»Du ... würdest nicht glauben, daß sie erst zehn Jahre alt ist. Sie ... du würdest sie auf mindestens fünfzehn schätzen.«

»Dann kannst du also tun und lassen, was du willst?«

»Ja.«

»In dem Fall kannst du ja abends mal mit mir essen gehen.«

»Das würde mir irrsinnig gefallen.«

Ich überlegte mir schon eine richtige Lüge für Malika.

»Ich muß heute abend weg. Wenn du willst, kannst du noch ein bißchen bleiben. Ich gehe um sieben.«

Daß ich gehen sollte, gefiel mir allerdings gar nicht. Aber schließlich gehörte ich trotz allem noch nicht richtig in ihr Leben. Und dann wartete ja auch Malika auf mich. Ich zog mich langsam an. Ich fühlte mich ganz seltsam, nicht traurig, aber echt komisch. Sie holte ein Abendkleid aus dem Schrank und fragte mich, ob es mir gefalle, und ich fragte mich, warum eigentlich, wo ich doch gar nicht mit ihr ausging. Am liebsten hätte ich gewollt, daß das Kleid an einem Möbelstück hängengeblieben und zerrissen wäre und sie dann nicht mehr hätte gehen können. Nur hatte sie Tausende von Kleidern. Ich war in der Klemme und seltsam wütend. Dann fiel mir wieder ein, daß sie mich zum Essen eingeladen hatte, und das beruhigte mich ein wenig. Ich fühlte mich sehr sicher, aber wenn ich etwas sagte, war meine Stimme nur ein kleines schüchternes Flüstern. Ich guckte ganz schön blöd aus der Wäsche ...

»Kann ich Sie ... dich wiedersehen?«

»Hast du Telefon?«

»Ja, aber ich würde dich lieber selbst anrufen, weil ich nicht will, daß meine kleine Schwester ... Sie ist sehr empfindlich.«

»Aber sie ist doch nur deine kleine Schwester. Sie braucht doch nicht eifersüchtig zu sein. Welche Nummer hast du denn?«

Das war wirklich nicht sehr nett. Auch wenn ich Malika nicht so liebte wie sie, gab es keinen Grund, daß Malika nicht eifersüchtig sein sollte. Im übrigen ist Malika auf alles eifersüchtig. Und auch wenn mir der Gedanke daran ein wenig wehtat, wußte ich wohl, daß Hélène mich nicht richtig liebte, und daß Malika nur mich liebte.

Ich gab ihr trotzdem meine Nummer, weil ich sie wiedersehen wollte. Und ich befürchtete, daß sie nicht anrufen, daß sie mich vergessen würde, daß sie mich ungeschickt gefunden hatte und sich einen anderen Typ suchen würde. Ich befürchtete, daß sie einfach eine reiche und schöne Frau war, der es nur um den Körper ging und die sich nicht um den Typ kümmerte und um das, was er dachte. Die sich nicht um das kümmerte, was er ... für sie empfindet ... Echt, ich glaube, ich war verliebt ... in eine reiche und schöne Frau ... die selbst niemals verliebt war.

Du spinnst, Alter, sie ist kein solches Luder! Sie nimmt dich mit in ihr Haus, lädt dich zum Essen ein. Du verstehst überhaupt nichts davon, vielleicht liebt sie dich ... Glaubst du, sie würde sagen, ich soll gehen, wenn sie mich wirklich lieben würde? Na? Du bist aber komisch, vielleicht hat sie etwas Wichtiges zu erledigen. Etwas Wichtigeres als mich? Da siehst du, sie will überhaupt nichts von mir ...

Ich wartete in einem Sessel auf sie, und ich rauchte eine Zigarette, damit sich mein Kopf wieder drehte. Aber mir wurde nur übel, und meine Gedanken blieben klar. Ich hörte Geräusche, die aus dem Badezimmer kamen, sie bürstete ihr Haar, schminkte sich, zog ihr Kleid an ... für ... Ich wollte mich nicht durch die Tür von ihr verabschieden. Ich wollte sie küssen und ihr sagen, daß ich sehr unglücklich wäre, wenn sie mich nicht anrufen würde. Ich wollte ...

Sie kam heraus, mit einem strahlenden Lächeln ... Sie lächelte schon für jemand anderen. Ich ging auf sie zu, aber sie stieß mich zurück und sagte, ich bringe ihr Make-up in Unordnung. Ich hätte sie umbringen können. Ich weiß genau, daß die Wimperntusche wasserfest ist, daß das Make-up jeden Kuß aushält und der Lippenstift keine Spuren mehr hinterläßt. Ich nahm meine Tasche wieder auf. Wahrscheinlich sah ich aus, als ginge ich zu einer Beerdigung. Ich schloß die Tür hinter der Frau meiner Träume, die Verzweiflung lastete wie ein schweres Gewicht auf meinen Schultern.

Auf dem Heimweg redete ich mir ein, daß sie mich anrufen würde. Sie konnte gar nicht anders. Obwohl ich keine Ahnung hatte, sagte ich zu Malika, die schönsten Stoffe gebe es in den Galeries. Es war schön, Malika bei mir zu haben. Sie war wirklich lieb, sie stellte mir keine unbeantwortbaren Fragen, erzählte von Mandrika (diesen Namen hat sie ihrem Papagei gegeben), zeigte mir ihre Bilder. Ich war froh, weil ich an meinen Traum glaubte, ich lebte ihn fast ... Ehrlich, ich muß neurotisch oder so etwas sein.

Malika kam in mein Zimmer, ohne auch nur so zu tun, als habe sie einen Alptraum gehabt. Sie legte sich ganz selbstverständlich in das andere Bett, zog die Decke hoch bis an ihr Kinn und sah mich unverwandt an. Sie errät alles. Sie wußte, daß ich sie nicht wiedersehen würde. Sie sagte nichts, aber ihre Gegenwart tröstete mich ganz eigenartig. Sie hätte mich nicht wegen eines Kusses zurückgestoßen. Sie tut nie jemand weh. Da lagen wir alle beide im Dunkeln, durch den räumlichen Abstand voneinander getrennt und doch so nah beieinander. Es war gut, zusammenzusein. Weil wir uns wirklich und für immer liebten. Nicht nur für einen kurzen Augenblick der körperlichen Lust nach einem schwachsinnigen Film.

Und hier sitze ich nun wie ein Idiot verloren hinter einem Tisch, festgenagelt auf einem Stuhl. Verloren nicht wegen meiner Chemieaufgaben, die ich nicht verstehe, sondern weil ich im Leben verloren bin. Raten Sie doch mal, was ich jetzt gerade mache ... Träumen, natürlich, das war einfach. Wovon? Da wird es dann kompliziert. Da Sie ohnehin die Antwort lesen, ohne sie vorher selbst zu suchen, kann ich sie Ihnen auch gleich verraten. Das Ganze ist wirklich ein bißchen unklar, um es ganz deutlich zu sagen. Eigentlich ist es sogar ziemlich beunruhigend (für mich jedenfalls), heute ist es mir schon dreimal so gegangen; es kommt einfach so, ohne daß ich weiß woher, ich gehe die Straße entlang, ins Klassenzimmer hinein, dort stinkt es mir, und plötzlich benutzt meine Phantasie mein Gedächtnis, um Gedanken aus dem Wunderland hervorzuholen, da ist das Gesicht Hélènes, ganz lieb sieht sie aus, so lieb wie an dem Tag, als sie mir im Café zulächelte, und ich sehe sie ziemlich lange an, um sie nicht zu vergessen, und dann fängt ihr Gesicht an, sich zu bewegen, ihr Haar flattert, ihre Augen lächeln. Dann erscheint Malikas Gesicht wie durch einen Schleier... es legt sich über Hélènes Gesicht... Ich werde wütend, werfe den Traum weg, versuche, ihn zu zertreten, aber da ist er auch schon verflogen. Und kommt wieder.

Warum verschmelzen Malikas und Hélènes Gesicht zu einem einzigen? Ich betrachte sie doch nicht in der gleichen Weise. Ich mag keine unlösbaren Fragen (ich meine, für mich unlösbare). Das Problem besteht nämlich gerade darin, daß sie einander ergänzen. Und daß sie deshalb völlig voneinander verschieden sind. Ich kann sie nicht miteinander vergleichen. (Ich will sie auch nicht miteinander vergleichen, aber in meinem Traum rief Malika ganz aufgebracht: »Liebst du sie etwa mehr als mich?«)

Ist es das, was man eine Eingebung nennt? Vielleicht wird Malika später so sein wie Hélène. Aber nein! Ich habe ihr doch erklärt, daß man nicht... Obwohl, eigentlich habe ich ihr das nicht gesagt... Daß man niemanden zurückstoßen soll...

»Schließlich hat sie dich eingeladen und nicht du sie.«

»Na hör mal, das ist noch lange kein Grund, mich so sitzenzulassen, wie sie es getan hat. Das ist doch wirklich nicht besonders vornehm. Sie täte gut daran, mich anzurufen, sonst...«

»Was sonst? Du hast noch nicht einmal ihre Nummer. Sie ist stärker als du, sie hat die Initiative ergriffen. Und schließlich war sie doch okay, du müßtest begreifen, daß sie vielleicht außer dir noch andere wichtige Dinge hat.«

»Ja, ja, wichtige Dinge, hmm... Wie sie schon angezogen war, willst du mich hochnehmen? So unschuldig bin ich auch wieder nicht...«

»Du warst es, bevor du sie kennengelernt hast.«

»Na und? Übrigens war ich es gar nicht mehr. Darüber Bescheid zu wissen und es zu tun, kommt schließlich auf dasselbe hinaus ...«

»Du weißt genau, daß das nicht stimmt, glücklicherweise übrigens.«

»Du verstehst überhaupt nichts davon, du bist meine geistige Stimme, also verstehst du nichts von Dingen, die mit dem Körper zu tun haben ...«

»Dann sag doch gleich, daß es dich kalt gelassen hat. So doof ist eine ›geistige‹ Stimme nun auch wieder nicht.«

»Gut, aber ganz selbstlos war sie auch nicht, oder willst du etwa das Gegenteil behaupten ... Erst war sie nett, und dann, platsch! hat sie mich fallenlassen, nicht gerade erhebend. Diesmal kannst du nicht das Gegenteil behaupten. Nur weil ich bei ihr meine ›Jungfräulichkeit‹ verloren habe, braucht sie sich doch nicht so zu verhalten. Und ich kann dir sagen, wenn sie mich nicht anruft, dann gehe ich bei ihr vorbei ... Einfach so ...«

»Da hast du es! Du nennst sie alles mögliche, und dann rennst du trotzdem zu ihr. Du weißt wohl nicht, daß man den am meisten liebt, der einen wütend macht?«

»Ach, du stinkst mir! Ich gehe nur zu ihr, um ihr zu sagen, daß sie nicht besonders anständig war ...«

»Das wird komisch aussehen, hättest du nicht gleich etwas sagen können?«

»Ich habe dir gesagt, daß du mir stinkst, ich höre dir nicht mehr zu, ich werde zu ihr gehen, welche Hausnummer hat sie eigentlich?«

»Welche Hausnummer?«

»Avenue Victor Hugo, aber welche Zahl, welche Hausnummer? Mist, das darf doch nicht wahr sein! Wie konnte ich nur vergessen, auf die Nummer zu achten?«

»Jetzt reg dich doch nicht so auf, in ganz Paris gibt es nicht zwei Häuser, die gleich aussehen. Du hast sogar Glück, du weißt ja, daß es die Avenue Victor Hugo ist ... also beklag dich nicht ...«

Meine bescheuerten Gedanken drehen sich in meinem Kopf, kommen wieder, gehen in alle Richtungen. Sie gehören nicht mehr zu mir, ich höre, wie sie einander anschreien, nur ich habe keinen Platz mehr darin ... anders gesagt, ich bin frustriert ... Wissen Sie, das ändert auch nicht viel, ich bin schon neurotisch, halb paranoisch, völlig mythomanisch (irgendwann muß ich doch einmal im Lexikon nachsehen, was diese Wörter bedeuten, aber Sie kennen sich ja aus und werden schon wissen, welche Macke die richtige ist), also wird ein kleiner Komplex oder eine kleine Frustration mehr auch nicht viel ändern, nicht? Ich weiß wohl, daß Sie als Fachmann sagen werden, dafür sei ich zu alt ... Daß man nur zwischen einem Tag und fünf Jahren traumatisiert werden kann ... Na gut, das ist Ihre Sache. Ich bin nämlich groß genug, um zu wissen, was mich traumatisiert und was nicht. Also öden Sie mich nicht mit Ihren Theorien an ...

Wenn ich mich nur einmal dafür interessieren könnte, was dieser Geschichtspauker über die Vereinigten Staaten erzählt, über diese Demokraten und Republikaner, diese Wahlen und Attentate. Wirklich, das wäre nicht schlecht. Jedenfalls müßte ich dann nicht mehr an diesen Mist denken. Den einen Mist durch den anderen zu ersetzen wäre doch eine gute Idee, finden Sie nicht auch? Aber letzten Endes ist das wie mit Malika und Hélène, ein Mist, der sich ergänzt und der deshalb verschieden ist (das darf nicht wahr sein, ich fange schon wieder an!). Der wichtigste Unterschied ist einfach, daß der Mist der Geschichte nicht mein Mist ist, und das beruhigt mich.

Ich bin mit meinen Turnschuhen durch den Hof geschlappt und habe darauf gewartet, daß die Zeit vergeht. Ich habe zu nichts Lust, ich weiß nicht mehr, wer ich bin, ich bin verloren zwischen den Stimmen, die in mir kämpfen, um mich zu verunsichern. Die Kastanienbäume mit ihren nackten und mageren Ästen und ihrer düsteren Farbe, die sich vom Weiß des Himmels abhebt, stehen traurig da. Sie recken sich nach diesem Gewölbe, das so anders ist als sie selbst, aber sie werden es niemals erreichen, niemals. Ich habe mich an einen Pfeiler gesetzt und den Kopf nach hinten gelehnt, und ich betrachte die schmutzige und graue Decke des Raumes, ich höre einen Lehrer, der über die heutige Zeit schimpft, »in der einem alles zu leicht gemacht wird und in der die Jugend faul wird und keine Kraft und keinen Ehrgeiz mehr entwikkelt«. Ehrgeiz, das heißt für sie die Geschichte der Vereinigten Staaten, Rußlands, des Fernen Ostens von 1868 bis 1914 auswendig lernen, das heißt, gewissenhaft und ohne nachzudenken jedes ihrer Worte auf ein sauberes Blatt ohne Kritzeleien aufzuschreiben. Und sie dann wieder abzurufen wie aus den Computern unserer bescheuerten Zeit ... Ehrgeiz ... Was ist meiner? Ich habe keinen ... Ich würde gern einem Ideal nacheifern, aber ich finde keines ... Ich hänge im Café herum, ich sehe, wie Malika lebt, ich streite mit ihr und mir, und ich bin immer verloren, ich bin im Hof für die oberen Klassen des Lycée Condorcet in der Rue Tronchet, aber ich bin trotzdem verloren, völlig verloren, ich weiß weder, wo ich bin, noch wo ich sein sollte.

Und haben etwa die Leute aus den anderen Generationen etwas gefunden, das sie anstreben? Der zum Beispiel, der da gerade herumschreit ... Sein Ideal ist es, diesen gleichgültigen Typen beizubringen, was vor einem Jahrhundert in Deutschland passiert ist. Seinen Stoff fünf Stunden am Tag, fünf Tage in der Woche und zweiunddreißig Wochen im Jahr wiederzukäuen ... Ehrgeiz zu haben hieße für mich Maler, Musiker, Regisseur oder Schriftsteller zu sein. Einen Beruf zu haben, in dem ich von niemand außer mir selbst abhängig wäre. In dem ich allein wäre.

Ich bin allein, aber ich kann nichts aus mir machen, nichts, das für die anderen interessant wäre. Nichts, das ich interessant finden würde. Ich bin ein Typ wie alle anderen auch, ich langweile mich in der Schule zu Tode, ich gehe jeden Abend nach Haus, ich gehe mit Malika ins Kino, ich gehe ziellos durch die Straßen ... ich sehe kaputte Kastanienbäume an. Ich denke an eine Frau, deren Gesicht zu Malikas Gesicht wird. Will ich in ihr Malika lieben?

Ich weiß nicht. Und es ist auch egal. Ich will nicht, daß etwas wichtig wird, was ich nicht verstehe, ich bin ein lascher Typ. Und das ist mir völlig egal. Ein Schüler geht unter dem weißen Himmel vorbei, er kommt an dem vergammelten Kastanienbaum an, winzig klein sieht er für mich aus. Ich bin noch winziger, gegen meinen Pfeiler gekauert, in meinen Gedanken verloren und verliebt in ein Ideal, das ich nicht kenne.

10

Wilfried ist nicht mehr da. Ich meine, er sagt nichts mehr, er sieht mich nicht mehr an, es ist, als sei er gar nicht mehr da. Er träumt. Er hat nicht einmal reagiert, als ich ihm sagte, ich wolle kein Urwaldbadezimmer mehr machen. Ich will es nicht mehr, weil er sich darüber lustig macht. Es gefiel ihm nur einen Augenblick lang, als er traurig war. Jetzt macht er sich lustig darüber und wagt nicht, es mir zu sagen. Ich wollte es, damit er wieder fröhlich wird, er wollte es, damit ich ihm keine Fragen stelle. Und weder das eine noch das andere hat geklappt. Deshalb habe ich die Pläne zerrissen. Übrigens waren sie auch nicht besonders. Ich habe sie weggeworfen und mir neue Blätter geholt, und ich frage mich, was ich wohl machen könnte. Diesmal soll es ein wunderschönes Bild werden, das schönste von allen. Ich will, daß man es ausstellen könnte, auch wenn es nie jemand sehen wird. Ich zögere vor dem ersten Strich. Lieber nicht, auf Anhieb wird es nicht gelingen. Ich werde es wochenlang vorbereiten. Vor dem ersten Strich brauche ich verschiedene Entwürfe und Mut. Obwohl ja niemand die Vorbereitungen für mein richtiges Bild sehen wird. Nur will ich, daß das Ergebnis einwandfrei ist, daß jeder es genial findet. Was könnte ich wohl malen? Ich würde gern ein Porträt von mir machen, aber dann hält man mich bestimmt für narzißtisch. Von Wilfried könnte ich noch eines machen. »Wilfried, traurig und gleichgültig« würde ich es nennen, damit er begreift, daß ich genug habe von seiner düsteren Stimmung und daß das nun schon so lange geht, daß ich seine Trauermiene sogar malen könnte. Mandrika bleibt keinen Augenblick ruhig. Trotzdem ist mir Wilfried lieber. Ich könnte ja auch beide malen. Vielleicht zusammen ... Den Papagei im Hintergrund auf einem tropischen Baum in der Art ... (keine Palme, aber etwas ähnliches) und Wilfrieds Gesicht im Vordergrund, ein wenig verschwommen ... Oh ja, das wäre nicht schlecht.

In der Bibliothek habe ich nach Büchern mit Porträts gesucht. Ich habe sie alle sehr lange angesehen, damit ich weiß, worauf es ankommt. Zuerst werde ich das Gesicht skizzieren und dann Mandrika ... Ich darf mich nicht zu sehr beeilen ... Ich muß mir sagen, daß es um so besser wird, je länger ich daran arbeite.

Auf einem schönen, ganz weißen Blatt begann ich, Wilfried zu zeichnen, ganz traurig und entrückt. Wissen Sie, den Wilfried, den ich nicht mehr erkenne. Ich hätte am liebsten geweint, weil er mich nicht mehr liebt.

Jetzt gerade geht er pausenlos in der Wohnung auf und ab.

Er hat die Hände in den Taschen und sieht versonnen vor sich hin, man könnte meinen, er sucht nach einer Lösung für ein Matheproblem. Ich weiß wohl, daß er an etwas anderes denkt, aber ich weiß noch nicht, an was. Ein Mädchen kann es nicht sein. Nein, sicher nicht. Wenn ich nicht schon zehn Jahre alt geworden wäre, würde ich denken, er überlegt sich, was er mir schenken soll. Aber das ist falsch. Und Weihnachten ist erst in zwei Monaten. Aber ich sollte nicht daran denken, sondern nur an mein Bild. Eigentlich wollte ich gern, daß er sich wieder ruhig hinsetzt, möglichst ohne sich zu bewegen. Ich habe ihn gerufen, um ihn darum zu bitten. Ich kann meine Bilder ohnehin nicht so lange vor ihm verstecken, wie ich wahrscheinlich brauchen werde, also kann ich es ihm auch gleich sagen. Er hat sich mir gegenübergesetzt und versucht zu lächeln, ich habe ihm gesagt, das sei gar nicht nötig, ich sei nicht wütend. Nur so traurig wie er, aber nicht in der gleichen Bedeutung. Ich fing an, die blauen Augen zu zeichnen, die blauen Augen, die ich am liebsten in einem Kästchen verschlossen hätte, um sie immer sehen zu können.

»Könntest du mit mir zum Montmartre gehen? Ich möchte sehen, wie die Maler Porträts machen. Weißt du, sie verlangen fünfzig Franc für ein Bild, und sie machen das unheimlich gut, in zehn Minuten.«

»Ja, natürlich. Morgen nachmittag, wenn du willst. Ich lasse ein Porträt von mir zeichnen, dann ist es einfacher für dich.«

»Nein, ich will nichts kopieren. Es ist MEIN Bild. Ich will nur sehen, wie sie es machen.«

»Oder eines von dir. Dann würdest du sehen, wie der Maler anfängt und so, einverstanden?«

»Ja, aber dann hängst du es in dein Zimmer.«

»Wenn du willst.«

»Nein, wenn du willst.«

Wilfried bereitete das Abendessen vor. Ich brauche Ihnen nicht zu sagen, was es gab, Sie werden es erraten. Da hatte ich plötzlich eine geniale Idee.

»Sag mal, hängen dir die Spaghetti nicht zum Hals heraus?«

»Und wie, ich brauche sie nur zu sehen, dann vergeht mir schon der Appetit.«

»Wir könnten in ein Restaurant gehen ...«
»Hast du Lust dazu?«
»Allerdings habe ich Lust ...«
»Okay, wo gehen wir hin! Lieber in ein chinesisches oder ein italienisches oder ein marokkanisches oder ein ...«
»In ein chinesisches. In das, das ich dir letztes Mal in Saint-Germain gezeigt habe, es sah ganz lustig aus.«
Wir rannten die Treppe hinunter, Wilfried vergaß sogar, die Tür abzuschließen, aber damit wollte ich ihn nicht anöden ... Wir machten einen Wettlauf. Ich ließ ihn gewinnen, aber es schien ihm egal zu sein. Wahrscheinlich hielt er es für normal, weil ja seine Beine doppelt so lang sind wie meine. Trotzdem, ich hätte gewinnen können, wenn ich gewollt hätte. Es war dunkel und kalt. Ich mag keine Kälte. Man muß sich zusammenkauern, den Hals einziehen und sich vorstellen, es sei warm. Echt, ich sage mir, die Sonne scheint, ich komme vor Hitze um, ich möchte gern eine eiskalte Orangenlimo trinken, und schon friere ich nicht mehr so. Ich war froh, daß wir die Metro nahmen, da ist es warm. Auch wenn die Leute da drin wie Dummköpfe und Bekloppte aussehen, das macht nichts. Wir stiegen am Odéon aus, und Wilfried stellte mir viele Fragen zu meinem Bild. Ich erklärte ihm alles, aber er hörte nicht richtig zu. Er wollte einfach mit mir reden, ganz gleich worüber. Und da sagte ich mir, daß er wohl sehr unglücklich war und daß ich eine miese Egoistin sein mußte, weil ich ihm wegen seiner Traurigkeit böse gewesen war.
Das Restaurant war in der Nähe der Kirche. In einer kleinen, dunklen, aber gar nicht unbelebten Straße. Wilfried ballte seine Hände in den Taschen seines Blousons zu Fäusten, und ich wußte nicht, war es wegen der Kälte oder weil er wütend war. Wütend warum? Wir gingen hintereinander in den kleinen Raum. In jeder Ecke stand ein Aquarium mit exotischen Fischen, und an den Wänden hingen Lämpchen mit langen Perlenschnüren und gedämpftem Licht. Das war gar nicht schlecht als Einrichtung. Einige Erwachsene saßen an den Tischen und aßen, man konnte sich miteinander unterhalten. Obwohl es für uns an diesem Tag vielleicht besser gewesen wäre, wenn man gerade nicht miteinander hätte sprechen können, weil wir dann nicht unbedingt völlig idiotische Dinge hätten sagen müssen, nur um uns zu beweisen, daß wir doch nicht so doof sind, stundenlang herumzusitzen

und nichts zu sagen, weil uns nichts einfällt. Wir setzten uns neben ein Aquarium und versuchten, einander nicht allzu oft anzusehen, aber es klappte nicht. Ich fing an, mit dem Brot zu spielen, dann mit der Serviette und schließlich mit der Speisekarte. So hatten wir wenigstens ein Gesprächsthema. Aber Wilfried wollte nicht mitmachen.

»Was nehme ich, gebackene Krabben oder Peking-Ente?«

»Ich weiß nicht, nimm das, worauf du Lust hast.«

»Aber ich habe Lust auf beide.«

»Na gut, ich nehme die Krabben, du die Ente, und dann teilen wir, einverstanden?«

»Aber was machen wir, wenn zum Beispiel die Ente beschissen schmeckt?«

»Malika ... Dann essen wir die Krabben und bestellen noch etwas anderes.«

»Aber eigentlich ist es nicht besonders lustig, das Essen gleich ganz zu bestellen! Außerdem habe ich auch Lust auf einen Champignonsalat.«

»Der schmeckt beschissen, viel zu süß.«

»Das macht nichts, und dann will ich noch eine Dingspastete, ein Dingsbums, alles mögliche.«

»Hör auf, Malika.«

»Gut, okay.«

Er sah so sauer aus, daß ich keine andere Wahl hatte als zu schweigen. Wilfried sah mit einem seltsamen Blick die Fische an, nicht traurig und nicht lustig, sondern seltsam. Es war gegen neun, die alten Leute gingen allmählich, der Raum begann sich zu füllen. Ich saß mit dem Rücken zur Tür und konnte nichts sehen, aber Wilfried beobachtete die Leute, die hereinkamen, als würde er auf jemand warten. Oder er langweilte sich wirklich. Und plötzlich sah er ganz verkrampft aus, er schien sich vor etwas zu fürchten.

»Da ist mein Mathelehrer!«

Da mußte ich mich aber doch umdrehen, um zu sehen, wie so ein Mathelehrer aussieht. Er war alt und klapprig, aber gut gekleidet und sehr würdevoll, und bei ihm war eine Frau, die sicher nicht seine eigene war. Sie war zu jung. Und zu schön. Ich fand, daß er und nicht Wilfried sich hätte genieren und überrascht sein müssen. Der Alte erkannte Wilfried, sah mich einen Augenblick lang an und kam dann auf uns zu. Wilfried wußte nicht mehr, wie er sich hinsetzen sollte, ehrlich, er saß ganz schön in der Klemme.

»Guten Abend, Wilfried.«
»Guten Abend, Monsieur Latès.«
»Es freut mich zu sehen, daß du keine Eltern hast, die dich daran hindern, abends auszugehen.«
»Unsere Eltern sind verreist.«
Wilfrieds Stimme zitterte ziemlich. Wie wenn er sich verteidigen wollte.
»Das ist meine kleine Schwester Malika.«
Er lächelte mir ein zweites Mal zu, und dann setzte er sich (trotzdem völlig ungeniert) mit seiner Dame an unseren Nebentisch. Ich dachte, daß er sich wohl auch langweilte.
»Du hast vielleicht Glück. Eltern sind etwas Fürchterliches. Wenn sie zu mir kommen und sagen ›Was soll ich tun, mein Sohn macht keine Mathehausaufgaben‹, dann könnte ich sie umbringen. Wenn ich ihnen sage, man solle die Schüler nicht zwingen, dann sehen sie mich an, als sei ich nicht normal!«
»Wir wissen, daß wir gute Noten brauchen, aber wir haben es einfacher, weil niemand es uns vorbetet. Wir wissen es einfach.«
»Ich hatte nicht gedacht, daß ich dich hier treffen würde. Obwohl, heutzutage . . .«
Man hörte es schon kommen, das »die Jugend heutzutage, blablabla . . .« Aber er hörte genau da auf, wo er uns noch nicht anödete. Ich bin sicher, Wilfried fand es schade, daß wir noch nicht zu Ende gegessen hatten, dann hätten wir uns nämlich schleichen können. Ich muß zugeben, daß es ganz schön peinlich sein muß, seinem Mathelehrer, den man immer für einen Dummkopf gehalten hat, plötzlich im Restaurant gegenüberzusitzen. Vor allem, wenn der so väterlich tut und eine Nutte bei sich hat. Vielleicht war er ein bißchen beschwipst.
»Die Schüler wollen nicht begreifen, daß es den Lehrern in der Schule genauso stinkt wie ihnen. Schade. Sie beklagen sich darüber, daß sie nicht mit uns reden können, dabei sind sie es, die nicht wollen.«
»Wissen Sie, mit Ihnen kann man nur über Mathe sprechen. Und dazu hat niemand so recht Lust.«
»Aber nicht doch, ihr könnt auch über andere Dinge mit mir reden, ich würde jede Art von Diskussion akzeptieren!«
»Andere Diskussionen führen wir lieber mit anderen Leuten als unseren Lehrern.«

»Aber warum, warum nur?«

»Weil der Lehrer hinter seinem Schreibtisch die Gleichgültigkeit und die Intoleranz repräsentiert.«

Man muß schon sagen, das war ganz schön stark von Wilfried. Er wäre diesen Lehrer gern losgeworden, aber es war schon zu spät, er hatte schon bestellt, da hatten wir den Mist.

Ich kann Ihnen sagen, Wilfried war ziemlich griesgrämig. Der Alte wurde von den Antworten seines Schülers nicht einmal aus der Fassung gebracht, im Gegenteil, er war richtig begeistert. Was Wilfried gesagt hatte, war ein Schuß nach hinten gewesen.

»Aber warum verlassen sich die Schüler auf den äußeren Schein? Sie scheinen es überhaupt nicht richtig wissen zu wollen.«

»So, wie wir unseren Eltern nicht erzählen, was uns beschäftigt, so erzählen wir es auch unseren Lehrern nicht. Für uns wollen sie uns nicht verstehen.«

»Du bist wohl ziemlich intolerant, Wilfried.«

»Nein, nicht ich. Ich beschreibe Ihnen nur den Standpunkt der Schüler.«

Langsam langweilte ich mich ernsthaft. Ich aß angewidert die Krabben, ihr Name hatte wirklich mehr versprochen. Ich wußte nicht recht, ob das am Koch lag oder an diesem kahlköpfigen Alten oder an Wilfrieds Stimmung, der sich mit seinem Lehrer und seinem Brot abkämpfte ... Jedenfalls fand ich das Ganze nicht gerade überragend. Ich war jetzt sicher, daß der Alte blau war. Die Nutte sagte nichts, gelangweilt und darum bemüht, wie eine Dame zu wirken, rauchte sie ihre Zigarette. Das stand ihr nicht. So schön sie auch war, ihre grelle Aufmachung tat einem in den Augen weh ... Letztlich paßte ihr Partner eigentlich nicht schlecht zu ihr ...

Mit der Zeit wurde der Lehrer immer ordinärer. Er schlug Wilfried sogar vor, ob er nicht mit seiner Nutte Sie wissen schon wohin gehen wolle, natürlich unter seinem Schutz. Aber da hatte Wilfried eine geniale Idee. Er stand auf, nahm mich bei der Hand, sagte, ein alter Pauker, der sich Nutten leiste, könne genausogut unsere Vorspeisen bezahlen, und dann zog er mich zum Ausgang.

»Er ist sturzbesoffen, morgen wird er sich an nichts mehr erinnern.«

Da waren wir also wieder auf der Straße. Wir gingen ein

wenig herum, mit einem ganz komischen Gefühl. Eine Glückssträhne hatten wir nicht gerade erwischt. Das konnte man wirklich nicht behaupten.

11

Es ist halb sieben Uhr morgens. Ich weiß auch nicht, warum ich heute früher aufgewacht bin, wo ich doch sonst immer davon träume, zwei Stunden länger zu schlafen. Sie hat mich nicht angerufen. Allerdings bin ich erst vor sechsunddreißig Stunden von ihr weggegangen, aber trotzdem, sechsunddreißig Stunden, das ist lang! Es sei denn, sie hat angerufen, als ich weg war ... Aber natürlich! Ich bin vielleicht doof, ich habe nicht einmal daran gedacht, auf dem Anrufbeantworter nachzusehen (wo er endlich einmal zu etwas nütze wäre). Ich springe aus meinem Bett (gewöhnlich tue ich das eher lasch, aber ich kann Ihnen sagen, diesmal ist es unheimlich energisch). Malika ist im anderen Bett eingeschlafen, sie hat sich unter die Decke gekuschelt, ich sehe von ihr nur die auf dem Kissen ausgebreiteten Haare ... Schöne blonde Haare ... glänzend ... funkelnd (das ist ein schöneres Adjektiv).

Ich renne ins Wohnzimmer, reiße die Schranktüren auf (das Telefon steckt ganz hinten, weil wir es doch nie benutzen). Ich höre das Band ab ... Scheiße! Sie hat nicht einmal versucht, mich anzurufen! Verstehen Sie das etwa? Also ich schnalle das nicht. Ich weiß nicht, sie hätte es doch wenigstens versuchen können. Ich habe ihr vielleicht nicht gefallen. Meinen Sie, ich habe ihr nicht gefallen? Sie findet, ich sei zu jung für sie. Eigentlich stimmt das ja, ich habe ihr nicht gesagt, wie alt ich bin. Sie hat es mir auch nicht gesagt ... Na ja, wenn ich mich nur ein ganz klein wenig älter mache und sie sich nur ein ganz klein wenig jünger macht, kann der Unterschied nicht so gewaltig sein. Aber was tu ich nur, wenn sie nicht anruft? Ich könnte es nicht ertragen! Echt, ich würde in alle Häuser in der Avenue Victor Hugo gehen. Irgendwann würde ich sie schon finden! Hör mal, Alter, jetzt spinn dich aus ... Sie hat eben zu tun ... Laß ihr ein wenig Zeit ... Zeit ...? Habe ich vielleicht Lust zu warten ... In Wirklichkeit interessiert sie sich nicht die Bohne für mich, wenn man jemand liebt, dann wartet man nicht sechsunddreißig Stunden, bevor man ihn anruft. In der Zeit hätte sie mir sogar schon einen Brief schicken können. Bescheuert, sie hat die Adresse gar nicht. Na gut, ich öde Sie an mit meinen Fragen, mit meiner »Gemütsverfassung«. Sie meinen doch, das sei lächerlich, mein ganzes Hin und Her, meine Vermutungen, meine Mutmaßungen ... Vielleicht sind sie idiotisch, aber so ist es nun mal ... Und ich weiß außerdem auch, daß es allen so geht wie mir, nur gibt man es im allgemeinen nicht zu, man will »geachtet« und »vernünftig« bleiben, auch wenn man vor Liebe sterben könnte.

Mittwoch. Ich lasse Malika schlafen. Ich werde duschen, das kalte Wasser wird mir die Gedanken wieder zurechtrükken. Wenn ich dusche, habe ich immer den Eindruck, ich schlüpfe in eine neue Haut und vielleicht sogar in eine neue Person. Ich ziehe meine Jeans über und denke daran, daß wir bald einmal eine Razzia in den Kleidergeschäften machen müssen, weil sie sich allmählich durchscheuert. Am lustigsten ist es, wenn man alles auf einmal einkauft. Und weil man dann nicht alles auf einmal anziehen kann, ist diese Jeans schon wieder zu kurz, wenn man beschließt, sie anzuziehen. Ich sehe mich einen Augenblick lang im Spiegel an, und wirklich, ich verstehe nicht, warum sie keine Lust hat, mich anzurufen. Ich bin nämlich, ohne mir schmeicheln zu wollen, wirklich schön. Natürlich bin ich ein wenig blaß, aber das paßt zu meinen Augen ... Blaue Augen, die zu den Pupillen hin heller werden ... Sie sind wirklich hübsch ... Wenn ich ein Mädchen wäre, bräuchte ich mich nicht zu schminken ... Und dann die Haare ... gerade soviel Locken wie nötig, zwischen blond und kastanienbraun, unregelmäßig gefärbt ... wirklich hübsch. Der Körper, na ja, ich bin nicht gerade breit gebaut ... Ein bißchen mager ... Aber wenn ich angezogen bin, sieht man das nicht. Und als ich mich so im Spiegel ansehe, fällt mir Malika wieder ein, wie sie mich ansah und ihre Augen schweigend darum baten, daß ich mich nicht wieder anziehe und daß ich immer so bleibe.

Theodor kommt miauend in die Küche gerannt, um sein Futter zu verlangen, als ich mich gerade mit dem Filter der Kaffeemaschine abplage. Ich bin gern in der Küche, und ich finde es schade, daß ich hier nicht mit einem englischen Buch und einer großen Kanne voll Kaffee ganz lange auf dem Tisch sitzen kann. Ohne auf die Zeit achten zu müssen ... Jetzt ist es allerdings erst sieben, ich habe noch eine halbe

Stunde. An den anderen Tagen bleiben mir gerade zehn Minuten. Als ich das Brot auf den Tisch lege, fällt mir mein Mathelehrer wieder ein. Ich traf ihn gestern, als ich mit Malika im Restaurant essen war. Er war völlig zu, er erzählte nur Mist, und es hat mir ganz schön gestunken. Das Größte war, daß er mich mit wohlgesetzten Worten fragte, ob ich nicht mit der Nutte schlafen wollte, die er bei sich hatte! Natürlich unter seinen Augen! Ich war vielleicht sauer, kann ich Ihnen sagen! Der Lehrer! Das moralische Vorbild! Ich schwör's Ihnen! Das war doch ein starkes Stück! Okay, er war blau ... aber trotzdem! Und ich muß noch hoffen, daß er sich nicht mehr daran erinnert, wie ich ihn abfahren ließ! Sonst verpaßt er mir schlechte Noten und hält mich für einen frühreifen Homosexuellen!

Und da plötzlich! Als ich gerade zusah, wie der Kaffee durchlief ... Da hörte ich so etwas wie das Läuten des Telefons. Ich begriff es gar nicht gleich. Einen Augenblick lang rührte ich mich nicht, und dann, ich kann Ihnen sagen, dann rannte ich ins Wohnzimmer und stolperte dabei sogar über Mandrikas Stange, so sehr hatte ich Angst, daß das Läuten aufhören würde, bevor ich den Hörer abnehmen konnte. Aber es reichte doch noch! Wie ein Wahnsinniger brüllte ich »Hallo« ins Telefon, und dann hörte ich ihre Stimme, noch ein wenig verschlafen ...

»Hallo? Guten Morgen, wie geht's? Wecke ich dich nicht? Weißt du, es tut mir sehr leid wegen dem letzten Mal, aber ich konnte nicht anders ...«

»Das macht gar nichts, ich verstehe das sehr gut.«

»Kommst du mich heute besuchen?«

»O ja, ich denke schon!«

»Na gut, komm! Dann frühstücken wir zusammen.«

»Ja, ich komme gleich ...«

»Ich warte auf dich.«

Sie legte wieder auf. Ich stand wie ein Idiot vor dem Telefon, trunken vor Freude, ich hätte an die Decke springen können. Sie können sich denken, daß ich lässig die zwei Stunden Mathe an diesem Morgen schwänzen wollte! Der Lehrer wird meinen, ich schäme mich. Soll er doch denken, was er will! Ich sprang die Treppen hinunter und zog dabei meinen Blouson über, ich war glücklich, Leute, richtig GLÜCKLICH.

Ich lief wie ein Wahnsinniger zur Metro und rannte dabei

zwei oder drei Fußgängerinnen um, ich sprang über die Absperrungen, stieg am Etoile aus, rannte die Avenue Victor Hugo hinunter und fragte mich bei jedem Schritt, ob dies hier wohl schon das Haus war. Aber Sie können sich denken, daß ich es nicht vergessen hatte, ihr Haus. Ich erinnerte mich sogar noch daran, daß sie im vierten Stock wohnte. Ich brachte fast die Beine durcheinander, so eilig hatte ich es, anzukommen. Ich klopfte an die Tür, dann fiel mir wieder ein, daß es ja Klingeln gab. Ich atmete ein paarmal tief durch, um nicht zu ungeduldig zu erscheinen, ich fuhr mit der Hand durch mein Haar und zog meine Jeans hoch. Sie öffnete mir die Tür. Ohne Make-up, in einem seidenen Morgenmantel, mit noch ein wenig verschlafenen Augen und zerzausten Haaren. Sie war schön. Mir war, als hätte ich sie noch nie gesehen, sie war anders, von einer anderen Schönheit, die mir noch mehr gefiel. Ich blieb auf dem Treppenabsatz stehen, wie ein Idiot, ich wagte nicht, sie zu küssen oder hineinzugehen. Schließlich lächelte sie, sie war ein wenig belustigt, weil ich mich so genierte. Sie küßte mich auf die Wangen, dann auf den Mund, sie nahm meine Hand ... Ich sah die Wohnung nicht mehr, und ich sah auch nicht mehr, wohin ich ging, ich ging hinter ihr her und sah sie unverwandt an, ich war wahnsinnig vor Freude, vor Glück, vor Träumerei. Aber seltsam, ich hatte Angst, als sei dieser Augenblick nur in meiner Vorstellung vorhanden oder als würde sie mich gleich wieder wegschicken.

Ich hatte Angst, weil ich dachte, daß man nicht ein ganzes Leben lang so glücklich sein kann wie ich in diesem Augenblick. Also würde ich nachher wieder unglücklich sein. Ich hatte Angst.

Wir gingen in die Küche, eine irrsinnige Küche mit einem Kamin, mit Bistrostühlen und einer Art Bar, die die Kochecke von der Eßecke abteilte. Sie gab mir einen Stuhl, sie begann, Tee und Toast vorzubereiten, sie stellte die Tassen und die Marmelade vor mich hin. Sie sah mich mit ihren großen blauen Augen an, als sei sie sehr froh darüber, daß ich da war, und ich vergaß alles Schlechte, was ich über sie gedacht hatte. Sie war ein Engel, sie war eine Frau, sie war schön, sie war hübsch. Ich hätte ihr alles gegeben, was ich besaß, ich hätte alles für sie getan, wenn sie mich so ansah wie jetzt. Ich wußte nicht, was ich sagen sollte, ich dachte nicht ans Reden, es war schön ohne Worte, nur mit dem leisen Geräusch der Tassen, die sie auf den Tisch stellte und dem Blubbern des kochenden Wassers. Ich hätte stundenlang so bleiben können, ihr gegenüber, mit ihren großen, meerblauen Augen, mit ihrem Körper, dessen Formen ich unter dem blauseidenen Morgenmantel erahnen konnte. Sie goß den Tee auf, und ich sah nur auf ihre feinen und glatten Hände, ihre Hände, die mich berührt und gestreichelt hatten. Ich bewunderte sie wahnsinnig, ich liebte die ganze Welt, und vor allem liebte ich sie. Sie nahm einen Schluck Tee und seufzte dann, sie lächelte mich an, ihre Augen glänzten. Sie wartete darauf, daß ich etwas sagen würde.

»Ich hatte Angst ... daß Sie mich nicht anrufen würden.«

Ich sah sie immer noch unverwandt an, ich war buchstäblich fasziniert. Hypnotisiert. Gefangen von irgend etwas Rätselhaftem.

»Hast du wirklich gedacht, ich würde dich sitzenlassen?«

»Ich meine ... Ich hatte Angst, daß ... Ich meine nicht, daß Sie nicht nett waren ... Ich hatte Angst, daß ich Ihnen nicht gefallen hatte.«

»Bitte, sag doch du zu mir. Du hast mir sogar sehr gefallen, ehrlich, ich mag dich wirklich gern. Ich freue mich, daß du hier bist.«

Ich nahm ihre Worte in mich auf, als kämen sie vom Himmel, ich war ... ich weiß nicht was, so schön war es. Was mich ein wenig störte, war nur, daß ich sie zu sehr bewunderte, als daß ich ihr wirklich alles hätte sagen können, was ich dachte, daß ich sie nämlich ernsthaft und immer lieben würde, daß ich nur von ihr träumte, daß ich mich vor jeder Bewegung fragte, ob sie ihr gefallen würde, daß ich nur ihr Gesicht und ihre großen blauen Augen sah, wenn ich durch die Straßen ging ... Aber all das blieb in mir ...

»Wie alt bist du?«

Ich hätte es bescheuert gefunden, siebzehn zu sagen. Sie hätte mir nicht geglaubt, und außerdem sollte ich gerade sie nicht anlügen.

»Fünfzehn.«

»Ich bin fünfundzwanzig. Aber das macht mir nichts aus, weißt du. Das brauchst du nicht zu denken.«

»Nein, das ist nicht wichtig.«

»Erzähl mir von deiner kleinen Schwester.«

Einerseits freute es mich, daß sie das sagte, aber andererseits störte es mich auch ein wenig. Malika gehörte nicht in diese Welt, sie war außerhalb, sie gehörte zu einer anderen Welt, ich wollte nicht, daß sie dazugehörte. Nicht jetzt. Ich erzählte ihr alles in einem Atemzug, ich verbarg nichts, absolut nichts, ich hörte überhaupt nicht mehr auf zu reden. Und ganz allmählich, genau, wie ich befürchtet hatte, schob sich Malikas Gesicht zwischen sie und mich. Ich hatte das Gefühl, meine kleine Schwester könne uns hören und sehen, sie sei wirklich da und sitze auf einem Stuhl zwischen ihr und mir. Und plötzlich war es, als sei Malika ein Teil von Hélène. Das machte mir Angst. Ich sagte es ihr auch. Ich hätte sogar am liebsten geweint, ich weiß nicht genau, warum. Ich war gerührt darüber, daß sie mir interessiert zuhörte, daß sie mich verstand, daß sie mich nicht unterbrach. Sie hatte sich eine Zigarette angesteckt, sie rauchte sie und sah mich dabei an. Plötzlich unterbrach ich mich, ich seufzte und trank einen Schluck Tee. Ich wartete. Sie sagte nichts. Sie verstand mich.

Sie hat mir ihre Wohnung gezeigt, jeden einzelnen Raum. Sie war riesig. Phantastisch. Trotzdem sagte ich nichts, ich bewunderte sie nicht laut, sondern sah alles nur an. Wir kamen wieder in das Zimmer vom ersten Mal.

»Würdest du gern ein wenig aufs Land fahren? Ich habe ein Haus ganz in der Nähe von Paris. Wir könnten auf einen Sprung dorthin fahren, wenn du willst.«

»Ja, das wäre irre gut.«

»Warte auf mich, ich ziehe mich an.«

Ich durfte nicht nachdenken. Ich setzte mich in einen Sessel und fing an, an meinen Nägeln zu kauen, ich wußte nicht, warum ich nervös wurde. Das mußte vom Glück kommen. Ich prägte mir das Zimmer ein, wie um ein wenig von Hélènes Persönlichkeit festzuhalten, ich sah jeden Gegenstand ganz genau an, vom Aschenbecher bis zu den Schallplatten, von den Fellen bis zur Farbe des Teppichbodens. Ich hörte das Wasser laufen und stellte mir vor, wie ihr Körper ins Wasser glitt. Und dann, seltsam ... geriet alles in mir durcheinander, ich fühlte mich schuldig, schuldig, weil sie sich für mich interessierte, wo ich doch gar nichts war, nur ein armes Würstchen von fünfzehn Jahren. Ich weiß nicht, ich war doof. Ich bin doof.

Nach mindestens einer halben Stunde kam sie wieder heraus, verführerisch und schön. Sie nahm ihre Wagenschlüssel vom Nachttisch und winkte mir zu kommen.

»Du wirst sehen, es ist ein schönes Haus mit einem riesigen Park, fast ein Schloß. Es gefällt dir sicher.«

Alles, was ihr gehörte, gefiel mir. Ohne daß ich es gesehen hätte. Sie konnte nur schöne Dinge haben. Ich liebte sie ganz und gar.

Ihr Wagen stand in einer Privatgarage im Untergeschoß, er glänzte noch mehr als beim letztenmal, und ich dachte daran, daß er gewaschen worden sein mußte. An was für komische Dinge ich dachte! Hélène hatte eine schwarze Samthose und einen Pulli angezogen, der gerade weit genug ausgeschnitten war. Sie war nicht mehr ganz dieselbe, ihre Bewegungen waren anders. Sie machte einen ganz eigenartigen Eindruck auf mich.

Ich setzte mich in den Wagen, meine Beine waren zu lang für den Abstand zwischen dem Sitz und dem Armaturenbrett, aber ich hatte mich noch nie so wohl gefühlt. Ich fing an, an den Knöpfen herumzudrehen, um meine Fassung wiederzugewinnen, der Wagen startete, wir fuhren, wohin? Ich weiß nicht, sie nahm mich mit sich fort, sie hätte alles mit mir machen können, ich gehörte jetzt ihr. Glaubte ich. Mußte ich glauben.

Wir fuhren zuerst über die Autobahn, ich weiß nicht, über welche, ist auch egal. Hinter der Scheibe sah ich die Straße vorbeifliegen, ich fühlte ihre Gegenwart, wohin die Autobahn führte, war mir völlig gleichgültig, Süden oder Norden, für mich war das in diesem Augenblick völlig gleichgültig. Hin und wieder bot sie mir eine Zigarette an, und ich wagte nicht, sie abzulehnen, aber mir wurde übel davon, richtig übel. Ich hätte sie am liebsten viele Dinge gefragt, ihr eine Menge Fragen gestellt, nur hatte ich Angst, daß sie mir nicht gern antworten würde, daß sie mir nichts aus ihrem Leben erzählen wollte. In Wirklichkeit hatte ich Angst vor mir selber. Nach einer halben Stunde etwa fuhr sie von der Autobahn herunter, und wir waren auf einer kleinen Landstraße, inmitten eines ein wenig verwilderten, aber schönen Waldes, die Erde war rot, fuchsrot, rostrot, fast wie auf den Bildern der Impressionisten (ich muß Ihnen schon hin und wieder zeigen, wie »gebildet« ich bin).

»Mein Haus ist dort hinter dem Wald.«

»Gehört der Wald dir?«

O Wunder! Jetzt konnte ich das Du ganz spontan gebrauchen, ohne mir sagen zu müssen: »›Du‹ oder ›Sie‹? Das ›Du‹

klingt gewöhnlich, das ›Sie‹ zu distanziert ...« Das ›Du‹ war ganz von allein gekommen!

»Nur ein Teil. Aber er ist nicht abgeteilt.«

»Was für ein Gefühl ist es, wenn einem Bäume gehören?«

»Kein besonderes, weil die Bäume in Wirklichkeit niemand gehören.«

Die Bäume gehören niemandem. Stimmt. Niemand gehört jemandem. Schließlich ist ein Baum ein Lebewesen. Die Sonne schien ein wenig, es hatte geregnet, und die Erde roch gut. Der Geruch der Feuchtigkeit, der welken Blätter und des Mooses mischten sich mit Hélènes Parfüm wie zu einem Liebestrank, der mich berauschte. Ich konnte nicht mehr nachdenken, nicht mehr denken, und überhaupt, habe ich das jemals in meinem jämmerlichen Leben getan?

Sie bog in einen von Bäumen gesäumten Feldweg ein. Das Haus am Ende der Allee konnte ich nicht sehen, der Park mußte wirklich groß sein. Nach und nach rückten die Bäume weiter auseinander, wir fuhren mitten auf einer großen Wiese, der Wagen kam nur noch mühsam vorwärts, die Räder gruben sich ein. Und dort, am Ende thronte ein beeindruckendes Haus aus Stein, langgestreckt, fast zu schlicht. Es schien bewohnt zu sein. Personal, dachte ich. Sobald sie den Motor abstellte, sprang ich aus dem Wagen und lief voraus, aber dann sagte ich mir, das sieht nach einem kleinen Jungen aus, und ich kam lächelnd zu ihr zurück. Sie nahm mich bei der Hand.

»Komm, ich zeige es dir. Zuerst den Park.«

Der Wald umgab fast den ganzen Park und das Haus. Wir sprachen nicht und gingen langsam eine Allee entlang. Das Land hat mir nie besonders gefallen, aber trotzdem bin ich gern dort. Ich habe das Gefühl, ein anderer zu sein.

Anschließend zeigte sie mir das Haus. Der Luxus erstaunte mich nicht mehr, ich erwartete ihn schon. Natürlich gab es da keine gewachsten Böden und keinen Teppichboden. Die Einrichtung war eher rustikal, mit gemauerten Kaminen in allen Räumen, Balken an der Decke, Wendeltreppen, nicht schlecht, das Haus.

In der ersten Etage war ihr Zimmer.

Ich frage mich, was Wilfried wohl macht. Schon zwei, und er ist immer noch nicht da. Sicher hat er vergessen, daß er mich zum Montmartre mitnehmen sollte. Wenn er bis in einer halben Stunde noch nicht da ist, gehe ich allein. Dann wird er schon sehen, daß ich ihn nicht brauche. Na ja, schon ... ich brauche ihn doch, aber ich will nicht, daß er das so genau weiß. Er soll es schon wissen, aber nicht zu genau. Außerdem kann ich ihn nicht zeichnen ... Ich muß Kopf (und Hände) für Mandrika anstrengen, der gerade balzt und keine Sekunde stillsitzt. Und so sage ich mir alle zwei Minuten, daß ich nur Pfusch mache, daß ich es nie schaffen werde. Ich versuche es zu vergessen, aber Sie wissen ja, das ist nicht so einfach. Und Wilfried hatte nur bis zwei Uhr Schule! Ich frage mich, was er wohl die ganze Zeit gemacht hat! Und jetzt ist er immer noch nicht da! Vielleicht hat er mich nur lieb, weil er so nett ist, weil er weiß, daß ich ihn liebhabe. Und wenn ich ihm eines Tages ernsthaft sagen würde, daß er mir stinkt, dann würde er mich sicher sitzenlassen. Meinen Sie nicht? Natürlich sagen Sie nein, um mich zu beruhigen, aber ich glaube Ihnen nicht. Wilfried muß bei einer Frau sein, die er mehr liebt als mich ... Ich würde ihn niemals wegen eines »Mannes« sitzenlassen. Er würde mich auslachen, wenn er meine Gedanken hören könnte. Die anderen wollen nie zeigen, daß sie jemand sehr liebhaben. Sie verbergen es, als könne man ihnen deshalb etwas Böses antun. Oder sie haben Angst davor, daß sie sich lächerlich machen könnten. Sie haben Angst vor ihren eigenen Gedanken.

Ich habe die Tür hinter mir zugezogen. Und wenn er in fünf Minuten kommt? Egal, du wirst dich doch nicht veräppeln lassen! Gib doch zu, daß dir die Porträts vom Montmartre jetzt ganz egal sind und daß du lieber auf ihn warten würdest, aber du bist zu stolz, stimmt's nicht? Ja, ich bin wirklich zu stolz, um auf ihn zu warten. Und dann vergeht die Zeit langsam, ganz langsam ... Übrigens gefällt es mir nicht in der Wohnung, wenn Wilfried nicht da ist.

Es sind noch nicht allzu viele Touristen da; die Saison hat noch nicht begonnen. Ein Glück, denn nichts geht mir mehr auf den Wecker als diese großen Blonden mit ihrem Photoapparat auf dem Bauch, mit ihrer scheinheiligen Bewunderung. Mir gefällt die Kirche von Montmartre nicht, ich finde sie häßlich, zu wuchtig. Ich steige die Treppen hoch und versuche, an nichts zu denken oder eine Fabel zu rezitieren, etwas, das meine Erinnerung beschäftigt. Oder ich denke an meine Zeichnung. Ich entwerfe sie in Gedanken, damit sie wirklich gut wird. Wirklich, sie wird die allerschönste sein (von meinen, nicht von allen). Ich gehe an der Kirche vorbei durch die Straßen. Alles ist alt hier, ich fühle mich, als sei ich zwanzig Jahre vor meiner Geburt auf die Welt gekommen. Das ist ein ganz komisches Gefühl. Eigentlich habe ich nicht einmal Lust, den Malern zuzusehen. Sie nehmen mir bloß den Mut. Sie zeichnen zu gut für mich. Aber ich werde trotzdem hingehen, schließlich muß ich ja irgend etwas machen. Ich bleibe vor den Andenkenläden stehen. Sie sind häßlich, aber egal, man muß schon wissen, wie weit schlechter Geschmack gehen kann. Die Pflastersteine sind groß genug, so daß ich ein wenig Himmel und Hölle spielen kann. Ich fühle mich wirklich komisch, ganz seltsam. Ich gehe in eine Marionettenwerkstatt hinein; sie sind irrsinnig schön mit ihren Porzellanköpfen und ihren langen, schlenkernden Gliedern, aber sie sind teuer, sehr teuer. Übrigens ist das auch besser so, denn ich frage mich wirklich, was ich mit ihnen anfangen würde, wenn ich sie hätte. Langsam gehe ich auf den Platz zu. Allmählich sind mehr Menschen da. Die Cafés sind voll, ein etwas widerlicher Geruch nach Pommes frites und Würstchen strömt aus ihnen heraus. Plötzlich fällt mir ein, daß ich noch nichts gegessen habe, aber das macht nichts. Ich meine, ich habe keinen Hunger. Die Straßen sind eng, mir gefallen die ein wenig zerfallenen Häuser, die so aussehen, als wohne niemand darin und als seien sie tausend Jahre alt. Ich sage mir, daß es letzten Endes gar nicht so schwierig ist, in eine andere Epoche hinüberzuwechseln. Ich komme also auf dem Platz an, auf dem ein paar durchgefrorene Maler sich damit abrackern, unter den bewundernden Blicken der Passanten ihre Farben auf der Palette auszubreiten. Ihre Bilder sind häßlich, häßlich wie die Souvenirs in den Läden, die ich gesehen habe. Weinende pausbäckige Püppchen (pathetisch!), an eine Wand pinkelnde pausbäckige Püppchen (schamlos!), pausbäckige Püppchen beim Murmelspiel (rührend!), pausbäckige Püppchen mit aufgeschlagenen Knien (wie schrecklich!) ... Und dann die anderen

Szenen: spärlich beleuchtete Häuser (ärmlich!), verlassen daliegende Treppen (düster!), Arbeiter an der Theke, einen Anisschnaps in der Hand (Schleichwerbung!), Damen in leichten Kleidern und Federhüten (romantisch!). Und all das in schreienden Farben und groben Pinselstrichen ... Jedenfalls bin ich beruhigt. Etwas so Grauenhaftes würde ich niemals malen.

Dann allerdings komme ich auf der anderen Seite des Platzes bei den Porträts an. Die Maler sitzen auf einem Stühlchen, halten ihren Skizzenblock im Arm und zeichnen mit Kohle das Gesicht ihres Modells, das dafür bezahlt hat, daß sie seine Visage zeichnen. Eine Visage muß man schon haben, um sein Porträt ansehen zu wollen, denn – Einnahmen verpflichten – die Maler müssen es natürlich verschönern. Eigentlich finde ich das schade, denn trotz allem sind die Porträts ziemlich ähnlich und vor allem unheimlich gut gemacht, bestimmt, ich könnte es nie so gut.

Ich bin ein wenig müde von all den Treppen, und ich setze mich einem in seine Arbeit versunkenen Maler gegenüber auf das Trottoir. Ich sehe nicht das Porträt an, das er malt, sondern sein Gesicht, und ich versuche mir vorzustellen, woran er wohl denkt. Er braucht wenigstens keine Inspiration, er hat ja sein Modell vor Augen, ganz nah bei sich. Trotzdem bin ich ein wenig traurig. Irgendwie macht es mir etwas aus, daß er so gut und so schnell arbeitet. Ich glaube, das macht mich neidisch. Ehrlich, ich bin auf alles neidisch. Wahrscheinlich fragt er sich gerade, ob ich darauf warte, daß ich dran bin oder ob ich mit ihm reden will. Aber ich will ja nur wissen, wie er das macht. Wenn ich ihn fragen würde, würde er es mir doch nicht erklären. Wo denken Sie hin; der Künstler muß sein Geheimnis für sich behalten. Er lächelt zu mir herüber und zeichnet weiter dieses häßliche dicke Mädchen. Er ist schön, wirklich, richtig schön. Aber reich kann er nicht sein. Er friert in seiner Jacke, und seine Hände sind ganz weiß vor Kälte, und unter den Augen hat er Ringe. Ein »armer Künstler« eben. Ich wäre gern Maler, aber frieren will ich nicht.

Ich habe keine Lust zu gehen. Lieber warte ich darauf, daß er mir hin und wieder zulächelt und sehe, wie er seufzt. Schließlich bricht die porträtierte Ziege in Begeisterung aus, als sie ihr zweites Gesicht betrachtet, und nachdem sie einen Fünfzig-Franc-Schein dafür bezahlt hat, klemmt sie es mit dem Blick des glücklichen Besitzers ganz vorsichtig unter den Arm und geht. Es soll so bleiben, wie es ist, auf dem Papier will sie keine Falten. Der Maler bläst in seine Hände, um sie zu wärmen, er hüpft auf der Stelle. Komisch, ich friere überhaupt nicht. Und wie wenn er sich plötzlich daran erinnern würde, daß ich ihm schon eine Stunde lang zusehe, dreht er sich zu mir um, lächelt mir zu und fragt mich, ob ich etwas möchte.

»Nein nein, nichts. Aber warum frieren Sie so?«

»Weil ich schon seit heute morgen hier bin.«

»Aber warum gehen Sie nicht in ein Café, um sich aufzuwärmen?«

Er gab keine Antwort, aber ich wußte, daß er kein Geld dafür hatte.

Er lächelte ein wenig verlegen, wie um sich zu entschuldigen.

»Ich kann Sie zu einem großen, heißen Milchkaffee einladen.«

»Du wirst doch dein Taschengeld nicht für mich ausgeben.«

»Meine Eltern sind zu reich.«

»Bist du sicher, daß man zu reich sein kann?«

»Im Vergleich zu Ihnen zu reich.«

Ich stand auf, und es war wirklich kalt, mein Hintern war eisig. Seinen Skizzenblock unter dem Arm folgte er mir in ein Café, und ich sagte mir, daß er in Wirklichkeit mich eingeladen hatte, denn die Kellner wollen mich nie bedienen, wenn ich allein bin. Er lud mich ein, und ich bezahlte. Der Kellner kam und fragte, was wir wollten. Ich wußte, daß er es nicht wagen würde, »ein Sandwich« zu sagen, deshalb bestellte ich eines. So brauchte er nur noch das gleiche zu machen. Er lächelte, wie um sich zu bedanken. Würde es nicht eigennützig aussehen, wenn ich gleich von den Porträts sprach? Ich sagte nichts, weil ich sicher war, daß er irgendwann von sich aus davon sprechen würde. Das dachte ich jedenfalls.

»Haben dir deine Eltern nicht gesagt, daß man sich vor ›netten Onkeln‹ in acht nehmen muß?«

»Ich kenne meine Eltern nicht. Sie sind nicht da.«

»Bist du ganz allein?«

»Nein, ich lebe mit meinem Bruder zusammen.«

Das Gespräch gefiel mir nicht. Vielleicht meinte er, ich

wollte ihm aus meinem Leben erzählen, dabei wollte ich doch, daß er mir aus seinem erzählte.

»Und dein Bruder läßt dich so ganz allein herumziehen?«

»Ich mache, was ich will.«

Der Kellner brachte die Sandwichs, und man konnte ganz deutlich sehen, daß sich der Maler zusammennahm, um sich nicht auf sie zu stürzen. Ich fragte mich allmählich, ob er wirklich einen Traumberuf hatte. Aber letztlich waren meine Eltern wirklich zu reich. Es hätte mir nichts genützt, noch mehr Geld zu verdienen. Ganz in Gedanken biß ich in mein Sandwich, und mir wurde kalt im Magen, wie wenn man etwas Eisgekühltes trinkt.

»Wie heißen Sie?«

»Wenceslas.«

»Das ist ja ein unheimlich hübscher Name. So einen hätte ich auch gern. Ich heiße Malika.«

»Ein schöner Name. Findest du nicht? Mir gefällt er.«

»Danke.«

Ich aß langsam, damit er nicht so schnell weggehen sollte. Obwohl es in dem verrauchten Café schlecht roch, fühlte ich mich wohl. Ich wollte nicht gehen. Ich dachte nicht mehr an die Porträts. Ich dachte an nichts mehr außer daran, daß ich gern bei diesem Mann sitzenbleiben wollte, der gierig sein Sandwich verschlang. Er trank einen Schluck Kaffee und sah mich so zufrieden an wie jemand, der sich endlich einmal satt gegessen hat. Er hatte große schwarze Augen und ziemlich lange, gelockte Haare, die fast bis auf seine Schultern reichten. Er gefiel mir. Wahrscheinlich hielt er mich für eine Verrückte. Ihn einfach so einzuladen, nur so, nur weil mir sein Gesicht und seine Hände gefielen. Nein, das würde er nicht denken.

»Ich muß jetzt gehen.«

Natürlich stimmte das nicht. Ich hatte nichts Besonderes vor. Ich wollte nur so lange durch die Straßen gehen, daß ich nach Wilfried nach Hause kam. Ich wollte, daß er es merken würde ... Ich wollte, daß er sich Gedanken darüber machte, wo ich war, und daß er sich sorgte. Daß er so viele dumme Vermutungen anstellte wie jetzt gerade in meinem Kopf herumgingen. Ich wollte, daß er mich um Verzeihung bat. Aber Wilfried war nicht hier. Hier war nur der Maler, den ich noch nicht einmal kannte, und der nur mit mir gekommen war, weil er Hunger hatte und fror. Ich legte einen Geldschein auf den Tisch, stand lächelnd auf, verabschiedete mich sehr höflich und ging. Er muß völlig verwundert zurückgeblieben sein. Ich dachte, er wolle mich vielleicht einholen, deshalb rannte ich in Richtung Kirche. Außer Atem hielt ich in einer kleinen Straße, die daran vorbeiführte. Dort war ein ziemlich schöner, aber ein wenig düsterer Garten. Ich fragte mich, ob Wilfried wohl zurückgekommen war. Es war halb fünf. Zu früh, um nach Hause zu gehen. Ich war wütend, aber ich hätte am liebsten geweint, nicht geschrien. Wenn ich für Wilfried nicht wichtig war, dann war ich zu nichts nütze.

13

Ich sehe die Wand meines Zimmers an. Sie ist dunkelblau, von der Farbe der Träume. Nein, ich träume nicht mehr. Malika ist noch nicht hier, und es ist zehn Uhr abends. Sie muß wirklich wütend gewesen sein, als sie mich nicht zu Hause antraf. Sie ist weggegangen, um sich zu rächen. Vielleicht geht sie durch die Straßen ... friert, langweilt sich und wartet darauf, daß die Zeit vergeht ... Und das nur, um sich zu rächen! Am liebsten wäre es mir, sie wäre im Kino. Bei einer Freundin kann sie nicht sein, sie hat keine. Malika! Ich weiß, daß ich im Unrecht bin, ich hätte es dir vorher sagen müssen! Aber es war nicht einfach ... Ich konnte doch nicht wissen, daß mich die Frau meiner Träume entführen, mich in einen Märchenpalast mitten im Wald führen würde. Du brauchst nicht in der Rue Caumartin zu frieren. Dort war sie sicher. Dort sind Nutten und viele andere Menschen, und sie sagt sich sicher, daß ihr dort nichts passieren kann.

Ich stehe auf, gehe um den Tisch, durch das Zimmer, mein Kopf zerspringt gleich ... Natürlich habe ich schon die Concierge unten gefragt, den Bäcker, den Buchhändler, ich war sogar schon in der Bibliothek des 18. Arrondissements in der Rue de Madrid und in der des 17. ... Nirgends habe ich etwas erfahren. Sie können sich vorstellen, daß mir ziemlich komisch ist. Auf der ganzen Rückfahrt habe ich mir eine dicke Lüge für Malika ausgedacht ... Und dann war sie gar nicht zu Hause, dann war sie gar nicht wütend und bereit, auf mich loszugehen, wie ich es gedacht hatte. Ich war vielleicht ein Idiot! Schließlich weißt du doch, daß sie auf alles eifersüchtig ist, sogar auf die Spaziergänge, die du allein unternimmst, sogar auf deine englischen Bücher. Sie will, daß du dich nur für sie interessierst. Also ... Wo denkst du hin, ein ganzer Nachmittag, das konnte ihr nicht gefallen ... Aber Malika, ich hätte es dir doch erklärt! Du hast gedacht, ich könnte dich einfach so sitzenlassen? Du bist verrückt, du weißt genau, daß ich dich über alles liebe ... So wie mich selbst und noch viel mehr, weil ich weiß, daß ich nur ein Idiot bin! Ich hätte es mir denken müssen. Wenn ich nur sicher wäre, daß sie nicht frierend auf einer Bank sitzt ... Alles mögliche könnte ihr passieren ... Sie ist so hübsch ... Vielleicht hat sie die Polizei aufgesammelt. Ein kleines, zehnjähriges Mädchen allein in der Rue Caumartin, das ist doch ein gefundenes Fressen für die ... Scheiße! Malika! Du weißt genau, daß ich mich bei dir entschuldigt hätte, tausendmal entschuldigt! Aber wie gemein sie ist! Sie weiß genau, daß ich ihretwegen wie auf Kohlen sitze! Hör mal, nur weil ich dir wehgetan habe, brauchst du dich nicht so zu rächen. Okay, ich war dumm, ich hätte daran denken müssen ... »mehr Einfühlungsvermögen zeigen«. Gut, ich habe keine Entschuldigung, aber hör auf, in den Straßen herumzulungern, wie wenn ich dich fortgejagt hätte! Genauso muß sie sich gefühlt haben. Als ob ich sie fortgejagt hätte. Sie ist so empfindlich. Sie muß gedacht haben, ich hätte keine Lust mehr, mit ihr zusammenzuleben ...

Sie können sich vorstellen, daß ich mir ganz schön schuldig vorkam. Wo ich den ganzen Tag in der Sonne herumgelegen, meine erste Liebeserklärung gemacht hatte ... nackt in einem großen Bett mit seidener Bettwäsche neben einer Frau gelegen hatte, die ebenso nackt gewesen war wie ich ... An Malika hatte ich in diesem Augenblick nicht gedacht, sie war mir gleichgültig. Wie konnte ich nur so naiv sein, mir vorzustellen, sie warte geduldig auf mich und ...

Ich höre, daß jemand die Tür öffnet! Ich renne in den Gang, werfe alles um, trete Theodor auf die Pfoten, vergesse meinen Groll ... um sie zu begrüßen ... Da steht sie, still und blaß in ihrem marineblauen Mantel. Ihre Haare sind ganz durcheinander. Eine versteckte Herausforderung liegt in ihrem Blick, und doch lächelt sie mich ein wenig traurig an, wie um sich zu entschuldigen, weil mein (bestimmt sorgenzerfurchtes) Gesicht sie gerührt hat. Ich sagte nichts. Ich küßte sie auf die Stirn und drückte sie an mich, um ganz sicher zu sein, daß sie zurückgekommen war. Sie legte ihre Arme um mich, vergrub ihren Kopf an meiner Brust und begann zu weinen. Da standen wir auf dem Treppenabsatz, die Arme umeinander geschlungen, wie arbeitslose Einwanderer. Nein, ich mache mich nicht darüber lustig. Ich tue nur so, damit Sie es nicht tun können. Ich führte sie in mein Zimmer, zog ihr den Mantel aus und streichelte ihre Augen, um sie darum zu bitten, mit dem Weinen aufzuhören. Sie schluchzte nervös, manchmal hatte ich fast Angst, daß sie ersticken würde. Ich beruhigte sie mit idiotischen Worten. Wenn es einem anderen schlecht geht, findet man nie die richtigen Worte. Ganz allmählich beruhigte sie sich, aber ihre Tränen flossen immer noch, lautlos, noch viel erschrekkender. Mit leerem Blick sagte sie immer nur: »Du hattest mir versprochen, daß du mich immer lieben würdest, du hattest es mir versprochen.«

Und seltsam, diese Worte, die Ihnen falsch, unangebracht oder pathetisch vorkommen mögen, diese Worte aus ihrem Mund sagten mir, daß sie genau den richtigen Satz gefunden hatte.

Ohne etwas zu sagen, legte sie sich auf mein Bett. Und weil ich mich in das andere Bett legen wollte, rief sie mich: »Komm hierher.« Sie nahm mich in ihre Arme, küßte mich auf die Wange und schlief dann ein, ihr naßgeweintes Gesicht an meine Seite gekuschelt.

Am anderen Tag schien sie alles vergessen zu haben. Sie stellte mir keine Fragen. Nur sprach sie weniger und in einem gleichgültigen Ton mit mir, als sei etwas zwischen uns zerbrochen. Ich sagte mir, es wäre besser, ihre Wut würde herausbrechen, dann würde sie auch wieder vergehen. Heute war sie zwar da, aber auf dem Grund ihrer Augen versteckt. Ich fürchtete mich davor.

Ich bereitete das Frühstück vor, sorgfältiger als sonst, aber Malika schien es nicht zu bemerken. Sie sah aus wie jemand, dem man sehr wehgetan hat.

Wir gingen zusammen weg. Wir müssen beide ziemlich komisch ausgesehen haben. Gewöhnlich schubsen wir uns in die Seite und lächeln einander zu, wenn wir über den Gehweg hüpfen. Aber heute gingen wir ganz mechanisch nebeneinander her und wagten nicht einmal, uns anzusehen. Ich fühlte mich nicht wohl, nicht wegen des Schweigens, nicht weil wir einander nicht ansahen. Es hatte Tage gegeben, an denen wir nicht miteinander sprachen und uns trotzdem wohlfühlten. Was mir ein so ungutes Gefühl machte... war... (ich weiß nicht, welches Wort am besten paßt) diese unsichtbare Trennscheibe, die uns daran zu hindern schien, miteinander zu sprechen und uns am Arm oder an der Hand zu fassen. Malikas Augen sahen irgendwie ins Leere, manchmal schaute sie Schaufenster oder Passanten an, aber sie sah sie nicht. Ich wußte einfach nicht, was sie dachte. Ich beobachtete sie aus dem Augenwinkel heraus, und auch, wenn sie den Kopf nicht drehte, fühlte sie, daß ich ihre Bewegungen aufmerksam verfolgte. Wissen Sie, Malika ist in Wahrheit viel sensibler als ich. Viel feinfühliger. Sie errät alles. Ich brauche immer Beweise. Sie ist ihrer selbst viel sicherer. Sie weiß, daß sie die Dinge richtig sieht. Ich brauche immer irgendeine Sicherheit.

In einem bestimmten Sinn ist sie erwachsener als ich. Wir gingen also nebeneinander her. Alle diese Dinge gingen mir durch den Kopf, und ich sagte mir, daß ich mich ihr gegenüber nicht gerade anständig verhalten hatte. Ich fragte mich, ob sie mir lange böse sein würde. Am liebsten hätte ich ihr etwas gesagt, bevor wir uns trennten, aber ich konnte nicht. Ich ging in dieses Scheißgymnasium hinein, und Sie können sich vorstellen, daß der Unterricht meine geringste Sorge war.

Alles kam mir idiotisch vor. Diese Typen in den Gängen, die ihre Formeln wiederkäuten oder die anderen, die so taten, als hätten sie sie nicht gelernt. Selbst die Pfeiler und die Bäume kamen mir idiotisch vor.

Ich hatte Deutsch. Gewöhnlich interessiert mich das (fast so sehr wie Englisch). Echt, die deutschen Wörter gefallen mir, sie sind schön, sogar aufgeschrieben, sie haben eine schöne Form ... Und wenn man sie dann ausspricht ... Natürlich höre ich sie lieber im Kino oder im Radio ... Aber sie sind immer klasse (sogar in der Klasse, so ein schwachsinniges Wortspiel). Nur heute gingen sie über mich hinweg. Ich sage Ihnen das, damit Sie sich vorstellen können, wie mies es mir tatsächlich ging. Ich war vollkommen weg vom Fenster, und diesmal dachte ich nicht einmal an Malika, sondern Hélènes Gesicht hatte sich über das von Malika geschoben.

Ich habe Ihnen noch nicht alles erzählt. (Ich mag mich selber nicht leiden, weil ich an die Frau meiner Träume denke, während ... na ja, diese Dinge kann man nicht erzwingen ...) Wir gingen also Hand in Hand im Wald spazieren. Es war schönes Wetter, und es war unheimlich schön, diese Sonne auf den roten Blättern ... Wie eine große Kupferplatte. Dann stellte sie mir alle möglichen Fragen, während wir mit unseren blanken Schuhen den schlammigen Weg entlanggingen.

»Sag mal, lassen dich deine Eltern allein?«

»Ja, meine Mutter ist tot, und mein Vater hat was weiß ich für einen Beruf, mit dem er immer unterwegs sein muß. Und das paßt ihm auch, weil er sich einen Dreck um uns kümmert. Es würde ihm ganz schön stinken, wenn er uns ständig auf dem Hals hätte.«

»Und dir gefällt es auch besser so?«

»Ich finde schon. Ein Vater ist eher lästig, meinst du nicht?«

»Ja, doch.«

Ich wußte wohl, daß sie mich gern gefragt hätte, ob ich auch schon andere Frauen gekannt hatte, aber dafür war sie zu »vornehm«, und die Antwort konnte sie sich sicher auch denken.

»Was magst du im Leben?«

Das ist allerdings eine schwierige Frage. Ich konnte ihr nicht sagen, daß ich sie mochte. Auch nicht, daß mir das Kino und englische Vokabeln am liebsten waren. Aber ich kam mir lächerlich vor, weil ich keine genauen Vorstellungen darüber hatte.

»Ich weiß noch nicht ganz genau ...«

»Was denkst du über mich?«

»Mmh ... Ich kenne Sie noch gar nicht ... Aber Sie sind schön. Und ich bin gern mit dir zusammen.«

Ich hatte mich noch nicht für das Sie oder für das Du entschieden. Also wählte ich den Mittelweg. Okay, das war ungeschickt, aber mir machen Ungeschicklichkeiten nichts aus, Ihnen etwa?

»Weißt du, ich bin reich, und du kennst mich nicht. Aber du kannst mir alles sagen. Ich habe den Eindruck, du traust dich nicht.«

Ich fand überhaupt nicht, daß sie wie ein Lehrer redete.

Ganz im Gegenteil. Ich sagte mir: Das stimmt genau. Ich traue mich nicht, weil ich so sehr »beeindruckt« bin. Und sie errät es einfach. Genau wie sie wahrscheinlich viele andere Dinge erraten hat. Das dachte ich also, weil alles, was sie sagte, richtig war.

»Sie sind zu vollkommen. Jedenfalls kommen Sie mir so vor. Ich habe Angst, etwas zu sagen, das Ihnen nicht gefällt.«

Jetzt hatte ich geredet, ohne vorher nachzudenken (das war auch besser so, denn sonst brachte ich nur eine Menge schüchterne Dummheiten heraus). Wie wenn ich mit mir selbst sprechen würde. Und plötzlich war Hélène eine andere geworden. Sie war nicht mehr rätselhaft, sondern einfach, mit ihren Samtjeans und ihrem fröhlichen Lachen. Natürlich war sie immer noch ein Rätsel für mich, aber es erschien mir nicht mehr so schwierig, weil sie sich für mich interessierte.

»Du kannst sagen, was dir in den Kopf kommt. Alles, was du denkst. Weil ich dich gernhabe und wissen möchte, was du denkst. Und außerdem mag man ja gerade die Fehler. Jedenfalls das, was die anderen Fehler nennen. Deine Schüchternheit zum Beispiel.«

Ich antwortete nicht. Ich wartete darauf, daß ihre Worte in mich eindrangen. Ich steckte ihre Stimme in eine Ecke meines Gedächtnisses, damit ich mich später wieder daran erinnern konnte. Damit sie zurückkommen konnte, wann immer ich wollte. Ich frage mich sogar, ob ich auf ihre Worte achtete. Sie ging langsam weiter und fing hin und wieder ein Blatt von einem Ast, der in den Weg hineinragte. Sie spielte damit und ließ es dann fallen. Ich liebte es über alles, wie sie so durch die Sonne ging. Sie war schön.

Lange Zeit gingen wir spazieren, ohne ein Wort zu sagen. Dann gingen wir in das Haus. Das Mädchen hatte ein sagenhaftes Essen vorbereitet, das heißt, das Essen selbst war nicht sagenhaft, aber daß wir einander in einem gemütlichen Raum gegenübersaßen, vor den gleichen Tellern, dem gleichen Essen. Beim Essen sah ich nur ihre Augen. Ich konnte nichts anderes ansehen. Sie faszinierten mich. Dann zeigte sie mir das Haus, alle Räume. Ich sagte mir, ich müsse sie ganz genau betrachten, weil sie offenbar gern in ihnen war, aber ich bewunderte sie nur mit dummen Ausrufen. Ich betrachtete ihren Körper, während sie vor mir herging. Weil mich auch ihr Körper faszinierte.

Ich wartete darauf, daß sie mich in die Arme nehmen würde. Ich selbst wagte es nicht. Sie hatte gesagt, ich sei schüchtern. Sie hatte gesagt, meine Schüchternheit gefalle ihr.

Und dann ging ich mit ihr auf die Reise. Auf eine ... eigenartige Reise. Vor der ich mich so sehr fürchtete und die ich durch sie kennengelernt hatte.

Die Stimme kam wieder, bohrend, heimtückisch: Nur Hunger trieb die Wölfe. Ich versuche sie zu verjagen, ich kämpfe gegen sie, ich neige den Kopf.

Ich hatte gedacht, die Liebe sei etwas Gewöhnliches. Lächerlich. Für mich war Liebe das, was ich für Malika empfand. Auch das ist Liebe, aber eine andere, ohne eine Reise ... Zwei Worte nur ... Ich sagte es Ihnen ja schon, diese Mistglocke läutet nie im richtigen Augenblick.

Die Fünf-Minuten-Pause, in der die »anständigen« Schüler ihre Noten ausrechnen und die »schlechten« sehnsüchtig träumen. Malika kommt zurück. Letztlich frage ich mich, ob sie nicht stärker ist als die ganze Welt. Ich sehe ihr Gesicht. Ich versuche mir vorzustellen, was sie machen würde, wenn sie wüßte ... Nein, unmöglich, sie darf es nicht wissen. Sie würde es nicht ertragen. Aber wahrscheinlich merkt sie es irgendwann ... auch wenn ich lüge, auch wenn ich die Schule schwänze, damit sie nichts merkt. Auch wenn sie erst zehn Jahre alt ist, haut sie niemand so leicht übers Ohr, und ich erst recht nicht. Ich will nicht, daß sie immer so unglücklich ist wie heute morgen. Natürlich meinen Sie, das sei verrückt, sie müsse begreifen, daß man mit fünfzehn Jahren auch andere Gesellschaft sucht als die seiner kleinen Schwester. Aber da kann ich Ihnen gleich sagen, daß sie sich weigert, zu begreifen. Was meinen Sie, sie braucht nicht eifersüchtig zu sein? Warum eigentlich nicht? Warum sollte sie es eigentlich hinnehmen, daß ich sie sitzenlasse, als sei sie mir gar nicht mehr wichtig? Es ist zwar nicht so, aber so denkt sie nun mal. Wenn man liebt, dann sieht man immer nur die Extreme. Ich weiß nicht. In Wirklichkeit verstehe ich sie wohl doch nicht. Oder ich traue mich nicht zuzugeben, daß ich für sie etwas anderes bin als ein Bruder. Wir lieben uns auf verschiedene Weise.

Ich lege meine Blätter auf den vollgekritzelten Tisch: »Wir schaffen diese Scheißlehrer schon noch«, »Ich liebe Virginie, aber Pierre ist ihr egal«, »Nieder mit dem Schülerknast«. Auch ein paar gar nicht so schlechte Zeichnungen sind eingeritzt. Hélène hatte mich vor dem Haus abgesetzt. Ich wollte nicht, daß sie mit mir hinaufging, weil ich dachte, Malika sei da. Und ich wollte auch nicht, daß sie die Räume sah, in denen ich lebe. Ich hatte Angst, daß sie mich beurteilen würde, daß sie merken würde, daß dies nur meine und Malikas Wohnung war. Kein anderer hat das Recht, hier einzudringen. Es wäre wie ein Verrat unseres Geheimnisses. Und das bei Hélène noch viel mehr, weil sie für mich wichtig ist, und wenn Malika sie kennen würde, würde sie sie nicht mögen.

Der Physiklehrer in seinem weißen Kittel geht hinaus. Er hat Ringe unter den Augen, wahrscheinlich hat er gestern abend einen draufgemacht.

Ich glaube, ich habe »melancholische Anwandlungen«. Am liebsten wäre es mir wirklich, ich würde mich für das interessieren, was die Lehrer erzählen, dann müßte ich wenigstens nicht mehr denken. Aber ich kann es wirklich nicht, ich bin nicht mehr Herr meiner selbst. Schade ... Die beiden Gesichter kommen zurück, fließen ineinander, legen sich übereinander, Malikas Tränen und Hélènes Lächlen. Ich bin verloren, ich bringe ihre Sätze und ihre Stimmen durcheinander, echt, das gäbe einen irren Film. Nur fühle ich mich nicht besonders wohl, wenn ich die Stimme eines kleinen Mädchens höre und gleichzeitig das Gesicht einer Frau sehe. Seltsam.

Ich fühle mich, als sei ich tagelang über meinem Tisch gehangen und hätte geträumt ... oder genauer gesagt, mir den Kopf zerbrochen, wie wenn ich mich zwischen Malika und Hélène entscheiden müßte. Ich fühle mich, als hätte ich eine lange Krankheit überstanden ... Jetzt bleiben nur noch furchtbare Kopfschmerzen und eine Art Übelkeit, die immer wieder vom Bauch aus nach oben steigt. Die Glocke hat geläutet, eine Stunde ist auf die andere gefolgt. Ich erinnere mich nur noch undeutlich oder genauer gesagt gar nicht mehr daran, aber ich weiß, daß es so ist, weil die Schüler zur Kantine oder auf die Straße hinaus rennen. In zwei Stunden fängt der Wahnsinn wieder an ... Zwei Stunden ... Ist das lange, kurz, bald? Ich weiß nicht. Ich weiß wirklich nichts mehr.

Es stinkt mir, in die Kantine zu gehen. Wenn ich eine Hausaufgabe brauche, gehe ich trotzdem, um Zeit zu sparen. Aber heute habe ich nichts zu tun, oder vielmehr, ich habe beschlossen, nichts zu tun. In der Rue Tronchet sehe ich viele Frauen. Sie gehen sicher in die Geschäfte, um ihre Traumkleider zu bewundern, oder sie betrachten die Maße der Puppen hinter den Scheiben, weil sie auch gerne so sein möchten. Heute kommt mir alles lächerlich vor, diese Auslagen voller Stoffe, für die sie sich abrackern, alle diese verschiedenen Schuhe an den Füßen, diese vielen Knöchel mit Lederbändern. Ich überlege, wie viele Hunderte von Schuhen sie ausprobiert haben müssen, bis ihr Spann am besten herauskam. Und ich betrachte diese Schuhpaare, die an mir vorbeigehen mit einem hohen, dumpfen, gedämpften, leisen Geräusch, extravagante, klassische, junge, altmodische Schuhe. Wenn man nichts als die Füße der Frauen ansieht, kann man sich schon ihren Charakter vorstellen. Erstaunlich, nicht?

Ich bin sicher, daß Hélène das alles nicht nötig hat. Ihr steht alles. Auch wie eine Putzfrau angezogen wäre sie schön. Das kann ich Ihnen sagen. Die Männer drehen sich übrigens auf der Straße bewundernd nach ihr um, und die Frauen kriegen einen kleinlichen und neidischen Gesichtsausdruck, ganz witzig. Es nützt ihnen auch nichts, wenn sie sich sagen: »Sie ist schön, aber sie sieht dämlich aus«, weil man Hélène nicht näher zu kennen braucht, um zu begreifen, daß sie intelligent ist. Diese Furien können noch nicht einmal denken: »Okay, aber sie hat keinerlei Charme«, weil ich Ihnen sagen kann, der Charme von Hélène ... rätselhaft, nicht zu beschreiben ... Gerade so, daß man vor ihr in die Knie geht ... Und ihre Knie! Nicht krumm, nicht mager, überhaupt nichts, nein, wirklich hübsche Knie ... Und die Beine! Alle anderen Frauen werden grün vor Neid ... Ich werde grün vor Bewunderung. Gut, okay, Sie wissen, daß die Frau meiner Träume wirklich ein traumhaftes Geschöpf ist. Aber ich bin sicher, Sie müßten sie einfach auch beschreiben, wenn Sie sie kennen würden. Ich kann Ihnen sagen, sie würde sogar einen Mathelehrer zum Träumen bringen ... Ihr gegenüber fühlen Sie sich wie Verlaine (auch wenn der gern wie Rimbaud gewesen wäre ...). Aber ich bekomme Angst, wenn ich an sie denke. Weil ich weiß, daß sie nicht immer bei mir bleiben wird. Daß ich sie eines Tages nicht mehr beschreiben kann, sondern sagen muß: »Ich erinnere mich an sie.« Und zugleich finde ich mich idiotisch, weil ich nicht richtig glücklich bin, solange sie da ist ... Ich denke eben zu weit voraus. Ich schlappe mit meinen Turnschuhen über den schmutzigen Gehweg. Männerschuhe sind nicht so typisch wie Damenschuhe. Aber ich bin sicher, daß man nur ein wenig höher, in mein Gesicht sehen muß, und schon hat man eine Vorstellung ... von meinem Charakter. Nicht sehr vorteilhaft, diese Vorstellung. Ich fühle mich wirklich schlecht. Hin und her gerissen. Zwischen Malika und Hélène. Aber keine gewinnt, beide sind gleich stark. Es wäre einfach, wenn man sagen könnte, die eine will meine Beine, und die andere meinen Kopf. Aber nein, sie wollen mich beide ganz. Und leider habe ich nicht die Gabe, überall zugleich zu sein.

Ich komme vor dem Drugstore Saint-Lazare an. Wenn ich alle diese Leute sehe, die ihr tägliches Sandwich schnell und gierig hinunterschlingen, wird mir gleich noch ein wenig übler. Ich gehe trotzdem hinein. Sie sehen so komisch aus, daß ich sie einfach anschauen muß. Mein Kopf ist leer, die Tischreihen, der Rauch, der Lärm hindern mich am Denken. Ich stelle mich in die Schlange vor der Theke. Sie sprechen alle gleichzeitig, ich höre Satzfetzen: »Da habe ich ihm gesagt, er sei ein blöder Macker«; »Er übertreibt trotzdem ein bißchen«; »Na ja, er hat mich zum Essen eingeladen, ich weiß schon, was das heißt«; »Du kannst dir nicht vorstellen, wie verführerisch er ist«.

Alle diese scheinbar unbekümmert ausgetauschten Vertraulichkeiten und das betäubende Gedudel des letzten Schlagers aus der Hitparade ... Völlig belämmert stehe ich plötzlich vor dem ungeduldigen Kellner, der meine Bestellung aufnehmen will. Ich bestelle einen Kaffee. Dann verlange ich der Form halber noch ein Sandwich. Ich suche einen freien Platz. Schließlich kann ich mich zwischen eine alte Großmutter und einen Studenten quetschen, der in einem Buch schmökert und dabei ein gummiartiges Brötchen kaut. Er hat Glück, daß er etwas hat, womit er sich so ernsthaft beschäftigen kann. An solchen Tagen wie heute möchte ich am liebsten in Arbeit ertrinken, damit ich mich nicht in meinen Träumen verliere. Aber ausgerechnet an solchen Tagen kann mich nichts aus meiner Verlorenheit reißen. Ich beobachte sie, alle diese nach vorn gebeugten, selbstvergessenen Körper, und ich begreife allmählich, warum es so viele Verrückte gibt.

Ich bin nicht einmal wütend geworden. Meine Wut hatte ich so lange mit mir herumgetragen, daß ich nicht einmal mehr wollte, daß sie herausbrach. Den ganzen Nachmittag und vor allem den ganzen Abend, nachdem ich zu Hause vorbeigeschaut und Wilfried nicht angetroffen hatte, hatte ich mir immer wieder vorgestellt, was ich ihm alles an den Kopf werfen würde. Deshalb hatte ich am Ende wohl gedacht, ich sei wütend. Und nun ist eben alles danebengegangen. Ich erwartete nicht einmal, daß er mir alles erklären würde. Aber wenn er versucht hätte, sich zu rechtfertigen, hätte ich gewußt, daß ich mich täusche, denn Wilfried lügt nie. Jetzt bin ich sicher, daß ich recht habe; er hat eine Geliebte. Sie können sich gar nicht vorstellen, wie sehr mir dieser Gedanke stinkt. Ich verachte ihn fast. Nur ist es nicht leicht, jemand zu verachten, den man liebt. Bestimmt nicht.

Wenn er mich wirklich liebhätte, dann hätte er das nicht getan, oder nicht? Nein, das hätte er nicht gemacht. Ich würde am liebsten weinen. Echt, ich bin unheimlich traurig. Und ich könnte rasend werden, wenn ich diese alte Ziege von Lehrerin sehe, die versucht, uns die Formen des Konjunktiv Präsens zu erklären. Ach, letzten Endes kann es mir ja egal sein, irgendwo anders ginge es mir genauso schlecht. Ich habe mir überlegt, ob ich sagen soll, ich sei krank. Aber ich hasse das Krankenzimmer, und sie hätten mir eine Menge Fragen gestellt. Selbst wenn sie mich aus dem Klassenzimmer werfen würde, ginge es mir noch genauso schlecht. Richtig übel. Ich muß mich nicht übergeben, mir ist übel. Das ist nicht dasselbe. Wie wenn jemand in meinem Bauch herumgewühlt hätte. Das steigt mir bis zum Kopf hoch. Wie ein Virus.

Ich habe keine Lust, Wilfried wiederzusehen. Sonst möchte ich immer so schnell wie möglich zu ihm zurück, auch wenn ich ihm böse bin ... Ich erinnere mich nur noch an sein Gesicht, als wir uns vor dem Gymnasium getrennt haben. Und die Erinnerung daran ist mir unangenehm. Ich weiß nämlich, daß er mir etwas sagen wollte und daß er es nicht gewagt hat. Aber ich will es auch gar nicht wissen. Ich versuche mir vorzustellen, wie seine Geliebte wohl ist. Sie muß schön sein. Aber wie schön? Wie Greta Garbo oder wie Marilyn Monroe? Ich hoffe nur, daß sie wenigstens blonde

Haare und grüne Augen hat. Das würde nämlich heißen, daß er in dieser »Frau« in Wirklichkeit mich sucht. Obwohl, wenn sie braunes Haar und schwarze Augen hat, kann ich immer noch sagen, daß er damit nur bemäntelt, daß er in Wirklichkeit mich liebt. Bloß hat er mir ja gesagt, daß er es »anormal« findet, seine kleine Schwester zu lieben. Ich kann ihm noch so sehr vormachen, daß ich das nicht verstehe, so daß er keine Angst mehr hat, es mir zu sagen. Er meint dann höchstens, ich halte ihn für verrückt oder pervers oder so. Aber deshalb müßte er ja nicht gleich mit einer anderen weggehen. Vielleicht sollte ich ihm einen Brief schreiben und es ihm erklären ... Mit Zeichnungen kann man nicht ... Aber ein Brief ist übertrieben ... Und wenn ich mit ihm rede, dann findet er ja doch Antworten, gegen die ich nicht ankann. Und außerdem weiß er ganz genau, was ich denke. Er weiß genau, daß ich eifersüchtig bin. Daß ich es erraten habe. Daß ich sehr traurig bin.

Eigentlich sind die Verben im Konjunktiv manchmal richtig gut. Sie sagte, wir sollen ein Blatt nehmen und das Verb »naître« konjugieren. Ich habe mich so sehr angestrengt, die Konjunktivform der Vergangenheit zu finden, daß ich Wilfried und seine Freundin vergaß. Ich wollte nur noch eine gute Note einheimsen. Ich merkte nicht einmal mehr, daß mir übel war. Ich habe mich aber auch unheimlich bemüht, schön zu schreiben, die »s« in der zweiten Person Futur nicht zu vergessen, das Imperfekt und das Perfekt nicht zu verwechseln. Und als es läutete, verfluchte ich die Glocke. Am liebsten hätte sie nie läuten sollen.

Ich hätte ihm trotzdem sagen sollen, daß es ganz schön fies war, was er mit mir gemacht hatte. Nur das. Ich hätte nicht wütend werden müssen, weil man immer im Unrecht ist, wenn man richtig brüllt. Aber nein, es ist besser so. Er wußte ganz genau, daß er nicht gerade nett gewesen war. Sonst hätte er mich nicht ohne ein Wort bei sich schlafen lassen, er hätte das Frühstück nicht so schön hergerichtet, er hätte nicht gesagt: »So ein Scheiß, ich habe heute zwei Stunden Physik.« Und das hat er alles gemacht. Ich bin sicher, daß er heute abend um zehn nach fünf da sein wird, gleich nach seiner letzten Stunde. Das könnte ich Ihnen schwören.

Bis fünf Uhr ist es noch sehr lange. Jetzt kann ich das sagen, weil ich nur mit mir selbst spreche. Weil ich nicht zugeben will, und vor allem bei Wilfried nicht zugeben will, daß ich ihn so schnell wie möglich wiedersehen will. Wo er mich doch sitzenlassen hat wie jemand x-beliebigen. Ich habe schließlich auch meinen Stolz. Obwohl Stolz manchmal ziemlich bescheuert ist. Er hindert einen zu sagen, was man denkt, oder zu tun, was man gerne tun würde. Jedenfalls muß man ihn manchmal vergessen können.

Vielleicht sollte ich ihn doch fragen, ob es stimmt. Aber nein, das geht nicht. Wenn ich richtig geraten habe, wird er es nicht sagen, und wenn ich mich täusche, wer beweist mir dann, daß er mich nicht anlügt? Ja ja, ich weiß schon, daß ich gereizt bin. Aber schließlich ist es doch normal, daß ich sichergehen will. Eigentlich weiß ich ganz genau, daß ich mich nicht getäuscht habe. Es wäre zu schön gewesen. Obwohl, vielleicht gefällt ihm diese Frau gar nicht? Es war ja nur ein Nachmittag ... Aber ein Nachmittag, das ist lange! Sie halten mich für egoistisch, nicht? Sie meinen, ich tue so, als gehöre Wilfried mir ganz allein? Aber nein, es ist ganz anders. Er hatte mir nur versprochen, mit mir zusammen die Porträts ansehen zu gehen, er hat mir vorher nichts gesagt, und gerade an dem Tag wollte ich mit ihm zusammensein. Natürlich werden Sie sagen, das wolle ich jeden Tag ... Aber an dem Tag war es ehrlich ... Ehrlich. Und dann hat er mich ja auch mindestens drei Tage lang nicht mehr gesehen. Ich wußte nicht, wovon er träumte, aber jetzt weiß ich es. Sie muß sehr schön sein, daß sie ihn so verändert hat ... Übrigens konnte er gar keine Häßliche aussuchen. Das hätte mir noch weniger gefallen. Wenn er mich trotzdem lieben würde ... Aber er sieht mich ja nicht einmal mehr. Und außerdem kann man nicht zwei Menschen zugleich richtig lieben. Sonst gibt man jedem nur einen Teil von sich, und wenn man liebt, dann muß man alles geben. Ja, genau, alles. Für Wilfried würde ich alles tun, auch wenn er wollte, daß ich mich vom Tour Montparnasse herunterstürze, um zu sehen, wie es aussieht, wenn ein Körper dort herunterfällt, ehrlich, ich würde es machen ... Aber wenn er mich darum bitten würde, ihn gehen zu lassen ... das würde ich natürlich ablehnen. Schließlich kann man nicht nicht egoistisch sein, wenn man jemand liebt. Aber nicht egoistisch im gewöhnlichen Sinn ... Ich will sagen, ich würde ihm jederzeit meine Bilder und meine Bücher geben, aber ihn selbst würde ich niemand geben. Und auch wenn Wilfried fünfzehn Jahre alt und »für mich verantwortlich« ist, weiß er nicht, wem er gehört, und daß ich ihm sage, was er tun soll ... Ich lüge, meinen Sie? Schließlich habe ich ihm nicht gesagt, er solle diese Frau treffen? Aber sie ist in seinem Leben nicht so wichtig wie ich ... Ich kann Ihnen sagen, daß ich nicht zulassen werde, daß er sein Herz an sie hängt. Sein Herz gehört nämlich mir, weil ich weiß, daß er jetzt gerade an mich denkt. Und nur an mich.

In diese Gedanken war ich also gerade versunken, das heißt, ich saß auf einer Bank und zerbrach mir den Kopf und wickelte meine Haare um die Finger. Es war ein wenig kalt, aber das war mir völlig egal, und die »roten Kastanienblätter« waren mir auch egal, auch wenn wir an diesem Nachmittag Biologie bei dieser blöden puterroten Alten hatten. Echt, sie hat immer ein rotes Gesicht, auch wenn es Stein und Bein friert. Vielleicht trinkt sie ... Ich stelle mir das Weinfläschchen vor, wie es gut versteckt zwischen den Heften und den Konjugationstabellen in ihrem Schreibtisch steht. Eigentlich sieht sie nicht so aus ... Aber sie muß auch Komplexe haben, Neurosen und alles mögliche. Außerdem ist sie eine alte Jungfer. Sie läßt sich mit Frau anreden, aber jeder weiß, daß sie nicht verheiratet ist. Obwohl ... Ich weiß nicht, ob man einen Mann finden würde, der genauso häßlich ist wie sie. In der Beziehung schlägt sie alle Rekorde. Aber ich will ja nicht jetzt schon anfangen, die Frauen zu kritisieren (auch wenn ich mich wirklich frage, ob sie überhaupt eine ist).

Ich habe mich also drei Stunden lang damit gelangweilt, Äpfel in der Mitte durchzuschneiden, die Kerne anzusehen und auf mein Zeichenblatt »Schale«, »Fruchtfleisch« und »Kernhaus« zu schreiben ... Da habe ich sicher etwas gelernt. Ich muß das einfach sagen, damit man nicht meint, ich sei frech. Aber in Wirklichkeit habe ich doch etwas gelernt ... über Träume. Träume sind schön. Sogar besser als Äpfel.

Ich weiß, daß Wilfried donnerstags um fünf aushat. Es wäre besser, wenn ich ein wenig nach ihm ankäme. Deshalb beeile ich mich nicht zu sehr, wenn ich nach Hause gehe. Ich gehe ganz langsam und nehme die Metro an der Madeleine, das ist weiter als der Gare Saint-Lazare. Aber allzu lange lasse ich ihn nicht warten ... Nur zehn Minuten oder eine Viertelstunde ... Gerade so lange, daß er ein wenig unruhig wird und sich fragt, ob ich nicht erst um zehn Uhr nach Hause komme wie gestern. Aber länger lasse ich ihn nicht warten. Er wäre in der Lage, mich im ganzen Viertel zu suchen. Genau das würde er machen, weil ich ihm in Wirklichkeit nämlich gar nicht so gleichgültig bin.

Ich sehe die Schaufenster an ... Nicht daß mich diese Klamotten und Latschen interessieren, aber die Zeit muß ja vergehen. In den Buchhandlungen trödle ich natürlich ein wenig länger, ich schlage die Bücher auf, bewundere die Zeichnungen ... Vielleicht sogar ein wenig zu lange; die Verkäufer lassen mich nicht aus den Augen, als würden sie denken, ich wolle die Bücher stehlen. Oder sie fragen sich, wo meine Mutter abgeblieben ist ... Wirklich, die Leute meinen immer, kleine Mädchen müßten ihre Amme im Schlepptau haben ... Reaktionär, die Leute.

Natürlich sage ich mir manchmal, daß eine Mutter gar nicht schlecht wäre. Aber nicht so eine wie die von dem Jungen, der über uns wohnt. Die läßt ihren Sohn keinen Augenblick allein, sie gibt ihm extra Hausaufgaben, verbietet ihm auszugehen und gibt ihm zwei Franc Taschengeld pro Woche ... Nein, ich meine, eine Mutter wie die von meiner Klassenkameradin. Sie ist wirklich klasse (jedenfalls sieht es so aus). Sie geht mit ihrer Tochter in den Zirkus und ins Kino, spendiert ihr Eis in den Cafés auf den Champs-Elysées, verteidigt sie, wenn ihr Vater mit ihr schimpft. Und sonntags gehen sie sogar zusammen im Wald spazieren ... Aber letztlich möchte ich doch lieber, daß Wilfried das alles mit mir macht. Eine Mutter kann nicht so lieb sein wie Wilfried.

Bloß hat Wilfried jetzt gerade wahrscheinlich keine Lust, mich überall mitzuschleppen. Seine Freundin ist ihm lieber. Er würde sich auch ziemlich lächerlich machen, wenn ihm überall seine kleine Schwester am Rockzipfel hinge. Vielleicht versucht er mir zu erklären, daß er aufgehalten worden ist ... oder daß er mir ein Geschenk machen wollte ... oder daß er seine Mathehausaufgaben bei einem Klassenkameraden gemacht hat ... Und was kann ich darauf sagen? Nur, daß ich ihm nicht glaube. Es wäre gemein und böse, ihm zu sagen, daß ich weiß, warum er nicht früher nach Hause gekommen ist. Ich gehe um die Place de la Madeleine. Fauchon, Dior, Durand, die großen Geschäfte. Ich sehe nicht einmal mehr die Auslagen. Ich muß es möglichst schnell wissen.

15

Ich bin wie ein Wahnsinniger vom Gymnasium nach Hause gerannt, um rechtzeitig mit Malika anzukommen. Sie ist noch nicht da. Ich hoffe, daß sie nicht so sauer ist, daß sie auf der Straße herumtrödelt, nur um mich zu ärgern. Aber ich bin sicher, das könnte sie tun.

Ich habe Tee aufgegossen und den Rest des Geburtstagskuchens aufgetaut, und ich habe alles auf den Küchentisch gestellt, mit Blumen und einem Korb voller Obst, wie für eine Überraschung. Und seitdem warte ich. Ich warte und bekomme langsam Angst. Sie ist zu allem fähig, nur um mir zu zeigen, daß ich ihr wirklich Kummer gemacht habe. Vielleicht könnte ich ihr erklären, daß sich für uns überhaupt nichts ändert, wenn ich eine Frau kenne. Aber dann wird sie sagen, das verändert alles, weil ich ja gestern nicht da war, und weil ich drei Tage lang so komisch war. Sie hat ganz sicher gemerkt, daß ich eine Frau getroffen habe. Wenn ich lüge, wird sie mir nicht glauben. Aber wenn ich ihr die Wahrheit sage, tue ich ihr noch mehr weh. Ich weiß überhaupt nicht mehr, was ich machen soll. Wenn ich sie anlüge, wird sie denken, ich vertraue ihr nicht mehr. Es sei denn, sie ist gerührt, weil ich sie so vorsichtig behandle ... Vielleicht wird sie mich gar nichts fragen. Sie ist zu stolz, um Fragen zu stellen. Jedenfalls, um direkt zu fragen. So ist es. Sie wird »Anspielungen« machen. Nein, gemein ist sie nicht, das würde sie nicht tun. Sie wird warten, bis ich rede. Solange ich nichts sage, wird sie ein Gesicht ziehen.

Ich höre, wie sich der Schlüssel im Schloß dreht! Nein, jetzt nicht rennen. Auf keinen Fall. Ich bleibe (scheinbar) ruhig in meinem Sessel sitzen und denke, daß es idiotisch war, den Tee aufzugießen und das alles ... Langsam verziehe ich sie immer mehr ... Währenddessen war sie hereingekommen. Einen Augenblick lang blieb sie vor mir stehen, den Schulranzen über den Arm gehängt. Sie sagte nichts. Sie schien zu warten. Als sei nichts geschehen, sagte ich ihr guten Tag und küßte sie auf die Stirn. Ich fragte sie, ob sie viel gearbeitet habe, ob es ihr gut gehe ... Sie schien verwundert. Ich war ganz schön beschissen dran, natürlich wußte ich, daß ich es ihr jetzt erklären sollte, nur ... konnte ich nicht. Ehrlich, ich konnte einfach nicht. Sie sah mich an, und ich fand sie sehr hübsch, obwohl sie ein wenig krank aussah mit ihren vom Weinen geschwollenen Augen und ihrem traurigen Gesichtchen.

Sie zog ihren Mantel nicht aus und nichts, wie wenn sie gleich wieder gehen wollte. Sie rührte sich nicht und stand wie angewurzelt vor mir ... Ich hatte ein wenig Angst.

»Komm, ich habe etwas zu essen vorbereitet. Hast du Hunger?«

Ich wußte wohl, daß sie das Essen nicht im geringsten interessierte, aber ... Sie machte sich nicht einmal die Mühe zu antworten, sondern ging nur hinter mir her, halb hypnotisiert, wie mir schien. Ehrlich, sie erschreckte mich. Schließlich brachte ich heraus: »Bist du mir böse wegen gestern?«

Und sie antwortete leise und trotzig, in einem Ton, der mir durch und durch ging: »Ja.«

Unglaublich, was so ein kleines Wort in einem bewirken kann. Mir wurde fast übel. Ich glaube, ich habe mich selbst noch nie so sehr verabscheut wie in diesem Augenblick.

»Hör zu, ehrlich, es tut mir wirklich leid. Ich hätte nicht, ich hätte es dir sagen müssen, vor allem, weil wir ja beide zusammen zum Montmartre gehen wollten, aber ...«

Offensichtlich sagte ich genau das Falsche. Ich geriet immer tiefer in den Schlamassel.

»Aber das war eine Ausnahme. So etwas mache ich nicht mehr. Das war nicht nett von mir.«

Sie sagte nichts. Sie hatte sich hingesetzt und trank langsam eine Tasse Tee, ohne mich auch nur eines Blickes zu würdigen. Sie schien nicht zu hören, was ich zu ihr sagte.

»Schrei mich an, mach etwas, aber sitz nicht so herum!«

»Du verarschst mich. Ganz gewaltig.«

Das hatte sie einfach so gesagt, ohne den Kopf zu heben. Sie hielt die Tasse in ihren kleinen Händen, wie um sie aufzuwärmen, und wie ich sie so hörte, hatte ich das Gefühl, ich sei das größte Schwein auf Gottes Erdboden.

»Das stimmt nicht. Du weißt genau, daß das nicht stimmt!«

Am liebsten hätte ich ihr die Sache mit Hélène erklärt, aber sie schien so verstockt und wütend, daß sie mir Angst machte. Ich sagte mir, daß ich die Dinge nur noch schlimmer machen würde. Aber so konnte es auch nicht bleiben ... Völlig unmöglich.

»Hör zu, Malika, willst du, daß ich es dir erkläre?«

»Das ist mir ganz gleich. Alles, was ich weiß, ist, daß du

mich angelogen hast, daß du dein Versprechen nicht gehalten und mich sitzengelassen hast.«

Mein Gott, ich hätte nicht gedacht, daß sie mir so wehtun könnte. Sie müßte mir Nachhilfe in Psychologie geben.

»Ich bitte dich wirklich um Verzeihung. Tausendmal. Du wirst mir doch nicht dein ganzes Leben lang böse sein wollen, weil ich gestern nicht hier war?«

»Das müßte ich doch begreifen, oder etwa nicht?«

Ich wußte wohl, daß sie Bescheid wußte. Aber es brachte mich doch ein wenig durcheinander, daß sie es einfach so sagte.

»Ja, das müßtest du begreifen.«

Jetzt sah sie endlich auf. Auch wenn sie mich voller Groll ansah, war es besser so.

»Na gut, dann müßtest du auch begreifen, daß ich es nicht hinnehmen kann, daß du mich betrogen hast. Und wenn ich es hinnehmen würde, würde ich dich nicht mehr lieben.«

Manchmal frage ich mich, ob sie nicht ein Wunderkind ist. Echt, um das zu sagen, einfach so, mit zehn Jahren ...

»Aber wenn du mich liebst, mußt du auch nachsichtig sein. Wir sind jeden Tag zusammen, dann wirst du mir doch nicht wegen eines Nachmittags böse sein.«

»Vielleicht zählt ein Nachmittag nicht für dich, aber für mich zählt er.«

Sie trank weiter ihren Tee. Mit gesenktem Kopf. Ich fühlte mich wirklich bescheuert. Ich wußte nicht weiter. Ich glaube, ich war überfordert. Natürlich war ich das.

»Also hast du beschlossen, nicht mehr mit mir zu reden? Auf unbestimmte Zeit?«

Uff! Sie schien sich selbst davor zu fürchten, aber sie verbarg es gleich wieder.

»Aber nein. Du hältst mich für einen Dummkopf. Ich bin dir böse, aber ich werde keinen Flunsch ziehen wie ein kleines Kind.«

»Dann nimm mich in den Arm.«

Ein wenig zögernd noch stand sie auf und kam auf mich zu. Und dann plötzlich fing sie an zu lachen und warf sich auf mich.

Wir gingen ins Kino. In irgendeinen Film. Der Titel, das Thema, die Schauspieler, der Regisseur, alles war uns egal. Alles war uns wurst. Wir hatten einander beide wehgetan, deshalb fühlten wir uns beide gleich schuldig und versuchten nur, es zu vergessen. Wir machten wieder unsere Späßchen und rannten wieder die Treppen hinauf und hinunter, aber es war nicht mehr ganz dasselbe. Jetzt taten wir es absichtlich, um uns zu beweisen, daß sich nichts verändert hatte, daß alles noch so war wie vorher. Aber das stimmte nicht.

Wir taten sogar des Guten zuviel. In den Gängen der Metro fielen wir der Länge nach hin, als wir hintereinander herrannten. Malika schnitt allen Leuten Grimassen, die ihr nicht gefielen. Wir beschimpften die Platzanweiserin, weil sie uns die Karte aus der Hand riß, als sie sah, daß wir ihr kein Trinkgeld geben würden. Und wir lachten, wir lachten so, daß wir gar nicht mehr aufhören konnten. Die Leute mußten uns für Verrückte halten, aber das war uns vollkommen egal.

Der Film war ernst. Das kühlte uns ein wenig ab. Über solche Dinge konnte man nicht lachen. Aber nach dem Film ging es weiter, als wir einem Mann zusahen, der Ratten dressierte und der sich einen Spaß daraus machte, dieses ekelhafte Viehzeug den Damen unter die Nase zu halten. Entweder verdrehten sie entsetzt und angewidert die Augen, oder sie begannen zu kreischen und sich an den Arm ihres Mannes zu klammern. Das war ganz witzig. Sogar sehr witzig. Malika wollte »dieses kleine graue Schätzchen« streicheln. Der Dompteur sah sie verdutzt an und ließ sie machen. Sie wurde nicht einmal gebissen. Er riß Mund und Augen auf. Dann aßen wir in einem MacDonald-»Restaurant«. Komisch ist daran, daß man wirklich meinen könnte, man sei in Amerika. Eine richtige Schnellfraß-Bude mit blöden und schläfrigen Bedienungen und mit zellophanverpackten Sandwichs, die so erfolgreich vor Mikroben geschützt sind, daß sie jeden Geschmack verloren haben. Ich habe die Cola vergessen. Aber sie war etwa genausogut. Der Lärm, der Rauch, die Kantineneinrichtung haben uns ein wenig traurig gemacht. Und plötzlich fühlten wir uns wie erschlagen. Malika schlief halb ein über ihrem antiseptischen Brötchen, sie schien nicht einmal mehr die Kraft zu haben, ihre Haare zurückzustreichen, die über ihre Augen fielen. Ich wußte auch nicht warum, aber plötzlich fühlte ich mich melancholisch. Wie wenn ich allein auf der Welt wäre, wie wenn Malika mich nicht mehr sehen wollte, wie wenn sie mir eine Komödie voller Freude vorgespielt hätte, damit ich nicht traurig sein sollte.

Es macht ihr etwas aus, wenn ich traurig bin, und noch mehr, wenn es ihretwegen ist. Wahrscheinlich hatte sie ein schlechtes Gewissen wegen vorhin ... Aber ganz ehrlich, ich frage mich, ob sie nicht recht hatte. Ich meine, ob sie nicht recht hatte, als sie mir beweisen wollte, daß sie letztlich intelligenter ist als ich.

Natürlich kann man den Intelligenzgrad eines Menschen nicht an einem Satz ablesen. Das stimmt schon, aber trotzdem gibt es Augenblicke, in denen ich mir Malika gegenüber wirklich wie ein Idiot vorkomme.

Schließlich verdufteten wir aus dieser miesen Kneipe und latschten weiter. Draußen war es zu alledem noch dunkel und kalt; wir zitterten fast. Wir waren fertig, weil wir uns den ganzen Tag den Kopf zerbrochen hatten, weil wir soviel gelacht hatten ... komisch ... richtig leer.

Wir ließen uns auf unsere Betten fallen, ohne uns auch nur noch gute Nacht zu sagen. Morgen würden wir viel Zeit dazu haben.

Noch zwei Tage bis Sonntag. Zwei Tage, an denen ich idiotische Wörter auf meine Blätter schreiben muß. Und noch drei Wochen bis zu den Weihnachtsferien und noch zwei Trimester bis zum Schuljahresende und noch ein Jahr nach diesem Jahr ... Es ist sieben. Ich muß einfach aufstehen, ich kann nicht liegenbleiben und träumen und dabei die Decke anstarren. Ich habe Lust, alles hinzuschmeißen, ein ärztliches Attest zu fälschen, zu tun, wozu ich Lust habe. Aber das geht nun einmal nicht. Also stehe ich eben auf. Ich springe aus dem Bett, das ist weniger schlimm als »noch zwei Minuten« zu denken. Malika schläft mit geballten Fäusten. Ich habe ihr ins Ohr geblasen, um sie aufzuwecken. Sie öffnet halb die Augen, sie scheint nicht zu verstehen, sie sieht mich fragend an. Am schwierigsten ist es, nicht daran zu denken, daß man etwas anderes machen könnte. Wenn man das erst richtig begriffen hat, ist es leicht, unter die Dusche zu gehen, die Jeans überzuziehen, das Wasser für den Tee aufzusetzen. Malika beeilt sich nie. Ich muß ihr immer wieder durch die ganze Wohnung zurufen, daß sie sich beeilen soll: »Der Tee wird kalt, du wirst keine Zeit mehr haben, ihn zu trinken.« Schließlich kommt sie, mit verschlafenen Augen kuschelt sie sich in den Sessel, steckt ihre Nase in die Teetasse und flüstert ein ganz seltsames guten Morgen. Sie legt ihre

Hände flach auf den Tisch, und plötzlich denke ich an Hélène ... Ich habe Angst, an Hélène zu denken, solange Malika da ist, aber ich kann es nicht verhindern. Die gleiche Geste, genau die gleiche. Ich schlinge einen Toast hinunter, um sie nicht mehr zu sehen, aber das ist nicht das ideale Mittel, um zu vergessen. Ich weiß nicht, ob Malika errät, woran ich denke. Sie sagte, sie würde mich anrufen, um mit mir auszugehen ... Nein! Daran darf ich jetzt nicht denken ... Ich habe das Gefühl, man kann mir alles vom Gesicht ablesen ... Auch wenn Malika offensichtlich nur ans Schlafen denkt, auch wenn ihre Augen noch halb zu sind, auch wenn ...

»Bist du sicher, daß heute nicht Sonntag ist?«

»Nein, nein, leider. Heute ist erst Freitag. Nun wach schon ein bißchen auf. So spät sind wir doch gestern nicht ins Bett gegangen.«

»Das sagst du.«

»Wenn deine Schule eine Entschuldigung von mir annehmen würde, würde ich dir eine schreiben, aber du weißt genau, daß sie sich fürchterlich aufregen würden ...«

»Ich weiß schon. Trotzdem ist es doof, sich vorzustellen, daß wir nur deshalb in die Schule gehen müssen, weil wir sonst aufgeschrieben werden.«

»Ja, das ist doof. DOOF, mehr als DOOF. Aber nicht wir sind die DOOFEN, sondern die, die uns zwingen hinzugehen. Aber du wirst schon sehen, wenn wir diesen Mist erst hinter uns haben ...«

»Sag das nicht. Ich habe noch sieben Jahre.«

»Scheiße, schon zwanzig vor! Beeil dich, ich komme zu spät.«

»Weißt du, was diese idiotische Haushälterin gemacht hat? Ich hatte extra den Staub auf der Kommode gelassen, um ihn unter dem Mikroskop zu betrachten. Und seit zwei Wochen warte ich darauf, daß die Marmelade schimmelt ... Sie hat alles weggeworfen und saubergemacht! Kannst du dir das vorstellen? Obwohl ich ihr einen Zettel hingelegt hatte: ›Rühren Sie das bitte nicht an, es ist für eine Bio-Aufgabe.‹«

Wir rannten die Treppen hinunter, und Malika erzählte mit kleinen Pausen zwischen den Worten, in denen sie ihren Mantel überzog.

»Du hättest schreiben sollen: ›Wenn Sie das anfassen, kriegen Sie eine auf die Schnauze.‹ Das hätte ihr vielleicht Angst gemacht.«

»Ich habe es mir überlegt, aber ich habe mich dann doch nicht getraut. Wir dürfen sie nicht vor den Kopf stoßen. Weißt du, sie lernt gerade kochen. Man kann ja nie wissen, vielleicht steht eines Tages etwas anderes als Spaghetti im Kühlschrank.«

Wir liefen, was das Zeug hielt, und erwischten gerade noch die Metro. An allen fünf Stationen sahen uns die Leute komisch an, aber wir waren zu erschöpft, um uns noch über sie lustig machen zu können.

Die Türen des Gymnasiums sollten gerade geschlossen werden als ... Raten Sie, wen ich dieser Idiotenanstalt gegenüber stehen sah? Nun raten Sie doch mal! Hélène! Sie lächelte zu mir herüber, ganz ruhig, Malika sagte: »Beeil dich, sie schließen!« Aber ich konnte die Augen nicht von der Frau lösen, die mich ansah, und Malika hat es sicher gemerkt, aber sie lief weiter und rief: »Ich gehe. Du bist selbst schuld, wenn du deine Stunde verpaßt, ich will jedenfalls nicht zu spät kommen.« Und dann rannte sie in Richtung Saint-Lazare, und ich glaubte zu sehen, daß sie weinte, aber ich war richtig ... durcheinander ... Ich sah unverwandt die blaue Gestalt vor dem Café gegenüber an ... die unbeweglich auf dem Gehweg stand ... Wie ... wie ... Sie kam auf mich zu, und mir war, als sähe ich sie zum ersten Mal, so schön war sie ... Wirklich, ich erinnerte mich nicht daran, jemals eine so schöne Frau gesehen zu haben ... Sie trug ein himmelblaues, nein, türkisblaues Kleid und ein grünes Tuch um den Hals, und man hätte meinen können, sie komme geradewegs aus einem Modehaus, und schon roch ich ihr Parfüm, das leicht und unaufdringlich, gerade richtig war ... Wie einen Blitz sah ich noch einmal Malika vor mir, wie sie weglief ... Und dann nahm Hélène meine Hand und murmelte ein Wort, das sicher »Guten Tag« war, und ich sah ihren Wagen, der direkt vor mir stand, ja, direkt vor mir ... Sie lächelte immer noch, aber sie sagte nichts, und das störte mich ein wenig ... Sie mußte Malika gesehen haben, sie mußte sich gedacht haben, daß das meine kleine Schwester war ... Ich hätte es gern wissen wollen.

»Das war meine kleine Schwester.«

»Begleitet sie dich jeden Tag?«

Einfach so ein Satz, ein wenig herausfordernd, verächtlich und gereizt. Wer gibt ihr das Recht, Malika zu beleidigen? Ich würde gern wissen, wie sie mit zehn Jahren war! Sicher war sie hübsch, aber genauso doof, böse, fies eben.

»Na und?«

»Sie ist noch ziemlich jung, oder?«

»Jung? Natürlich ist sie jung. Ist das so schlimm? Sie ist genauso intelligent wie ein Typ mit fünfzehn Jahren. Außerdem will ich nicht, daß in diesem Ton über sie gesprochen wird. Weil ich sie liebe und weil sie okay ist.«

Ich wußte wohl, daß sie mit dem »Sie ist noch ziemlich jung« etwas anderes hatte sagen wollen, aber ich hatte sie absichtlich mißverstanden. Eine blödsinnige Frage. Ich bemühte mich, sie nicht anzusehen, sonst hätte ihr Charme mich überwältigt, und ich hätte Malika nicht verteidigen können.

»Findest du es nicht seltsam, daß sie eifersüchtig ist, daß sie immer bei dir ist und daß du mir einfach so sagst, du liebst sie, gerade so, als sei sie deine ...«

»Ich weiß schon, was Sie sagen wollen. Sie spinnen ja. Sie können sich nicht vorstellen, daß man jemand um seiner selbst willen liebt, Sie brauchen da noch etwas anderes oder etwa nicht?«

»Sie ist hübsch.«

»Na und. Dafür ist sie ja auch meine Schwester. Ich finde Sie abscheulich.« Ich war rasend vor Wut. Ehrlich, ich hätte explodieren können. Was sie sagte, widerte mich an. Zum Kotzen.

»Ich gehe jetzt übrigens.«

Ich öffnete die Tür dieser beschissenen Luxuskarre. Fast wäre ich unter einen Bus gelaufen, aber das war mir völlig egal. Ich hatte leichte Gewissensbisse, aber ich verdrängte sie. Und dachte dabei an Malika. Dieses gemeine und verrückte Weib kann mir doch gestohlen bleiben. Und wenn sie zehnmal schön ist, versteht sie immer noch rein gar nichts. Sie ist nur eine blöde Ziege, und ich werde sie niemals wiedersehen. Geht mich gar nichts an. Im Gegenteil. Ich will sie nie wieder sehen! Scheiße! Scheiße! Blöde Ziege!

Ich rannte um den ganzen Block zur Tür für die Lehrer. Wegen dieser Gans muß ich mich jetzt anbrüllen lassen! Das freut sie sicher! Aber mir ist es egal! Sie wird mich nie wiedersehen!

Wir hatten Mathe, und weil er sich an einen gewissen Abend erinnerte, wagte er es nicht, mich zusammenzustauchen. Er hätte es ruhig tun können, denn unter uns gesagt, ich hätte vor diesen Dummköpfen bestimmt nicht herausposaunt, daß er meine Vorspeisen in einem China-Restaurant bezahlt hatte. Jedenfalls dachte er zu meinem Glück nicht daran. Als ob nichts wäre, setzte ich mich hinten in die Klasse, ganz unauffällig, ich meine, ohne daß der Stuhl geknackt hätte oder so. Und trotzdem saß mir immer noch dieser Klumpen Wut zwischen den Rippen, der meine Lungen erdrückte und mir Lust machte, der ganzen Welt Beleidigungen hinzuschleudern. Außer Malika natürlich. Und statt dessen mußte ich schön still auf diesem Scheißstuhl sitzen und schwachsinnige Lehrsätze schlucken. Das alles, während man Lust hat zu ... zu ... Obwohl, wenn man nach einer Weile begreift, daß man sich nicht mit einer ganzen Klasse schlagen kann, dann breitet sich die Wut in großen, lächerlichen Flecken auf dem Parkett aus und man fühlt sich seltsam erleichtert. Nur kommt dann die Traurigkeit.

Fragen Sie mich nicht, was ich den ganzen Morgen lang gemacht habe. Ich wüßte keine Antwort, auch wenn ich genau weiß, daß ich freitags zwei Stunden Mathe, eine Geschichte und eine Französisch habe. Ich erinnere mich an nichts mehr. Wahrscheinlich leide ich an Gedächtnisverlust. Irre, wenn man sich nicht einmal mehr daran erinnert, daß es einem vier Stunden seines Lebens tödlich gestunken hat ... Ich sehe meinen Hot Dog an und frage mich, ob ich lange so schlaff bleiben werde. Nein, ich denke an nichts mehr. Mein Kopf ist leer wie ein Sieb. Ich weiß nicht einmal, in welchem Café ist sitze. Natürlich bin ich sicher, daß es nicht das an der Ecke Rue Tronchet/Rue de la Pépinière ist. Diese blöden Liebesaffären hängen mir zum Hals heraus. Meine einzige Liebesaffäre ist Malika. Lachen Sie nur, so ist es. In Wirklichkeit hatte ich nämlich das Glück, schon immer verliebt zu sein. Wenn man sich vorstellt, daß ich es jetzt erst merke ... »Liebe macht blind«, heißt es ja. Ich bin von Geburt an blind gewesen, ich begreife alles erst dann, wenn man es mir nach allen Regeln der Kunst erklärt hat. Ich bin vielleicht ein Schwachkopf.

Ich trinke einen Schluck von dieser chemischen Orangensaftbrühe, Sie wissen schon ... von diesem rotgefärbten Scheißsprudel. Letztlich ist der Chemieunterricht vielleicht doch nützlich, und sei es nur, weil man dadurch feststellen kann, was man eigentlich trinkt ... Und dann sehe ich den mit Senf bestrichenen Hot Dog an, unappetitlich ... ehrlich. Ich beiße trotzdem ein Stück ab. Wenn ich ihn nicht esse, gebe ich zu, daß mir diese doofe reiche »Dame« den Appetit verdorben hat. Ihretwegen werde ich doch nicht abkratzen, ich denke nicht daran, das könnte ihr so passen. Okay, das ist nicht gerade ein Leckerbissen, eher ein Fraß, aber wenn ich mir vorstelle, daß er gut schmeckt, dann rutscht er auch. Außerdem schmeckt mir heute überhaupt nichts, alles ist bescheuert und traurig. Mein Magen dreht sich ein wenig. Ich habe den Eindruck, in meinem Bauch sitzt ein Riesenknoten. Verwundert sehe ich all die Leute, die reden und lachen, schlucken und rauchen und leichten Schrittes weitergehen ... Wie ein kleiner Junge versuche ich mir vorzustellen, daß wir in der Schule etwas Phantastisches machen werden, daß ich heute abend mit Malika Scrabble spielen und Radio hören werde, daß wir sogar ins Kino gehen, wenn wir Lust dazu haben, daß morgen nachmittag keine Schule ist, daß ich durch die Straßen gehen und so viel Eis und Kuchen essen kann, wie ich nur will, daß ich Bücher und Schallplatten kaufen kann ... Ich versuche mir vorzustellen, was es heißt, glücklich zu sein. Aber irgendwie ist alles traurig. Auch wenn die Spaziergänge noch so schön sind, wenn die Sonne noch so strahlend scheint, wenn man in der Schule noch so viele Einsen bekommt, hängt das Glück nicht von diesem Mistkram ab. Sondern nur von einem selber. Und ich kann mich noch so sehr anstrengen, meine schizophrenen und neurotischen Schnapsideen zu vergessen und mir vorzustellen, daß ich glücklich bin ... Ich bin nur ein Typ, dem es schlecht geht, dem die Übelkeit bis in die Haarspitzen steigt, der sich so bescheuert fühlt, daß er sich nicht einmal dazu kriegen kann, seinen beschissenen Hot Dog aufzuessen. Unglücksrabe. Ein Unglücksrabe bis in die Fingerspitzen und die Seele.

Mit offenem Mund habe ich dem zugehört, was die Lehrer uns glauben machen wollen. Ich tat so, als sei ich interessiert, verwundert, wissensdurstig. Das gefällt ihnen allerdings. Sie sehen nur noch diesen einen Schüler. In ihren Augen ist er der intelligenteste Typ in der ganzen Klasse. Wer schon weiß, was sie erzählen, ist ein Idiot. So ist mir an einem Nachmittag klar geworden, daß die Schüler mit den guten Noten einfach unglückliche Schüler sind. Anders gesagt, den Lehrern gefällt es, andere leiden zu sehen. Wahnsinnssadisten, Hundesöhne. Schizophrene, neurotische, frustrierte, traumatisierte Verdränger.

»Sie bilden die Jugend.«

Fünf Uhr. Es ist kalt und wird allmählich dunkel. Gerade richtig, um mich ein wenig fröhlicher zu machen. Echt, nichts kann einen besser aufheitern, als der Anblick von noch traurigeren Menschen, als ein Spaziergang durch düstere Straßen, als der Gedanke, daß es Leute gibt, die »Vater und Mutter« ertragen müssen. Eigentlich habe ich Glück. »Du bist blöd«, würden sie sagen, »du bist jung, schön, hast keine Eltern und dafür soviel Geld, wie du nur willst, eine phantastische kleine Schwester, eine irre Wohnung, und dir fällt nichts Besseres ein, als dich ›unglücklich‹ zu finden.« Na ja, so was passiert nun mal.

Malika bemühte sich, Mandrika zu dressieren.

»Dring, dring, d-r-i-n-g. Wer ist da. Wenn du dring hörst, mußt du sagen, wer ist da? Hast du verstanden? Antworte! Ja oder nein? Okay, ja. Ich gehe zur Tür und klingle, dring, und du sagst ... Du sagst? ... Jetzt sag schon!«

»Krua drok roa.«

»Du bist doof! Wer ist da? Nun sag schon! Wer ist da?«

»Krua rrua ra.«

Ich mußte lachen, weil ich es komisch fand. Malika ärgerte sich natürlich.

»Sieh mal, wie doof er ist! Er kann noch nicht einmal drei Wörter nachsprechen!«

»Schrei ihn nicht so an, sonst hat er Angst vor dir.«

»Wenn er Angst hätte, würde er sicher sprechen!«

»Weißt du, er braucht eben Zeit, um es zu lernen.«

»Okay, aber ich habe keine Zeit zu warten, bis er glücklich drei Worte herausbringt.«

Voller Verachtung kehrte sie diesem Mistvogel aus den Tropen den Rücken zu und kuschelte sich in einen Sessel, mürrisch und wütend.

»Begreifst du das etwa? Daß er absichtlich nicht nachspricht: Wer ist da?«

»Er tut es nicht absichtlich, er muß es erst lernen.«

»Das ist allerdings eine gute Ausrede für ihn.«

»Weißt du, wenn du es ihm jeden Tag vorsagst, wird er es schließlich nachsprechen.«

»Das will ich hoffen.«

In diesem Augenblick hörte ich das Telefon. Ich war sicher, daß ich wußte, wer anrief. Schließlich nahm ich ab.

Aber ich würde ihr vielleicht etwas erzählen! Sie sollte mich kennenlernen!

»Hallo?«

»Hallo! Hier ist Hélène. Ich wollte dir sagen, daß es mir leid tut wegen heute morgen ...«

Nein, sie sollte mich nicht herumkriegen. Nein, sie war schließlich nur ein ganz mieses Luder.

»Idiotisch, sich so anzubrüllen, findest du nicht?«

»Ich finde gar nicht, daß sie so jung ist.«

Malika ließ mich nicht aus den Augen.«

»Ich bitte dich wirklich um Verzeihung. Ich war lächerlich.«

»Sie waren nicht lächerlich, sondern Sie haben nichts begriffen, das sind zwei verschiedene Dinge.«

»Hör zu, komm heute abend mit mir essen, dann besprechen wir das alles.«

»Ich kann nicht.«

»Dann morgen?«

»Nicht morgen und nicht übermorgen, niemals.«

Malika wirkte sehr zufrieden.

»Ich bitte dich, sei doch nicht so idiotisch ...«

»Ich bin nicht idiotisch. Sie sind ein Luder. Sie sind schön und liebenswürdig, aber mies.«

So, jetzt hatte ich ihr gesagt, was ich von ihr hielt. Ich legte den Hörer auf. Sehr stolz. Sehr ruhig. Malika lächelte. Ich lächelte auch, glaube ich. Wir hatten uns wiedergefunden. Allein, glücklich und verliebt.

Jetzt war Hélènes Gesicht nur noch eine Erinnerung. Ich konnte sagen: »Ich erinnere mich.« Aber seltsam, es erleichterte mich. Nein, so hätte ich es nur gern gehabt. In Wirklichkeit machte es mir Angst. Ich hätte gewollt, daß sie denselben Körper und andere Gedanken hätte. Aber man kann den anderen nicht so einfach verändern. Ich hätte gewollt, daß sie ihr gebräuntes Gesicht, ihre meerblauen Augen und ihren prinzessinnenhaften Körper behalten hätte, mir aber nicht die Dinge sagte, die sie gesagt hatte. Ich kann ihre schlechte Seite nicht ertragen, wenn ich an ihre Schönheit denke. Unmöglich. Ich kann nur jemand Vollkommenen lieben. Natürlich bin ich intolerant und dumm und beschränkt, ich habe jede Menge Fehler und dulde keinen bei den anderen. Aber auf diese Fehler kommt es an. Es gibt solche, die man verzeihen kann, und solche, die unverzeihlich sind. Malika ist eifersüchtig und egoistisch, aber im guten Sinn, sie hat keine Hintergedanken, sie ist einfach. Hélène dagegen hat sich mit ihren gemeinen Anspielungen und ihrer scheinbaren Rücksichtnahme schlecht verhalten. Sie hat mich getäuscht. Sie wollte Malikas Bild in meiner Vorstellung zerstören, dabei hätte ich sie großmütig und verständnisvoll gefunden, wenn sie nichts unternommen hätte, um mich von meiner Schwester zu trennen. Nur weil ich zwei Nachmittage lang mit ihr ausgegangen bin, nimmt sie sich das Recht heraus, eine Liebe zu zerstören, die sie noch nicht einmal begreift. Und wenn es ihr gelungen wäre, hätte sie mir sicher mit einer falschen Großzügigkeit das Vorrecht gewährt, einmal die Woche bei ihr zu Abend essen zu dürfen! Sie ist geizig! Malika gibt nämlich alles! Alles! Jetzt verstehe ich auch, warum sie so wütend darüber war, daß ich sie einen Nachmittag lang sitzenließ. Natürlich denken Sie, ich übertreibe. Aber Hélène übertrieb auch in einer gewissen Beziehung. Mich wollte sie ganz haben, aber sie wollte mir nur einen Teil ihrer Zeit geben. Ihre Leidenschaft war falsch. Berechnend. Malika liebt mich wirklich und wahrhaftig. Sie fordert alles, aber sie gibt auch alles. Kinder haben mehr moralische Grundsätze als diese blöden Erwachsenen. Ich liebe Malika.

»Yoga! Jetzt habe ich dich! Ein Y und ein G! Am Ende schlage ich dich noch!«

»Willst du mich wirklich schlagen?«

»Aber natürlich!«

»Womit denn? Mit Buchstaben kann man niemand schlagen.«

»Nein, aber mit Worten. Mit Worten kann man sehr wehtun.«

»Nicht mit den Wörtern, die auf einem Pappkarton ausgebreitet sind.«

Sie schien zu überlegen. Ihre Hand hielt über den Feldern, die sie auffüllen wollte.

»Ach so! Ich verstehe.«

Sie schob das Spiel an den Rand des Fells, lehnte sich in einen Sessel, zog die Knie an ihr Kinn und seufzte.

»Sollen wir uns mit Worten schlagen?«

Ein wenig mißtrauisch. Trotzig. Aber auch ein wenig erschrocken. Stimmt, mit Worten kann man sehr wehtun.

Aber was mich rührte, war, daß sie an mich dachte. Ich war im Unrecht gewesen und konnte ihr nicht wehtun, aber sie war mir voraus. Sie hatte befürchtet, daß sie mir mit ihren eigenen Worten wehgetan hatte.

»Ja.«

Wir mußten einfach reden. Sie mußte all das sagen, was sie an dem Abend nicht hatte sagen können, an dem sie weinend nach Hause gekommen war.

»Wir schlagen uns nicht. Du erklärst es mir nur.«

»Okay. Du stellst die Fragen, und ich antworte. Alle Fragen, die du willst.«

»Wie schön war sie? War sie braunhaarig, blond? Welche Augenfarbe hatte sie? War sie wie ein Filmstar oder wie?«

»Sie war sehr schön. Ganz schwarze Haare und dunkelblaue, meeresfarbene Augen. Außerdem war sie immer gut angezogen. Weißt du, sie war sehr reich.«

»Sie muß schon alt gewesen sein, ich meine, weil du ›Sie‹ zu ihr gesagt hast, oder nicht?«

»Ja, das heißt, sie war älter als ich, fünfundzwanzig.«

»Sie hat dich zuerst angesprochen, nicht? Du bist zu schüchtern dazu ... War es so?«

Sie hatte in ihrem Kopf alles nachvollzogen ... Und noch viel mehr. Ich konnte es nicht fassen, daß sie alles so gut begriffen, daß sie alles bemerkt hatte ...

»Ja, ich traute mich nicht, sie anzusprechen. Sie wirkte so perfekt. Ich hatte ein wenig Angst, sie beeindruckte mich. Obwohl sie mich hinter ihrer Kroko-Tasche nicht aus den Augen ließ, auch wenn sie so tat, als sei nichts ... Auch wenn ich mir sagte, daß sie mit mir sprechen wollte, wenn sie mich so ansah, wagte ich es nicht ... Beim erstenmal ging sie schließlich, ohne daß sie etwas zu mir gesagt hätte ... Aber ein paar Tage später ist sie wieder in das Café gekommen, und diesmal hat sie sich neben mich gesetzt. Sie hat mich ins Kino eingeladen. Am Mittwoch war ich mit ihr auf dem Land«.

Das andere konnte ich nicht sagen, Sie verstehen ... Aber ich wußte wohl, daß ich bei Malika noch nicht aus dem Schneider war.

»Aber habt ihr denn nichts gemacht? Ich meine, seid ihr nur spazierengegangen?«

»Sie hat mir ihr Haus gezeigt ...«

»Und wie war ihr Zimmer?«

»Ein schönes Zimmer. Luxuriös.«

»Wie fühlt man sich darin?«

»Ich weiß nicht. Ich meine, das ist bei Jungen und bei Mädchen wahrscheinlich verschieden. Also, das glaube ich jedenfalls.«

»Und du hast sie sitzenlassen?«

»Ja.«

»Warum?«

Ich wollte nicht, daß sie wußte, daß es ihretwegen war. Und außerdem war es letzten Endes auch nicht so.

»Sie war ein übles Luder. Sie begriff nichts. Sie war eingebildet und wollte, daß ich nur mit ihr zusammen bin. Nur weil sie Geld hatte, meinte sie, sie könne sich alles erlauben! Am liebsten wäre es ihr gewesen, ich wäre auf Knien vor ihr herumgekrochen.«

»War sie es, die heute morgen vor deiner Schule stand?«

Leise und schüchtern. Sie mußte es sich lange überlegt haben, bevor sie mir diese Frage stellte. Aber sie hatte recht, es war besser, bis zum Ende zu gehen.

»Ja, sie war es.«

Malika. Die sogar den Blick bemerkt hatte. Das Lächeln. Das geheime Einverständnis. Und die weggerannt war, um die Entscheidung mir allein zu überlassen.

Ich bemerkte, daß nicht sie es gewesen war, die darüber reden, davon wissen wollte. Sie wußte nämlich schon alles. Ich war es, der das miese Geheimnis nicht mehr ertragen konnte, das uns voneinander getrennt hatte, ich hatte jemand zum Zuhören gebraucht. Und all das hatte Malika vor mir begriffen, aber sie hatte nichts gesagt, weil sie wußte, daß ich dann nicht geredet hätte. Und plötzlich fand ich mich feige, heuchlerisch. Sie ist die stärkere von uns beiden. Auch wenn sie mich immer das Gegenteil glauben läßt.

16

Ich habe wieder angefangen zu malen. Ich werde das Porträt von Wilfried und Mandrika fertigmachen. Jetzt fürchte ich mich nicht mehr davor, die einzelnen Striche zu zeichnen, auch wenn sie nicht stimmen. Ich habe mich endlich davon überzeugt, daß ich immer wieder neu anfangen kann, so oft ich will, bis es perfekt ist. In einer Zeitschrift habe ich gelesen, daß ein berühmter Maler ein Jahr für ein Bild gebraucht hat, also ... Nur etwas habe ich verändert ... Wilfried wird nicht griesgrämig und traurig vor sich hinsehen, sondern ins Leere blicken ... Genauso wie er ausgesehen hat, als er seine »Dame« sah. Und nennen werde ich es »Malika will, daß Wilfried sie so ansieht«. Was ich nicht zu sagen wage, muß er ja trotzdem wissen. Ich breite alle meine Skizzen auf dem Rauchglastisch aus und betrachte sie. Sie sind scheußlich. Aber das ist nicht so wichtig. Schließlich können sie nicht gleich perfekt sein. Wilfried trinkt einen Orangensaft und wiederholt seine Chemieaufgaben.

Das mit seiner »Dame« hat er mir alles erklärt. Ich weiß wohl, daß sie sich meinetwegen gestritten haben. Ein wenig traurig macht es mich schon, denn ich kann Wilfried ja nicht geben, was sie ihm gegeben hat ... Andererseits freue ich mich, daß ich ihm lieber war. Und außerdem muß sie wirklich sehr böse gewesen sein, damit Wilfried so wütend wurde ... Ich möchte eigentlich nicht mehr daran denken, wo wir uns jetzt alles gesagt haben, aber das ist nicht so einfach ... Komisch, jetzt, wo ich weiß, daß er sie nicht mehr treffen wird, tut es mir leid. Ich weiß nicht, was ich will. Nein, es ist besser so. Übrigens ist es ja nicht meine Schuld, daß sie sich gestritten haben, ich kann nichts dazu. Es wäre auch so gekommen, wenn ich es nicht so sehr gehofft hätte.

Ich frage mich, ob Wilfried traurig ist. Er wirkt erleichtert, aber vielleicht macht es ihm in Wirklichkeit Kummer ... Er ist in seine Säure- und Basenformeln vertieft. Er hat mir gesagt, wenn er alle diese Dinge gut lernt, kann er genau sagen, was in den Fanta-Dosen und sogar was in den Konserven drin ist. Und mir erklärt er es dann. Darüber habe ich mich sehr gefreut.

Ich kann nicht mehr zeichnen. Ich habe keine Lust mehr. Ich habe den Stift auf den Tisch gelegt und fühle mich ganz komisch. Ich mag nicht einmal mehr meine Blätter ordnen. Ich streichle Theodor, der sich auf meinen Schoß gekuschelt hat und wie eine Lokomotive schnurrt. Manchmal freue ich mich darüber, daß ich morgen mit Wilfried Kleider kaufen gehe (es war auch Zeit, sie haben alle Löcher), und dann wieder bin ich traurig, ohne zu wissen, warum, einfach so. Wissen Sie, manchmal passiert Ihnen etwas ganz Irres, etwas, worauf Sie schon lange gewartet haben, und trotzdem ... ist Ihnen ganz seltsam, wie wenn gerade eine Katastrophe über Sie hereingebrochen wäre. Eigenartig. Und ärgerlich. Vielleicht geht es morgen besser.

Da gibt es etwas, das mir keine Ruhe läßt. Etwas, das Wilfried mir nicht gesagt hat. Aber ich kann es Ihnen nicht erklären, Sie würden mich für pervers halten. Auch wenn sich jeder diese Frage gestellt hat. Manchmal muß man sich eben auch an ihre Scheißregeln halten.

Ich erinnere mich nicht mehr an das, was ich heute nacht geträumt habe. Schade, ich hätte gern gewußt, woran ich ihm Schlaf gedacht habe. Heute ist Samstag. Das hilft mir beim Aufstehen, ich habe nur vormittags Schule. Und jedenfalls werden wir keine Verben im Konjunktiv konjugieren, das ist schon mal etwas. Ich friere immer, wenn ich aus dem Bett komme, ganz gräßlich. Deshalb dusche ich richtig heiß und bleibe mindestens eine Viertelstunde lang unter dem Wasserstrahl. Wilfried schreit wie immer: »Beeil dich, Teufel noch mal, wir kommen zu spät«, aber ich tue so, als würde ich ihn nicht hören, ich stehe zu gern unter der warmen Dusche. Als ich dann so richtig durchgewärmt bin, entschließe ich mich, hinauszugehen und in meine Jeans zu springen. Ich gehe zu Wilfried in die Küche, wo er das Frühstück vorbereitet und ewig die gleichen Drohungen herunterleiert: »Die wird mich kennenlernen, diese Scheißhaushälterin. Sie muß die Teekanne aber auch immer ganz hinten im Schrank verstecken! Man macht sich überhaupt keine Vorstellung!« Wir streichen uns ein Butterbrot und warten darauf, daß das Wasser zu kochen beginnt. Nur noch zehn Minuten. Das reicht nie. Wahnsinnig, wenn man einfach so in der Schule sein könnte, hepp!, mit einem Schnalzen der Finger. Gut, ich weiß ja, daß das nicht geht, aber man wird doch wohl noch träumen dürfen.

»In Deutschland fangen die Kinder jeden Tag erst um zehn Uhr an.«

»Ja, aber sie arbeiten bis um sechs abends.«

»In Amerika müssen sie nachmittags nichts tun.«

»Bloß sind wir eben in Frankreich ...«

Das Wasser kocht. Ein herrliches Geräusch.

»Wir haben keine Zeit mehr, um ihn zu trinken.«

»Aber sicher, wir nehmen sie uns.«

Noch fünf Minuten. Grauenhaft, wie die Zeit vergeht, ich

schwör's Ihnen. Am liebsten würde ich in aller Ruhe zehn Tassen trinken. Aber jetzt ist es eben fünf vor halb acht, und wir müssen gehen ... Man müßte eine Petition unterzeichnen und sie ans Erziehungsministerium schicken. Aber dann würden die Familienmütter motzen, weil sie nicht rechtzeitig zur Arbeit kommen, und eine andere Petition unterzeichnen. Und so weiter und so fort.

Und dafür hatten wir uns nun unsere Butterbrote geschmiert. Na ja, immerhin dauert es nicht mehr lange bis zu den Ferien ...

Samstagmorgens arbeiten nur die Kinder. Kein Mensch ist auf der Straße, alles liegt verlassen da, und man kann endlich einmal rennen, ohne dauernd auf so eine lahme Ente zu stoßen. Das ist viel amüsanter als sich vorzustellen, daß alle Leute, die man heute nicht sieht, selig in ihren Betten liegen und schlafen ...

Wilfried rennt vor mir und ruft mir zu:

»Wir kaufen Jeans, aber auch richtig gediegene Sachen. Hosen mit Falten ... Hemden ... Dann spielen wir Kinder aus gutem Elternhaus ...«

Wir kommen vor Fauchon an. Das Geschäft ist noch nicht geöffnet, aber im Schaufenster liegen exotische Früchte und Schokolade für Weihnachten.

»Und du kaufst mir eine Mütze, nicht? Weißt du, so eine, wie ich dir gezeigt habe.«

»Okay, okay, du kriegst alles, was du willst ...«

In den Hauseingängen der Geschäfte liegen Penner, die dort zusammengekauert schlafen, um sich vor der Kälte zu schützen. Wir sehen sie und rennen weiter.

»Wir dürfen das Futter für Mandrika nicht vergessen ... Ich würde ihm gern etwas schenken, aber ich weiß nicht, was ihm gefällt. Hast du eine Idee?«

Wir sind schon an Wilfrieds Schule angekommen. Er dreht sich um und lächelt, bevor er in seiner Festung verschwindet. Acht Uhr. Ich hole Atem und gehe langsam in Richtung Saint-Lazare. Ich denke an nichts Besonderes. Und das ist gut so.

Ein weißes Blatt. Ganz für mich allein. Ein Haus? Zu gewöhnlich. Eine Straße? Mmpf ... Ein Gesicht? Wilfried zeichne ich nur für ihn und für mich, nicht für diese blöde Lehrerin. Ein Garten? Ein Baum? Nein, keinen Weihnachtsbaum, so etwas Ödes. Ehrlich, einen Weihnachtsbaum finde ich bedrückend, mit all den Girlanden und den glänzenden Kugeln, den elektrischen Kerzen, den kleinen, mit Bändchen zugeschnürten Paketen. Sie meinen, Kinder seien Idioten. Obwohl, es gibt ja Kinder, die Tannenbäume mögen ... Und verkleidete Männer. Ich finde das ganze Getue lächerlich. Und diese Lichterbäume hinter den Fenstern deprimieren mich echt. Ich zeichne also keine Tanne. Aber vielleicht eine Eiche ... Eine schöne Eiche, einsam auf einer Lichtung. Mit Vogelnestern in ihren Ästen und Eichhörnchen, die den Stamm hinaufklettern. Einen Sonnenstrahl, der durch ihre Blätter dringt ... Genau. Finden Sie das nicht schon viel besser als eine mickrige Tanne? Zu spät übrigens, ich habe schon angefangen. Ich zeichne gerade die Wurzeln. Dicke Wurzeln, weil meine Eiche sehr stark ist. Ein wenig Moos, ein paar Pilze (ungiftige). Der Stamm ist knotig, ich mag keine zu einfachen, geradlinigen Formen. Und die Blätter breiten sich auf dem ganzen Zeichenblatt aus. Schade, daß es so klein ist ... Meine Eiche gefällt mir so sehr, daß ich die dummen Bemerkungen gar nicht höre, die diese alte Ziege sicherlich von sich gibt. Ich warte auf keinen Fall bis nächsten Samstag, um ihn fertigzumachen. Mein Baum kennt keine Geduld und keine Wochentage.

Vielleicht trifft er sie trotzdem wieder ... Aber nein! Er hat ihr doch gesagt, daß er sie für ein Luder hält! Für ein schönes zwar, aber doch für ein Luder! Er würde sich nicht mit einem Luder treffen! Schön war sie ja ... Als ich sie vor Wilfrieds Schule sah, wußte ich genau, daß das »sie« war. Und ich muß zugeben, daß sie nicht schlecht war. Sie war sogar die schönste Frau, die ich jemals gesehen habe ... Aber ein Luder ist sie trotzdem! Obwohl gerade das so bescheuert ist ... Luder kriegen alles, ein Augenaufschlag genügt ... Aber nein! Wilfried hat mir doch gesagt, daß man solche Frauen am besten gar nicht erst beachtet! Daß er mich nicht mehr lieben würde, wenn ich so wäre ... Also, warum sollte er dann »sie« lieben, warum wohl? Nein, er trifft sie nicht mehr.

Aber was bildest du dir eigentlich ein? Schließlich kannst du nicht alles bestimmen! Sie ist stärker als du. Und vielleicht war das Telefongespräch auch ein abgekartetes Spiel, das kannst du doch nicht wissen! Vielleicht trifft Wilfried sie wieder, anstatt in die Schule zu gehen ... Nein, nein und nochmals nein! Ich habe es genau in seinen Augen gesehen, er lügt nicht, er hat sie verlassen!

Ich zeichne die Blätter. Eichenblätter müssen sehr genau gezeichnet werden. Sehr dunkel. Ich weiß nicht, wie die Eicheln aussehen, das muß ich in einem Botanikbuch nachsehen. Ich will, daß mein Baum perfekt wird. Er wird der schönste im ganzen Wald.

Übrigens kann Wilfried kein Theater spielen. Er kann noch nicht einmal lügen, ohne daß jeder es merkt. Er fürchtet so sehr, daß man seine Lüge entdeckt, daß er so irrsinnige und komplizierte Geschichten erfindet, daß man seine Lüge einfach entdecken muß ... Eines Tages wollte er mich überraschen. Am Abend vorher hatte er mir erklärt, daß er nachmittags nicht nach Hause kommen konnte, weil ihn ein Lehrer von zwei bis sechs hatte nachsitzen lassen und weil dieser Lehrer gedroht hatte, ihn aus der Klasse zu werfen. Ich wußte wohl, daß es schon lange keinen Arrest mehr gibt. Und am anderen Tag hat er mir Prospekte und neue Farben geschenkt ... Das war noch nicht einmal eine richtige Lüge. Also kann er nicht nur so getan haben, als sei er sauer. Er war es wirklich. Er hat sie sitzenlassen. Und jetzt gibt es dieses Luder nicht mehr. Jetzt gibt es nur noch uns beide und nichts als uns beide.

»Ein schöner Baum!«

»Das ist nicht ein Baum, sondern mein Baum!«

»Vielleicht hättest du nicht so viele Wurzeln malen sollen.«

Nein! Er ist schön so, und es ist mir schnurzegal, wenn er Ihnen nicht gefällt! Für wen hält sie sich eigentlich, daß sie glaubt, meine Eiche kritisieren zu können. Ich senke den Kopf und sehe nur das alte, graue Kleid, und nur um sie zu ärgern, zeichne ich noch eine Wurzel. Entrüstet geht sie weiter, und kurz darauf bricht sie in einen Schrei der Bewunderung aus, als sie den gräßlichen Weihnachtsbaum ihrer Lieblingsschülerin sieht. Ein häßliches und dummes Mädchen, das ihr jeden Montagmorgen Blumen mitbringt und nie ein Wort zu seiner Nachbarin sagt und nie etwas in ihr Heft kritzelt. Ein »diszipliniertes kleines Mädchen« eben. Aber schwachsinnig. Das kann mir doch egal sein, ich weiß genau, daß meine Eiche viel schöner ist als ihre Möchtegern-Tanne. Genies sind noch immer verkannt worden.

Die Uhr zeigt elf Uhr, fünfundzwanzig Minuten, neununddreißig Sekunden. Noch einundzwanzig ... Eins, zwei, drei ... zählen hilft auch nicht, ich stecke die Zeichnung in meinen Ranzen.

»Kinder, es hat noch nicht geläutet! Ein wenig Geduld und Höflichkeit, bitte!«

Man weiß schließlich nicht jeden Tag, daß einem morgen deine Visage erspart bleibt, das muß gefeiert werden!

Uff! Aber nein, man darf nicht zur Tür stürzen! Ich habe es Ihnen ja schon gesagt, sie ist sadistisch.

»Die erste Reihe! Aufstehen. So, und jetzt geht ihr ordentlich und leise hinaus. Seid brav zu Hause. Zweite Reihe. Auf Wiedersehen, meine Lieben. Seid nett zu eurem Papa und zu eurer Mama, gehorcht ihnen. Leise, habe ich gesagt! Dritte Reihe, ihr könnt gehen. Denkt an eure Verben im Konjunktiv. Vergeßt nicht, daß ich euch abfragen werde.«

Genau, damit es keinem zu wohl wird.

Ich beeile mich, um nach Hause zu kommen. Ich könnte die Spaghetti aufwärmen (bis jetzt hat sie noch keine Zeit gehabt, ihre neuerworbenen kulinarischen Talente anzuwenden), damit wir schneller einkaufen gehen können. Natürlich haben wir uns überlegt, ob wir es nicht gleich nach der Schule machen sollen, aber dann hätte Wilfried Geld mitnehmen müssen. Und wir hätten eine Stunde gebraucht, bis wir gewußt hätten, was wir im Schnell-Imbiß essen sollen. »Was, meinst du, ist besser, das Käsebrötchen oder das mit Tomaten? Vielleicht wäre ein Steak besser, aber bis sie das gebraten haben, sind schon zwei Stunden vorbei ... Und wenn ich nur einen Kuchen essen würde, Kuchen schmeckt doch gut, nicht? Ja, aber sie haben keinen Erdbeerkuchen, also ... Du bist vielleicht witzig, jetzt ist doch Winter! Bei Fauchon habe ich trotzdem Erbeeren gesehen.« Kurzum, mit ein wenig Glück wären wir um vier vielleicht soweit gewesen ... Natürlich wäre es besser gewesen als Spaghetti, aber so ist das Leben nun mal, man kann nicht alles haben.

Ich griff einfach so in die Tiefkühltruhe, und was ziehe ich heraus ... Steaks!

Das war vielleicht eine Überraschung! Eine schöne Überraschung! Nur war das auch nicht viel besser, weil sie so lange brauchen, bis sie fertig sind ... Letzten Endes gibt es einfach nichts Besseres als Konserven. Aber ich werde auf Wilfried warten, weil sonst alles anbrennt. Nur den Tisch habe ich gedeckt. Und wenn er gar nicht käme? Wenn er mit seiner Frau weggegangen wäre? Jetzt ist es doch erst zehn vor zwölf. Er hat ja noch nicht einmal aus! Okay, ab halb eins stelle ich mir solche Fragen, aber vorher nicht.

Mandrika sieht mich aus dem Augenwinkel an. Wir stehen auf Kriegsfuß miteinander, seitdem er nicht »Wer ist da?« sagen wollte. So schwierig kann das doch nicht sein! Sehr launisch, dieser Vogel. Vielleicht meint er, er wird mir langweilig, wenn er alles macht, was ich will. Völlig falsch, mein Lieber. Vielleicht magst du die drei Wörter nicht, gefallen sie dir nicht? Ich kann dir auch deinen Namen beibringen. Immerhin wäre das logischer, weil du schließlich kein Wachvogel bist. Und das Chanson von Jacques Brel, das ich immer auflege, wie kommt es, daß du es noch nicht auswendig kannst? Gefällt es dir auch nicht? Du bist vielleicht schwierig. Gut, eigentlich ist es auch idiotisch, Tiere zu dressieren. Dann rede eben, wie dir der Schnabel gewachsen ist. Du kannst auch Schimpfwörter gebrauchen, wenn du Lust hast. Ich kann ja sagen, daß Wilfried sie dir beigebracht hat. Nein, nicht das Miauen von Theodor, nicht! Alles, aber nicht das! Ich muß es mir jetzt schon den ganzen Tag anhören. Du bist doch keine Katze, kapierst du das nicht? Okay, sei eingeschnappt, wenn du willst! Ich sehe dich noch nicht einmal mehr an! Ich schwöre Ihnen eines, Vögel sind ganz schön launisch.

Ah! Die Tür geht auf.

»Weißt du, was dieser schwachsinnige Physiklehrer gebracht hat? Er hat uns abgefragt! Samstags und ohne Vorwarnung! Ein Glück, daß ich meinen Stoff gelernt hatte! Immerhin, so kann ich wenigstens sicher sein, daß nur ich eine gute Note kriege. Damit steige ich in seiner Wertschätzung. Wenn ich daran denke, wie lange er mich schon wie einen miesen Abschreiberling behandelt!«

»Aber bist du sicher, daß dein Nachbar nicht von dir abgeschrieben hat?«

»Scheiße, stimmt erst noch! Daran habe ich überhaupt nicht gedacht?!«

»Heute ist Samstag. Also vergessen wir die Schule bis Montag, okay?«

»Okay, okay, du hast ja recht.«

Der Dosenöffner war kaputt. Wilfried nahm ein Messer und einen Hammer, und schließlich kriegten wir den verdammten Bohneneintopf auch so auf. Das heißt, viel war nicht mehr drin, nachdem die ganze Soße auf dem Tisch herumgespritzt war. Aber der Deckel war jedenfalls herunter. Wir schrieben eine Liste mit allem, was wir kaufen wollten (natürlich vergaßen wir den elektrischen Dosenöffner nicht), angefangen bei den Duftkerzen, den Räucherstäbchen, den superstabilen Jeans und aufgehört bei den Englisch- und den Malbüchern. Zwei Seiten. Mit je drei Reihen. Ach wissen Sie, das ist letzten Endes gar nicht soviel. Übrigens finden wir es auch ganz witzig, wir können unser Geld ausgeben, wie wir wollen, und bei allem, was wir kaufen, bleibt noch eine Menge übrig. Und es wäre doch idiotisch, es unserem lieben Vater zurückzugeben, der nicht weiß, was er damit anfangen soll. Außerdem kaufen wir keinen Mist, wir rechnen: »Einmal Mist macht drei dufte Bücher.« Und da die Regale in der Bibliothek noch nicht ganz voll sind, müssen wir sie ja auffüllen.

Wir hatten es so eilig zu gehen, daß wir noch nicht einmal den Bohneneintopf aßen, für den wir soviel Energie verschwendet hatten. Aber das macht nichts, in der Nähe der Galeries Lafayette gibt es einen irre guten Teesalon. Und dann hat Wilfried auch gesagt, Konserven seien voll mit chemischen Farbstoffen und die Erwachsenen würden zwar immer sagen, Kuchen sei nicht gesund, aber Kuchen ist immer noch besser als Zitronensäure und E 302. Wir haben uns Gesicht und Hände gewaschen und uns mit Rosenwasser bespritzt, weil chemische Tomatensoße nicht so gut ist wie Rosen. Wilfried wollte meine Haare bürsten und ich brüllte unaufhörlich, weil ich sie schon drei Tage nicht mehr durchgekämmt hatte. Aber schließlich ließ ich es mit mir machen, weil ich einsehe, daß sie gekämmt schöner aussehen. Und für Wilfried will ich schön sein. Ich will, daß er mich ansieht, als sei ich sehr schön.

Um zwei rannten wir dann endlich wie die Verrückten die Treppen hinunter, sehr sauber, sehr schön und sehr glücklich. Wilfried hatte das Geld Sie wissen schon wo versteckt, aber ich fand das eher gefährlich. Man sieht es den Frauen zwar nicht an, aber solche Dinge können sie erraten. Vor allem hatte er viele Geldscheine bei sich, also für einen geübten Blick ...

Es waren nicht zu viele Leute unterwegs. Logisch, denn am Montag wollten die Metro-Angestellten streiken, und die Leute profitierten davon und flüchteten sich auf das Land. Jetzt schmoren sie wahrscheinlich gerade in ihren Autos und jeder sagt: »Eine Stunde Landluft verloren, meine Lungen gehen noch ein« und »Diese Konsumgesellschat, ich schwöre es Ihnen!«. Und dann werden sie drei Tage lang wiederholen: »Wenn ich nur daran denke, daß ich am Dienstag wieder in diese verdreckte Stadt zurück muß! Wenn ich nur endlich Rentner wäre und aufs Land ziehen könnte!« Gut, okay, auf dem Land ist es schön ... Aber lieber ersticke ich, als daß ich mich zu Tode langweile.

Wir fangen im obersten Stockwerk an, damit wir nicht mit Paketen beladen die Treppen hinaufsteigen müssen. Das ist auch besser so, weil es im Erdgeschoß nur die unwichtigsten Dinge gibt und wir so fertig sind, wenn wir dort ankommen, daß wir keinen Mist mehr kaufen wollen.

Erst die Kleider. Am Anfang sind wir immer ganz begeistert und probieren alles an. Größe zehn, zu groß, Größe acht, Scheiße, das geht ein, probier doch das für zwölf Jahre. Wofür hältst du mich denn? Ich bin doch keine Tonne! Größe zehn. Ach, du hast recht, das geht doch ein. Mann, hast du gesehen, welche Scheußlichkeiten es für Mädchen gibt? Ich will in die Damenabteilung! Aber das kannst du doch nicht, du bist doch zu klein. Außerdem siehst du mit diesem Pulli wirklich unheimlich hübsch aus. Ich weiß wohl, daß das nicht stimmt, aber ich kann ja sagen, daß er wollte, daß ich ihn kaufe. Ein roter, ein violetter, ein schwarzer. Schwarz macht dich alt! Aber nein, es paßt zu blonden Haaren. Außerdem kann ich mich ruhig älter machen, im Gegenteil. Wenn ich das mal nicht mehr kann, nehme ich einen weißen. Motz nicht, einen schwarzen muß man nicht alle Tage waschen! Du spinnst doch! Soll ich wirklich diese Jesus-Latschen tragen. Ich will Bänder, die bis ganz hoch gehen, wie bei Ägypterinnen! So wie Kleopatra!

Jetzt zu den Jungen. Bei ihm ist es anders. Ihm steht alles. Echt. Ein richtiger Gentleman. Selbst wenn er Jeans anhat, könnte man meinen, er kommt direkt aus dem Plaza Athénée. Die Hose mit Falten mußt du auch nehmen, sie ist phantastisch, aber mit Gürtel, ohne macht sie nichts her. Und das Halstuch, du vergißt das Wichtigste! Aber Malika, das kann ich doch nicht alles anziehen. Doch, doch! Außerdem mußt du elegant sein, wenn du zu einem Empfang eingeladen bist. In Jeans kannst du nicht hingehen. Aber das ganze Drumherum brauche ich doch nicht! Doch, so mußt du dich bei deinem Französisch-Abi anziehen. Wenn du auf eine Frau triffst, kriegst du von vornherein eine Zwei. Und sie will sich sogar mit dir verabreden. Aber das schlägst du ihr doch ab? Hör mal, wofür hältst du mich eigentlich, für einen Gigolo?

Jedenfalls kaufen wir schließlich alles, zur großen Verwunderung der Verkäuferin. Wilfried dreht sich diskret um, um zu bezahlen, ich muß ein wenig lachen. Noch vier Stockwerke...

Wir haben alles durchgekämmt. Fix und fertig breiten wir unsere Schätze auf dem Teppich aus und hören die Sechs-Uhr-Nachrichten. Mindestens ein Dutzend Bücher. Und wir haben uns noch zurückgehalten, weil wir diese Woche noch in eine große Buchhandlung gehen. Alle möglichen Sachen zum Anziehen. Der Dosenöffner, die Kerzen, die Tassen, die Farbtuben, die Farbstifte, die Kassetten, ein paar Schallplatten... Unmöglich, das alles einzuräumen.

»Wir haben vergessen, Brot zu kaufen!«

»Dann essen wir eben Zwieback.«

»Du verstehst mich nicht. Ich möchte gern Kuchen kaufen. Wir waren nicht in dem Teesalon.«

»Gut, okay, aber bring nichts mit Creme, nimm lieber Kuchen.«

Das ließ ich mir nicht zweimal sagen. Ich brachte Kuchen, aber kleine Stücke. Für zehn Personen. Schließlich hatte Wilfried nichts Genaueres gesagt. Ein Apfelkuchen und ein Zitronenkuchen war dabei, und ich fand sogar einen mit Erdbeeren.

Ich weiß nicht, ob es daher kam, daß ich so fertig war, aber als ich mit meinen Paketen im Arm zurückkam, fühlte ich mich auf einmal ganz merkwürdig. Wie wenn wir eine große Komödie gespielt hätten, um das zu vergessen, was uns beunruhigte. Bescheuert eben.

17

Bis jetzt hatte ich keine Zeit, daran zu denken. Aber jetzt schleicht sie sich wieder heimtückisch in meine Gedanken ein. Ich hoffte, daß ich gleich nach dem Zubettgehen einschlafen würde, ich dachte, ich sei fix und fertig. Aber nur mein Körper will schlafen, meine Gedanken haben sich den ganzen Tag nicht angestrengt und verlangen jetzt ihr Recht. Nein! Es darf sie nicht mehr geben! Wenn ich nur alles vergessen könnte, was ich will! Dann würde ich die Matheformeln und -lehrsätze zum Beispiel nicht vergessen, aber dieses Luder müßte verschwinden! Ich muß an das Meer denken. Ein tiefblaues Meer, Möwen, Wellen, Sonne, und ich werde einschlafen, ohne es zu merken. Aber so einfach ist es doch nicht. Ihr Gesicht zeichnet sich am Himmel ab! Sie ist doch wirklich überall! Sogar ihre Stimme höre ich. Unmöglich, sowas. Sie soll weggehen. Auch wenn ich schreie, brülle: »Hau ab, verdammt noch mal, ich will dich nicht mehr sehen«, sie bleibt trotzdem, ruhig und unbewegt! Finden Sie das nicht auch ein starkes Stück? Ich an ihrer Stelle würde mich schämen. Richtig charakterlos, so etwas. Sie nistet sich überall da ein, wo sie nicht sollte. Wenn sie glaubt, ich rufe sie an, ich sehne mich nach ihr! Dann hat sie sich getäuscht. Sie kennt mich nicht. Hörst du wohl auf, an sie zu denken? Du bist nicht einmal stark genug, um sie zu vergessen. Nein, jetzt ist endgültig Schluß, nur denke ich abends an das, was mir am Tag davor passiert ist. Vorbei. Vergessen. Außerdem kommt der Körper am Ende immer zu seinem Recht, und ich hatte Schlaf.

Sonntag, ein viel zu langer Tag. Ich vertiefte mich den ganzen Morgen lang in Englischvokabeln, Geschichtszahlen und Matheaufgaben. Malika probierte alle Klamotten an, die wir gestern gekauft haben, und sie erschien alle zehn Minuten in einem anderen Aufzug. Dann zeichnete sie eine Eiche, sie schien es sehr wichtig damit zu haben, denn sie antwortete nicht einmal, als ich mit ihr sprach, nur damit Sie sich eine Vorstellung machen können. Ich fragte sie, wie weit sie mit meinem Porträt war, und sie sagte: »Ich würde es gern fertigzeichnen, aber dafür mußt du Modell stehen, stundenlang. Ich will, daß es das beste von allen meinen Bildern wird.« Wirklich, sie muß mich sehr liebhaben ... Aber sie sagt das einfach so, ohne ihre Gefühle auszubreiten, ohne einen Hintergedanken. Kurz, es hat mir ein wenig gestunken, nicht in dem Sinn, daß mir nicht gefiel, was ich machte, sondern in dem Sinn, daß ich zu nichts Lust hatte. Alles erschien mir unbedeutend, sinnlos, witzlos, ich hatte eben verzweifelte Langeweile. Das ist am allerschlimmsten. Sie können sich die schönsten Dinge vorstellen, ohne sich auch nur ein bißchen zu freuen, Sie denken höchstens, daß all das Wunderschöne niemals für Sie sein wird. Wenn einem so die Decke auf den Kopf fällt, könnte man sich aus dem Fenster stürzen. Aber keine Angst, wir wohnen im dritten Stock, und wenn man es schon tut, sollte man es auch richtig machen. Und außerdem sah man es Malika zwar nicht an, aber sie beobachtete mich aus dem Augenwinkel heraus. Sie schien sich zu fragen, was mit mir nicht in Ordnung war. Sie sah mich unschlüssig an und zeichnete dabei ihre Eichenblätter. Wir hörten uns schwachsinnige Interviews im Radio an und beleidigten unaufhörlich die Leute, die ein Patentrezept für ihre lumpigen Alltagsprobleme wollten. So ist das eben. Wenn man vor sich selber keine Achtung mehr hat, kann man auch vor den anderen keine mehr haben. Ich hätte mich über alles lustig machen können, über meine »Gefühle«, meine »Gedanken«. Da können Sie sich sicher vorstellen, daß ich über die Fragen dieser unbekannten Radiohörer: »Was soll ich machen, meine Tochter zieht ständig ein Gesicht, sie geht jeden Abend aus«, daß ich also über solche Fragen einer guten Frau, die auf diese Weise Trost suchte ... nur lachen konnte. Und trotzdem fühlte ich mich mickrig. Richtig mickrig.

Gegen eins gossen wir Tee und Kaffee auf und rösteten Toast, weil wir abends im Restaurant essen gehen wollten. Und außerdem, Konserven und Spaghetti ... Man muß schon sagen, daß man es leid wird, daß es eben beschissen schmeckt. Allein der Gedanke daran nimmt einem schon den Appetit. Malika hatte die Hände voller Farbe und rieb sie heftig mit Terpentin sauber, solange ich den Toast verbrennen ließ. Das ist meine ganz besondere Spezialität. Ich wollte nicht, daß sie glaubte, ich sei in ein Luder verliebt, also tat ich so, als ginge es mir bestens und als sei ich fröhlich ...

»Beeil dich, er ist schon verbrannt ... Es sei denn, du willst verkohltes Brot, das wäre ja auch nicht übel.«

»Scheiße nochmal! Kannst du nicht den Toaster überwachen, das ist doch nicht so schwierig. Ich muß dir wohl das Kochen beibringen ...«

»Ja, schon ... aber du könntest es auch lernen ...«

»Das lohnt sich nicht. Schließlich richtest du uns das Essen. Außerdem hast du mir doch gesagt, es sei besser so, weil mir ganz schwarze Brotscheiben am besten gefallen und weil ich die Salatsoße immer mit Tomatensoße mache, weil Rot meiner Meinung nach stärker macht als Gelb.«

»Ist ja gut. Auch wenn mein Toast verbrannt ist, übertriffst du mich, was die Mittelmäßigkeit angeht.«

»Dann sag doch gleich, ich sei mittelmäßig!«

»Aber nein, das wollte ich doch nicht sagen. Nur in der Küche, meine ich.«

»Jedenfalls sehe ich nicht, wozu es gut sein sollte, daß ich kochen lerne. Ich werde eben immer ein vollständiges Essen bestellen ... Und wenn ich groß bin, wohne ich ohnehin in einem Haus mit vielen Dienstboten, die das dann alles machen. Also ...«

»Das wäre eine Lösung. Aber du mußt trotzdem Spiegeleier machen können.«

»Nein, übrigens schmecken Eier weichgekocht sowieso besser. Und außerdem brauchst du mir das nicht zu sagen!«

Wir beschlossen jedenfalls, daß ich Malika beibringen würde, wie man Spiegeleier brät und Toast grillt. Ihre Erziehung sollte perfekt sein. Es würde nicht leicht werden, aber man mußte alle Eventualitäten miteinbeziehen. Schließlich könnte unser »lieber Vater« uns ohne Erbe zurücklassen, und vom Einkommen eines Malers hat sich noch nie jemand Hausangestellte leisten können.

»Was machen wir heute mittag?«

»Weißt du etwas? Das Kino hängt mir zum Hals heraus .. Außerdem läuft nichts Gutes.«

»Oh doch! Es gibt ein Festival mit Musikkomödien.«

»Nein, bloß nicht! Die Liebesgeschichten von Fred Astaire und Ginger Rogers hängen mir auch zum Hals heraus.«

»Aber es laufen auch Filme mit Gene Kelly und Cyd Charisse. Und Cyd Charisse hat hübsche Beine.«

Wofür hältst du mich denn? Schlag mir doch gleich vor, einen Porno anzusehen. Und unter uns gesagt, von ihren Beinen sieht man auch nicht viel. Damals waren sie noch sittsam.«

»Also gut, was machen wir?«

»Ich weiß nicht. Eine Ausstellung, eine Galerie?«

»Nein, aber wir könnten ins naturwissenschaftliche Museum gehen. Das ist ganz witzig, mit Gängen in alle Richtungen. Außerdem kannst du Experimente aus der Chemie sehen.«

Dieser Vorschlag machte mich auch nicht gerade an, aber ich hatte ja auch keinen anderen ... Spazierengegangen wäre ich gern, aber das war auch nicht das Wahre, es regnete in Strömen.

»Es sei denn, wir machen den Haushalt ... Wir wollten doch den Keller räumen.«

»Bloß nicht! Nicht heute. Da sind mir die Experimente noch lieber.«

Regen macht schlechte Laune. Die Kleidung klebt auf der Haut, die nassen Haare im Kragen lassen eine Gänsehaut über den Rücken laufen, und diese verdammte eiskalte Dusche fällt unaufhörlich auf einen herab, in aller Ruhe, ohne sich um einen zu kümmern. Unerträglich. Ja ja, ich weiß schon, daß das Gemüse und die Kühe den Regen brauchen, aber dann kann diese verdammte Wolke auch über den Feldern anhalten und nicht über den Städten. Das macht die Leute nur noch trübsinniger und die Straßen noch schmutziger. Die Autos spritzen einen voll, und vor den Kinos stehen die Leute Schlange. Und all das wegen einer Wolke!

Kurz, wir kamen stinksauer am naturwissenschaftlichen Museum an. Zuerst gingen wir eine heiße Schokolade trinken und warteten darauf, daß diese verdammten Kleider trockneten, und dann fühlten wir uns völlig fertig, richtig fix und fertig. Nur wollten wir nicht zugeben, daß wir den ganzen Weg umsonst gemacht hatten, deshalb streiften wir inmitten der begeisterten Bewunderer und der zukünftigen Wissenschaftler durch die Säle. Wir schlurften wie hungrige Clochards, die nachts nicht geschlafen haben. Wir bemühten uns, für die zwei Monate alten Embryos in Formol, für die Darstellungen der Planeten und für die physikalischen Experimente Interesse aufzubringen, aber so richtig überzeugend war es nicht. Halblaut gaben wir schwachsinnige Kommentare ab, weil wir etwas sagen und nicht allzu idiotisch aussehen wollten. Malika war eher düsterer Stimmung, fast wütend. Wahrscheinlich erriet sie, daß ich mit meinen Gedanken ganz woanders war. Ich hätte ihr gern erklärt, daß es normal ist, wenn einem nach einer enttäuschten Liebesgeschichte zum Heulen ist, aber dann hätte sie mir gesagt, ich sei in diese Frau noch nie verliebt gewesen und ich bräuchte ihr nicht nachzuweinen, weil sie ja doch ein Luder war. Und damit hätte sie nicht einmal Unrecht gehabt, das sagte ich mir immer wieder, aber ich fühlte mich trotzdem nicht besser. Eigentlich dachte ich nicht direkt an Hélène, aber ich fühlte mich schlecht, trübsinnig, traurig ohne rechten

Grund, und auch ohne daß Hélènes Gesicht sich über den Saturn oder über irgendeinen berühmten Mathematiker legte oder die Erinnerung an ihre Beine mich nicht mehr losließ ... Wirklich, ohne rechten Grund. Aber ich mußte trotzdem zugeben, daß es mein Stolz war, der mich daran hinderte, an Hélène selbst zu denken. Ich war eben frustriert. Und wahnsinnig traurig.

Als wir aus diesem Tempel der Wissenschaften herauskamen, hatte es aufgehört zu regnen. Es dunkelte, die Champs-Elysées lagen verlassener da als sonst. Am liebsten wäre ich nach Hause gegangen und hätte mich in einen englischen Krimi vertieft, aber ich wußte wohl, daß Malika nicht damit einverstanden sein würde. Eigentlich war sie auch im Recht, ich hatte ihr ja versprochen, mit ihr ins Restaurant zu gehen. Sorgfältig lasen wir alle Speisekarten auf den Champs-Elysées, aber die Gäste, elegante und vornehme Leute, schüchterten uns doch etwas ein. Wir diskutierten nicht einmal über die Vorzüge des Schnitzels mit Champignons oder des Aschenkuchens mit Mandeln. Malika hüpfte nicht wie sonst vor Freude, sie sah nur kritisch zu den Tischen hinein und nahm mich bei der Hand, um mir zu zeigen, daß ihr das nicht gefiel. Schließlich gingen wir in eine Snack-Bar, in der es Sandwichs und Hamburger gab ... Verärgert schütteten wir die ganze Ketchup-Flasche auf unsere Hot Dogs, die wir gar nicht ganz aufessen konnten. Ich war wütend über mich selbst, wütend über diese Erinnerung, die mich nicht loslassen wollte, traurig wie nie zuvor, traurig und aufgewühlt, weil ich Malika wehtat.

Dunkle Straßen und gutangezogene Frauen. Eine schmuddelige Metro und ein Zug, der nicht kommen will. Ein trauriges Kinderlächeln. Eine Verzweiflung, die selbst der höllische Lärm der Wagenräder nicht übertönen kann. Eine Tür, die sich der einsamen Verlorenheit und einer Liebe zu zweit öffnet, ein großes Rätsel in diesem grünen Blick. Eine Frage, eine Aufforderung, die ich nicht verstehe.

Montag. Und wieder fängt die Hölle an. Ich bin zu unglücklich, als daß ich auf etwas anderes hoffen könnte als auf diese idiotische Routine. Beruhigend, daß ich um sieben Uhr aufstehen, um acht in der Schule sein, bis zwölf dort bleiben, um zwei dorthin zurückgehen und um fünf nach Hause gehen muß. Beruhigend, daß man darüber nicht nachdenken muß. Nur sinnloses Zeug aufschreiben, Dinge lernen, die Tausende von Kilometern von meinem mickrigen Leben entfernt sind. Nichts anderes zu tun als jemand zu sein, der nicht existiert, der nicht reagiert, der Sätze aufsaugt, ohne sich um ihre Bedeutung zu kümmern. Mein Kopf ist leer, absolut leer. Ich bin bereit, alles und jedes zu schlucken, solange es mich nur nicht in Frage stellt. Ich habe Angst vor mir selbst und Angst, es zu akzeptieren.

Ich habe Lust, die ganze Welt zu lieben. Sogar diesen schmerbäuchigen Kindskopf von Lehrer, der eintönig den Aufstieg der Vereinigten Staaten zur modernen Großmacht herunterleiert. Plötzlich kommt er mir rührend vor. Auch wenn ich ihn hasse, auch wenn ich ihn verachte. In Wirklichkeit fühle ich mich schuldig, weil ich ihn verurteile. Ich fühle mich schuldig, weil ich existiere. Und weil ich auch solche Stimmungen verachte, vertiefe ich mich wieder in die Präsidentschaft von Cleveland, 88–92 und 92–96 ein Demokrat, in die Streiks bei Pullman in Chicago, in das Woolworth-Gebäude in New York, das zweihundertdreißig Meter hoch ist ...

Es läutet zur Mittagspause, und ich bin unzufrieden, weil ich wieder mit mir allein bin. Am Boden zerstört. Ich werde mich nie zwei volle Stunden lang ertragen können. Irgend etwas muß ich finden.

Ich begann damit, daß ich alle Cafés im Viertel kritisierte, indem ich mir sagte, daß alle ihre Sandwichs viel zu schnell geschluckt werden können. Daß die Kellner unangenehm, die Preise zu hoch sind. Schließlich strandete ich vor einem Steak mit Pommes frites und einer Cola und wiederholte beim Essen völlig mechanisch einen Englischtext, den man für heute nachmittag lernen mußte. Am liebsten hätte ich alle diese Pommes frites als Zigaretten angesteckt! Ich schlug die Zeit damit tot, daß ich sie zählte (dreißig!) und zerschnitt mein Steak in die kleinen Quadrate, die der Grill vorgezeichnet hatte. Ja, genau wie ein zehnjähriges Kind. Aber schließlich habe ich Ihnen mein wahres geistiges Alter nie verschwiegen.

Ich bestelle einen Kaffee, damit die Zeit vergeht. Ich weiß nicht, wie spät es ist, aber sicher ist lächerlich wenig Zeit vergangen; wahrscheinlich ist es zehn nach zwölf oder viertel nach ... So daß ich noch eindreiviertel Stunden vor mir habe, in denen ich ... nichts tue ... oder vielmehr mich gegen eine Erinnerung wehre. Nur war es auf der Uhr des Kellners plötzlich zehn vor zwei, und ich hatte gerade noch Zeit, auf die Straße hinauszurennen, damit ich nicht zu spät kam.

Ich mußte Malika bei den Mathehausaufgaben helfen. Eigentlich habe ich ihr nicht geholfen, denn sie hat sie nicht einmal gelesen, ich habe alle Aufgaben allein gelöst. Heute habe ich meine Rolle gut vorbereitet. Echt, als ich zur Tür hereinkam, habe ich meine Traurigkeit draußen gelassen und für Malika und auch für mich das Kostüm für Spaß und Freude übergezogen. Dabei habe ich entdeckt, daß es überhaupt nichts bedeutet, wenn man sagt, jemand »spielt eine Rolle«. Ein richtiger Schauspieler braucht nur er selber zu sein, er muß nur seine Stimmung wie ein Hemd wechseln können. Und wenn ich mir jetzt im Augenblick sagen würde »Eigentlich spiele ich ja eine Rolle«, dann wäre dieser Satz schon in dem Moment nicht mehr wahr, in dem ich ihn ausspreche.

Nein, ich bin wirklich ich selbst, glücklich, fröhlich. Vielleicht auch doof, aber das macht nichts, weil man es selbst nie merkt.

Ich habe Divisionen mit Kommastellen gelöst, das Volumen von Würfeln ausgerechnet und auch ein paar Grammatikübungen erledigt. Komisch, das macht mir fast Lust, wieder ein kleiner Junge zu sein. Wirklich, wenn man klein ist, stellt man sich keine unlösbaren Fragen (natürlich spreche ich hier nicht von Matheaufgaben). Aber eigentlich würde es mir doch nicht gefallen, ich bleibe lieber so, wie ich bin. Nein wirklich, ich werde im höchsten Grad schizophren! Als könnte man tatsächlich ein paar Jahre wegnehmen oder hinzufügen. Warum nicht gleich schrumpfen und wachsen wie Alice im Wunderland!

Okay, ich werde wieder ernst. Jedenfalls das, was ich ernst nenne. Nicht zu sehr, sonst bin ich ein lausiger Schauspieler. Malika ordnet zufrieden ihre Hefte ein, in die sie mit Schönschrift die Lösungen übertragen hat. Es ist sechs Uhr. Sie spricht nicht von gestern. Recht hat sie, gestern darf es nicht mehr geben. Aber sie spielt auch ganz gut. Sogar besser als ich. Ich weiß, daß sie wütend ist. Aber sie wartet. Sie wartet darauf, daß ich zum Beispiel eines Tages nicht nach Hause komme. Und an diesem Tag wird ihre Wut schon so alt und welk sein, daß sie gar nicht mehr herausplatzen kann. Zwischen uns wird immer dieses Gefühl sein, daß wir einander nicht verstehen, wie ein getöntes Glas, das uns daran hindert, uns wirklich zu sehen. Mein Gott, wie gern wollte ich es zerschlagen! Mit einem Hammer zerschlagen. Nur weißt du doch genau, daß das unmöglich ist.

Sie setzte sich schweigend vor mich hin. Dann begann sie, ihre Haare um die Finger zu wickeln. Was will sie mir sagen?

»Was ist los?«

»Nichts.«

»Was soll das heißen, nichts?«

»Nichts. Ich habe mich nur gefragt ...«

»Was?«

»Ich weiß nicht, ob ich es sagen soll.«

»Aber ja doch, du kannst alles sagen, was du willst.«

»Ja, schon ...«

»Also, was ist?«

Ich versuchte, nicht ärgerlich zu werden. Jetzt vor allem nicht ärgerlich werden. Das zerstört jede Gefühlsregung.

»Na gut, ich habe mich gefragt, ob du ... Wirst du bestimmt nicht böse sein?«

»Nein, nein. Ich verspreche es dir. Versprochen, geschworen und draufgespuckt.«

»Ob du diese ... Frau noch triffst.«

»Nein, ich treffe sie nicht mehr. Du hast doch gehört, was ich am Telefon zu ihr gesagt habe.«

»Ja ... aber ihr hättet euch wieder versöhnen können ...«

»Nein, ich will sie nie wieder sehen.«

»Tut es dir weh?«

»Nein, überhaupt nicht! Sie war ein Luder, ein Garnichts, ein ...! Nur weil sie Geld hatte, meinte sie, sie könne sich einen Menschen ebenso kaufen wie ein Seidenkleid!«

Ich hatte nicht das Gefühl, ich lüge. In diesem Augenblick log ich nicht wirklich. Es stimmt, daß Haß und Liebe zu einem einzigen Gefühl werden können. Seltsam ist dabei nur, daß ich sicher bin, absolut sicher bin, daß sich meine Gefühle für Malika nicht so vermischen könnten.

»Also warum warst du dann gestern traurig?«

»Einfach so. Es gab keinen besonderen Grund.«

»Soll ich das wirklich glauben? Wirklich?«

»Da gibt es nichts zu glauben. Geht es dir denn nicht so, daß du manchmal traurig bist, ohne zu wissen, warum?

Ohne daß du es erklären könntest? Und du weißt doch, daß es geregnet hat. Regen macht mich immer niedergeschlagen.«

»Gut, okay. Du kannst einen Tag lang traurig sein, aber bei dir wird es allmählich zur Gewohnheit!«

»Aber heute bin ich doch lustig, meinst du nicht? Ich sage dir sogar, daß ich sehr glücklich bin. Das ist völlig normal, weil du ja bei mir bist.«

Malika ist nicht eitel. Mit Schmeicheleien läßt sie sich nicht einfangen.

»Du tust nur so. Du machst es nicht schlecht, aber du tust trotzdem nur so.«

Sie merkt wirklich viel zuviel. Es ist praktisch nicht auszuhalten. Übrigens bin ich sicher, daß ich guter Laune bin. Echt. Ich will so sehr, daß sie es glaubt, daß ich mich schließlich selbst davon überzeugt habe. Wie soll ich mit meiner Komödie zufrieden sein, wenn sie mich für einen Simulanten hält?

»Malika. Es dauert nur ein paar Tage. Bis ich wegen dieser Frau nicht mehr wütend bin. Verstehst du, ich habe das Gefühl, ich bin gedemütigt worden, und ich werde schlecht damit fertig, daß ich mich nur in Gedanken rächen kann. Das geht mir immer wieder durch den Kopf, und es macht mich komisch, nervös. Natürlich war es gestern zum Beispiel nicht besonders lustig für dich, wirklich, es war trübsinnig. Aber ich schwöre dir, ich wollte dich in ein duftes Restaurant mitnehmen, in dem man auch nur ein Dessert bestellen kann, in dem es egal ist, daß wir noch nicht erwachsen sind und daß wir nicht die Spezialität des Hauses bestellen ... Aber es ist alles schiefgegangen! Ich war wirklich wütend auf mich! Glaub mir, ich hätte mich umbringen können! Aber ich hatte Angst, daß ich dir noch mehr Kummer machen würde, wenn ich es dir sage. Ein ganzer Tag verdorben! Meinetwegen! Ich bin nur ein blöder Macker. Bist du mir sehr böse?«

»Ein wenig.«

Ich wußte wohl, daß sie mir nicht böse war. Aber so, wie ich die Frage gestellt hatte, konnte sie eigentlich nichts anderes antworten.

»Nicht sehr, weil ich zugeben muß, daß ich dir nicht sehr geholfen habe. Aber ich hatte das Gefühl, es stinkt dir, wenn ich etwas sage. Es war, als würdest du nichts hören.«

»Ich höre immer auf das, was du sagst. Immer, Malika.«

»Um so besser, Wilfried. Sag mal ... macht es dir nichts aus, daß ich so jung bin ... daß ich erst zehn bin?«

»Aber nein. Warum sollte mir das etwas ausmachen? Du bist nur fünf Jahre jünger als ich, das ist doch nicht so viel. Und ich sage das nicht nur so, du bist absolut spitze, wenn man dich mal mit den Typen aus meiner Klasse vergleicht, die so alt sind wie ich. Wirklich spitze und viel intelligenter.«

»Meinst du wirklich?«

»Ja. Ja. Ja. Absolut, unwiderruflich, unbestritten, sicher und eindeutig.«

Ein kleines, schelmisches Lächeln. Ich wußte wohl, warum sie mich das fragte. Fünf Jahre sind gerade der richtige Altersunterschied für einen Mann und eine Frau. Und außerdem war meine Freundin zehn Jahre älter gewesen als ich (Plusquamperfekt, weil es sie nicht mehr gibt ... jedenfalls tue ich so, als gäbe es sie nicht mehr). Malika war also in ihrer Vorstellung sehr viel näher bei mir als dieses ... Luder.

Sie sieht mich mit ihren großen grünen Augen an, und ich finde sie wirklich hübsch. Rührend. Echt, für dieses kleine Gesicht würde ich alles tun. Ganz und gar alles. Und sie weiß es. Sie weiß es vielleicht sogar ein wenig zu gut. Sorgfältig wirft sie ihr Haar auf den Rücken und verschränkt die Hände über den Knien. Und sieht mich abwartend an.

»Ich habe heute nachmittag ein neues Spiel erfunden, solange meine liebe Lehrerin uns vom Tod Heinrichs IV. erzählt hat. Man muß zu zweit sein. Einer muß anfangen, eine Geschichte zu erzählen, und der andere muß weitermachen.«

»Aber was für eine Geschichte? Die Geschichte Frankreichs, bist du einverstanden?«

»Nein! Du weißt genau, daß ich das nicht meine! Eine Geschichte aus der Gegenwart, in der man selbst vorkommt.«

Ein scharfer Blick, eine fast drohende Stimme, beinahe machte sie mir Angst. Man könnte meinen, sie wolle mich in eine Falle locken, sich rächen, ihren Groll loswerden. Aber woher soll er kommen? Ich bin doof. Ich müßte alles über Malika wissen, schließlich lebe ich Tag und Nacht mit ihr zusammen (sie schläft jetzt jede Nacht in meinem Zimmer). Was will sie nur wissen, was will sie beweisen? Jetzt dreht sie ihre Haare nicht mehr um die Finger, aber ich weiß genau, daß sie mir etwas sagen will, wovor sie sich ein wenig fürchtet. Aber was? Was nur? Warum kann ich es nie an ihren Augen ablesen? Warum antwortet sie nicht? Malika...

»Ich fange an. Also gut. Ich sitze auf einer Bank im Park. Du bist nicht da. Du sitzt auf einer anderen Bank in einem anderen Park. Ich sehe einen Kastanienbaum an und du eine Platane. Hübsch. Ich sage mir, es wäre klasse, wenn du bei mir wärst, nur weiß ich nicht, wo du bist. Ich gehe ein wenig durch die Alleen und hoffe, dich zu finden. Aber du bist nirgends, und ich kann dich noch so oft rufen, du hörst mich nicht. Jetzt du.«

»Ich sitze immer noch auf meiner Bank. Eine häßliche und harte Bank. Und mein Rücken tut weh. Ich sage mir, ich wäre gern bei dir, aber ich weiß nicht, wo du bist. Und außerdem bist du heute morgen sehr wütend gewesen, als du weggingst. Ich dachte, du seist mir wirklich böse und du würdest erst spätabends nach Hause kommen, um dich zu rächen. Ich hätte dir gern erklärt, daß ich dir nicht hatte wehtun wollen... Ich versuche, dich mir vorzustellen. Mir vorzustellen, was du machst und woran du denkst. Ich sehe dich in einem Café mit einem Jungen.«

»Jetzt ich wieder! Du warst traurig. Neben dir, auf der häßlichen und harten Bank, sitzt eine Frau. Eine sehr schöne Frau. Sie spricht mit dir, aber ich kann nicht hören, was sie sagt. Sie hat hübsche Beine. Sie schlägt dir vor, etwas trinken zu gehen. Natürlich nimmst du an. Ihr geht in ein Café, und sie fängt an zu schmollen und wie eine Kurtisane mit den Wimpern zu klimpern. Sie ist ein Luder, aber sie ist schön, und du hörst ihr weiter zu, du siehst sie an und du...«

»Schluß jetzt! Was willst du mir sagen? Sag es geradeheraus, verdammt noch mal!«

»Nichts. Ich will dir nichts sagen. Ich dachte, dir gefällt mein Spiel. Das ist alles.«

»Noch so ein Nichts, das keiner außer dir versteht. Was soll es diesmal heißen? Was meinst du mit deinem Nichts?«

»Du brauchst nicht wütend zu werden.«

»Ich werde nicht wütend. Und du hörst nicht auf, mir wehzutun, absichtlich!«

»Doch, du wirst wütend. Aber das ist egal. Ich wollte spielen, das ist alles, aber du verstehst die Spielregeln nicht, du hast geschummelt!«

»Die Regeln hast doch du erfunden! Und überhaupt,

Scheiße, wegen einem solchen Mist werden wir doch nicht streiten.«

»Das ist kein Mist. Das ist etwas sehr Ernsthaftes. Ich wollte dir erklären, daß ich nicht will, daß du wegen einem Luder traurig und böse bist.«

Ich sperrte Mund und Nase auf. Wirklich. Stocksauer auf mich selber. Echt.

Daß sie das einfach so zu mir sagte, ganz ruhig und gerade so, als ... Als habe sie den Willen, der mir fehlte ... Die Luft blieb mir weg ... Buchstäblich weg. Ich war geschlagen. Wie vom Donner gerührt.

18

Gut, ich weiß, daß meine Vermutungen Sie anöden. Aber sie lassen mir keine Ruhe. Sie drehen mir den Magen herum. Ich schwitze, obwohl das Thermometer vor meinen Augen fünf Grad anzeigt. Vielleicht hat sie ihn angerufen, solange ich nicht da war. Ihm gesagt, daß sie ihn wirklich liebt, wirklich, und daß sie ohne ihn nicht leben kann. Und dann haben sie sich in einem Café oder einem Park verabredet, und sie hat ihn mit ihrem Charme eingewickelt, so daß er nicht widerstehen konnte, obwohl er sich immer wieder sagte: »Paß auf, du weißt genau, daß sie ein Luder ist. Korrekt und höflich, aber trotzdem ein Luder.« Damit es nicht zu hastig aussah, sind sie sicher erst mal einen Tee trinken gegangen (schließlich ist diese Dame ja vornehm). Und dann hat sie ihn mit zu sich genommen und ihm ihr Haus gezeigt. Vor allem ihr Zimmer, ihr Zimmer ganz besonders. Und dann ... Das kann ich Ihnen nicht erzählen ... Nicht, weil ich es mir nicht vorstellen kann, aber ich kann nicht.

Es sei denn, er hat sie angerufen. Oder ist einfach zu ihr gegangen. Es sei denn, er hat seine charmante Nummer abgezogen, damit sie ihm seinen Ausbruch verzeiht. Diese Vorstellung gefällt mir noch weniger, aber auch das kann ja mal vorkommen.

Okay. Ich höre auf. Endgültig.

Wissen Sie, wenn ich Ihnen meine Lehrerin beschreibe, wird Sie das wohl auch anöden. Vielleicht sogar noch mehr, aber wenn Ihnen soviel daran liegt ... Er ist merkwürdig.

Ich meine Wilfried, zur Zeit. Er scheint lustig zu sein, aber es sieht so aus, als tue er nur so, als zwinge er sich dazu, vielleicht um peinlichen Fragen aus dem Weg zu gehen. Nein, nein, ich nerve ihn nicht mit meinen »Warum bist du traurig« und »Sag mir, was los ist, du bist doof«. Ich weiß schon, daß er mir nicht die Wahrheit sagen würde. Ob er sie überhaupt selber kennt? Es wäre zu einfach, wenn wir immer erklären könnten, was in unserem Kopf vorgeht. Zu schön, aber zu einfach. Einfach ist alles nur im Traum. Und leider sind Träume keine Wirklichkeit.

Vielleicht hat er nicht gelogen. Vielleicht hat er sie nicht wiedergesehen. Aber ich begreife nicht, was ihn daran stört, daß er sich mit ihr gestritten hat. Er müßte doch wissen, was er eigentlich will. Wirklich, er ist zu unentschlossen. Außer, er tat nur so, als streite er sich mit ihr, um mich irrezuführen, und sie hat es ernstgenommen ... Ein Riesenmißverständnis. Ja ja, ich weiß, ich habe schon wieder angefangen. Aber die Lehrerin ist wirklich häßlich. Bloß habe ich wirklich Angst davor, daß sie entdeckt, was ich alles in meiner Ablage habe .. ein paar Riegel Mars, Kaugummi, ein selbstgemachtes Scrabble-Spiel, Zeichnungen. Sicher würde sie mir jede Menge Sechsen geben oder mich zur Rektorin schicken. Ich könnte mich in den Gängen herumtreiben, aber trotzdem ... Übrigens sind die Gänge gar nicht so besonders. Die Lehrerinnen haben die Bilder aufgehängt, die ihre Schätzchen gemalt haben, und ich kann Ihnen sagen, die sind ganz schön häßlich. Sogar sehr häßlich. Ich will meine Bilder immer behalten, und diese Schreckschraube kann mich noch so sehr anflehen: »Um deine Schule zu schmücken, meine kleine Malika ...«, ich werde sie nie herausrücken. Scheiße, sie brauchen doch nur Reproduktionen von großen Malern zu kaufen, dann könnte man mehr daraus lernen. Aber die entwickeln einfach keine Eigeninitiative.

Vorgestern waren wir im naturwissenschaftlichen Museum. Ich will Ihnen nichts verbergen, es war eher langweilig. Es ist deprimierend, daß nichts mehr zu erfinden bleibt, die Wissenschaftler haben alles schon herausgefunden. Natürlich haben sie den Krebs noch nicht besiegt, aber das ist auch nicht so wichtig. Mit fünfzig oder sechzig zu sterben ... was heißt das schon? Seien Sie nicht empört, wenn Sie fünfzig sind und an einem unheilbaren Magenkrebs leiden. Sie können immer noch darauf hoffen, daß Sie ins Paradies kommen. Und das Paradies ist immer noch besser als ein beschissenes Leben als medizinisches »Krankengut«.

Kurzum, wir latschten also durch die Gänge, und außerdem tat Wilfried auch nicht gerade viel, um die Dinge ins Lot zu bringen ... Natürlich habe ich versucht, hin und wieder einen Witz zu machen, aber er hat nicht darauf reagiert. Schließlich habe ich kapituliert. Ich mußte mich den Tatsachen beugen: er langweilte sich tödlich mit mir, und mein gezwungenes Lachen ödete ihn an.

Das Beste (oder das Schlimmste) hatten wir uns für den Abend aufgehoben. Wir hatten eigentlich geplant, uns ein Essen in einem der superschicken Restaurants auf den Champs-Elysées zu leisten. Aber Wilfried blieb stumm vor den Speisekarten mit den »schmackhaften und raffiniert zubereiteten Gerichten« stehen. So haben wir also schließlich jeder einen beschissenen Hot Dog in einer Snack-Bar nach Art von MacDonald gegessen. Wissen Sie, in einem dieser beliebten Restaurants (für Leute, die nie Geld haben).

Na ja, ein ganz besonders harmonischer Tag eben.

Also habe ich den ganzen Nachmittag lang geträumt, anstatt dieser alten Schreckschraube zuzuhören. Abends fing ich unentschlossen an, das Porträt von Wilfried und Mandrika weiterzuzeichnen, aber ich war nicht recht überzeugt davon. Ich werde es nie schaffen, mit meinen beschränkten Möglichkeiten ist es zu schwierig. Man sollte sich auch nicht zu weit versteigen. Natürlich gebe ich es nicht ganz auf, aber so richtig reinknien kann ich mich auch nicht, wenn Sie verstehen, was ich meine. Natürlich habe ich versucht, mich zur Vernunft zu bringen: »Du wirst es nie zu etwas bringen, du hast keinen Ehrgeiz, du bist ein Schlappschwanz, wenn du dich nur auf deinen Lorbeeren ausruhst, wirst du niemals zeichnen lernen«, aber es hat nichts geholfen. Wenn ich mich so reden höre, meine ich immer, ich höre einen Lehrer oder einen beflissenen Vater. Ich weiß wohl, daß ein Malergenie schon früh zutage tritt ... Gut, ich muß mich eben an den Gedanken gewöhnen, daß ich ein Faulpelz bin. Aber ich brauche Ihnen wohl nicht zu sagen, daß mir diese Vorstellung nicht besonders gefällt ... Also beruhige ich mich notdürftig: »Das ist nur eine Pechsträhne, du weißt doch, daß Künstler nicht so regelmäßig wie Maschinen arbeiten.« Mit diesen wohltuenden Worten vertiefe ich mich genüßlich in die Abenteuer von Micky Maus. Ich finde sie idiotisch, aber manchmal tut es gut, idiotisch zu sein. Ohne sich etwas dabei zu denken. Einfach idiotisch.

Irgend etwas muß ich finden, damit Wilfried redet. Die Sache mit den Worten, die wehtun, funktioniert nicht mehr. Und mein Geschichten-Spiel war eher ein Reinfall. Ich könnte versuchen, ihn zu hypnotisieren ... Mit einer Kerze, wie in den Filmen im Kino, das klappt jedesmal, also wüßte ich nicht, warum ich es nicht fertigbringen sollte. Außer, er will nicht ... daß ich weiß, was er denkt. Ich müßte es so anfangen, daß er nichts davon ahnt. Genau ... ich sage ihm, daß wir heute abend bei Kerzenlicht essen. Die anderen Lichter werden gelöscht ... Und nur die kleinen orangeroten Flammen bleiben an ... Und dann blase ich sie alle ganz treuherzig aus ... bis auf eine natürlich. Ich schwenke die Kerze hin und her und sage dabei: »Du schläfst ein, du schläfst ein ... In dir ist alles leer ... Du denkst an nichts mehr, du schläfst ein ...« So muß man doch sagen, oder nicht? »Sag mir, was du heute nachmittag gemacht hast, sag mir alles.« Sein Blick wird ins Leere gehen, er wird auf einer anderen Bewußtseinsebene sein und mir alles erzählen ... »Liebst du diese Frau wirklich? Mehr als Malika? Warum bist du ihr böse? Erkläre mir, was du von ihr denkst ..« Und er wird ununterbrochen reden. Er wird so viel sagen, wie er noch nie auf einmal gesagt hat. Und wenn ich alles erfahren habe, was ich wissen will, werde ich die Kerze wieder hin- und herschwenken und sagen: »Du wachst wieder auf ... du wirst dich an nichts erinnern, an überhaupt nichts ... Du kannst jetzt aufwachen, es ist nichts geschehen.«

Ich wüßte nicht, warum das nicht klappen sollte. Überhaupt nicht. Wenn ich jetzt schon Zweifel habe, ist es von vornherein ein Reinfall.

Um halb sechs kam Wilfried. Er war ganz und gar nicht schlecht gelaunt, im Gegenteil, er lächelte, als sei er plötzlich der glücklichste Typ auf der ganzen Welt. Ich fühlte mich ein wenig schuldig, wenn ich an meinen Plan dachte, und versuchte, ihn möglichst zu vergessen. Aber er war trotzdem gemein. Unehrlich.

»Ich wette, du hast eine gute Neuigkeit.«

»Nein, nein, überhaupt nicht.«

»Ich weiß nicht, du siehst so unheimlich zufrieden aus.«

»Stimmt. Unheimlich zufrieden, weil der Tag vorbei ist, und unheimlich zufrieden, weil du da bist.«

»Toll, wirklich. Es ist ja wohl eine schöne Überraschung, daß ich da bin.«

»Das kann man wohl sagen.«

Einen Augenblick lang schien er sehr angestrengt nachzudenken. Aber ganz sicher war er sich wohl nicht.

»Ich habe mir überlegt ... morgen ist doch Mittwoch, und du gehst nicht zur Schule, da könnten wir doch ernsthaft in ein duftes Restaurant gehen.«

Nicht doch! Und was wird dann aus meiner Hypnose? Kommt nicht in Frage, ich habe jetzt schon viele Gewissensbisse wegen meines dummen Plans, morgen werde ich erst recht keinen Mut mehr haben.

»Mmh ... lieber nicht heute abend ... Weißt du, eigentlich ist es mir egal, daß wir nicht so toll essen waren. Ich hatte mir überlegt, daß wir heute abend ein Fest ganz für uns allein feiern könnten, ein Festessen mit Kerzenlicht. Ein vorgezogenes Weihnachtsfest eben. Mit Lachs und Kaviar ... und Kuchen ... und Schokolade ... natürlich ohne diese blöden Tannen und Girlanden. Das wäre doch phantastisch, meinst du nicht?«

»Genial. Einfach genial. Du bist einfach himmlisch.«

»Natürlich machen wir uns keine Geschenke. Ich meine damit, die Geschenke sind wir selber.«

»Okay, wirklich genial. Komm, wir kaufen alles mögliche. Natürlich bei Fauchon. Das wird vielleicht lustig.«

Uff! Wir rannten im vierten Gang die Treppen hinunter und weiter bis zur Madeleine und riefen einander zu: »Wieviel Kaviar brauchen wir? Fünfhundert Gramm?« »Du spinnst ja, fünfhundert ist zuviel! Zweihundert reicht ewig!« »Und Lachs, ein Kilo?« »Du hältst uns wohl für Monstren, du bist ja größenwahnsinnig!« »Und Brot brauchen wir auch ... du wirst es doch nicht wieder verbrennen lassen?« »Nein, nein, versprochen. Ich versuche es jedenfalls ...« »Und Schokolade! Wir kaufen Pralinen in allen Farben und Formen. Und Kuchen, keine großen, nur kleine, die sind witziger und schöner.«

Schließlich hielten wir vor den reichhaltigen Auslagen, völlig außer Atem. »Oder sollen wir Litschis kaufen? Oder Erdbeeren? O ja! Erdbeeren?« »Komm, wir gehen rein, und du suchst aus. Aber kauf nicht den ganzen Laden auf!« In der Lebensmittelabteilung fingen wir an. Wir kauften nicht den ganzen Laden auf, machten keine Razzia ... Na ja, es kommt darauf an, was man eine Razzia nennt ... Letztlich macht das Einkaufen, das Aussuchen am meisten Spaß, denn wenn man alles essen würde, wäre man anschließend sterbenskrank. Sobald man alle Sachen nach Hause getragen hat ... sind sie nicht mehr so gut wie im Schaufenster. Eigentlich wird man vom Sehen schon satt.

Lachs, Kaviar, exotische Früchte ... (wir waren vernünftig, das muß man zugeben), in der Konditorei war es schon nicht mehr so gut (oder wir hatten genug). Drei Schachteln mit Kuchen und fünf verschiedene Schachteln mit Pralinen ...! (Immerhin brauchen wir das alles schon an Weihnachten nicht mehr zu kaufen.) Die Verkäuferin mit ihrer Zange hätte fast eine Nervenkrise durchgemacht: »Aber nein, trockene Biskuits sind besser aus der Dose. Nein, frische Petit Fours.« »Schokolade oder Mokka?« »Du bist langweilig, wir sollten Zitrone und Kokosnuß nehmen.« »Oder sollen wir Pfirsicheis kaufen?« Kurz, die Kundenschlange hinter uns wurde immer länger, während wir genüßlich aussuchten und uns dabei zankten ... Schließlich faßte sich die Verkäuferin in Geduld, weil es so aussah, als würde die Rechnung so beeindruckend wie der Kuchen. Nach (mindestens) zwei Stunden verließen wir vollbeladen das Geschäft und fragten uns, ob wir nicht zufällig ein Bankett vorbereiteten. Ein Glück, daß die Wissenschaft den Kühlschrank erfunden hat. Und was übrig bleibt, geben wir der Haushälterin, natürlich erst, wenn wir uns sattgesehen haben. Vielleicht schätzt sie uns deshalb so sehr.

Auf dem Küchentisch packten wir alles aus. Nein, nein, wir stürzten uns weder auf den Kuchen noch auf die Pralinen, was denken Sie denn, immerhin sind wir doch zivilisierte Menschen. Wir brauchten wahnsinnig lange, um zu entscheiden, welche Teller wir nehmen und in welcher Reihenfolge wir servieren würden; denn die Petit Fours kann man ja auch vor dem Lachs essen. Oder man beginnt mit den Früchten. Schließlich beschlossen wir, alles zugleich auf den Tisch zu stellen und die Süßigkeiten nicht vor dem Lachs anzurühren. Ich suchte Kerzenhalter und Kerzen, solange Wilfried in seinem Anzug auf dem Boden saß und wild entschlossen den Grill überwachte. Ich hatte ziemlich Angst, daß mein Hypnoseversuch mißlingen könnte. In jeder Hand hielt ich einen Kerzenhalter, und ich probte schon einmal, sie von rechts nach links zu schwenken ... Sie waren schwer, zu schwer. Ich darf nur die Kerzen nehmen, dann ist es einfacher. Vor oder nach dem Essen, wann denn nun eigentlich? Nein, lieber nachher, wenn es dunkel ist und Wilfried schon müde ist. O ja, das bringt mich auf eine Idee.

»Eh! Wilfried! Wir müssen bis Mitternacht warten! Wie bei einem richtigen Fest.«

»Und was ist dann mit meinen Toasts?«

»Du kannst sie im Ofen wieder aufwärmen. Wirklich! Ich bin sicher, daß es um Mitternacht besser ist!«

»Aber ich habe Hunger!«

»Hör mal, du mußt dich daran gewöhnen, spät zu essen. Was machst du denn sonst, wenn du zu einem Empfang eingeladen bist?«

»Ich esse vorher ein Sandwich.«

»Genau, und dann hält dich die Hausfrau für einen ungehobelten Klotz, weil du ihre Ente verschmähst.«

»Aber so schnell werde ich doch nicht eingeladen! Ich schlage vor, wir einigen uns auf einen Kompromiß; den Kaviar und den Lachs essen wir jetzt, und um Mitternacht gibt es eine Kuchenorgie, einverstanden?«

»Ja ... okay.«

Ich wartete ungeduldig darauf, daß es Mitternacht würde, das kann ich Ihnen sagen. Ich sagte mir immer wieder, daß es ja gar nicht mehr lange dauerte, denn es war schon neun Uhr und wir mußten die ganzen Toasts (nein, sie waren nicht verbrannt) noch mit Butter bestreichen, aber trotzdem wartete ich ungeduldig auf die schicksalhafte Stunde. Ich war unheimlich müde, aber Sie können sich denken, daß ich es nicht zeigte. Ich dachte nicht daran! Wenn ich an meinen Plan dachte, fand ich mich richtig lächerlich. Richtig schwachsinnig. Nicht einmal heuchlerisch oder böse: Nein, schwach-sin-nig! Fast hätte ich Wilfried erklärt ... Aber er hätte mich für ... für ... ich weiß nicht, für was gehalten. Eigentlich könnte ich meinen Plan auch aufgeben, ich habe kein Recht, in Wilfrieds Privatsphäre einzudringen ... An all diese Dinge dachte ich, während ich die kleinen schwarzen Eier auf dem Toast verteilte.

»Übrigens, du hast doch hoffentlich nicht vergessen, daß ich dir das Kochen beibringen muß ... Womit fangen wir an? Mit Spiegeleiern? Oder mit Steaks?«

»Vielleicht könntest du mir zuerst beibringen, wie man Crêpes macht?«

»O ja! Das könnten wir doch machen, bis es Mitternacht ist?«

»Echt? Willst du wirklich?«

»Natürlich! Wenn ich es doch vorschlage! Aber vorher essen wir ein wenig, okay?«

»Ja. Und morgen mittag zeigst du mir, wie man Spiegeleier macht.«

Die Kerzenhalter standen zur Dekoration auf dem Tisch. Wir zündeten sie nicht an, es war noch nicht soweit. Außerdem mußten wir später auch sehen, was wir aßen, und die Kerzen wollte ich aufheben, Sie wissen schon, wofür.

»Stell dir vor, in zwei Wochen sind Ferien!«

»Ich zähle ja schon die Tage! Das hätte ich bestimmt nicht vergessen.«

»Wir machen jede Menge Spaziergänge und sowas ...«

Kaviar schmeckt komisch, finden Sie nicht auch? Zu salzig. Wirklich zu salzig. Es sei denn, ich habe zuviel davon auf den Toast verteilt. Übrigens dachte ich gar nicht so sehr an das, was ich aß. Ich war noch nicht einmal lustig. Ich hatte Angst. Und wenn ich Wilfrieds blaue Augen ansah, wurde mir ganz komisch. Einmal dachte ich daran, es doch nicht zu machen. Und Sie können sich nicht vorstellen, wie erleichtert ich war. Da beschloß ich, mich nicht mehr mit dem Gedanken an die Kerzen zu belasten. Um Mitternacht würde ich schon weitersehen.

Wir holten die Salatschüsseln und die Pfannen heraus, Milch, Eier und Mehl, um die Crêpes zu machen (die alles andere waren, nur keine Crêpes). Der Teig war wie Zement, und wir konnten noch soviel Wasser und Sahne dazuschütten, es half alles nichts. Schließlich machten wir eine Art besonders mächtigen Kuchen daraus und gaben ihn Theodor. Wilfried hätte vor mir Kochunterricht nehmen sollen.

Ich dachte an nichts mehr. Ich sah Wilfried an, der schön und lustig und unheimlich nett war. Er lächelte mich an, und dann, ich weiß auch nicht, wie das kam, dann schloß ich die Augen, hypnotisiert von seiner Schönheit. Und ich schlief. Richtig, nicht so wie im Film.

Vorbei! Uff! Sie ist verschwunden, ich sehe ihr Gesicht nicht mehr und auch nicht ihre Beine, ich höre ihre Stimme nicht mehr. Ich bin richtig erleichtert darüber, aber wie sehr, können Sie sich gar nicht vorstellen. Befreit, frei, genau das.

Malika ist mit dem Kopf auf den Armen am Tisch eingeschlafen. Ich habe sie in mein Zimmer getragen, denn sie soll nicht allein sein, wenn sie aufwacht. Wirklich, sie wird sich nicht mehr daran erinnern, daß sie eingeschlafen ist, und sie könnte meinen, man habe sie entführt oder was weiß ich. Wissen Sie, sie hat nämlich viel Phantasie.

Sie war merkwürdig heute abend. Ich meine, manchmal war sie irgendwie beunruhigt und dann wieder richtig lustig und alles ... Vielleicht hat sie sich wegen Hélène Gedanken gemacht. Aber nein! Das ist vorbei, Malika! Du kannst es mir glauben, Ehrenwort! Ich denke nicht mehr an sie, ich weiß nicht einmal mehr genau, welche Farbe ihre Augen hatten. Ich träume nicht mehr von ihr, wenn ich schlafe ... Glaub mir, du kannst beruhigt sein, völlig beruhigt. Ganz bestimmt!

Nur muß ich es Malika noch erklären, damit sie auch genau weiß, daß es da nichts mehr gibt, daß ich diese Frau nie geliebt habe. Sie hätte es merken müssen, aber ich habe Ihnen ja schon gesagt, daß sie heute ganz merkwürdig war. Sie sah die Dinge mit anderen Augen an. Sie sah sie an, ohne sie zu beachten, ohne sie auseinanderzuhalten, ohne sie überhaupt zu sehen, so schien es. Vielleicht hat sie das Trauerkostüm übergezogen, das ich vor der Tür gelassen hatte. Nein, Trauer war es eigentlich nicht ... Ein Zweifel, eine stille Frage, die sich auf ihrem ganzen Gesicht und in ihrer Haltung zeigte. Eine Frage, die ich nicht verstand. Manchmal sah sie wirklich seltsam aus, als ob sie in ihren Träumen versunken sei, in ihren ganz eigenen Träumen, sie dachte ... ja woran? Viele Dinge ... Ihre Augen ... Ich weiß nicht ... Es war, als seien sie an einem anderen Ort, sehr weit weg und doch sehr nah. Ich dachte daran, daß sie wirklich sehr hübsch ist. Ich hatte noch nie bemerkt, daß sie so hübsch ist. Und dabei wurde mir ganz seltsam zumute ... Echt, ich war richtig gerührt. Aber ich war auch ein wenig traurig, nicht richtig traurig, sondern traurig, weil ich sah, daß ich sie nicht erreichen konnte, daß sie nicht zu greifen war. Am liebsten hätte ich gewollt, daß wir nur ein Mensch wären, daß sie lacht, wenn ich lache, daß sie erstaunt ist, wenn ich es bin, daß sie dieselben Dinge mag wie ich.

Dies war das erstemal, daß ich mich wirklich ganz nah bei ihr fühlen wollte, immer, überall und für immer. Das erstemal, daß ich begriff, daß ich sie nie verstanden hatte. Sie hat etwas gesagt, worüber ich unheimlich nachdenken mußte: »Die Geschenke sind wir selber.« Das stimmt. Man sollte sich nicht an Dinge hängen. Sie haben keine Persönlichkeit, sie sprechen nicht, sie trösten einen nie. Malika dagegen ist für mich da, sie verhindert, daß ich traurig bin, wenn ich alles mögliche machen würde, um mich zu vergessen. Sie ist da, wenn ich mich nicht mehr ertragen kann, und weil ich weiß, daß sie mich beobachtet, benehme ich mich nicht so, wie ich gern wollte, nämlich wie ein Verrückter, wie ein Idiot. Weil ich nicht will, daß sie das Gefühl hat, mit einem Wahnsinnigen zusammenzuleben. Und wenn ich sie nicht lieben würde, wäre mir auch ihre Einschätzung egal. Sie schlief bewegungslos in dem Bett, das meinem gegenübersteht. Blonde, aschblonde Haare, auf dem Kissen ausgebreitet. Die Hände vor den Augen zur Faust zusammengeballt. Die geschlossenen Augen mit diesen bläulichen, ganz feinen und ganz hübschen Lidern, die wie durchsichtig über den Augen liegen. Nein, sie war nicht von mir abhängig, ich konnte sie nicht beeinflussen, sie gehörte niemand. Sie war allein, allein mit sich selbst, sie träumte, ich weiß nicht wovon, von Dingen, die ihr gehörten und die zu kennen niemand außer ihr ein Recht hatte.

Im sieben Uhr erschütterte der Wecker mein Gehirn. Sie drehte sich wieder zur Wand, und ganz zusammengekuschelt schlief sie mit einem Seufzer der Erleichterung wieder ein. Wahrscheinlich dachte sie, wir müßten heute nicht aufstehen. Ich nahm meine Jeans und meinen Pulli und ging ins Bad. Ich war noch gar nicht richtig zu mir gekommen und sagte mir: »Wenn ich nur ein bißchen länger hätte schlafen können, aber nein, denke bloß nicht daran, am schwierigsten ist es, aus dem Bett herauszukommen, danach ist alles leichter.« Mandrika schälte voller Hingabe seine Körner (er ist sauer, wenn man ihn nicht ins Bad läßt), und er beobachtete mich kritisch aus dem Augenwinkel, lustig. Ich mag diesen Vogel gern, echt, er hat eine eigene Persönlichkeit, man vergißt ihn nicht so leicht. Wenn er sich angegriffen fühlt, verschafft er sich Respekt, indem er schreit. Er schaukelt auf seiner Stange, wenn ihm ein Lied gefällt, und er stößt schrille, wortähnliche Kaskaden aus, wenn ihm eines nicht gefällt. Er braucht nicht zu sprechen, um sich verständlich zu machen. Und wie er seinen Charme spielen läßt! Butter liebt er heiß und innig, und wenn er welche auf dem Küchentisch liegen sieht, dann bricht er in alle möglichen herzzerreißenden Klagen aus, um ein Stück davon zu bekommen. Und wenn er das sehnlich erwünschte Geschenk dann hat, verehrt er einem ein Streicheln seines Schnabels und bringt seine immerwährende Dankbarkeit durch ein »Koko« zum Ausdruck.

Das kalte Wasser spritzt auf meine Haut, sticht mit tausend Nadeln. Ohne eine eiskalte Dusche wache ich nicht auf. Und ohne Kaffee auch nicht. Zu Anfang des Jahres mußte ich noch um halb sieben aufstehen, wenn ich mich in die richtige Verfassung bringen wollte, um der Welt gegenüberzutreten. Aber jetzt ist alles Gewohnheit, alles ist geregelt, jede einzelne Minute: Theodors Frühstück, die Kaffeemaschine, der Toaster, ich habe alles durchorganisiert. Nur hatte ich nicht damit gerechnet, daß heute morgen der Tisch voller Kuchen und Pralinen war, daß die Katze von diesem schweinischen »Crêpe«, den wir ihr gestern abend verpaßt hatten, sterbenskrank war. Ich stellte alles ins Spülbecken und verlor so die kostbaren drei Minuten, in denen ich sonst meinen Kaffee trinke.

Ich sprang buchstäblich vor Freude in die Höhe, als ich erfuhr, daß die erste Stunde ausfiel. Alle anderen brüllten, sie hätten dann ja noch eine Stunde länger schlafen können, aber ich war unheimlich zufrieden über diese Gelegenheit! So konnte ich mir zwei oder drei doppelte Espresso einverleiben ... Herrlich!

Ich suchte mir einen »schicken« Teesalon aus. Es ist schon amüsant, diesen alten Damen zuzusehen, wie sie knauserig ihre Zitronen zerteilen und ihren Tee mit Milch trinken, als hinge ihr Leben davon ab. Und dann die entsetzten Gesichter, wenn ich einen großen schwarzen Kaffee bestelle. Mit Croissants natürlich. Croissants, wie ordinär! Denken die. Die Einrichtung drückte einem eher aufs Gemüt. Weiße Tischdecken, Porzellangeschirr, schreiendrote Stofftapeten und bunte Servietten. Trotzdem war es hier noch am besten. Ich vertiefte mich in die Wiederholung dieser verdammten

Matheformeln. Ich war richtig glücklich, endlich hatte ich die Aufgaben begriffen, über die ich mir schon seit einer Woche meine kleinen grauen Zellen zerbrach! Ich sah auf und seufzte vor Freude und da, genau vor meinen Augen, raten Sie, was ich sah?! Ich hätte vor Wut aufschreien können! Hélène! Mit einem Playboy, der direkt aus einem Modemagazin entsprungen war! Wissen Sie, einer von den Typen, die sich mit Veilchenwasser parfümieren, in einen superschicken Anzug von Lapidus gezwängt, mit einem niederträchtigen weißen Seidentuch um den Hals! Scheiße noch mal, was gefiel ihr denn eigentlich so sehr an diesem Typ? Und dann bestellte er auch noch Tee mit Milch! Ja ja, echt, ich habe es selbst gehört! Sie tat so, als sehe sie mich nicht, dieses Luder, sie sah mich nicht einmal an, »distinguiert« wandte sie die Augen ab! Ich hätte sie umbringen können, ja wirklich, ich hätte sie umbringen können! Natürlich war sie absichtlich hierhergekommen, um mich zu verhöhnen, wo ich brav und ruhig in meine Matheaufgaben vertieft war und nicht an dieses Luder dachte! Und der Typ erst! Er trug Ringe und sprach mit einer singenden Stimme, so häßlich, daß es zum Himmel schrie! Wahrscheinlich ließ er sich aushalten, aber na ja, sie hatte es nicht nötig zu bezahlen ... Oder doch, schließlich muß man ganz schön ausdauernd sein, wenn man mit einer solchen Frau zusammenbleibt, auch wenn sie so schön ist, daß man vor lauter Minderwertigkeitskomplexen sterben möchte. Sie bestrich einen Zwieback mit Butter und hob dabei ihren kleinen Finger, den unheimlich schönen kleinen Finger ... NEIN! Sie ist häßlich, sie ist idiotisch, sie ist ein Luder, und du solltest sie gar nicht beachten! Genau, sie wird ganz schön verdutzt sein, wenn du so tust, als hättest du sie nicht gesehen. Sie selber ist nämlich nur scheinbar gleichgültig, und das sieht man unheimlich. Aber du mußt stärker sein als sie, du mußt diese idiotischen Matheaufgaben weitermachen, ohne daran zu denken, daß sie dir mit einem Typ gegenübersitzt. Kapiert?! Ja ... »Die Gerade Hélène ist eine Asymptote, ein besonders schönes Luder, das mich in einem Café verhöhnen kommt ...« Wo ich es endlich geschafft hatte, sie zu vergessen! Macht nichts, sie kann deine Gedanken nicht lesen ... Mein Gott, ich platze vor Wut, das ist nicht möglich, ich platze! Dann platze eben leise, mach dich doch nicht lächerlich. Schließlich hast du sie doch sitzenlassen, was könntest du dann eigentlich sagen? Dieser blöde Macker würde sich den Bauch halten vor Lachen, und du würdest aussehen wie ein Idiot!

Ich konnte nicht mehr länger bleiben. Ich legte einen Zehn-Franc-Schein auf den Tisch, stand auf und achtete dabei darauf, daß ich nicht zu »ihnen« hinübersah, und dann ging ich, das können Sie mir glauben, hocherhobenen Hauptes hinaus. Ich achtete so sehr auf meine Blickrichtung ... daß ich gegen eine alte Dame stieß, die gerade hereinkam. Aber sie haben es nicht bemerkt. Nein, unmöglich, sie können es nicht bemerkt haben.

Aber was für eine Unverschämtheit! Mir das anzutun, nachdem ich sie endlich aus meinen Gedanken verjagt hatte! Ich gehe ihr jedenfalls nicht auf den Leim! Wenn sie sich einbildet, ich sei eifersüchtig auf diesen Typ! Da kann ich doch nur lachen! Nein, ich brauche gar nicht wütend zu werden, am besten vergesse ich sie einfach sofort, ja, auf der Stelle. Außerdem haben wir jetzt Englisch. Englischvokabeln sind mir lieber als eine solche Frau. Ich hätte nicht soviel Kaffee trinken sollen, mir wird übel davon. Nein, nein, es ist nur sie und ihr Parfüm, von dem mir übel wird. Und da ich will, daß es sie nicht mehr gibt, ist mir auch nicht mehr übel.

Ich habe mich verbissen in die Hin- und Herübersetzungen gestürzt, und sie ist nicht wiedergekommen. Im Ernst, wie war einfach weg. Echt. Ich habe sie nie gekannt.

Ich schrieb jedes Wort des Geschichtslehrers auf, und ich sagte mir in keinem einzigen Augenblick, daß es idiotisch sei, zu lernen, was 1879 in Japan passiert ist. Ich durfte es mir nicht sagen. Wenn ich sie wirklich vergessen habe, brauche ich mir nicht mehr mit einem so schwachsinnigen Geschwätz zu helfen. Aber ich habe sie doch schon VERGESSEN! Und wenn sie sich nun jeden Morgen vor der Tür des Gymnasiums über mich lustig macht? Wenn sie mich nun überallhin mit ihrem Dressman-Playboy verfolgt? Nein, nein und nochmals nein! Ich werde sie einfach nicht sehen. Sie wird eine von den vielen Frauen auf der Straße sein. Ich werde sie nicht bemerken! Es gibt sie nicht mehr, nicht mehr, nicht mehr! Für dich hat sie niemals existiert!

Mittags war ich völlig fertig, weil ich so viel gearbeitet hatte. Fertig, aber zufrieden. Wie nach einem anstrengenden Spaziergang, von dem man todmüde zurückkehrt. Sätze gingen mir durch den Kopf, Sätze aus Englisch und aus Geschichte, Matheformeln. Ich ging zu Fuß nach Hause. Die Metro hätte mich aus meinen strebsamen Gedanken reißen können. Und das kam natürlich auf keinen Fall in Frage.

Ich sah die Auslagen der Geschäfte an und begeisterte mich für einige Bücher, ich machte verrückte Pläne, träumte davon, daß ich auf einer einsamen Insel lebte und daß mir außer Malika niemand mehr würde wehtun können. Ich war zufrieden darüber, daß ich standgehalten hatte, daß ich mir wegen dieses Luders keine unlösbaren Fragen stellte. Ich war richtig euphorisch.

Richtig gleichgültig! Na ja, nicht ganz ... Aber fast ... fast ... Sie hat keine Gewalt mehr über mich! Man sollte von niemand abhängig sein, von niemand. Sonst wird man zu verletzlich.

Ich fühle mich, als hätte ich eine Schlacht gewonnen. Halten Sie mich nicht für einen Angeber, aber ... Ich bin stolz, unheimlich stolz. Das ist doch völlig normal, nicht? Natürlich sind Typen sonst in einem anderen Sinn stolz ... ich meine, wenn sie eine Frau für sich gewonnen haben. Aber Sie verstehen, das hier ist ein besonderer Fall.

Avenue de Wagram. Ich bin gern in dieser Gegend, auch wenn es hier nur schicke und alte Leute gibt. Die Häuser sind schön und die Geschäfte immer geschlossen, wenn sie geöffnet sein sollten. Die alten Besitzerinnen übernehmen sich nicht, zehn bis zwölf Uhr, drei bis fünf Uhr, da muß man schon Glück haben, um sich einen Wunsch zu erfüllen. Aber so ist man wenigstens gezwungen, noch einmal vorbeizukommen, das ersehnte Stück im Schaufenster zu betrachten, eine Stunde zu schwänzen, wenn man es kaufen will ... So ist es viel aufregender.

Boulevard Malesherbes. Ein wenig verlassen, aber trotzdem interessant. Ich muß an ein Buch denken, das ich gerade lese. Es handelt von Leuten, die in Pigalle in einem unvorstellbar elenden Loch wohnen und natürlich keine Kohlen haben. Schriftsteller meinen wohl, reiche Leute seien uninteressant, weil sie keine Probleme haben. Jedenfalls keine »wesentlichen«, wie sie sagen. Die Armen dagegen sind voller Probleme, sie wachsen ihnen über den Kopf, sie ertrinken buchstäblich darin ... Dann heißt es immer: »Das kann ich dir nicht kaufen.« »Die Miete muß noch bezahlt werden, und wir haben Schulden beim Kaufmann, beim Bäcker und beim Metzger.« »Was sollen wir nur essen, wo wir doch nur noch fünf Franc für zwei Tage haben, kannst du mir das sagen?« Und dann ist das Überleben wichtiger als Gefühle, also haben Leute ohne Kohlen keine Gefühle. Außer dem Verlangen nach Geld.

Ich finde das für einen Schriftsteller nicht besonders interessant. An seiner Stelle würde ich mich für einen steinreichen Helden entscheiden, der sich so wenig ums Überleben kümmern muß, daß er sich voll und ganz seinen »psychologischen« Problemen widmen kann; eine Frau, die er liebt und die ihn verachtet, irgendeine in seinem »Unbewußten« begrabene Verdrängung, die ihm seit seiner Jugend als allzu verwöhntes Kind zu schaffen macht, eine von seiner Umgebung nur schwer akzeptierte homosexuelle Neigung, ein Gefühl der Leere trotz seiner vielen Aktivitäten als »reicher« Mann ... Nein. Ein Glück, daß ich nicht Schriftsteller bin, ich wäre bald ein armer Mann.

Mit Läufern belegte Treppen und Pflanzen auf jedem Treppenabsatz sind mir lieber ... Ich höre Musik hinter der Tür. Man könnte meinen, Malika habe eine richtige Party organisiert. Sie muß wütend sein, sonst hätte sie die Musik nicht voll aufgedreht. Ich hole die Schlüssel aus meinem Blouson, und als ich aufschließe, begreife ich alles ... Im Hausgang saugt die Haushälterin Staub, und Malika haßt dieses Geräusch ... und diese Frau ...

»Guten Tag.«

»Guten Tag. Könnten Sie nicht Ihrer kleinen Schwester sagen, sie soll diesen Höllenlärm einschränken! Sie hört nicht auf mich!«

»Sie will vor allem den Staubsauger nicht hören.«

»Außerdem hätten Sie die Küche aufräumen können. Ein richtiges Schlachtfeld! Überall klebt Wachs! Und was haben Sie mit der Katze angestellt, daß sie so krank ist?!«

Ich lasse sie reden. Was soll man darauf auch sagen? Na? Ich frage Sie ernsthaft ...

»Sie leben wohl ganz gern in einem Schweinestall!«

»Jetzt mal langsam! Man braucht ja nicht gleich zu übertreiben! Außerdem stehe ich doch nicht um sechs Uhr auf, um aufzuräumen! Und meine Stunden schwänze ich auch nicht, um ›Ordnung‹ zu machen! Im übrigen sind Sie ja gerade dafür da, oder?«

Was ich sagte, war nicht sehr nett, aber allmählich ging sie mir ernsthaft auf den Geist. Verdutzt blieb sie neben ihrem laut dröhnenden Staubsauger zurück, während ich zu Malika hineinging, die, in ihre Porträts vertieft, lang ausgestreckt zwischen Farbtuben auf dem Boden lag.

»Hallo! Die geht mir vielleicht auf den Wecker, die gute Frau! Sie schreit schon seit heute morgen um neun herum!«

Malika schrie auch, damit ich sie hören konnte ...

»Gehen wir heute mittag ins Kino?«

»Okay ... in welchen Film?«

»Ich weiß nicht. Such du doch mal aus, du suchst nie einen aus und motzt immer, daß wir nie einen vernünftigen ansehen.«

»Gib mir die Vorschau rüber.«

Das kaum hörbare Schnurren hat aufgehört. Die Rohre der Teufelsmaschine röcheln nur noch, wahrscheinlich ist sie wütend ... Neue Filme ... Erstaufführungen ... Sie kommt herein, drohend, aber nicht sehr selbstsicher, als sie unsere entspannten und gleichgültigen Gesichter sieht.

»Nächstes Mal versucht ihr wenigstens aufzuräumen.«

Und ich ganz scheinheilig, ganz, wie es sich gehört:

»Ich hätte es gemacht, aber Sie sind vor mir gekommen. Wir haben ein Geschenk für Sie. Wir haben zuviel Kaviar und Lachs gekauft ...«

Besänftigt ...

»Wirklich? Wollt ihr das nicht behalten?«

»Nein, nein, wir haben schon genug Vorrat da drin.«

Ich rieb mir den Bauch. Malika lächelte verschmitzt.

»Kaviar! Mein Gott! Sie kaufen, was ihnen gerade in den Kopf kommt! Kinder!«

»Wissen Sie, er sieht nicht so aus, aber er schmeckt recht gut.«

»Ich finde Kaviar zu salzig. Aber zwingt euch nicht, ihn zu essen. Wenn ihr ihn nicht mögt, geben wir ihn Theodor.«

»Wie bitte? Kaviar für die Katze. Sie spinnen ja!«

Ziemlich fassungslos geht sie (natürlich wie vorgesehen mit einem Umweg durch die Küche). Wir hören die Eingangstür zuschlagen und platzen vor Lachen.

»Du hast ganz schön dick aufgetragen ...«

»Wenn wir sie in Watte packen, kommt sie jeden Tag und geht uns auf den Geist.«

»Stimmt, du hast recht ... Also ... Wiederholungen ...«

»O nein, keinen Schwarz-Weiß-Film!«

»Einen phantastischen Film?«

»Kommt darauf an, welchen ...«

»Den amerikanischen ... Mit Mia Farrow ...«

»Ist der gut?«

»Ich sage es dir gleich ... Wenn du, meine Teure, meinen wunderbaren Vorschlag akzeptierst ...«

»Wenn du mich so fragst ...«

Wir gingen zum Montparnasse hinunter, um von dort aus gemütlich zum Odéon zu gehen. Ich hatte nicht daran gedacht, daß wir an der großen Buchhandlung vorbeikommen würden ... Malika ging hinein, als hätten wir es schon lange ausgemacht. Ich wurde gar nicht erst gefragt. Meine Rettung war, daß wir die ganze Rue de Rennes hinuntergehen mußten .. Und Malika trägt nicht so gern Pakete. Ich übrigens auch nicht ... Kurz, obwohl wir uns kaum zurückhalten konnten, kauften wir nur »ein« Buch. Irgend etwas über Botanik, mit vielen Bildern, für Malika. Aber sie ließ mich versprechen, »feierlich versprochen und geschworen«, daß wir wieder hierherkommen und Science-Fiction-Bücher, Platten von Leonard Cohen, die Romane von Emil Ajar und noch viele andere Dinge kaufen würden.

Der Film war klasse. Nur war ich sicher, daß Malika abends Alpträume bekommen würde. Bleich wie der Tod kam sie aus dem Kino, vor allem das Blut, das dieser Frau aus der Kehle lief, hatte sie »erschüttert«. Echt, sie kann keinen Tropfen Blut sehen, ohne daß es ihr den Magen herumdreht. Und dann auch noch die Musik und die dunklen Speicher, das verlassene Haus und die Morde ... übernatürlich ... Kurz, ich mußte sie zu einer heißen Schokolade einladen, damit ihr wieder wohler wurde. Ich wußte nicht, ob sie nicht auch ein bißchen Theater spielte, sicher übertrieb sie auch ein bißchen. Aber ich sagte nichts. Echt, über solche Dinge sollte man sich nicht lustig machen, das gehört sich einfach nicht, und außerdem gefiel mir ihr verschreckter Blick und ihre Augen, die von mir getröstet werden wollten ...

Wir gingen noch bis gegen acht Uhr spazieren. Es war nicht zu kalt, und wir hatten keine Lust, nach Hause zu gehen. Ich weiß auch nicht, warum, aber der Gedanke, nach Hause zu gehen und Musik zu hören, machte uns einfach nicht an. Wir hatten nichts Besonderes vor. Wir gingen essen in einem Restaurant in der Rue Dauphine, in dem nicht zu viele Leute saßen. Wir aßen Pommes frites und Kokosnußeis, und dann gingen wir ganz leise nach Hause. Wir nahmen den Bus, weil die Metro einen abends deprimiert, und erst recht nach einem phantastischen Film.

Ich fühle mich wie im Nebel. Ich denke an nichts Besonderes, nur an die politischen und wirtschaftlichen Reformen Deutschlands unter Bismarck, die ich ganz genau verstehen möchte. (Die erste Lektion dieses Jahr, die ich wirklich lerne.) Ich habe das Sandwich in eine Ecke des Tisches geschoben. Ich mag es nicht. Wie ein Kind habe ich nur den Käse herausgegessen. Vielleicht werde ich wirklich wieder zu einem Kind. Ich trinke ein wenig von meiner Cola und versuche energisch, mich dazu zu zwingen, diesen verdammten Mist zu lernen, aber meine Augen bleiben nicht auf den Zeilen. Echt, sie tun es einfach nicht. Sie scheinen sich nicht von der Tür lösen zu können, die ständig auf- und zugeht und von der mir jedesmal ein kalter Luftzug entgegenweht. Ich bin wie ein Blinder. Das heißt, nicht wirklich wie ein Blinder, sondern wie jemand, der nur ein einziges Bild sehen kann. Ich bin wie gebannt von dieser Tür und von den Gestalten, die sie aufdrücken oder zuziehen. Das muß aufhören. Ich zwinge mich, in mein Buch zu sehen ... Aber auch hier dasselbe, ein einziges Bild, das sich über die Bilder und die kleinen, starren Buchstaben legt, die Tür, die geöffnet wird, die Tür, die geschlossen wird ... Eine Gestalt ... eine Frau ... diese Frau ... Hélène! Ich schließe die Augen, schnell, schnell ...! Jetzt phantasiere ich schon! Ich sehe wieder auf, um genau zu wissen, daß ich verrückt geworden bin ... Da ist sie ... In einem blauen Kleid ... strahlend schön und rätselhaft ... Ich höre nichts mehr, nicht mehr das Geräusch der Tassen und der Teller, die gegeneinander stoßen, nicht mehr das Gewirr der Stimmen, alles ist verschwunden, außer ihr. Arrogant und herausfordernd steht sie vor mir, mit ihren großen blauen Augen, die mich ansehen, als sei ich der einzige Mensch auf der Welt. Sie kommt auf mich zu. Setzt sich. Hierhin. Genau mir gegenüber. Schließt das Buch vorsichtig, langsam. Das Bild vor meinen Augen hat sich verändert, und ich bin erleichtert bei dem Gedanken, daß ich nicht mehr wirklich blind bin. Ein zugleich harter und zärtlicher, ärgerlicher und nachsichtiger Blick. Ich verstehe nicht. Nicht ganz oder überhaupt nicht.

Ich bin taub, außer für diese Stimme. Ich bin immer noch blind, außer für dieses Gesicht.

»Guten Tag. Ich habe in allen Cafés der Gegend nach dir gesucht.«

Nach ihr habe nicht ich gesprochen. Nein, es war jemand, den ich nicht kenne.

»Vielleicht hätten Sie mich auch gar nicht gefunden. Ich hätte in der Kantine essen sollen.«

»Die Kantine ist nichts für dich.«

»O doch, ich muß ja nicht den Vornehmen heraushängen.«

»Wolltest du mich nicht mehr sehen?«

»Ich dachte, Sie haben jetzt andere Gesellschaft. Vielleicht, sicher sogar, jemand, für den Sie sich mehr interessieren.«

»Sprichst du von dem Mann, mit dem du mich gesehen hast?«

»Egal, von wem.«

»Das war nur ein Freund.«

»Ja eben. Nur ein Freund. Aber ein Freund ist das Allerwichtigste. Sie sind überhaupt nichts und vor allem keine Freundin.«

»Hör mal, und das alles nur, weil ich über deine kleine Schwester etwas sagte, das dir nicht gefallen hat? Findest du das nicht lächerlich?«

»Nein, sie ist nämlich eine richtige Freundin. Außerdem habe ich darüber nachgedacht. In Wirklichkeit ist nur Ihr Körper interessant. Der Rest ... einen Rest gibt es nicht mal. Ich mag weder, was Sie sagen, noch, was Sie denken, noch, wie Sie sind. Viel lächerlicher finde ich es, sich einzubilden, man liebe jemand, obwohl man in Wirklichkeit nur seinen Körper liebt.«

»Aber was willst du denn außer meinem Körper? Eine ›Kommunikation‹ oder was? Du sagst es ja, der Rest interessiert niemand, und ich brauche ihn auch nicht. Die Leute sehen ohnehin nur auf das Äußere.«

»Sie sind eben eine Edelnutte. Oder eine Nymphomanin ... oder ... jedenfalls sind Sie überhaupt nichts Besonderes. Sie hätten gern gewollt, daß ich eifersüchtig oder sterbenskrank bin, weil ich Sie mit diesem Typ gesehen habe, der direkt aus dem ›Playboy‹ für sitzengelassene Frauen entsprungen ist. Wofür halten Sie mich denn?«

»Du solltest eigentlich wissen, daß man eine ...«

»Daß man eine Dame nicht beleidigt, oder was? Ist doch mir egal, was man tut und was nicht. Verhalten Sie sich vielleicht völlig korrekt, Sie? Und außerdem sind Sie gar keine Dame. Ich sage nur die Wahrheit, jedenfalls das, was ich für die Wahrheit halte.«

»Aber du täuschst dich.«

»Egal. Wenn ich mir das so vorstelle, dann ist es die Wahrheit. Vielleicht nicht ganz, aber in einer bestimmten Beziehung. Außerdem wollen Sie nur nicht die Wahrheit über Sie selbst hören.«

»Und wenn ich wirklich nur eine ›Nutte‹ wäre, wie du sagst, wenn mir wirklich alles egal wäre, hätte ich dann wohl nach dir gesucht?«

»Ich habe nicht gesagt, ich sei Ihnen egal. Ich habe gesagt, Sie seien eine Edelnutte und deshalb würden Sie niemand lieben. Um seiner selbst willen.«

»Ich habe nie gesagt, ich liebe dich.«

»Nein, weil Sie sich auch nur für meinen Körper interessieren. Aber wissen Sie, davon gibt es genug. Es dürfte nicht so schwierig sein, einen anderen zu finden.«

»Aber ... ich will deinen.«

»Ich will Ihren aber nicht mehr.«

»Wie ich sehe, hilft mir auch mein Charme nicht mehr.«

»Nein, er ist ohnehin nicht echt. Jetzt haben Sie keinen mehr. Für mich jedenfalls nicht. Ich muß gehen. Ich habe um zwei Unterricht.«

»Auf Wiedersehen. Wenn du deine Meinung ändern solltest, kannst du mich anrufen.«

»Keine Angst. Ich werde Sie nie mehr sehen. Auch wenn Sie wiederkommen und mich mit einem abgehalfterten Playboy provozieren wollen.«

Sie senkte ihre Augen auf ihre Hände. Ihr hatte ich es aber gegeben. Ich drehte mich nicht einmal mehr nach ihr um. Nein, jetzt war sie nicht einmal mehr schön.

Ich machte einen Umweg, um ein wenig spazierenzugehen, und vor allem, um mir zu beweisen, daß es sie nicht mehr gab. Ich sah meine Beine, die sich in den Schaufenstern spiegelten, und ich begriff, warum. Warum sie ausgerechnet mich wollte. Und je länger ich diese Beine sah, nach denen man verrückt werden konnte, desto mehr sagte ich mir, daß es gut war, daß ich sie sitzengelassen hatte. Mit solchen Beinen hat man es nicht nötig, sich an eine Frau zu klammern.

Echt. Aber irgendwie fühlte ich mich nicht recht wohl. Ich weiß auch nicht, warum. Vielleicht, weil ich in Wirklichkeit das Gefühl hatte, ich streite mich mit Malika, weil ich jetzt nicht mehr Hélènes Gesicht vor mir sah, sondern die großen grünen Augen, die kleine Stupsnase, die rosigen Wangen und die langen blonden Haare Malikas. Nein, es war keine Einbildung.

Der Geschichtslehrer hat uns einen Test aufgebrummt. Einfach so, ohne Vorwarnung. Ich war sicher, daß ich mich gut aus der Affäre ziehen würde. Ich hatte meinen Stoff gelernt, und ich war buchstäblich entzückt, als ich die sauren Mienen der anderen Typen sah. Ich war der einzige, der eine gute Note ergattern würde. Außerdem war das Thema genial: »Die politische Entwicklung«, das kannte ich am besten. Ich machte mir nicht einmal die Mühe, ein Konzept zu schreiben. Nach einer halben Stunde hörte ich auf. Die anderen füllten eifrig ihr Doppelblatt, und ich war unfähig, auch nur noch ein Wort zu schreiben, mich zu konzentrieren. Meine Gedanken entflohen, ich fand keine Geschichtszahl und keinen Namen mehr, ich erinnerte mich nicht mehr an die Sätze, die ich auswendig gelernt hatte. Und dann auch noch dieser Lehrer, der uns von seinem Schreibtisch aus mit einem sadistischen Gesichtsausdruck beobachtete. Und diese gesenkten Köpfe, diese gebeugten Körper, diese Hände, die über das Papier flogen, diese Scheißschüler, die ihre Spitzennoten einheimsen würden. Und ich, der nichts mehr wußte. Leere. Ein schwarzes Loch. Unfähig. Du bist ganz einfach unfähig, ein Nichtsnutz. Nein, es war doch kein Loch. Sondern vielmehr ein hübsches kleines Gesicht, das vor meinen Augen tanzte und mir sagte, daß die Geschichte keinen interessierte.

20

Der Aufmarsch der Tänzer... Sie haben paillettengeschmückte Kostüme und glänzende Sternchen um die Augen, Rouge auf den Lippen und auf den Backenknochen. Ich kann die Musik nicht richtig hören, aber ich weiß, daß sie mitreißend ist. Sie bewegen ihre Arme und drehen sich in alle Richtungen wie Zauberer in Trance. Sie bilden einen Kreis um eine Statue herum, ein großes steinernes Pferd, das die Hinterbeine in die Luft wirft und erschreckt zu sein scheint. Es ist groß, dieses Pferd, so groß und so hoch, daß es den Himmel zu berühren scheint. Ein schöner blauer Himmel, übersät mit dunstigen Wolken. Aber diese dunstigen Wolken sind vielleicht nur Weihrauch. Ein seltsamer Duft. Die Musik wird lauter, und die Tänzer bewegen sich noch heftiger, als seien sie vom Wahnsinn gepackt, wahnsinnig, ja, das sind sie, wahnsinnig. Sie scheinen Himmel und Erde zerstören zu wollen, als könnten diese beiden Teufel über ihnen zusammenbrechen und sie verschlingen. Und sie bitten das Pferd, das seiner Macht so sicher ist, sie davor zu beschützen. Und deshalb tanzen sie und tanzen und tanzen immer weiter, bis sie schließlich vor Angst sterben.

Mein Traum gefällt mir. Er ist schön, finden Sie nicht? Ein wenig traurig, aber ich mag traurige Dinge. Und außerdem, wenn er zu lustig wäre, würde ich nicht an ihn glauben, weil es im Leben nichts Lustiges, nichts wirklich Lustiges gibt. Hier eingeschlossen sein, zum Beispiel ... Natürlich werden Sie mir sagen, das sei nicht so schlimm, alle Kinder in meinem Alter gingen zur Schule, und ich würde mich den ganzen Tag zu Hause fürchterlich langweilen. Aber ich würde mich eben nicht langweilen. Ich würde träumen und meine Träume aufschreiben, und dann würde ich Bilder davon malen. Ich würde auf den Brücken und in den Museen spazierengehen. Ich würde im Kino jeden Film dreimal hintereinander ansehen, und so würde ich nach und nach Englisch, Amerikanisch, Italienisch und Deutsch lernen. Ich würde backen lernen. Ich ...

Gut, es lohnt sich gar nicht, darüber nachzudenken, weil ich ja hier hinter meinem Tisch wie ein braves kleines Mädchen sitze, das so tut, als höre es einer alten, sauertöpfischen Frau zu, der nichts Besseres eingefallen ist, als Lehrerin zu werden. Und außerdem sind in einer Woche Ferien. Natürlich dauern die Ferien nicht das ganze Leben lang, aber sie sind besser als nichts, auch wenn man den Eindruck hat, sie sind nach einem Tag schon wieder vorbei. Es ist Viertel nach neun. Noch eine dreiviertel Stunde bis zur Pause und eineinviertel Stunden danach. Entmutigend. Okay, es lohnt sich nicht, über Dinge zu jammern, die man nicht ändern kann. Das denken Sie doch, oder nicht?

Ich möchte, daß Wilfried mich mehr liebt. Ich finde, er liebt mich nicht genug. Wirklich, er scheint sich nie darüber zu freuen, daß er mich sieht. Ich will ja nicht, daß er mir jeden Abend vor lauter Freude an den Hals fliegt, aber trotzdem ... Ich weiß nicht, wie ich es erklären soll. Ich möchte, daß er immer lustig ist, daß er Witze macht, daß er immer mit mir spricht ... Ich will nicht das Gefühl haben, daß er mit jemand anderem als mit mir glücklicher sein könnte. Das will ich einfach nicht denken müssen. Es ist nicht so! Es kann nicht so sein! Ich werde es ihm erklären. Genau, ich werde ihm alles erklären, damit er mich versteht und damit er mich richtig liebt, richtig, mehr als alles und mehr als alle auf der Welt. Ich werde eine Rede vorbereiten. Natürlich lerne ich sie nicht auswendig, das wäre lächerlich. Nein, ich muß nur Sätze finden, mit denen ich mich verständlich machen kann, und sie im Kopf behalten. Nur das.

Ich sehe auf. Diese alte Schreckschraube sieht mich an. Jeder sieht mich an. Was ist los?

»Malika, ich habe dir eine Frage gestellt. Aber wie üblich hast du nicht zugehört. Du störst die ganze Klasse, du bist ein richtiges Scheusal. Na, woran hast du gedacht? Was war denn so interessant? Sag es uns, vielleicht interessiert es uns auch.«

Erstens störe ich niemand. Ich möchte wissen, wem es etwas ausmacht, daß ich an etwas anderes denke. Und außerdem ist Wilfried viel interessanter als Kopfrechnen, da können Sie bestimmt nicht das Gegenteil behaupten. Natürlich werde ich Ihnen nichts davon erzählen. Ich wüßte nicht, warum ich Ihnen etwas davon sagen sollte, was in meinem Kopf vorgeht. Außerdem will ich nicht, daß Sie sich für Wilfried interessieren, das geht nur mich etwas an. Und im übrigen würden Sie auch gar nicht begreifen, daß er viel attraktiver ist als Ihre Flächen und Linien ...

»Nun? Wir warten ... Wenn du nicht antwortest, stelle ich dich vor die Tür. Ich habe jetzt genug von deinen Zicken. Du bist ein verzogenes Kind und nichts weiter. Antwortest du jetzt, ja oder nein? Nein, na gut, ich schließe dich für einen Tag vom Unterricht aus. Du kannst morgen wiederkommen, wenn du dann bereit bist zu arbeiten. Du störst die Klasse und bist außerdem noch frech. Na los, pack deine Sachen ein. Ich werde der Direktorin Bescheid sagen.«

Machen Sie nur, was Sie wollen, das ist mir doch egal. Ich weiß nur, daß ich jetzt nicht mehr den ganzen Tag hier sitzen muß, und ich kann Ihnen sagen, das freut mich, das freut mich allerdings! Ich lasse mir nicht zweimal sagen, ich soll verschwinden! und im übrigen mache ich auch schon die Tür zu hinter dieser Klasse von Schwachköpfen, die in ihrem Schweigen erstarren, die zufrieden sind über diese kleine Abwechslung, aber trotzdem ein wenig erschreckt sind, weil die alte Schreckschraube so wütend ist. Sie zeigen keinerlei Reaktion. Man hat ihnen nicht beigebracht, sie selbst zu sein.

Ein Seufzer der Erleichterung. Ich habe den ganzen Tag vor mir. Ganz leise gehe ich den Gang entlang, damit ich nicht ausgerechnet jetzt nachsitzen muß, ich würde es nicht aushalten. Der Hausmeisterin sage ich, ich sei krank und meine Lehrerin habe mir erlaubt, nach Hause zu gehen. Freundlich öffnet sie mir die Tür. Wenn sie wüßte!

Uff! Die ganze Straße für mich allein! Zuerst trinke ich im Drugstore einen Kaffee und esse ein Croissant, und dann gehe ich ein wenig spazieren, zu Hause werde ich malen und für heute abend einen Apfelkuchen backen (jedenfalls versuche ich es). Der Gedanke daran macht mich unheimlich glücklich. Die Sonne scheint sogar! Nicht sehr stark natürlich ... aber trotzdem. Wirklich, als ich heute morgen aufstand, hätte ich mir nicht träumen lassen, daß ich soviel Glück haben würde! Ich gehe in die Rue de Madrid, die immer noch so verlassen daliegt, dann in die Rue de Rome, ich halte einen Augenblick vor dem Schaufenster eines Musikgeschäfts, und ich tanze, träume ...

Ich weiß nicht recht, was ich will. Einerseits habe ich Lust, gleich nach Hause zu gehen und zu malen, und andererseits möchte ich gern durch die Straßen bummeln. Ich habe Angst, daß ich mich langweile, wenn ich zu schnell nach Hause gehe, aber ich vergeude meine Zeit, wenn ich alle diese Schaufenster ansehe. Und außerdem widern mich diese Auslagen mit den irrsinnig teuren Kleidern am Ende doch immer an, das interessiert mich alles nicht. Sie sind zwar schön, aber ich würde sie mir nicht kaufen ... Dieses Kleid da zum Beispiel, das blaue mit der Blume auf der Schulter, kostet fünfhundert Franc! Mit fünfhundert Franc kann ich mir zwei Kunstbände kaufen, zehn Romane und mindestens zwanzig Taschenbücher! Oder einen schönen Kasten mit Ölfarben und Zeichenblöcke und Kohlestifte! Oder eine Staffelei! Oder fünf große Leinwände! Man muß verrückt sein, wenn man das alles gegen einen Fetzen Stoff tauscht.

Scheiße aber auch! Was geht mich das an? Schließlich können die anderen ihr Geld ausgeben, wie sie wollen. Mir nehmen sie damit doch nichts weg!

Ich mache das, was Wilfried einen Kompromiß nennt. Ich gehe bis zur Madeleine und nehme dort den Bus. In der Rue Tronchet sehe ich mir nichts an, ich gehe schnell und mit großen Schritten, ohne auch nur den Kopf zur Seite zu drehen. Sicher hat mich dieses verdammte blaue Kleid durcheinandergebracht. Nein. Malika, hör auf, du weißt genau, daß ein einfaches Kleid nicht ...

Ich beeilte mich, um bald zu Hause zu sein. Ich hatte viel vor: mein Zimmer aufräumen, zeichnen, schwachsinnige, aber interessante Geschichten lesen, meinen ersten Kuchen backen ... Ich hörte, wie hinter der Tür das Telefon klingelte. Komisch. Ich meine, gewöhnlich klingelt es nie, das Telefon. Nein, ich darf nicht abnehmen. Auf keinen Fall ... Aber ... Eigentlich ... Eigentlich hätte ich gern gewußt, wer es ist ... Ich konnte ja den Anrufbeantworter abhören ... Sicher war eine Nachricht auf dem Band ... Ich rannte ins Wohnzimmer. Und nachdem ich heftig mit der Schranktür gekämpft hatte, die nicht aufgehen wollte, stürzte ich mich buchstäblich auf das Telefon, das heißt auf den Knopf für den Anrufbeantworter. Ich spitzte die Ohren, um die Stimme zu hören, aber da war nichts ... nichts ... Dieser Dummkopf am anderen Ende der Leitung hatte keine Nachricht hinterlassen! Da hast du es, Malika, warum bist du auch so neugierig ... Unerhört neugierig! Aber vielleicht war der Anruf auch für mich! Vielleicht war es die Direktorin ... Nein, er war nicht für mich, also ... Oh, Scheiße! Eigentlich ist es mir ja auch ganz egal! Endlich hatte es aufgehört zu klingeln ... Der Anrufer mußte wissen, daß die Wohnung groß ist, sonst hätte er es nicht so lange läuten lassen ... Nein, es ist mir völlig gleich, wer das war, ich werde mir doch nicht wegen des verdammten Anrufs den Kopf zerbrechen!

Nur war es gar nicht so einfach, nicht daran zu denken, denn zehn Minuten später dröhnte mir dieses verteufelte Telefon wieder fünf Minuten lang in den Ohren ... Ich schlug alle Türen hinter mir zu und schloß mich in mein Zimmer am anderen Ende der Wohnung ein. Ich drehte das Kofferradio auf Höchstlautstärke und holte meine Bilder heraus. Aber das Telefon dröhnte immer noch in meinen Ohren, immer stärker, immer durchdringender, und obwohl ich wußte, daß ich es mir nur einbildete, hörte ich es wieder und wieder... Schlimm, wirklich. Ehrlich gesagt, es machte mir Angst. Als ob mich jemand überwachen und mich mit diesem kleinen, höllischen Geräusch bedrohen würde, obwohl es doch so harmlos klingt... Schließlich beschloß ich, spazierenzugehen und erst dann wieder zurückzukommen, wenn das Läuten aus meinen Ohren verschwunden war. Ich wußte wohl, daß es in Wirklichkeit schon gar nicht mehr da war, daß das Telefon nicht mehr klingelte. Aber das Geräusch war da, es war in meinem Kopf, und ich konnte es nicht abstellen.

Schließlich konnte ich es doch verjagen. Es ergriff die Flucht vor der Sirene des Unfallwagens. Ich seufzte tief und wäre vor Freude fast in die Luft gesprungen.

Sie sind in einem großen Garten. In einem Garten voller Bäume, voller Eichen, wie die, die ich gezeichnet habe. Es ist Nacht, und der Himmel ist mit Sternen bedeckt, man kann sogar ihre Zacken sehen. Das Haus ist hell erleuchtet. Es hat zwei Stockwerke und ist sehr groß. Sicher steht es mitten im Wald, niemand kennt es, und niemand kommt dorthin. Alles ist wie in einem Traum, aber es ist kein Traum. Ein Hund schläft am Fuß eines Baumes, ganz zusammengerollt. Und er hat ein so dichtes Fell, daß man nicht weiß, wo hinten und vorne ist.

21

Ich fand Malika weinend in einem großen Sessel zusammengekauert. Ihre Augen waren geschwollen und hatten große violette Ränder. Sie schien nicht zu wissen, wo sie war, sie schien sich zu fürchten ... Ich stellte meine Tasche zu Boden und ging auf sie zu, aber sie schien mich nicht zu bemerken. Ich wußte nicht, was ich zu ihr sagen sollte. Ich hatte Angst, daß ich mich verkehrt verhalten und genau das Falsche machen würde. Ganz vorsichtig setzte ich mich auf den Rand des Sessels. Sie rührte sich nicht, sondern schluchzte nur weiter, den Kopf auf den Knien, erschöpft und unbeweglich. Ich legte meine Hand auf ihr Bein, um ihr zu zeigen, daß ich da war, um sie darum zu bitten, daß sie mich ansah, aber sie tat nichts. Nichts.

»Malika ... Was hast du?«

Sie weinte noch stärker und gab mir keine Antwort. Ich nahm sie in die Arme und ... stellte meine Frage noch einmal: »Malika, was hast du?« Es war, als hätte ich eine Stoffpuppe im Arm. Ich fragte mich wirklich, was mit ihr passiert sein mußte, daß sie so war ...

»Das Telefon hat den ganzen Tag geläutet, und es wollte nicht mehr aufhören, und es war niemand da, der antworten konnte, und ich wollte, daß du da bist, aber es war niemand da, und ich mußte es läuten hören, obwohl es mir in den Ohren wehtat, und ich konnte nichts dagegen machen, ich hatte Angst, daß jemand kommt und sagt, ich soll abnehmen, aber ich will nicht! Ich will nicht! Ich will nicht, daß jemand hierherkommt! Meine Lehrerin hat mich heute morgen aus der Klasse geschickt, und ich war unheimlich zufrieden, als ich mir vorstellte, daß ich alles machen würde, wozu ich Lust habe, aber ich konnte nichts machen, ich hatte zu nichts Lust, ich habe mich so sehr gelangweilt wie noch nie, ich hatte keine Lust spazierenzugehen oder zu malen oder zu lesen, und es war furchtbar, und ...«

Nach dieser Flut von Worten fing sie wieder an zu weinen, und ich begriff nichts, überhaupt nichts.

»Aber Malika, niemand kann hierherkommen, wenn du es nicht willst ... Du hättest den Hörer abnehmen und nicht antworten müssen, dann hättest du das Läuten nicht gehört ...«

»Aber du verstehst mich nicht, das Läuten war in meinem Kopf ... Ich war auf der Straße, um es nicht mehr hören zu müssen, und ein Rettungswagen hat es verjagt, aber als ich wieder nach Hause kam, war es auch wieder da ...«

»Und jetzt, hörst du es immer noch?«

»Nein ... Es ist verschwunden, als du gekommen bist ... Ich weiß nur, daß es vor dem Rettungswagen und vor dir Angst hat ...«

»Na gut, wenn es jetzt weg ist, brauchst du ja nicht mehr zu weinen ... Es wird nicht mehr wiederkommen.«

Sie schmiegte sich an mich und trocknete ihre Tränen, und ich strich über ihr Haar, damit sie keine Angst mehr haben sollte. Ich fragte mich, ob sie nicht krank war, ich meine, ob sie nicht depressiv war oder so ... Es war ganz eigenartig, sie so nah bei mir zu fühlen, zu wissen, daß sie den ganzen Tag auf mich gewartet hatte, damit ich das Läuten des Telefons verjage. Sie klammerte sich an meine Arme, als wolle sie nie mehr von mir weggehen, und ich fühlte ihre kleinen Beine an meinen Beinen und ihr Haar, das meine Wangen kitzelte ... Schüchtern küßte sie mich auf die Stirn, dann legte sie ihr Gesicht an meine Brust. Ich bewegte mich nicht. Sie hob ihren Kopf wieder und küßte meine Schläfe, dann meinen Hals. Ihre Tränen flossen weiter, lautlos, wie kleine Perlen. Alles verwischte sich, und in meinen Armen war nicht mehr Malika, sondern Hélène, die mich küßte und mich nach und nach auszog, mit einer Kindlichkeit und einer Unschuld, die ich nie an ihr gekannt hatte.

Wir blieben lange beieinander liegen, ganz dicht aneinandergeschmiegt, ohne uns zu bewegen. Malika schlief, und ich betrachtete ihren kleinen Körper, ohne wirklich zu begreifen, was mit mir geschehen war. Nein, ich fühlte mich nicht schuldig. Im Gegenteil.

Die anderen sagen so viel dummes Zeug über diese Dinge, daß sie sie nicht begreifen können. Außerdem existieren die anderen gar nicht.

Malika öffnet die Augen. Lächelt mich an. Verrückt, ich habe das Gefühl, daß sie mir mit diesem Lächeln alles von sich gibt ... Sie legt mir ihre Arme um den Hals, küßt mich auf den Mund und schläft mit einem Seufzer wieder ein. Ich kuschle mich an sie, damit sie nicht friert, und ich fühle mich zugleich unendlich glücklich und unendlich traurig, ich verstehe es nicht. Ich weiß auch nicht.

Hélènes Bild ist verschwunden. Malika schläft jetzt neben mir, ihr Körper schmiegt sich an meinen. Ich liebe sie um ihrer selbst willen und nicht um eines Bildes willen, des Bildes einer Frau, die ich verachte. Nichts kann uns trennen. Was auch geschieht. Wir werden immer so zusammensein, ohne zu sprechen, wir werden einander vertrauen und auf die anderen herabsehen.

Malika wußte ...

Malika ... ein schöner Name ... so schön wie sie selbst. Ich hätte wissen müssen ... Aber ist das jetzt noch wichtig? Wirklich wichtig? So wie es ist, ist es gut. Ich denke an nichts mehr, ich fühle mich einfach wohl, keine Frage, jedenfalls ist da nichts, nichts als eine große Leere und eine große Freude, ich will es auch gar nicht wissen, ich weiß nur, daß Malika bei mir ist, daß ich sie liebe, daß wir allein und zusammen sind ... und alles andere ist unwichtig.

Es ist Nacht. Alles ist schwarz. Nicht richtig schwarz, durchsichtig schwarz. Ich sehe die Umrisse der Möbel und unsere Körper, die sich hell abheben. Es ist nichts zu hören. Nicht einmal ein Motor, der vor den Fenstern surrt. Nein, nichts existiert mehr. Nichts. Wir sind frei. Von allem. Ich vertreibe mir die Zeit damit, daß ich einen Zopf aus den blonden Haaren flechte, die meine Schulter streicheln, ich kämme sie mit meinen Fingern, sie sind weich und glänzend, fein und glatt, und morgen werden sie leicht gewellt sein, weil ich sie zu Zöpfen geflochten habe ...

Ich kann nicht mehr denken, alles verwischt sich, meine Augen fallen zu, Malikas Augen betrachten mich durch einen Tränenschleier. Freudentränen. Meine Tränen. Heute abend. Ein Abend wie alle anderen. Ein Tag wie alle anderen.

Wie
alle
anderen.

Eindeutig. Ich habe völlig recht. Und deshalb schiebe ich Malika auch sacht von mir und versuche, an die Stunden zu denken, die ich heute morgen habe. Ich friere ein wenig, auf meinen Armen und meinen Beinen sträuben sich die Haare, mein ganzer Körper ...

Mechanisch suche ich meine Kleider zusammen, und dann fällt mein Blick auf den kleinen Körper, der sich zusammenrollt, um warm zu bleiben. Nein, es war kein Traum. Ich kann nicht träumen.

Komisch, wie sich die Dinge von einem Tag auf den anderen verändern. Die Küche kommt mir größer und sauberer vor. Auch einladender, und ich habe Lust, lange hierzubleiben ... sehr lange. Ich würde gern ein richtiges Frühstück zubereiten, um dann Malika zu rufen, ihren hungrigen Blick zu sehen, wenn sie vor all den schönen Dingen sitzt, die ich auf den Tisch gestellt habe. Der Tag heute dürfte keinen Namen haben, heute müßte es anders sein, weil sich alles verändert hat.

Statt dessen stelle ich die Kaffeemaschine an und renne ins Bad und denke daran, daß es schon fünf nach sieben ist. Fünf nach sieben. Als ob die Zeit heute nicht anhalten könnte. Als ob sie nicht endlich anhalten könnte! Das kalte Wasser wärmt mich auf, ich möchte lange unter dem Strahl stehenbleiben ... bis ich das Gefühl habe, ich sei ein anderer. Ich sei in eine neue Haut geschlüpft. Man fürchtet sich zu sehr vor dem Unbekannten, wenn man zu glücklich ist. Jetzt habe ich es! Ich bin einfach zu glücklich! Und ich habe Angst, daß alles in sich zusammenstürzt ... zum Beispiel durch das leise Geräusch der Telefonklingel ... ich glaube, ich höre sie schon ... Nein! Nichts. Ich drehe die Wasserhähne zu. Nichts. Ich betrachte mich im Spiegel. Warum bin ich immer noch derselbe? Irgend etwas müßte doch verändert sein! Ich kann unmöglich noch denselben Blick, dieselben Augen, dieselben Haare haben, wo doch in meinem Inneren alles so anders ist!

Das Surren der Kaffeemaschine hört auf. »M ... a ... l ... i ...« Nein, heute muß ich sie selbst wecken gehen. Auch wenn für die anderen heute ein Tag wie jeder andere ist, für uns ist er anders. Ich muß ihr sagen, daß alles gut ist und daß ... Aber das weiß sie schon. Sie hat es schon immer gewußt. Sie hat alles schon vor mir gewußt.

Sie schläft. Ich streichle ihren Arm. Ein kleiner, warmer Arm. Ich streiche ihre Haare beiseite und sehe zwei Zöpfe, zwei winzige Zöpfe ... Sie öffnet ihre Augen und sieht mich an, erstaunt, als versuche sie sich zu erinnern, was ich hier tue ... Dann fällt es ihr wieder ein ... Ein Lächeln ... Wir sagten nichts zueinander. Es gab nichts zu sagen. Wir brauchten keine Worte. Unser Lächeln genügte. Genau so war es. Wir sprachen durch unser Lächeln. Das war wirklich besser als mit Worten.

Ein Schleier. Vor den Straßen, den Gesichtern der Menschen, dem Gehweg. Nur Blicke und Gesten. Nur eine Erinnerung, von der ich wußte, daß sie nichts anderes mehr war. Nicht das Verb sich erinnern. Nein.

Leben!

Nicht sich erinnern!

Leben!

Und dann sah ich, wie sie sich entfernte, ich konnte in der Menge am Gare Saint-Lazare nur noch den blonden Fleck erkennen. Sie ist gegangen, und ich bin allein.

Wenn man traurig ist, möchte man am liebsten die ganze Welt umarmen, um sich wieder besser zu fühlen, um etwas anderes zu empfinden. Wenn man glücklich ist, erkennt man die Dinge besser. Lächerlich, sie sind alle lächerlich, außer ... außer dem Menschen, den man liebt ... Malika. Ich verabscheue sie alle. Sie wissen nichts von mir und meinen doch, alles zu wissen. »Wilfried, dir scheint es heute nicht besonders gut zu gehen.« Im Gegenteil, mein Lieber, mir geht es richtig gut, du rätst offensichtlich schlecht. Du kannst ja nicht wissen ... Wenn ich nett bin zu dir, dann heißt das, daß es mir schlecht geht, weil ich dich dann nämlich weniger doof finde als die anderen ... Damit du weißt, daß es mir dann wirklich nicht gut geht. Heute sehe ich euch so, wie ihr seid ... Echt ... Ich will nicht arrogant erscheinen, aber ich fühle mich wirklich intelligenter als alle diese armen Würstchen, die ihr Herz an jede x-Beliebige hängen, weil sie niemand haben, den sie lieben.

Am liebsten würde ich singen und mich über alle lustig machen, die da so brav an ihren Tischen sitzen und meinen, sie lernen zu leben, auch den da, den Lehrer, der sich einbildet, er bereite uns auf das Leben vor! War für eine Scheiße! Eine richtige Komödie! Oder genauer gesagt, eine Satire! Nur, wenn ich jetzt losbrülle, daß mich ihr blöder Balzac nicht die Bohne interessiert, dann halten sie mich für wahnsinnig! Obwohl in Wirklichkeit sie selber wahnsinnig sind! Aber sie wollen es nicht wissen! Nicht begreifen! Also ... also ... beuge ich mich eben scheinheilig über diesen doofen Ausschnitt aus dem ›Vater Goriot‹ und lache in mich hinein, und schließlich ist es auch unheimlich viel witziger, sich zu amüsieren und dabei ganz ernst auszusehen.

Nur vergeht die Zeit nicht. Ich habe Ihnen schon gesagt, daß ich nicht träumen kann. Schade, wenn man träumt, zählt man die Stunden nicht ... Ich höre einen Satzfetzen des Lehrers und einen Satzfetzen von Malika ... Alles vermischt sich, Balzac hat die Stimme eines kleinen Mädchens, das alte, runzlige Gesicht dieses mißglückten Lehrers verändert sich plötzlich und wird ... zu einem Bild ... zu dem kleinen Körper Malikas, der sich an mich schmiegt ... Ich weiß nicht mehr ... Ich will es auch gar nicht wissen. Es ist unwichtig ... Vielleicht lerne ich zu träumen ... Gerade habe ich angefangen, es zu lernen ...

Nein, ich kann wirklich nicht denken! In Wirklichkeit denke ich überhaupt nicht. Anstelle meines Verstandes möchte ich ein großes leeres Loch haben und meine Gedanken wiederfinden, wenn ich das Klassenzimmer verlasse. Nur geht das nicht. Man müßte sich fallenlassen können, aber genau das kann ich nicht. Ich kann überhaupt nichts.

Zum Glück hat mir die Zeit nicht zugehört und ist nicht unglücklicherweise stehengeblieben. Nein, sie hat nur eine Ewigkeit gedauert. Aber schließlich ging sie vorbei. Es ist jetzt zwölf Uhr, und ich habe zwei Stunden vor mir. Zwei lange Stunden, denn die Zeit hat beschlossen, sich heute nicht besonders zu beeilen. Ich wußte nicht recht, ob ich in einem Café ein Sandwich essen sollte oder nicht, denn ich fürchtete mich davor, daß ich Hélène treffen könnte. Aber wenn ich vor dieser Frau Angst habe, gebe ich auch zu, daß sie mir nicht gleichgültig ist. Und das muß sie sein. Und übrigens, wenn sie kommt und wie zufällig genau mir gegenüber ißt, dann werde ich sie nicht bemerken. Ehrlich, ich habe mir geschworen, sie nicht mehr zu bemerken. Außerdem weiß ich, daß sie nicht kommt.

Ich habe mich nicht getäuscht. Ich habe zwei Stunden lang vor meinem Sandwich gedöst, und jetzt habe ich keine Ahnung mehr, woran ich alles gedacht habe. Wahrscheinlich habe ich alle Leute, die wie zufällig im gleichen Café wie ich etwas gegessen haben, von Kopf bis zu den Füßen abtaxiert. Ich muß wohl auch ein wenig an den verdammten Erdkunde-Test gedacht haben, der mich heute mittag erwartet, aber um ganz ehrlich zu sein, er hat mich nicht besonders beunruhigt. Der Lehrer ist Elsässer, deshalb kann ich mich ganz gut aus der Affäre ziehen, indem ich »die einzigartige und begeisternde Schönheit dieses wunderbaren Landes« preise, »das in der Welt nicht seinesgleichen findet«. Und wenn das nichts hilft, ist es auch egal. Tausendmal egal. Oder um so besser. Diese Dinge sind überhaupt nicht mehr wichtig.

Also bin ich um fünf vor zwei wieder wie ein ernsthafter und gottergebener Schüler auf die triste Straße hinausgegangen ... Und da traf ich auf jemand, mit dem ich hier überhaupt nicht gerechnet hätte.

»Ich kann nichts dazu! Sie hat mich heute mittag hinausgeworfen, weil ich mich mit einer dummen Kuh geschlagen habe, die sagte, kleine Kinder kämen aus dem Nabel heraus! Man muß schon ganz schön blöd sein, um so etwas zu sagen, findest du nicht?«

»Allerdings! Aber was willst du jetzt machen?«

»Ich gehe morgen wieder in die Schule. Ich kann nicht anders, sie hat mich rausgeworfen!«

»Gehst du nach Hause?«

»Mmh ... Hast du heute nachmittag Schule?«

»Eine Stunde. Du kannst in einem Café auf mich warten ...«

»Okay ... Und anschließend gehen wir ins Kino. In dem an der Madeleine gibt es einen irren Film!«

»Okay, einverstanden. Ich komme in einer Stunde wieder.«

Nicht daß ich keine Lust gehabt hätte, diesen verdammten Erdkunde-Test zu schwänzen ... aber ... Malika ist schon rausgeworfen worden, also ... Ich habe nichts zu ihr gesagt, aber ich bin sicher, daß wir Schwierigkeiten bekommen werden ... Total schwachsinnig, diese Direktorin! Sie wird mich zu sich bestellen und mir hinter ihrer altjüngferlichen Brille hervor sagen, daß sie verlangt, daß unsere »Eltern« eingreifen, und daß es ihr völlig gleichgültig ist, daß mein Vater »zur Zeit« auf Reisen ist.

Sie verstehen schon, in solchen Fällen ist es besser, wenn ich nicht sage, daß dieser Vater so gut wie gar nicht existiert. Das bringt nie etwas. Vielleicht sollte ich Malika trotzdem erklären, daß sie aufpassen muß. Idioten sind immer im Recht. Gut, ich weiß, daß Sie in diesem Fall mich für den Idioten halten. Aber Sie können von mir denken, was Sie wollen. Was immer Sie wollen.

Über den Erfolg in Erdkunde, den ich meinen fundierten Kenntnissen in dieser Materie verdanke, breite ich lieber den Mantel des Schweigens.

In dem Café, das der Schule gegenüberliegt, traf ich Malika wieder. Sie war in ein Comic vertieft. Ich habe das Gefühl, sie ist nicht mehr ganz dieselbe, aber das muß daran liegen, daß ich sie nicht mehr genauso sehe wie vorher. Sie hat seltsame Augen. Wirklich eigenartig. Sie geruhte, sie von ihrem Mickymaus zu lösen, und sah mich lächelnd an, dann trank sie in kleinen Schlucken ihren Kaffee.

»Wir haben noch eine Stunde. Der Film fängt um vier Uhr an.«

»Ah!«

»Ich weiß jetzt, daß Babys nicht aus dem Nabel herauskommen.«

»Das hast du doch schon gewußt.«

»Ja, aber jetzt bin ich ganz sicher.«

Verrückt, wie sie einfach so von Dingen redet, die mich in Verlegenheit bringen. Echt, ich würde mich am liebsten unter dem Tisch verkriechen. Ich frage mich sogar, ob sie nicht alles ihren Klassenkameradinnen erzählt hat, um ihnen begreiflich zu machen, daß das wirklich nicht so vor sich geht, wie sie meinen ...

»Malika ... Das ist ein Geheimnis. Ein Geheimnis, das nur wir zwei kennen dürfen.«

»Natürlich. Du denkst doch nicht etwa ... Ich bin schließlich kein Luder. Ist doch mir egal, wenn die anderen ... Oh! Scheiße! Weißt du, wir reden wie ... wie Erwachsene ... Schrecklich. Ich will das nicht.«

»Nein, du hast recht. Zahlst du mir eine Cola?«

»Na klar.« Und sie ruft die Bedienung ...

Die kleinen Zöpfe sind immer noch in ihrem Haar ... Nein ... das ist nur, weil ... Sie wissen ja, daß Malika sich nie kämmt ...

Sie ist meinem Blick gefolgt und hat genau erraten, worum es geht ...

»Ich habe sie gelassen, weil du sie mir gemacht hast. Aber den Rest habe ich durchgebürstet.

»Das wundert mich.«

»Na hör mal!«

Ich lache. Das ungute Gefühl ist verschwunden. Es hat wie ein Stein auf mir gelastet und mir den Atem genommen. Jetzt ist es vorbei. Malika sieht mich an, und in ihrem Blick leuchtet keine Herausforderung wie bei Hélène ... Nein! Ich will sie nicht mehr miteinander vergleichen! Das ist idiotisch! Als könnte man nur im Vergleich mit anderen existieren! Nein! Es ist weit weg! Es muß weit weg sein!

»Gehen wir?«

»Okay!«

Wir hielten uns an der Hand und liefen bis zur Madeleine, und es hätte uns mindestens sechsundzwanzig Mal fast auf den Gehweg geknallt, aber wir lachten wie die Verrückten, ohne zu wissen, warum, wahrscheinlich, weil wir verrückt waren.

Die Platzanweiserin kennt uns allmählich, und sie kann es nicht fassen, daß ich ihr soviel Trinkgeld gebe. Vermutlich denkt sie, meine Eltern hätten in einem Anfall von Großzügigkeit mein Taschengeld erhöht ...

Es ist ganz dunkel. Malika ist wütend, weil wir den Anfang verpaßt haben. Es hilft nichts, daß ich ihr zuflüstere, der Film sei ohnehin irrsinnig doof, sie ist trotzdem wütend. Ich sehe sie von der Seite, und ihre Lippen sind zusammengekniffen. Ich begreife nicht, warum sie deshalb so wütend sein kann ... nur wegen der ersten Bilder eines Dokumentarfilms über die wachsenden Autonomiebestrebungen in der Bretagne ...

Ihr Gesicht ist unbeweglich. Wie erstarrt. Sie sieht aufmerksam nach vorn, auf die Leinwand. Aber ihre Hand legt sich auf meine, und sie lächelt unmerklich einem Bild zu. Einem Bild, das auch mir gehört.

Überall diese abscheulichen Weihnachtsgirlanden. Echt, man sieht nach oben, und schon springen sie einem ins Auge, weil sie an allen Bäumen befestigt sind, wenn man den Blick senkt, erwarten sie einen hinter den Schaufenstern, und wenn man die Augen schließt, sind sie immer noch da, ihr Widerschein bleibt immer ...

Letztlich muß man sie einfach übersehen ... oder sich sagen, daß es Leute gibt, denen so etwas gefällt ... die gern ihre Pupillen vergewaltigen ...

Es ist kalt. Ich könnte Ihnen unmöglich erzählen, was in dem Film passierte. Ich habe nur auf Malikas Hand geachtet. Ich wagte nicht, mich zu rühren. Ich bin dumm. Nein, ich bin nicht dumm. Wir wollten möglichst schnell zu Hause sein. Wir nahmen den Bus, und als hätten wir es so geplant, saßen wir plötzlich zwei alten Omas gegenüber, die motzten, meine Beine nähmen zuviel Platz weg. Wahrscheinlich waren sie nur neidisch darauf, ich kann mir keine andere Erklärung vorstellen. Es sei denn, sie brauchten irgend jemand, damit sie sich nicht gegenseitig anmotzten. Zum Glück läutete das Telefon nicht. Ich glaube, ich hätte den Strom abgestellt, wenn es geläutet hätte. Theodor miaute herzzerreißend; ich hatte heute morgen vergessen, ihm sein Futter zu geben. Und Mandrika versuchte, ihn nachzumachen, ein Höllenlärm.

»Sei still, du! Du bist nicht einmal in der Lage, das zu wiederholen, was ich dir dreiundzwanzigmal am Tag vorsage, also brauchst du jetzt auch nicht zu miauen! Ich habe dir doch schon gesagt, daß du keine Katze bist!«

»Ich weiß nicht, ob diese Scheißhaushälterin tatsächlich kochen lernt! Aber im Kühlschrank sind nach wie vor nur Spaghetti! Ich muß dir endlich zeigen, wie man Eier kocht!«

»Und Steaks! Ich hätte gern Crêpes gemacht, aber ... na ja, ich will deine Kenntnisse, was den Teig angeht, gar nicht in Frage stellen ...«

»Oh, jetzt reicht es aber, ich zeige dir, wie man Toast röstet.«

»Meinst du?«

»Gut, ich zeige dir, wie man eine Konservendose öffnet, einverstanden?«

»Ja ...«

»Und wie man Crêpes aus der Packung macht ... Es ist ganz einfach, man muß nur noch Milch dazugeben.«

»Ja, aber anschließend muß man sie backen ...«

»Na gut, und weil das schwierig ist, fangen wir mit den Dosen an ... Aber heute abend gibt es erstmal noch Spaghetti ...«

»Warum zeigst du mir nicht gleich, wie man Eier kocht?«

»Hör mal, das kann ich doch nicht wissen, gerade noch sagst du ...«

»Aber das war doch nur Spaß!«

»Wo denkst du hin, ich bin sehr empfindlich. Sag mal, du mußt Spaghetti ja wirklich über haben, daß du mich das fragst ...«

»Du nicht?«

»Du weißt genau, daß ich nichts lieber mag ...«

»Schade, daß hier im Haus kein Restaurant ist ... Und zum Ausgehen ist es zu kalt.«

»Daran läßt sich wohl nichts ändern, und einen Chauffeur haben wir leider auch noch nicht.«

Vor dem Essen spielten wir im Wohnzimmer eine Partie Scrabble, und ich tat, was ich konnte, um zu verlieren. Theodor war vollgefressen (ich hatte ihm eine ganze Dose Futter gegeben, damit er mir verzieh) und schlief auf dem Fell. Hin und wieder miaute er, wenigstens Katzen träumen. Mandrika schmollte. Er war sehr verärgert, weil er so schlecht behandelt worden war, aber er wäre fast gestorben, so gern hätte er die kleinen Plastikblättchen geholt, auf denen er sonst immer herumbiß. Nur hat er ja auch seinen Stolz. Er beobachtet uns aus dem Augenwinkel, und wirklich, er ist sehr wütend. Ich muß zugeben, daß Malika nicht gerade sehr respektvoll mit ihm geredet hat, aber trotzdem ...

Dieses Spiel kotzt mich an. Ich begreife einfach nicht, daß alles so sein soll wie vorher, daß wir die gleichen Worte zueinander sagen, daß wir das gleiche Spiel machen ... Natürlich werden Sie mir sagen, daß ... daß sich nichts ändert, wenn man miteinander schläft, daß das nur ein weiterer

Schritt, eine Folge ist ... Sie werden mir sagen, das sei eben so. Aber ... ich weiß nicht. Malika sieht mich lächelnd an, sie freut sich darüber, daß sie ein Wort mit sechs Buchstaben und mit einem J und einem K gefunden hat. Ich fühle mich, als könnte ich mich nicht mehr bewegen, ich bin verunsichert, ich fühle mich elend, ich könnte heulen.

»Ich weiß nicht ...«

Komisch, daß man innerlich völlig aufgewühlt sein und nach außen trotzdem ganz ungerührt wirken kann ... Ich dachte, ich sähe leichenblaß aus und hätte überall eine Gänsehaut ... Aber nein, nichts dergleichen, ich sehe es an Malikas Blick. »Also spielst du jetzt?«

Ja, am liebsten ein Spiel, bei dem man sich viele verschiedene Leben vorstellt, eines neben dem anderen auf einen großen Tisch häuft und sich dann sein Lieblingsleben aussucht ... Aber warum nur? Warum würde ich das gerne machen? Mein Leben ist doch sehr schön. Und es ist doch auch viel spannender, nicht zu wissen, was auf einen zukommt ... Genauer gesagt, zu glauben, daß man es nicht weiß ... Das Schicksal ... ich weiß nicht, ob es ein Schicksal gibt ... Ich meine, man kann es schließlich selbst in die Hand nehmen. Man würde es sich allzu leicht machen, wenn man die »Vorsehung« dafür verantwortlich machen würde, daß man sich für einen schwachsinnigen Weg entschieden hat ... Ich will nicht, daß jemand anderer für mich entscheidet. Das wäre richtig erniedrigend.

Ja, genau, das Spiel ist verdorben, weil ich es weiß. Was genau weiß ich eigentlich? Daß ich mit Malika zusammenbleiben werde. Das ist alles, aber das ist auch schon viel. Sie wickelt ihre Haare um ihre Finger und schielt ungeduldig auf meine Hände, um das Wort zu erraten, das ich auf dem Pappkarton zusammenlegen werde. Und ich denke wieder an ihre feuchten Augen ... Sie war es, die entschieden hat.

»Lichtung! Acht Buchstaben!«

»Ja, aber sie zählen fast nichts.«

»Du weißt genau, daß ich nicht so gut bin wie du.«

»Das hoffe ich auch.«

Ich hätte nur »Licht« nehmen sollen, ich hatte mir doch vorgenommen zu verlieren ... Aber so geht es, wenn einem der Verstand vernebelt ist.

Sie hat ihren Kopf zwischen die Hände genommen, um sich besser konzentrieren zu können. Sie runzelt die Augenbrauen, legt ihre Buchstaben um, legt sie wieder zurück ... Sie sitzt im Schneidersitz vor mir, ihre Beine sind noch kindlich und sehr schlank, aber sie werden wachsen, und ich bin sicher, daß Malika einmal Beine haben wird, nach denen man verrückt wird. Meine Augen wandern auf ihre Hüften. Sie sind schmal, so schmal, daß ich sicher bin, ich könnte sie mit meinen beiden Händen umfassen. Bei ihr gibt es nicht diesen schrecklichen Unterschied zwischen Hüften und Taille. Alles ist ganz gerade, nicht wie bei den anderen Frauen, die sich den Bauch einschnüren, damit das, was sie für eine besondere Zierde halten, noch deutlicher hervortritt ... Und dann ist Malikas Oberkörper auch ganz flach, nichts bewegt sich. Ein Busen ist zwar auch schön, aber ein flacher Oberkörper ... Natürlich kommen Sie mir jetzt wieder mit Ihren verdrängten homosexuellen Neigungen ... Nur ist Malika eben ein Mädchen.

»Katman!«

»Was ist das denn?«

»Kennst du das nicht? Es ist die Abkürzung von Katmandu ...«

»Ah ja!«

»Ehrlich, das stimmt.«

»Ich glaube es dir doch.«

»Du tust nur so, als würdest du mir glauben. Weil du nicht mit mir darüber reden willst.«

»Aber nein, wenn ich es dir doch sage ...«

»Na gut, okay, komm, zeig mir, wie man Eier kocht!«

Mit einer heftigen Bewegung wirft sie die Wörter durcheinander, die wir mühsam zusammengesucht haben, aber schließlich sind es ja nur Wörter ... Sie nimmt mich an der Hand und rennt mit mir in den Gang, dann bleibt sie plötzlich stehen, wie wenn sie an etwas zweifeln würde.

»Sag mal ...«

»Was?«

»Was würdest du fühlen, wenn ich sterbe?«

»Aber ... du stirbst doch nicht.«

»Aber wenn ich sterben würde, was würdest du dann tun?«

»Mmh ... ich würde auch sterben.«

»Dann liebst du mich also wirklich?«

»Natürlich liebe ich dich wirklich. Hast du das nicht gewußt?«

»Ich wollte, daß du es mir sagst.«

Erste Lektion: Omelette. Das ist einfach, man muß nur die Eier aufschlagen. Natürlich darf die Butter nicht anbrennen, aber Malika überwacht sie wild entschlossen. Dann kann man alles mögliche hinzufügen ... Käse, Schinken oder Kirschen ... was man eben findet. Die Pfanne hat fast nicht ausgereicht ...

Kurz, Sie wissen ja, daß wir keine begnadeten Köche sind.

Es ist Nacht. Plötzlich ist alles traurig, besonders wir beide. Wir haben das mißratene Omelette nicht angerührt, und Mandrika bedient sich und verschmiert dabei den ganzen Tisch. Malika knabbert an einem Apfel. Sie scheint nachzudenken, nicht richtig nachzudenken, aber ... ich weiß auch nicht.

»Kommst du, ich will dir dein Porträt zeigen.«

»Hast du daran weitergemalt?«

»Ja. Aber es ist natürlich noch nicht ganz perfekt.«

Nein, aber trotzdem nicht schlecht. Und wirklich hübsch ... Mein zweites Ich schaut voller Bewunderung ins Leere. Ich habe einen seltsamen Gesichtsausdruck, ein wenig verträumt. So habe ich mich noch nie gesehen ... Man kann sich einfach nicht kennen. Im Spiegel setzt man immer einen bestimmten Gesichtsausdruck auf, bevor man sich ansieht ...

»Gefällt es dir?«

»Und wie es mir gefällt! Wenn du es noch nicht perfekt findest, wird es ein Meisterwerk sein, wenn es fertig ist! Echt.«

»Letztlich werde ich Mandrika vielleicht doch nicht hinter dich malen, es wäre allzu surrealistisch.«

»Stimmt, aber du könntest ihn auf meine Schulter setzen ... Meinst du nicht auch?«

»Ja, stimmt eigentlich ... gar nicht schlecht, die Idee ... Der Künstler wird darüber nachdenken.«

Sie stellte das Radio an und kuschelte sich mit angezogenen Beinen auf die Couch.

»Das ist meine Meditationsstellung.«

»Ah!«

»Sag mal, ich möchte dich etwas fragen ...«

»Was denn?«

»Wirst du auch bestimmt nicht böse werden?«

»Aber nein, natürlich nicht.«

»Mmh ... war es das, was du mit Hélène gemacht hast?«

»Na gut, das war es, aber es war anders.«

»Wie anders?«

»Weißt du, ich habe sie nicht geliebt ... Und außerdem war es für sie eine Art Wette, sie wollte gewinnen, sie wollte noch ein Gesicht auf der Liste ihrer Eroberungen. Es ist ja auch nicht egal, ob du mit jemand ins Kino gehst, den du nicht liebhast oder mit jemand, den du liebst, du machst zwar mit beiden das gleiche, aber es ist trotzdem verschieden.«

»Aber warum bist du dann hingegangen?«

»Ich wußte es nicht. Ich konnte ja nicht wissen, wie sie war.«

»War es, weil sie schön war, hmm?«

»Ja, weil sie schön war.«

»Bist du mir böse, weil ich dich das gefragt habe? Stinkt es dir, daß ich das alles frage?«

»Nein, nein. Ich wollte es dir erklären, aber ich wußte nicht, wie ich es anstellen sollte.«

Plötzlich brach etwas wie ein großes Schweigen herein. Selbst das Radio schien keine Stimme mehr zu haben. Ich legte mich neben Malika, und dann spielten wir Streicheln, und dann sahen wir in die Dunkelheit, eine große, helle Dunkelheit und schliefen ein.

22

Heute morgen hat der Wecker nicht für uns geklingelt. Wir sind auf der Couch eingeschlafen, und jetzt ist nichts mehr wichtig für uns, die Zeit erst recht nicht. Ich betrachte Wilfrieds weiße Haut, ich berühre sie, und ich finde sie fast so weich wie meine. Ich bin wirklich froh, daß ich vor ihm aufgewacht bin, wahrscheinlich, weil heute ein anderer Tag ist als alle anderen ... Wirklich ein anderer ... Jetzt sind wir allein, ganz allein, nur wir beide. Vorher war es nur halb so ... Aber jetzt ist es anders. Echt. Ich könnte mir sogar einen anderen Namen ausdenken, mich anders anziehen ... Logisch ... Aber nein, ich will so bleiben, wie ich bin. Genau so, wie ich bin, nur mit etwas Neuem ... Mit Wilfried ganz für mich.

Die Sonne scheint durch die Vorhänge, und ich freue mich

darüber, weil es schon sehr spät sein muß. Warum sollte eigentlich irgend jemand das Recht haben, uns zu sagen, ihr müßt dies und das machen, ihr müßt jeden Morgen um sieben aufstehen, ihr müßt voller Bewunderung für eure schwachsinnigen Lehrer in die Knie gehen, ihr müßt eifrig eure Hausaufgaben machen? Nur wer nicht nachdenkt und nichts mit sich anzufangen weiß, hört auf diese Ratschläge, und er tut es auch nur, weil er Angst hat vor der Einsamkeit und davor, daß er auf den falschen Weg geraten könnte und sich dann Vorwürfe anhören müßte, weil er nicht folgsam war. Aber wer nur gehorcht, der täuscht sich selbst, der verrät sich selbst, auch wenn die anderen das Gegenteil behaupten. Denn die anderen denken nicht an unser Leben, sie denken nur an sich selbst, und sie wollen nicht, daß man ihnen zu verstehen gibt, wie dumm sie sind.

Heute kümmern wir uns nur um uns. Heute nehmen wir uns das Recht heraus, ihrer Erpressung standzuhalten und ernsthaft zu leben. Endlich.

Er schläft immer noch. Ich würde gern Tee und Toast machen, aber ich fürchte, daß mir alles mißlingt. Nein, ich zeige ihm, daß ich es auch kann, echt, für ihn kann ich es. Langsam ziehe ich mein Bein unter seinem hervor, er bewegt sich nicht einmal, ich höre, wie er gleichmäßig atmet. Er ist wirklich schön so, ja wirklich, er ist für mich schön, ganz für mich allein.

Ich gehe gern nackt durch die Wohnung, weil ich dann meine Haare im Rücken fühle und auch weil ich weiß, daß ich schön bin. Aber es ist wirklich kalt, und ich ziehe einen Pulli über, Wilfrieds Pulli, der mir bis zu den Knien reicht. Wasser heißmachen ist nicht so schwierig, man braucht nur zu warten, bis der Wasserkessel pfeift. Und wenn ich zuviel Tee genommen habe, kann ich immer noch Wasser nachschütten, wenn zuviel Wasser in der Kanne ist, kann ich immer noch Tee dazugeben ... Theodor miaut wie ein Verrückter und streicht an meinen Beinen entlang. Er wartet sicher schon seit sieben ungeduldig auf seine tägliche Futterration. Er ist ganz nackt, aber man sieht es nicht, ich meine, er sieht aus, als sei er angezogen ... Man müßte ihn rasieren, damit er nackt aussehen würde, aber dann wäre er häßlich, und das will ich nicht, weil er mir gehört, und alles, was mir gehört, muß schön sein. Der Wasserkessel pfeift ... Nein, ich verschütte das kochende Wasser nicht, ich bin nicht so ungeschickt, wenn ich mich anstrenge. Nur wird der Tee wieder kalt werden, bis der Toast geröstet ist ... Ich hätte es umgekehrt machen sollen ... Macht nichts, ich kann ja die Teekanne aufs Gas stellen ... Und dann, als ich gerade das Brot in den Toaster legen wollte, raten Sie mal, wen ich da gesehen habe ... Natürlich, das war ja auch nicht schwer zu raten ... Wilfried, mit ganz verschlafenen Augen und zerzausten Haaren lächelte mich an und fragte sich, wie ich dazu kam ...

»Schade, daß du nicht noch zehn Minuten länger geschlafen hast, dann hätte ich dir zeigen können, daß ich das Frühstück vorbereiten kann.«

»Das macht nichts. Wir machen es zusammen.«

Er hat seine Jeans übergezogen, und so gefällt er mir. Ich möchte, daß wir immer zu zweit sind, nur wir beide, und daß niemand kommt und uns trennen will, so wie die Frau, die ich gesehen habe. Aber warum sollte Wilfried mich verraten? Ich muß ihm vertrauen, jetzt ist es nicht mehr dasselbe ... Er wird nicht mehr mit jemand anderem weggehen. Sicher nicht.

»Ich schlage vor, wir richten uns ein großes Frühstück mit weichgekochten Eiern und Schinken, und dann gehen wir den ganzen Tag spazieren.«

»Wo?«

»Ich weiß nicht. Überall. Wir könnten im Marais anfangen, dann nach Saint-Germain und dann zum Montparnasse hinaufgehen.«

»Oh ja. Und dort kaufen wir die Bücher, die wir letztesmal gesehen haben!«

»Okay. Und dann essen wir im Drugstore ein Eis, ein großes, mit vielen Mandeln und Nüssen.«

»Nein, ein großes Eis mit vielen Kaffeekörnchen.«

»Wie du willst.«

»Und dann gehen wir in die Geschäfte, die Staffeleien und Gips- und Holzmodelle verkaufen. Weißt du, ich möchte mir Hände kaufen und ein Pferd aus Holz, zum Üben ... Das soll unheimlich viel nützen, wenn man zeichnen lernen will, ich habe es in einem Buch gelesen. Außerdem ist es billiger als richtige Modelle.«

»Das mit dem Pferd wird ein bißchen schwierig sein ...«

»Genau deshalb habe ich mir ja ein Pferd ausgesucht.«

»Einverstanden?«

»Na klar!«

»Also gut, da Spiegeleier für uns noch zu schwierig sind, werden wir uns mit weichgekochten Eiern begnügen.«

»Trotzdem, wir sind wirklich ganz schön doof, daß wir nicht kochen können, findest du nicht?«

»Was willst du, man kann nicht alles können.«

»Aber genau das ist es ja, wir können überhaupt nichts!«

»Das stimmt nicht! Außerdem schmecken weichgekochte Eier doch gut, oder etwa nicht?«

»Natürlich.«

Eigentlich geht es mir nur darum, daß wir miteinander reden, die Eier interessieren mich nicht die Bohne. Aber ich höre gern Wilfrieds Stimme, ich mag es, wenn er mit mir spricht. Vielleicht habe ich in Wirklichkeit auch Angst.

»Ist dir klar, daß in vier Tagen die Ferien anfangen?«

»Stimmt ja, fast hätte ich es vergessen.«

»Was unternehmen wir?«

»Alles. Nichts. Was wir dann eben gern machen wollen. Warum willst du immer alles planen?«

»Ich wollte ja nur einen Vorschlag, sonst nichts.«

»Gefällt es dir nicht so?«

»Doch, doch, sehr sogar.«

»Manchmal bist du wirklich komisch.«

»Sagten Sie komisch?«

»Ich sagte komisch?«

Wissen Sie, wenn ich nicht weiterweiß, dann wechsle ich das Thema. Es stimmt, daß ich komisch bin, manchmal sage ich das Gegenteil von dem, was ich denke, oder ich werde wütend über Leute, die mir nichts getan haben. Genauso, wie ich jetzt eben Wilfried gegenüber herablassend und unzufrieden reagiert habe, ohne überhaupt zu wissen, warum ich ihm böse war. Jetzt ist es wieder vorbei. Wir lachen, aber ich fühle mich elend, idiotisch. Ich habe das Gefühl, ich muß alles immer dann verderben, wenn es am schönsten ist. Ich fühle mich wirklich elend, und trotzdem lache ich.

Nein, es ist einfach schwachsinnig von mir, solche Dinge zu denken. Diese blöden Gedanken verderben alles, nicht ich. Aber ich habe sie vertrieben, sie sind weg. Und ich sehe Wilfried zu, der sorgfältig die (nicht verbrannten!) Toasts mit Butter bestreicht und mich aus dem Augenwinkel heraus beobachtet. Er hat große, sehr weiße Hände, richtige Musikerhände. Sicher kommt das daher, daß er als kleiner Junge

Klavierunterricht hatte. Nur war alles vorbei, als sein Lehrer beschloß, daß Wilfrieds außergewöhnliche Begabung in einer Musikschule besser zur Entfaltung gebracht werden könne. Am zweiten Tag kam Wilfried nach Hause, zerriß voller Genugtuung seine Noten und schloß das Klavier ab ... Er hatte wegen eines falschen Tons eine Ohrfeige bekommen.

Trotzdem hat er schöne Hände. Sie bewegen sich in alle Richtungen, nehmen die Teekanne auf, stellen die Tassen und die Zuckerdose auf den Tisch, legen die Brotscheiben auf einen Teller, setzen die Eier in die Eierbecher ...

Und ich lasse sie nicht aus den Augen. Ich kann gar nicht anders, so sehr liebe ich sie ...

»Was unternehmen wir wegen der Schule?«

»Wir sagen, wir seien krank gewesen ... Unsere Großmutter sei gestorben, das wirkt besser.«

»Aber sie wissen doch, daß wir keine haben.«

»Sie werden es nicht nachprüfen. Wenn man den Leuten so etwas sagt, werden sie plötzlich sehr verständnisvoll, echt.«

»Dann müssen wir aber auch die ersten drei Tage in dieser Woche, also bis zu den Ferien fehlen, damit es wahrscheinlicher aussieht. Wir können nicht sagen, die Beerdigung sei heute gewesen, denn das hätten wir ja vorher ankündigen können. Wir müssen so tun, als hätten wir es erst gestern abend erfahren. Und unsere tiefe Trauer hat uns daran gehindert, in die Schule zu gehen. Wissen Sie, unsere Großmutter war unser ein und alles ... Die ganzen Ferien über haben wir geweint, und wir können es immer noch nicht fassen ... Ein unersetzlicher Verlust.«

Ich halte ein. Wilfried sieht mich an, seine Tasse auf halber Höhe zwischen dem Tisch und seinem Gesicht, etwas erstaunt, etwas ... ziemlich, sehr.

»Ja, so ist es sehr gut. Ich bin sicher, daß dir deine Lehrerin glauben wird.«

»Okay! Wir haben Ferien! Hörst du!«

Fallen Sie nicht vom Stuhl, weil wir den Tod bemühen, um vier Tage länger Ferien zu haben. Ich kann Ihnen versichern, der ganze Aberglaube bringt überhaupt nichts. Er hindert die Leute nur daran, so zu leben, wie sie wollen. Außerdem gibt es gar keine Großmutter. Sie können sich denken, daß wir sonst eine andere Ausrede für diese Direktoren gefunden hätten. Und übrigens sind Sie ja auch nicht schockiert, wenn man mit etwas Traurigem seinen Spaß hat, und Traurigkeit ist noch viel schlimmer als der Tod.

»Weißt du, daß es schon elf ist?«

»Echt? Nein, das wußte ich nicht. Egal, wir machen heute, was wir wollen.«

»Nur können wir das nicht tun, wenn du dich nicht beeilst. Hast du keinen Hunger, oder findest du das Frühstück beschissen?«

»Nein, wirklich, ich mag es sehr.«

Ich weiß nicht, woran ich dachte. An ein großes, leeres Loch. Schwarz und erschreckend.

Alles war wie in einem von den Träumen, in denen die Dinge, vor denen man sonst Angst haben muß, keine Bedeutung mehr haben. Nur noch Gesten, Worte und Blicke haben einen Sinn, eine Wahrheit. Nichts existiert wirklich, es gibt nur noch Bilder, Satzfetzen, die wie ein Blitz vorbeizukken ... Ich fühle mich wie auf einer Wolke, hoch über den anderen, niemand kann mich erreichen außer Wilfried, nichts kann mich berühren, nicht einmal die Kälte, nicht einmal eine Stimme oder ein Geräusch. Nicht einmal das lauwarme Wasser der Dusche kann mich aus meinem Traum reißen. Ich fühle Wilfrieds Hände, die meinen Rücken abreiben, ich fühle, daß er meinen Körper mit einem Handtuch trocknet. Er lacht und sieht mich an, als sei ich etwas sehr Kostbares. Es gefällt mir, daß er mich so ansieht ... ein ganz eigenartiges Gefühl ... Nur ihm erlaube ich es, mich mit diesem beschützenden Ausdruck anzusehen, denn nur er kann mich wirklich beschützen. Ja, ich weiß wohl, wie es die anderen machen: »Komm nicht erst um zehn Uhr abends nach Hause, du bist doch verrückt, was tust du denn, wenn dir ein Kidnapper begegnet« (das andere Wort trauen sie sich nicht zu sagen). »Ich hole dich bei deiner Freundin ab, weil ich nicht will, daß du allein auf der Straße bist.« »Mach deine Hausaufgaben besser, du wirst es im Leben nie zu etwas bringen ...«

Also wissen Sie, das kenne ich auswendig, und niemand braucht es mir einzubleuen. Wilfried dagegen beschützt mich mit seinen Augen. Über den Wolken zu sein ist eine Weile ganz nett, aber dann wird es langweilig. Ich bin wieder zu Wilfried herabgestiegen, der meine Arme trockenrieb und mich voller Bewunderung ansah. Ganz ehrlich, er findet mich unheimlich schön, und ich kann Ihnen gar nicht sagen, wie sehr mir das gefällt ... Und wenn mich alle häßlich und potthäßlich finden ... solange er mich schön findet, ist mir das egal ...

Wir haben uns mit einer Affengeschwindigkeit angezogen, und nicht etwa irgendwie, nein, wir haben uns sogar parfümiert und unsere Haare gebürstet. Mandrika kreischte, als ginge es ihm an den Kragen, als wir die Tür hinter uns schließen wollten, und da Einigkeit stark macht, fing Theodor an zu miauen und uns zwischen die Beine zu springen.

»Nun hört mal her, wenn wir später mal richtig reich sind, werden wir euch eine Gesellschafterin bezahlen. Aber jetzt müßt ihr euch noch damit abfinden. Wir werden doch nicht den ganzen Tag lang hierbleiben ... Und uns auch noch euer Geschrei anhören ... Wir bringen euch auch etwas mit ...«

Zwei ganze Wochen liegen vor uns! Zwei Wochen nur für uns allein! Echt, mir lacht das Herz, wenn ich daran denke. Natürlich sind da auch noch die vier Monate im Jahr, die den Konjugationen vorbehalten sind und die sieben Jahre Gymnasium, die jeder aufgebrummt bekommt ... Aber daran denke ich jetzt nicht. Es bringt nichts, wenn man sich die Gegenwart verdirbt, weil man an die Zukunft denkt, die noch gar nicht da ist. Wir hätten uns fast zwanzigtausendmal in der Menge verloren, die vom Quai aux Fleurs bis zum Boulevard de Sébastopol immer größer wurde. Schließlich kamen wir auf der Place Beaubourg an, wo wir ein paar schwarzen Tänzern zusahen, die mit ihrer Musik verschmolzen zu sein schienen. Sie schienen ihre Umgebung gar nicht wahrzunehmen. Sie waren wirklich schön. Die Leute, die sie mißmutig beobachteten, schienen nicht zu begreifen, daß man allein deshalb glücklich sein kann, weil man tanzt. Alle diese häßlichen und unbeholfenen Körper erzitterten vor Neid angesichts dieser langgestreckten und glänzenden schwarzen Oberkörper und schienen Tod und Teufel zu beschwören, um diese endlos langen Beine zu zerstören, die sich unablässig bewegten.

Einsam in den Ecken des Platzes stehend bemühten sich ein paar miserable Geigenspieler und untalentierte Jongleure zu beweisen, daß ihre Kunst nicht so einfach war und daß man das auch sehen müsse ... Und in den großen schwarzen Röhren sah man eine lange, schwarzgefleckte Schlange, die unablässig auf der einen Seite hinauf- und auf der anderen hinunterkroch, eine endlose Schlange ... tausend Meter lang ...

Wilfried zieht mich zur Rue Beaubourg, und er stößt einen tiefen Seufzer aus, als wir uns endlich ansehen können, ohne daß jemand zwischen uns vorbeigeht. Von jetzt an gehören die Tage uns ganz allein, nur uns beiden, und ich wüßte nicht, warum wir sie mit all diesen Menschen teilen sollten, mit all diesen Blicken, die ihre neugierigen und rohen Fragen stellten. Wirklich, ich wüßte nicht, warum wir das tun sollten! Diese Tage gehören nur uns allein! Aber heute abend werden sie alle in die Skiorte der Alpen und der Pyrenäen verschwunden sein, und die ganze Stadt, alle Straßen, alle Häuser werden uns gehören ...

Der Lastkahn auf der Seine schwimmt weiter. In einer Sekunde wird er unter der Brücke durchfahren, und ich frage mich, was für ein Gefühl man wohl hat, wenn man auf den Sand springt, mit dem er beladen ist, wenn man durch die Scheiben einer kleinen Kabine das Wasser an sich vorüberfließen sieht.

»Genau, ein Boot müßte man sich kaufen ... Damit könnten wir überall hinfahren ... Und wir würden jeden Tag baden gehen ...«

»Aber auf keinen Fall in der Seine.«

»Nein, die Seine ist etwas für Selbstmörder. Aber wenn ich mich umbringen würde, dann auf die gleiche Art wie du umgekommen bist. Um zu sehen, wie du dich dabei gefühlt hast.«

»Komm jetzt.«

Wir gehen über die Brücke. Nein, Wilfried hat keine Angst. Ich meine, er hat keine Angst vor dem, was ich sage. Aber ich weiß nicht, warum er mich nicht gern so reden hört. Obwohl ja nichts passiert, nur weil ich davon gesprochen habe. Ich sorge nur vor, das ist alles. Wenn man niemals vorsorgen würde, dann könnte man auch nicht von der Zukunft träumen ... Und was bleibt einem außer den Träumen?

In der Gegend von Saint-Germain waren nicht mehr so viele Leute. In der Rue Huchette betrachteten wir die Filmplakate, aber wir hatten keine Lust, durch die Dunkelheit zwei Stunden lang voneinander getrennt zu sein, also tigerten wir von der Rue Saint-Séverin zur Rue de la Harpe und überlegten dabei, welches Sandwich wohl am besten wäre:

»Nein, kein Sandwich, ein tunesisches Gebäck.« »Aber du weißt doch genau, daß es beschissen schmeckt. Es sieht schön aus, aber es schmeckt dir nicht, und dann muß ich es aufessen.« »Nein, ich esse es ... Das heißt, ich will nur probieren ... Ich möchte nur sehen, wonach es schmeckt ...« »Und was wird dann aus dem Eis im Drugstore?« »Wir kaufen uns Gebäck, probieren, wie es schmeckt, und heben es dann auf. Dann haben wir im Drugstore noch Lust auf ein Eis ...« Wir gingen in ein kleines marokkanisches Café, kauften uns ein Loukoum und ein kleines Ding voller Pistazien und dann ... Schließlich sagten wir uns, es wäre nicht schlecht, eine Tasse Pfefferminztee zu trinken, und wir setzten uns hinten in das Café, mitten zwischen die Gerüche nach gegrillten Würstchen und angebranntem Karamel ... ein wenig widerlich, kann ich Ihnen sagen. Ich verschränkte wie ein Trinker meine Hände vor dem kleinen Glas, und ich fühlte mich ganz traurig, traurig, weil ich das Gefühl hatte, nicht nahe genug bei Wilfried zu sein. Ich konnte nicht glauben, daß er mich tatsächlich liebte. Ich hatte Angst, daß er plötzlich zwischen all diesen schwarzen Punkten verschwinden würde. Und ich wurde auch dann immer trauriger, wenn er mir zulächelte und mich mit seinen großen blauen Augen ansah, die so schön waren.

»Warum schütten sie soviel Zucker in den Tee?«

»Ich hatte es dir ja gesagt ... Beim Gebäck ist es genauso.«

»Sag mal ... Jetzt ist es doch nicht mehr so wie früher ... Du bleibst doch bei mir?«

»Natürlich bleibe ich bei dir.«

»Echt?«

»Ich schwöre es dir. Ich habe immer das Gefühl, du meinst, ich sei nicht gern mit dir zusammen. Weißt du, ich kann deine Hand nehmen und sie nie wieder loslassen ... Das könnte ich tun ... Aber warum hast du denn Angst, daß ich weggehe?«

»Ich habe keine Angst. Ich wollte es nur wissen. Das ist alles.«

Er lächelte, und dieses Lächeln sagte mir viel mehr als alle Worte, die er hätte sagen können. Jetzt, als ich ihn ansah, konnte ich sicher sein.

»Gib mir einen Kuchen! Den mit Pistazien.«

Er gibt ihn mir, packt das Loukoum aus, beißt ein Stückchen ab, faßt zu mir herüber und bestäubt meine Augenlider mit Zucker. Es gefällt mir, seine Hand auf meinen Augen zu fühlen. Er lacht, wir machen uns über den Duft der gegrillten Würstchen lustig, wir lachen über all die Leute, die draußen vorbeieilen und ihren Körper mit dem der anderen vergleichen, die ihrem eigenen Geschlecht schlechte Noten geben und an neue Eroberungen für ihr Bett denken! Wir lachen einfach darüber! Ich esse alle Pistazien von dem grünlich gefärbten Gebäck herunter. Wilfried sieht mir zu, er freut sich und trinkt nachdenklich seinen Tee, die Augen auf mich gerichtet. Ich schnappe mir das Loukoum und probiere ein Stückchen. Er lacht, als hätte ich mich in einen Clown verwandelt.

Wir gingen zuerst den Boulevard Saint-Michel und dann den Boulevard Saint-Germain entlang und hielten vor den Geschäften, um in den Schaufenstern das Spiegelbild von Wilfried und Malika zu sehen, die einander glücklich wie zwei Liebende an der Hand hielten.

Auf der Karte des Drugstores gab es zehn verschiedene Sorten Eis, also können Sie sich vorstellen, daß wir gut eine Stunde brauchten, bis wir uns entschieden hatten. Sie haben wirklich schöne Namen für die Eisbecher ausgesucht; Fudschijama, Saint James Blues, Butterscotch Sundae ... Wilfried hat erst einmal alle französischen Namen ausgeschlossen, weil sie im Vergleich mit den englischen eigentlich ziemlich bescheuert klingen ... Schließlich entschied er sich für einen Coca-Cola Float, weil Amerika noch besser ist als England. Ich nahm einen Carolyne Cup, weil ich ja ein Mädchen bin.

»Weißt du, in Amerika essen sie fast nur Eis. Und nachmittags gehen sie nicht in die Schule.«

»Dann sind sie wohl intelligenter als wir.«

»Jedenfalls können sie Basketball spielen. Außerdem hast du recht, sie sind intelligenter, denn wenn sie arbeiten, arbeiten sie richtig, weil sie wissen, daß sie nachmittags nichts tun.«

»Ja, ich würde mich morgens auch mehr anstrengen, wenn ich mittags frei hätte.«

»Schade, daß wir nicht in Amerika geboren sind. Das sage ich mir jeden Tag.«

»Weißt du, wir könnten doch ins Exil gehen ...«

»Der Unterschied zwischen dir und mir ist der, daß du träumst und ich über die Wirklichkeit lamentiere.«

»Das kommt auf dasselbe heraus.«

»Nicht ganz, aber fast. Jedenfalls geht es uns beiden gleich.«

»Nein, sieh doch, dein Cola-Eis! Meines ist mit Reispudding und Nüssen. Großzügig, wie ich bin, lasse ich dich probieren. Du hast nicht gut gewählt, meines ist größer.«

»Eben. So habe ich viel Platz, um von deinem zu probieren.«

Heute schweben wir eindeutig höher als alle anderen. Ich sehe noch die Menschen, die unter mir hindurchgehen, aber sie sind trotzdem nicht so klein wie vorhin, das beruhigt mich. Ich sehe, wie sich ihre Lippen bewegen, wie sie ihre Absätze energisch auf den Boden setzen, aber ich höre nichts, oder vielmehr, ich höre andere Geräusche, Tassen, die klirrend gegeneinander schlagen, Feuerzeuge, die zuklappen, Handtaschen, die sich schließen. Das erinnert mich an einen grotesken Film. Die Dame, die im Freien sitzt, bestellt bei dem Polizisten zwei Tee mit Zitrone, der alte parfümierte Herr hat Zähne aus Porzellan, die aufeinanderschlagen. Er hat eine Geheimsprache erfunden, um sich mit seinem Geliebten zu verständigen.

Ich träume zuviel. Warum brauche ich diese Träume noch, wo Wilfried doch da ist, ganz nah bei mir, wo er mir doch seine großen blauen Augen und noch ganz andere Dinge gibt? Diese Wirklichkeit ist doch genau das Richtige für mich, und ich möchte sie für nichts in der Welt gegen einen von diesen verdammten Träumen eintauschen.

»Meinst du, ich kann das alles kaputtmachen? Schade, es sieht so schön aus ...«

»Wenn du es nicht tust, schmilzt das Ganze und sieht sehr häßlich aus.«

Zuerst nahm ich vorsichtig die Sahne oben weg. Die Streifen verschwanden und ich hatte eine weiße Kugel vor mir. Und dann begann ich mit dem Massaker ... Schließlich wollte ich mich nicht von der vielen Sahne davon abhalten lassen, die Nüsse zu essen, auch wenn ich Bauchschmerzen hatte, nein wirklich! Außerdem konnte ich das Eis nicht mit nach Hause nehmen ... In der anderen Ecke des Raumes saß eine Frau, die Wilfried nicht aus den Augen ließ. Sie können sich denken, daß ich das gleich bemerkte. Obwohl sie einen Begleiter hatte, der so pikobello war, wie man es sich nur wünschen kann, das kann ich Ihnen sagen. Er hielt sogar ihre

Hand unter dem Tisch, aber sie sah unablässig mit ihren schwarzgetuschten Glubschaugen zu Wilfried herüber, und ich hätte sie umgebracht, wenn Wilfried mich nicht gerade angesehen und angelächelt und mir dabei zugesehen hätte, wie ich eifrig mein Eis aß, wie ich es mit übertriebenem Perfektionismus aufaß.

Jeder findet, ich sei zu perfektionistisch, und ich finde, daß die anderen die Dinge nie zu Ende bringen. Nichts scheint für sie eine Bedeutung zu haben. Oder aber sie finden es materialistisch und unter ihrer Würde, sich so wie ich für einen ganz gewöhnlichen Carolyne Cup zu interessieren. Aber das ist nicht einfach ein Eis. Es ist das, was Wilfried mir gegeben hat. Er möchte mir seine Augen und seinen Körper und sein Herz geben. Aber da er das nicht kann, nicht wirklich kann, gibt er mir das alles mit diesem Eis. In ihrer ausgefeilten Sprache nennen sie das ein »Symbol«.

Ich mag dieses Wort nicht. Es gehört zu den anderen Menschen.

Es war kalt, aber wir gingen trotzdem die Rue de Rennes bis zu der großen Buchhandlung hinauf, weil Kälte die Mikroben tötet und weil die Straßen schön sind, wenn der Himmel ganz allmählich dunkelblau wird. Und außerdem sind in dieser Gegend keine glänzenden Girlanden und keine Tannenbäume, die sie häßlich machen. Wir beide werden vierzehn Tage lang feiern, unser ganzes Leben lang und nicht nur einen Tag im Jahr. Sie sind engstirnig. Am 25. hat man das Recht, sich zu amüsieren, und am 26. muß man wieder der mürrische Griesgram werden, den man auf der Straße gelassen hat, dort, genau vor dem Eingang der Metro, genau vor der Tür des Büros, genau vor dem Eingang zum eigenen, verfrühten Tod. Nein. Wilfried und ich gehören niemandem, weder den Tagen, noch den Häusern, noch den anderen Menschen, und wir sind verrückt, wann wir wollen und so oft wir wollen ...

Wir haben alles methodisch geplündert. Zuerst das oberste Stockwerk mit den Taschenbüchern, dann das erste mit den Schallplatten, dann das Erdgeschoß mit den Neuerscheinungen. Nicht ein einziges haben wir vergessen; alle Klappentexte sahen wir durch, und unsere Tasche wurde immer voller, noch eins und noch eins, das da, das wollten wir doch schon beim letzten Mal. Nicht die astronomische Höhe der Rechnung erschreckte uns, sondern nur die Pakete, die wir tragen mußten. Und da es auf die zwanzig Franc auch nicht mehr ankam, nahmen wir ein Taxi für den Heimweg. Am liebsten hätte ich gewollt, daß die Fahrt nicht mehr aufhörte. Ich hätte lange, lange in Wilfrieds Armen bleiben wollen. Ich hätte immer, immer seine Hand fühlen wollen, die mir über den Kopf strich.

23

Malika kann die Augen nicht von den Beinen lassen, die vor uns hin- und herschwingen, von dieser Gestalt, die in einem unendlichen Zick-Zack-Kurs den ganzen Hügel herunterwedelt. Sie ist fasziniert, buchstäblich fasziniert. Ich fühle, wie sich ihre Hand in meiner verkrampft, und ich weiß nicht, was sie fühlt, ich weiß nichts von ihr. Der Rollbrettfahrer ist am Fuß des Hügels angekommen. Lässig packt er sein Skateboard unter den Arm und steigt schon wieder nach oben, ohne auch nur Atem holen zu müssen und ohne auch nur ein bißchen zu zittern. Malika dreht sich um und verfolgt mit ihren Augen bereits eine andere Gestalt, die gebeugt auf einem Rollbrett steht, mit unbeweglich am Körper angelegten Armen, nur die Beine beugen sich, richten sich wieder auf und zeichnen Kreise, um das Brett zu steuern. Andere Zuschauer gehen an uns vorbei und sehen Malika vielsagend an, aber sie merkt nichts, ihre Augen scheinen für immer auf diesen lebenden Kurven haften zu bleiben. Ich zittere vor Kälte in meinem Blouson. Auch wenn ich meine Hände in den Taschen aneinander reibe, wird mir nicht warm, und außerdem ärgert es mich, daß Malika sich so sehr für diese Angeber interessiert, die ihre Beine zur Schau stellen. Apropos Beine, meine sind wirklich besser, länger und viel dünner... Natürlich kann ich nicht so gut mit ihnen tanzen wie die da... Aber warten Sie nur, bis ich es gelernt habe... Ich lasse mir doch nicht ewig meinen Platz bei Malika streitig machen. Ich denke gar nicht daran! Am liebsten würde ich zu ihr sagen: »Komm, wir gehen, wir kaufen uns so ein Brett, und dann schlagen wir sie alle.« Aber ich habe Angst, daß sie mich dann für eifersüchtig hält. Ihr Blick scheint mit den Skateboards nach unten zu fahren. Sie runzelt die Brauen, wenn der Fahrer, den sie beobachtet, stürzt, und sie stößt einen Seufzer der Erleichterung aus, wenn er gut unten ankommt. Ich wage nicht, sie bei ihren Beobachtungen zu unterbrechen, ich glaube, sie würde mich nicht einmal hören, sie würde mir nicht einmal zuhören. Ich kann Ihnen sagen, ich fühle mich wirklich frustriert. Ich drücke die kleine Hand, die in meiner liegt, ich presse sie an mein Herz, das unter meinem Blouson allmählich aufgeregt wird, und da tut Malika etwas, das mich wahnsinnig macht, ja genau, praktisch wahnsinnig, sie dreht sich zu mir um, lächelt mich strahlend an, sie legt ihren Arm um meine Taille und vergräbt ihr Gesicht in meinem Schal.

Nein, sie hat mich nicht vergessen. Sie ist nicht so. Sie ist süß. Jetzt müßte ich mit ihr sprechen, ihr sagen, daß ich mir wünsche, daß sie mich so voller Bewunderung ansieht.

»Würdest du das auch gern lernen?«

»Oh … meinst du, ich kann es?«

»Natürlich! Sieh mal dort, der kleine Typ. Ich bin sicher, daß er nicht älter ist als du.«

»Ich wollte sagen, glaubst du, daß ich es überhaupt könnte?«

»Aber sicher!«

»Ich möchte schon gern, aber erst mußt du es lernen. Dann kannst du es mir zeigen.«

»Okay, dann bin ich dein Trainer. Und später, ich meine, bald darauf, dein Manager. Dann nehmen wir an Wettbewerben teil.«

»Meinst du wirklich, daß ich gewinnen könnte? Du nimmst mich auf den Arm, stimmt's?«

»Aber nein, wirklich nicht! Du wirst schon sehen! Komm, wir fangen gleich an, wir kaufen Skateboards in dem Geschäft an der Metrostation.«

»Weißt du, eigentlich müßtest du an den Wettbewerben teilnehmen. Ich bin sicher, daß du mit deinen langen Beinen jede Jury bezaubern würdest. Denn die Typen sind zwar begabt, aber blitzhäßlich!«

Ich war so glücklich, daß ich buchstäblich in die Luft sprang. Malika meinte, ich sei so begeistert von meiner Zukunft als Skateboard-Meister. Sie fing an zu lachen und rannte dann den ganzen Trocadero-Hügel hinunter, und ich sah ihre blonden Haare, die im Wind flatterten, und das machte mich verrückt, verrückt vor Freude.

Ich versuchte, sie einzuholen, aber sie hatte schon einen so großen Vorsprung. Unten wartete sie mit geöffneten Armen auf mich, sie lachte, und was ich sah, war nicht mehr wirklich das Gesicht Malikas, es hatte einen ganz anderen Ausdruck. Ich sagte mir, ich muß ein Wort dafür finden, um es nie mehr zu vergessen.

Alles hat sich verändert. Es scheint, als sei alles noch so wie vorher, aber ich weiß, daß es anders ist. Wir reden und bewegen uns so wie vorher, aber jetzt hat jeder Blick eine Bedeutung, unsere Augen haben angefangen zu sprechen, sie sprechen ständig, unaufhörlich miteinander und senden einander Botschaften, die nur wir verstehen. Ich hatte ja noch nie verstanden, warum man sich nur durch Worte verständigen können soll. Worte hat jeder, und jeder verwendet sie in einer anderen Bedeutung. Und außerdem können die Augen nicht lügen.

»Weißt du, ob wir mit einem Brett aus Holz oder mit einem aus Plastik mehr Chancen haben? Ich glaube, die Farbe ist entscheidend. Wir sollten bunte nehmen, das macht Mut.«

»Ich denke, die teuersten sind die besten.«

»Aber das teuerste kostet zweitausend Franc!«

»Na ja ... ein bißchen teuer für ein Rollbrett. Nehmen wir erst mal billigere, und wenn wir soweit sind, leisten wir uns solche Spitzenbretter.«

»Aber wo trainieren wir? Die Typen sind nämlich gefährlich, richtige Raser, die machen uns zu Brei.«

»Wir fangen auf dem Gehweg an. Oder auf dem Champ-de-Mars.«

»O ja, auf dem Champ-de-Mars! Dann können wir ihnen auch ihre Tricks abgucken, sie sind genau gegenüber.«

»Nur müssen wir dann früh aufstehen. Wir können ja nicht gut die alten Omas aus dem schicken Quartier überfahren, wenn sie ihre Schoßhündchen ausführen, und die Pfadfinder müssen wir auch leben lassen ...«

»Ah, nein! Ich will nicht früh aufstehen! Nie! Ich will lieber abends gehen und morgens lange im Bett bleiben!«

»Okay, keine schlechte Idee.«

»Nicht schlecht? Sie ist hervorragend. Apropos, wie kann man nur auf die Idee kommen, in den Ferien früh aufzustehen.«

»Okay, du hast mich herumgekriegt.«

»Tu doch nicht so! Du hast genau gewußt, daß ich das nicht will! Du willst mich immer nur ärgern! Außerdem weiß ich gut, daß du genauso gern wie ich lange im Bett bleibst.«

»Tausendmal lieber als du.«

»Das sage ich doch gerade. Du wirst der Rollbrett-Meister und ich der Manager. Ich treffe die Entscheidungen, und du zeigst deine Beine.«

»Weißt du, deine ... sind auch hübsch. Ich kann dir sogar sagen, daß ich ganz verrückt nach ihnen bin.«

Wir kamen mit unseren Rollbrettern unter dem Arm aus dem Geschäft, und da wir beschlossen hatten, daß es noch zu früh war, um mit dem Training anzufangen und unsere Beine zu zeigen, gingen wir in irgendeinem schicken Café auf dem Boulevard Sébastopol einen Tee trinken. Ich fühlte mich wirklich wohl, kein schwarzes Loch war in meinem Kopf, kein erdrückendes Gewicht auf meiner Brust, kein Zittern, keine bleierne Müdigkeit. (Vielleicht habe ich jetzt endlich sogar meine Berufung gefunden ... Das Wort »Doktor« gefällt mir nämlich gar nicht.) Malika rührte sorgfältig in ihrem Tee, schüttete ein Viertelpfund Zucker und zwei Tropfen Milch hinein und gab dann noch eine Unze Tee dazu, bis alles überlief. Sie warf ihr Haar auf den Rücken und beugte sich über den Tisch, um die Tasse ein wenig leerer zu trinken, und all dies mit kleinen, halb bewußten und halb unbefangenen Bewegungen und einem Lächeln in den Mundwinkeln, als wisse sie, daß mir dieses ganze Hin und Her gefällt. Sie seufzt. Nein, nein, nicht zu auffällig, überhaupt nicht so gewöhnlich. Sie hebt den Kopf und betrachtet mich zufrieden, um mir auch richtig zu zeigen, daß dieser Tee etwas sehr Gutes ist. Ich finde sie noch schöner als sonst. Ihre Haut ist nicht so blaß, und ihre Augen sind größer. Sie sieht nicht mehr so verschlossen aus wie das kleine Mädchen, dem es zum Hals heraushängt, daß es in die Schule gehen muß, und das seine Ohnmacht nur durch einen rebellischen Gesichtsausdruck zeigen kann. Heute ist ihre Iris dunkelgrün. Unheimlich schön. Und viel schöner noch, wenn ihre Augen sich in meine versenken.

»Wir haben sogar noch Zeit zum Essen, oder nicht?«

»Meinst du, jetzt sind noch Omas da? Sie essen doch schon um halb sieben, um sich anschließend die Regionalnachrichten ansehen zu können.«

»Ja, aber um zehn ist ganz sicher niemand mehr da.«

Wo denken Sie hin, Malika ist ziemlich stolz. Sie will nicht beobachtet werden, solange ihre Technik noch nicht perfekt ist, genauso, wie sie ihre Bilder nicht zeigen will, wenn sie noch nicht fertig sind. Und natürlich will sie das nicht sagen. Sie ist sehr vornehm. Ja, wirklich.

Wenn man glücklich ist, kann man es sich leisten, ein Trinkgeld zu geben. Man meint nicht mehr, daß man sich sein Glück für zwei Geldstücke kaufen kann. Das Unglück dagegen läßt einen die Dinge verkehrt herum sehen. Man bildet sich ein, man sei großzügig und mache den anderen mit zwei mickrigen Münzen glücklich, und dieses Glück werde einem wiedergegeben. Aber jetzt habe ich vor nichts mehr Angst.

Malika geht neben mir. Sie tut so, als merke sie nicht, daß uns alle Leute ansehen, aber ich weiß genau, daß sie es merkt und daß sie sich so sehr darüber freut wie ich. Sie dreht an den Rädern ihres Rollbretts und beobachtet dabei unauffällig die Gäste im Restaurant, um anschließend die Speisekarte zu beurteilen. Die Besitzer dieser Kneipen müßten professionelle Abfallesser einstellen, die in der Lage sind, die beschissenste kulinarische Spezialität mit offensichtlichem Hochgenuß zu vertilgen. Echt, ich bin sicher, daß ihr Umsatz dann einen Sprung von zehn Metern auf der in Millimeter eingeteilten Skala ihrer Gewinne machen würde.

»Das da sieht doch nicht schlecht aus, oder?«

»Na ja.«

»Na ja? Magst du keine chinesischen Gerichte?«

»Doch, nichts mag ich mehr. Ich lasse dich aussuchen.«

»Weißt du, das wäre etwas Leichteres als diese französischen Spezialitäten mit irgendeiner Soße. Wir sollten nicht das Gefühl haben, daß unser Bauch eine Tonne wiegt.«

Wir gehen in einen kleinen Raum mit gedämpftem Licht. Drei einsame Gäste sitzen jeder in einer Ecke des Restaurants. Aber die Ferien sind nun einmal nicht die beste Zeit für Köche. Zum Glück zeigt die Haushälterin in dieser Beziehung keine Ambitionen, sonst würde sie nur die Gelegenheit ergreifen und alle möglichen grauenhaften Sachen kochen, die einem sozusagen dabei helfen, Weihnachten zu überstehen. (Im Bett nämlich, mit einem Leberschaden.) Malika setzt sich in eine Ecke ganz hinten. Sorgfältig legt sie ihr Rollbrett unter den Tisch, um ihre Füße daraufzustellen. Ich denke daran, wie sie ist, wenn sie träumt. Ich muß sie darum bitten, es mir beizubringen. Nur weiß ich gut, daß man solche Dinge nicht lernen kann.

Das Champ-de-Mars war leer. Die Lampen warfen uns ihr blendend helles Licht ins Gesicht, aber es war trotzdem recht ermutigend. Wir entschieden uns für einen breiten Pferdeweg, der uns sehr beeindruckte, und versuchten uns einzureden, daß dies genau der richtige Trainingsplatz für zukünftige Meister sei. Irgendwann hat schließlich jeder einmal klein angefangen.

Den einen Fuß quer und den anderen längs ... Das Brett wie einen Roller anschieben ... Zwanzig Zentimeter! Natürlich ohne herunterzufallen! Malika stößt einen Freudenschrei aus und stellt ihr Rollbrett hin, um es mir nachzumachen.

»Fünfzehn Zentimeter!«

»Bah, es ist völlig normal, daß du weniger weit kommst als ich, schließlich bist du auch kleiner.«

»Nein, eben nicht. Ich müßte weiterkommen als du, weil ich leichter bin.«

Diesmal stoße ich mich stärker ab, die Räder knirschen im Sand, nicht nur meine Beine schwingen mit, sondern mein ganzer Körper, wirklich, um ehrlich zu sein, ich habe Angst, ich springe ab, das Brett läuft allein im Zick-Zack-Kurs weiter ... Malika lacht, stößt ihr Brett vorsichtig vorwärts, bewegt sich zwanzig Zentimeter nach vorn ...

»Man muß sich nach vorn neigen.«

»Das sagt sich so leicht!«

Am Ende des Weges waren die zwanzig Zentimeter zu zwei Metern geworden, und wir sprangen buchstäblich in die Luft, so sehr freuten wir uns. Natürlich konnte ich noch nicht auf dem Rollbrett tanzen, aber das würde schon noch kommen! Bestimmt! Jetzt hatte ich keine Angst mehr, am liebsten hätte ich gar nicht mehr aufgehört. Malika stellte sich nicht ungeschickt an, und sie kommentierte jeden ihrer Fortschritte mit einer kindlichen Freude. Es war dunkel, oder jedenfalls fast dunkel, und ich sah nur ihr helles Gesicht, ihr Haar. Ein Gesicht ohne Körper ...

»Wenn du mit den Armen ruderst, gerätst du aus dem Gleichgewicht. Du hast doch gesehen, wie sie es machen, sie bewegen nur die Beine.«

Sie nimmt bedächtig ihr Rollbrett hoch und dreht es um, um wieder an ihren Ausgangspunkt zurückzufahren. Jetzt ist es uns zu warm, wir schwitzen schon fast, ich weiß nicht, ob vor Anstrengung oder vor Angst ... Wenn nur dieser verdammte Sand nicht wäre, ich bin sicher, dann würden wir doppelt so schnell fahren und dreimal soweit vorankommen ...

»Ich habe mir gerade überlegt, daß wir doch zum Trocadero gehen könnten. Dort ist um diese Zeit sicher niemand. Ich finde, der Sand ist nicht gerade ideal.«

»Meinst du?«

»Ja. Komm, wir gehen!«

Sie nimmt ihr Brett, schiebt es unter den Arm, und gähnt lange, als wolle sie mich dazu überreden, mich nicht in eine peinliche Situation zu begeben.

»Jedenfalls hat es am Anfang auch alle anderen auf die Schnauze gehauen.«

Sie lacht. Sie schmiegt sich an mich, alles ist verlassen und dunkel. Nein, eigentlich nicht erschreckend, eher ermutigend, so seltsam das auch klingen mag. Vielleicht, weil uns niemand sehen kann. Wir kommen am Eiffelturm an. Er ist hell erleuchtet, und ein paar Touristen stehen begeistert vor diesem Greuel, den Fotoapparat vor dem Bauch und Ansichtskarten in den Händen.

»Und wenn wir auf der ersten Plattform ein Eis essen würden?«

Um ehrlich zu sein, das verlockt mich. Um so mehr, als ich in Wirklichkeit keine besondere Lust habe, die Profis zu sehen und mir dabei wie eine Null vorzukommen.

»Na, komm schon ... Schließlich hatten wir im Restaurant keinen Nachtisch.«

»Gut, einverstanden ... Am ersten Tag sollte man tatsächlich nicht gleich übertreiben.«

Ich brauche Ihnen nicht zu sagen, daß wir natürlich den Aufzug nahmen. Die Leute sahen uns irgendwie komisch an, wirklich, mit unseren Rollbrettern unter dem Arm und unseren aufgescheuerten Knien. Das Café war ziemlich voll, aber wir fanden doch noch einen freien Tisch. Der Kellner im weißen Anzug mit Fliege sah uns mißtrauisch an, sicher glaubte er, wir hätten kein Geld und könnten nicht bezahlen. Oder aber er dachte, unsere Eltern seien verantwortungslos ... Malika warf ihm ein Vamp-Lächeln zu, um ihn zu erledigen, und ich übertreibe nicht, wenn ich Ihnen sage, daß es gewirkt hat ...

»Wir hätten gern ein Eis.«

Eine kleine Verbeugung und ein besonders netter Blick für Malika. Ich wußte doch, daß man einen leichten Stich haben muß, um als Kellner im Eiffelturmcafé zu arbeiten.

»Aber gern, ich bringe Ihnen die Karte.«

Neben der Auswahl im Drugstore ... Verrückt, was man alles mit Eis machen kann ... Aber um uns bei unserer schwierigen Entscheidung noch mehr zu verwirren, hatten sie die geniale Idee gehabt, auch noch die ganze Kuchenauswahl auf die gleiche Karte zu setzen. Über die wertvolle Karte mit all den Schätzen gebeugt, lasen wir alle Namen, erst leise, dann laut, wir kritisierten, beurteilten, zögerten. Malika wußte nicht, ob sie lieber Kuchen oder Eis essen wollte und entschied sich schließlich für einen Kompromiß. Befriedigt flüsterte sie mir ins Ohr: »Einen Mohrenkopf!«

Eindeutig, selbst die kleinen Mädchen im Kino sind nicht so süß wie sie. Echt. Sie ist einfach genial. Sie hat sich für den Kompromiß zwischen Erwachsensein und Kindbleiben entschieden. Sie hat von beidem das Gute für sich ausgesucht und das Schlechte weggelassen. Gerade das gefällt mir an ihr, man kann sie nicht festlegen, nicht einordnen, all dem entzieht sie sich ständig. Einmal malt sie mit dem Löffel in ihrem Vanilleeis und dann versichert sie Ihnen wieder völlig ernsthaft, der Kellner sei ein richtiger Sexprotz und sie sei sicher, daß die Frau da hinten, am Ende des Raums, die mit den glatten Haaren, lesbisch sei. Ich frage mich allmählich sogar, ob ich nicht für mein Alter ein wenig zurückgeblieben bin. Und dann sieht sie ganz verständnisvoll auf ihren Löffel, der auf halbem Weg zwischen ihren Lippen und ihrem Eisbecher stehenbleibt und versichert mir: »Natürlich kannst du sie nicht sehen, sie wendet dir ja auch den Rücken zu.« Der Kellner kommt mit einer herrlichen Erdbeertorte für mich an den Tisch, senkt taktvoll den Blick und schwenkt ihn dann unauffällig zu Malika hin, die nicht wagt, ihn anzusehen und die zwischen den Zähnen murmelt: »Das da ist ein Hund, der eine Katze anknurrt, die auf dem Eisbecher sitzt, und die Katze versucht, den Papagei zu fangen, der vor Angst kreischt, als er seine beiden Verfolger sieht ...« Und dann, als zweifle sie plötzlich an etwas, sieht sie auf, betrachtet mich einen Augenblick lang regungslos, verschlingt die Erdbeeren mit den Augen und flüstert mir ganz lieb zu: »Darf ich probieren?« Am liebsten würde ich lachen, richtig laut lachen! Sie leckt den Löffel ab, schnappt sich eine Erdbeere, natürlich die größte, sieht sie genau an ... »Komisch, sie ist voller kleiner grauer Körner ... und innen ist sie ganz weiß ... Eigentlich sind die Bäcker Betrüger, sie schneiden die Erdbeeren in der Mitte durch!« Und schließlich fängt sie an zu essen, sie lächelt mir zu und geht mit mir weg, ich weiß nicht, wohin, irgendwohin, wo alles dunkel und schön ist, sie nimmt meine Hand und sieht dort all die unbekannten Worte, die wir noch nicht kennen und die uns erwarten.

Die Tage vergehen, ohne daß wir es merken. Wir zählen sie nicht, wir wissen, daß sie zu Ende sein werden, wenn es so sein muß, das heißt, wenn die anderen beschließen, daß die Kinder sich für diesmal genug amüsiert haben. Ich hatte gedacht, man könne alles ertragen, wenn man glücklich ist, aber es ist genau das Gegenteil, man erträgt gar nichts, weil man sich zu sehr davor fürchtet, daß die anderen sich freuen, wenn sie sehen, daß dieses Glück langsam in sich zusammenbricht, daß es auf der Straße zerfließt und von einem verdammten Auto überfahren wird. Trotzdem sieht man den Straßen nichts an, sie sind nur von einer Staubschicht bedeckt ... Und selbst das totgefahrene Glück hat nicht diese Farbe.

Malika zeichnet. Sie liegt auf dem Boden ausgestreckt, inmitten eines ziemlich erstaunlichen Durcheinanders von Filz- und Farbstiften. Ich übe das Träumen, und damit es mir leichter fällt, blättere ich in einem schwachsinnigen Magazin mit genauso schwachsinnigen Reportagen über Rollbrett-Fahrer. Auf der linken Seite sind wirklich sagenhafte Photos, ein Typ, der im Handstand zwischen Konservendosen Slalom fährt ... Und hier springt er über ein mindestens zwei Meter hoch gespanntes Seil und fängt auf der anderen Seite wieder sein Rollbrett.

Ich staune so sehr darüber, ich bin so baff, daß ich nicht einmal daran denke, eifersüchtig zu sein. Ich beobachte Malika. Ärgerlich, buchstäblich wütend zerreißt sie ein Blatt Papier: »Nein, wirklich, man kann sich nicht vorstellen, wie jemand ein so mieses Bild malen kann! So ein Pfusch!« Sie wird aber nie richtig wütend, ich meine, sie stampft nicht mit den Füßen auf den Boden oder macht ihre Filzstifte kaputt, als seien sie daran schuld, daß ihr Bild mißlungen ist. Schmollend setzt sie sich in einen Sessel und zieht die Beine an, als ob sie darüber nachdenken wollte, welche Maßnahmen sie ergreifen sollte, um ihre schöpferischen Fähigkeiten weiterzuentwickeln. Malika nimmt alles sehr ernst. Entweder sie wird eine große Künstlerin oder aber sie rührt nie wieder einen Farbstift an. Und jetzt gerade fragt sie sich wohl, ob sie wirklich zum Maler berufen ist.

Ich betrachte sie und freue mich zu sehen, wie sie in ihre Gedanken versunken ist. Es freut mich zu wissen, daß sie nur über sich selbst wütend ist und daß sie niemand und nichts für ihre mißlungene Zeichnung verantwortlich macht. Es muß gegen zwei Uhr nachmittags sein, aber vielleicht ist es auch vier, egal, wir kümmern uns jetzt nicht mehr um die Zeit. Heute abend gehen wir zum Trocadero, aber nicht vor heute abend, denn ich brauche Ihnen sicher nicht zu sagen, daß sich dort nachmittags alle Rollbrett-Künstler austoben, die jetzt Ferien haben. Da Malika so aussieht, als habe sie genug davon, mit sich selbst zu kämpfen, mache ich einen Vorschlag.

»Wir könnten doch ins Kino gehen, bis es Abend wird, meinst du nicht?«

»O ja! Aber in welchen Film? Es gibt keinen!«

»Aber ja, ich bin sicher, wir finden einen.«

Von den Pornos und den Zeichentrickfilmen abgesehen, war die Auswahl tatsächlich recht begrenzt. Die einzigen guten Filme hatten wir schon gesehen, also sah ich bei den Wiederholungen nach ... Louis de Funès und Gary Cooper ... Ich entdeckte eine Reihe mit Marlene Dietrich und dachte, das würde Malika sicher gefallen. Irgend etwas mußte ich schließlich vorschlagen.

»Du mußt dich wirklich zu Tode langweilen, wenn du in einen Film mit Marlene Dietrich gehen würdest!«

»Sagen wir einmal, ich habe wirklich Lust, ins Kino zu gehen. Außerdem habe ich wirklich Lust dazu. Ich glaube, in dem Film sprechen sie amerikanisch.«

»Also gehen wir jetzt gleich. Du bezahlst mir ein Eis, wenn wir zu früh dort sind.«

Sie ließ ihre ernsthafte Miene im Sessel zurück und begann eifrig, ihre Filzstifte aufzuräumen. Wirklich, sie ist überhaupt nicht schlampig, bei ihr muß alles seine Ordnung haben. Sie sang irgendeinen Titel aus der Hitparade vor sich hin, sah hin und wieder zu mir herüber und lächelte mich an, und ich hatte den Eindruck, daß sie wieder in einen ihrer endlosen Träume versunken war. Ich versuchte zu erraten, was für eine Art Traum es war, aber es gelang mir nicht. Ich sah nur ihren grünen, ein wenig verschleierten Blick, der weit, weit weg in das Land zu wandern schien, das sie sich erfunden hatte. Eines Tages werde ich sie fragen, wie sie aussieht, ihre Welt.

Wir nahmen unsere Rollbretter mit, damit wir sie nach dem Film nicht holen mußten und versucht waren, unsere Entscheidung rückgängig zu machen. Letztes Mal war Malika von all den Assen, die da in der Dunkelheit herumfuhren, so eingeschüchtert gewesen, daß sie es nicht gewagt hatte, auch nur einen Zentimeter weit zu fahren. Sie hatte sich entschlossen auf ein Geländer gesetzt, um »erst einmal zu sehen, wie die es machen«. Aber als sie sah, daß ich mich auf der berühmten Abfahrt trotzdem ganz gut hielt, hatte sie ihren Entschluß ein wenig bedauert ... Ich wußte, daß sie es heute abend auch versuchen würde.

»Weißt du, wenn ich erst einmal auf Rädern die Treppen hinunterfahre, schlage ich dich jedesmal! Wetten?«

In der vergangenen Nacht hatte es geschneit, aber alles war wieder geschmolzen, und auf den Gehwegen lag nur noch ein schmieriger grauer Matsch, so daß sie ziemlich traurig aussahen. Wir schliffen ein wenig, aber es machte keinen besonderen Spaß, und unseren Hosen tat es auch nicht gerade gut. In unserer Gegend war alles verlassen. Die alten Damen blieben hinter ihren Fenstern sitzen und versenkten sich in ihre vergammelten Erinnerungen an die Festtage der »guten alten Zeit«, die Kinder waren nach England geflogen (um ihre Aussprache zu verbessern) oder nach Afrika (wegen ihrer Rachitis), und die Sekretärinnen hatten sich großzügigerweise Urlaub gegeben, um Geschenke für ihre Kinder einzukaufen. Die Händler waren ziemlich sauer darüber, daß ihre feine Kundschaft das Weite gesucht hatte, und so waren sie zu den Daheimgebliebenen um so freundlicher ... das heißt also zu uns.

Wir rannten bis zur Bushaltestelle und rutschten dabei einige Male ziemlich unglücklich aus, und dann standen wir uns dort zehn Minuten lang die Beine in den Bauch und verfluchten die Busfahrer, weil wir vor Kälte zitterten, genauso wie Mandrika, wenn er morgens seine Federn spreizt.

»Du brauchst nur daran zu denken, daß es sehr warm ist ... daß dir der Schweiß nur so herunterläuft ... daß du gern ein schönes kaltes Eis essen würdest ... Dann wird dir sicher warm.«

»Ja, aber bis dahin wäre es mir recht, wenn der blöde Bus kommen würde.«

Mit unseren Rollbrettern auf den Knien setzten wir uns ganz hinten auf eine Sitzbank. Malika erzählte mir, wie ihre Klassenkameradinnen Weihnachten verbrachten, und wir lachten nur noch, der Bauch tat uns schon weh vom Lachen.

»Eine ist dabei, die muß ihrer Mutter helfen, diese blöde, mit Kastanien gefüllte Ente und den Weihnachtskuchen vorzubereiten, außerdem noch den Pudding, weil sie englische Vorfahren hat, weißt du, so einen Pudding, der drei Tage braucht, bis er fertig ist. Und dann muß sie den Tannenbaum schmücken und Sterne aus Glanzpapier ausschneiden und Pakete packen und ihrem kleinen Bruder eine Menge Lügen erzählen, damit der nicht merkt, daß es gar keinen Weihnachtsmann gibt. Und dann muß sie sich natürlich noch alle Tanten und Onkel, Großmütter und Großväter und sämtliche entfernten deutschen Cousins und die ganze Sippschaft vornehmen. Und weißt du, was sie zu mir sagt? Du lachst dich tot! Sie sagt mir, affig und doof, wie sie ist, daß die Weihnachtszeit ihre liebste Zeit ist!«

»Hast du sie nicht gefragt, ob das nicht zufällig wegen der Geschenke ist?«

»Warte mal! Weißt du, was sie bekommt? Rate mal! Kochbücher, Stickereien, Zeichenblöcke, Spitzentaschentücher und Kleider, die chic sein sollen, für das gemeinsame Essen!«

Wir bogen uns vor Lachen, und die alten Damen im Bus waren außer sich und sahen bestürzt zu uns her. Wir lachten, aber in Wirklichkeit war die ganze Geschichte gar nicht komisch. Aber wir wollten ja nicht darüber lamentieren, daß dieses Mädchen so doof war, und außerdem sind nur die Leute »altruistisch«, die nicht wissen, was sie mit sich selbst anfangen sollen.

Als hätten wir es so geplant, kamen wir genau eine Stunde vor Beginn der Vorstellung an. Also fanden wir uns im Drugstore wieder vor ein unerträgliches Dilemma gestellt: Welches Eis sollten wir essen?

»Wenn du nicht bald weißt, was du willst, verpassen wir die Vorstellung.«

»Warte! Ich nehme doch nicht das Erstbeste.«

»Oder du hast keine Zeit mehr, um es zu essen.«

»Nur noch fünf Minuten, ich verspreche es.«

»Oder der Kellner kommt, und du mußt schnell irgend etwas nehmen, was du vielleicht gar nicht willst.«

»Du übertreibst! Das kann er doch nicht mit mir machen.«

Schließlich beschloß Malika, daß sie lieber einen Tee mit Milch und Zitrone nehmen wolle. Ich war völlig baff. Malika verzichtete auf ein Eis!

»Mir gefällt vor allem die Karte mit den vielen Namen und daß man aus so vielen verschiedenen Dingen auswählen kann. In Wirklichkeit habe ich nämlich nicht einmal Lust auf ein Eis.«

Der Kellner brauchte zwei Minuten, bevor er begriff, daß wir kein Eis bestellen wollten (er kennt uns allmählich), und dann bestätigte er schließlich, daß das Wetter auch nicht danach sei. Malika lächelte, sagte aber nichts. Ich wußte wohl, daß es nicht um das Wetter ging.

»Du zeigst mir das Rollbrettfahren, hmm?«

»Ja, eigentlich ist es nicht schwierig.«

Das überzeugte sie überhaupt nicht. Ich bin sicher, daß es ihr leid tat, daß sie wegen der verdammten Rollbretter so begeistert gewesen war. Aber anständigerweise konnte sie jetzt nicht mehr aussteigen.

»Siehst du die Frau dort? Wenn ich nicht hier wäre, würde sie sich neben dich setzen.«

»Ein Glück, daß du hier bist, denn sie ist wirklich häßlich.«

»Deshalb kann ich dir auch sagen, daß sie dich ansieht.«

Sie lächelt. Ich staune über sie. Aber nein, schließlich verteidigt sie sich nur. Malika, das hast du doch gar nicht nötig. Keine Frau, und wäre sie die schönste Frau der Welt, käme mir so hübsch vor wie du. Echt.

Sie können mich nicht einschüchtern, alle diese Angeber. Erstens werden sie es nicht wagen, sich über mich lustig zu machen, auch wenn ich der Länge nach hinfalle. Nein, das werden sie nicht wagen. Und außerdem habe ich beschlossen, daß ich heute ... daß ich es heute versuchen muß. Es wäre wirklich zu blöd, wenn ich mich nur wegen diesen Angebern nicht trauen würde.

Es ist dunkel. Oben, auf der Plattform genau über dem Museum, stehen ein paar Autos. Wilfried hält mich an der Hand und lächelt. Er macht sich wohl über mich lustig, weil ich Angst davor habe, zwanzig Zentimeter weit auf diesem verdammten Brett zu fahren. Aber ich werde es ihm schon noch zeigen! Ich drücke seine Hand fester, ich möchte, daß er etwas sagt, irgend etwas, aber er schweigt und fixiert die farbige Beleuchtung oben am Hang.

Ich fange auf der ebenen Strecke an. Wilfried hält meine Hand und läßt sie los, sobald ich vorwärts fahre. Eigentlich sieht es gar nicht so schwierig aus. Man darf nur keine Angst haben. Nach zehn Minuten schaffe ich es schon, nicht mehr jede Sekunde vom Brett zu springen. Langsam gefällt es mir besser. Wilfried stellt sein Rollbrett oben an den Hang und springt darauf. Ich sehe, wie er im Zick-Zack fährt ... nach fünf Metern springt er ... dann nimmt er sein Brett und springt wieder ... Er hat wirklich lange, wirklich hübsche Beine ... Neben ihm sehen die anderen lächerlich aus ... Jetzt kann ich ihn nicht mehr sehen, er ist schon zu weit hinuntergefahren, ich renne, um ihn zu sehen, nein! er fällt nicht, er fährt sogar eine kleine Kurve, bald wird er so stark sein wie alle diese Schwachköpfe zusammen! Das freut mich vielleicht! Wirklich, ich bin stolz, unheimlich stolz ... Ich laufe zu ihm hin, um ihm zu sagen, daß er begabt ist, daß ich ihn irre finde, daß ich ihm am liebsten immer zusehen würde. Völlig außer Atem kommt er den Hügel wieder herauf, er lächelt, faßt mich an den Schultern, fragt mich, wie weit ich diesmal gekommen sei und streicht über mein Haar.

Und dann fangen wir wieder an, Abfahrt, Aufstieg, fünf Meter, zehn, zwanzig, vierzig ... Jetzt tanzen seine Beine, ich muß einfach hinsehen, weil sie so schön sind, ja bestimmt ... Es ist kalt und dunkel. Als Wilfried zurückkommt, sehe ich nur sein Gesicht und seine hellblauen Beine. Ich weiß nicht, wo sein Oberkörper ist, er ist mit der Nacht verschmolzen. Die Nacht ist schön, aber Wilfried ist noch schöner.

Da, ganz nah beim Eiffelturm, war eine große rote oder gelbe Scheibe. Das mußte der Mond sein! Er hatte einen glänzenden Lichthof, so daß er aussah wie ein Komet. Kometen sind schön, wirklich schön. Aber der da war noch schöner. Viel schöner.

Wir waren wohl schon zwei Stunden lang da. Jetzt fuhr Wilfried wie ein Profi den Hang hinunter. Ich meine, fast wie ein Profi. Ich ... konnte da fahren, wo es flach war ... Oh, ich weiß schon! Aber ich kann auch nichts dafür, daß ich nicht mutig bin.

Sie sollten sich trotzdem keine falsche Vorstellung von meinem Charakter machen. In Wirklichkeit bin ich schon mutig, nur eben nicht in diesen Dingen. Ich traue mich, alten Omas zu sagen, sie hätten einen Bauch wie eine Schwangere, und ich beleidige auch diese doofen Mädchen (obwohl sie viel stärker sind als ich), die meinen, sie wüßten über alles Bescheid und die in Wirklichkeit überhaupt nichts begreifen. Aber das da ... Das ist nun mal anders ... Ich hätte gern probiert, ob ich die Abfahrt nicht auch schaffe, wenn da nicht die vielen Menschen gewesen wären, die mich nur so nebenbei hätten überfahren können ... Echt, ich hätte es versucht, wenn Wilfried mich an der Hand gefaßt und mit mir losgefahren wäre ...

Ein Teil des Mondes ist verschwunden. Wahrscheinlich hat ihn der Himmel ein wenig zugedeckt. Der Himmel ist sehr eifersüchtig auf alles, was so schön ist wie er und was trotzdem anders ist. Nein, wahrscheinlich ist er verliebt und hat dem Mond einen Teil seines Schleiers geliehen, um ihn zu beschützen und zu streicheln.

Wilfried hat seine und meine Hand in die Tasche seines Blousons gesteckt. Er lächelt mich an, atemlos. Seine Augen erscheinen mir größer und strahlender, sein Gesicht ist nicht mehr ganz dasselbe, jetzt ist er richtig offen, man kann alle seine Gedanken von seinem Gesicht ablesen. Und jetzt gerade ist er nichts als glücklich. Also bin ich es auch.

Die Straßen sehen aus wie Theaterkulissen. Man könnte meinen, sie seien aus Pappmaché und gleich kommt eine Prostituierte in Netzstrümpfen und hochhackigen Schuhen aus einem der Häuser, in denen noch Licht brennt. Natürlich ist sie eine Luxus-Prostituierte, ein verkleideter Star, und man erkennt genau ihre »Klasse« und ihre »Eleganz«, auch in ihrer gewöhnlichen Aufmachung. Und dann, einen Augenblick später, erscheint eine Musikantentruppe und stellt sich auf dem Trottoir auf. Der Geiger streicht tragisch seinen Bogen, der Bassist bewegt sich ekstatisch hin und her, der Klarinettist tanzt mit den Noten, der Pianist thront wie ein Gespenst hinter seinem weiß strahlenden Klavier... Aber niemand beugt sich aus dem Fenster, um sie wegen »nächtlicher Ruhestörung« zu behelligen, niemand hört ihnen zu. Weil die Straßen ausgestorben sind, weil die Menschen in ihre Traurigkeit versunken schlafen, weil das alles nur ein Traum ist... In der Metro wird der nächste Akt gespielt, die Kulissen und die Schauspieler wechseln ... Das Gesicht des verzückten Bassisten ist jetzt verstört und erloschen, sein Blick ist auf eine graue Zukunft gerichtet, die mit dem betäubenden Geräusch zermalmter Körper in einem endlos langen Gang vorüberzieht. Eine ganz besonders raffinierte Foltermethode, die ihn aber nicht einmal mehr berühren kann, so leblos ist er, leblos wie einer, der schon jahrelang tot ist. Der Klarinettist schläft mit vom Schmutz verklebten Augen und verschränkten Armen, sein schneeweißer Anzug ist jetzt zum abgerissenen Umhang eines Clochards geworden, er ist voller Flicken und stinkt wie die Pest, der ganze Mensch starrt vor Schmutz ... Ein süßlicher und widerlicher Geruch nach abgestandenem Wein und leerem Magen geht von ihm aus. Der Bassist hat sich unter einer Bank versteckt und erbricht sich unaufhörlich, ein rot und gelb gefärbter Strom breitet sich wie ein Meer von Unrat um ihn herum aus, bald wird er davon verschlungen werden und einschlafen, weil er erschöpft ist, sich kotzend kaputtzumachen, und dieser ekelerregende Schaum wird ihn ganz bedecken, und all der Unrat, den er erbrochen hat, wird wieder seinen Platz in seinem Körper einnehmen, wird durch Nase, Ohren, Mund wieder in ihn eindringen und ihn einen endlosen Augenblick lang quälen, um ihn schließlich allein dem Vergessen, dem Tod zu überlassen ... Und hier, an der Haltestelle Villiers, geht auf dem Bahnsteig der Pianist auf und ab, der seinen besten Gefährten verloren hat, aufgeregt ruft er nach seinem verirrten Klavier, mit verdrehten Augen und vor Angst und Beklemmung verkrampften Händen ruft er immer wieder, immer lauter und immer wahnsinniger, wahnsinnig, weil ihn keiner hört, weil ihm keiner zuhört... Dann windet er sich auf dem Boden, gequält von Wut und Ohnmacht, vor lauter Wut und Schmerz buchstäblich triefend, langsam nähert sich sein Körper dem Punkt, von dem aus es keine Wiederkehr gibt, seine Glieder werden die Leere nicht spüren, sein Kopf wird herabhängen wie der einer kaputtgeschlagenen Marionette, und ganz allmählich wird sein Körper auf die Schienen wanken, leblos und bewußtlos, man wird das erschreckende Geräusch der Räder hören, die ihre Fahrt unter der schlafenden Stadt hindurch fortsetzen, und der Fleischhaufen wird zu einer klebrigen, gelblich-grünen Masse werden.

Ich halte vor den Stufen, auf denen die vielen Sterne glänzen. Ich frage mich, ob Wilfried alle diese Dinge gesehen hat, bei denen sich mir immer noch der Magen herumdreht... Am liebsten würde ich weinen oder schreien, aber ich weiß gut, daß keiner es sehen, daß keiner es hören wird. Ich weiß gut, daß all dies nur ein Traum ist, mein Traum, und daß Wilfried nichts davon weiß, nichts davon wissen kann... daß er nicht verstehen kann, warum plötzlich kleine Sternchen, wie die Sterne auf der Treppe, aus meinen Augen rinnen und auf meinen Wangen brennen. Er nimmt mich in seine Arme, wärmt meinen Rücken. Ich fühle seine Lippen, sie sind wirklich zart, ja, er gibt mir auch seine Lippen, er gibt mir alles, was er hat. Die Nacht bricht über uns herein, es ist kalt und dunkel, aber Wilfrieds Körper ist warm, und seine Augen glänzen. Für mich. Damit der Traum verschwindet und für immer von den Rädern des Grauens überfahren wird.

Nein, ich erfinde keine Alpträume mehr, damit Wilfried mich in seinem Zimmer schlafen läßt. Alles ist dunkel, und wir liegen beide in einem großen Bett, nackt unter einer Daunendecke. Ich habe meine Hand auf Wilfrieds Brust gelegt, und ich fühle, wie sein Herz schlägt. Mir wird ganz seltsam zumute, wenn ich daran denke, wie es wäre, wenn man dieses kleine Ding, das sich aufbläst und wieder in sich zusammensinkt, das sich vorwärts und rückwärts bewegt, das umkehrt und wieder zurückkommt, wenn man dieses kleine Ding zerquetschen würde. Nein, ich will das nicht tun, ich habe meine Hand daraufgelegt, um sicherzugehen, daß er lebt ... daß er wirklich da ist ... und daß ich ihn anfassen, hören, sich bewegen fühlen kann ... So bin ich sicher, daß meines auch diesen Spektakel macht, auch wenn ich überhaupt nichts davon merke.

Wir schlafen nicht. Wir fühlen uns viel zu wohl so, einfach so, wenn wir einander in der Stille, in der Dunkelheit zuhören. Ich habe meine Beine um Wilfrieds Beine geschlungen, damit er mich nicht vergißt, damit er weiß, daß wir zusammen schlafen, dieselben Träume haben werden. Er hat seine Augen geschlossen, aber ich weiß, daß er nicht schläft, manchmal bewegt sich seine Hand in meinen Haaren, streichelt sie, kämmt sie, rollt sie auf ... und ich weiß auch, daß er sie sehr weich findet, daß er die Augen schließt, um von ihnen zu träumen.

»Was siehst du vor deinen Augen?«

»Aber ... nichts natürlich ... Dunkelheit.«

»Also, woran denkst du?«

»Ich denke, daß ich bald einschlafen werde.«

»Du kannst nicht richtig antworten! Ich will, daß du mir sagst, wovon du träumst!«

»Aber Malika, ich werde es dir morgen sagen.«

»Träumst du nie, wenn du nicht schläfst?«

»Doch ... Manchmal, aber eben habe ich an nichts gedacht und nicht geträumt.«

»Langweilst du dich nicht, wenn du nie träumst?«

»Du langweilst dich, wenn du wieder in die Wirklichkeit zurückkommst.«

»Nein, weil ich weiß, daß ich in meinen Traum zurückkehren kann, wann immer ich will.«

»Auch das ist ein Traum.«

»Oh ...«

Das brauche ich nicht alles zu wissen ... immer muß ich Fragen stellen. Ich höre Wilfrieds gleichmäßigen Atem ... Nein! Du weißt doch, daß ich mit dir einschlafen will! Warte auf mich! Nur eine Sekunde!

Wilfried gießt den Tee ein. Inzwischen ist er daran gewöhnt, alles ist blitzschnell fertig, außer natürlich, wenn nur noch ein Kaffeelöffel voll Tee, ein Gramm Butter und zwei Scheiben Brot (und dazu noch die angeknabberten) da ist. O nein! Wir sind nicht enterbt worden, wir haben nur unendlich lange schon vergessen einzukaufen.

»Ich gehe zum Bäcker, Croissants und Kaffee kaufen.«

»Du bist wirklich ulkig. Du sagst Croissants und weißt genau, daß du mit einem Haufen Brioches und Schokoladenbrötchen und Apfelstrudel zurückkommen wirst.«

»Na und? Schließlich brauchen wir auch Vorräte.«

»Okay ... Nachher müssen wir einkaufen gehen.«

»Wo gehen wir hin?«

»Ich weiß auch nicht. In einen großen Supermarkt.«

Ich ziehe eine Jeans über, renne die Treppen hinunter, remple eine oder zwei alte Damen an, die vorsichtig ihr Essen vor sich hertragen (es muß schon ein Uhr sein), und seufze zufrieden, als ich vor der Ladentheke des Bäckers stehe. Diesmal brauche ich nicht auszusuchen. Ich muß alles kaufen, weil nichts mehr in den Schränken ist. Ohne zu überlegen, zähle ich eine ganze Liste auf, die Bäckersfrau sieht immer freundlicher aus. Schließlich lächelt sie sogar ... Wilfried hat keine Begabung zum Einkaufen, er hätte neun Zehntel der Liste vergessen. Sie stapelt alles in einen Karton, das Gebäck, das Milchpulver und die Brioches, und gibt mir mit einer höflichen Bemerkung das Wechselgeld zurück.

Wilfried lacht, als er mich kommen sieht, entzückt packen wir aus ... Aber wo denken Sie hin, wir sind doch vernünftig, auf dem Tisch bleiben nur ein paar Croissants und ein paar Brioches. Schließlich sollten ja vor allem die Schränke wieder aufgefüllt werden.

»Gut. Ich denke, wir sollten mit dem Pfeffer anfangen, dann Salz, Tomatensoße, Reis, Kartoffeln, Nudeln ... nein, das habe ich ganz vergessen, natürlich keine Nudeln ... Gruyère, Schinken, Eier, Milch ...«

»Es wäre einfacher, wenn wir von jedem Regal etwas nehmen würden ... Bis du mit der Liste fertig bist ... Außerdem müssen wir irrsinnige Umwege machen, wenn wir uns genau daran halten und nichts vergessen wollen ...«

»Na ja, stimmt schon ...«

Mandrika ist sehr ungehalten wegen unserer nächtlichen Ausflüge, und er zeigt uns seine Verachtung, indem er jedesmal wütend kreischt, wenn wir an seiner Stange vorbeigehen. Und seit sechs Uhr heute morgen schreit er, um den Hahn nachzumachen, aber Wilfried und ich hören es nicht, nur die Nachbarinnen. Unser Ruf wird allmählich schlechter.

Ich habe das Radio angestellt und angefangen zu tanzen.

Wilfried sang unter der Dusche, und alles war schön, so schön, daß es ein ganzes Leben lang, dieses Leben lang hätte dauern können.

Der Lieferant aus dem Supermarkt hat jede Menge Kartons in der Küche abgestellt. Wir fragen uns langsam, ob wirklich wir das alles eingekauft haben. Vielleicht hat er uns mit dem Pächter einer Kantine verwechselt ... Ehrlich gesagt sind wir ein bißchen mutlos, wenn wir daran denken, daß wir das alles auch auspacken müssen. Wilfried sieht mich an, mit schlenkernden Armen und ganz seltsamen Augen. Ich drehe meine Haare um meine Finger, ich weiß nicht, was ich sagen, was ich machen soll ... Es ist sechs Uhr ... Den ganzen Nachmittag lang haben wir diese verdammten Kartons gefüllt, und jetzt wissen wir nicht einmal, was wir mit ihnen anfangen sollen. Idiotisch, wir hätten uns entschließen sollen, jeden Tag ins Restaurant zu gehen ...

»Sollen wir es bis morgen aufschieben?«

»Genau das habe ich gerade auch gedacht. Nur macht das sicher besonders gute Laune ... Ich meine, wenn wir das alles beim Aufstehen sehen ...«

»Na gut, wir brauchen ja nur den Tee und die Butter herauszuholen, und den Rest machen wir, wenn wir Lust dazu haben.«

Allerdings können Sie sich denken, daß es nicht so einfach war, in diesem Wust ein mickriges Päckchen Tee zu finden. Wir leerten die Kartons nach und nach und stapelten alles auf dem Tisch, der Haufen wurde auf der einen Seite immer größer und auf der anderen immer kleiner. Der heißersehnte Tee blieb unauffindbar. Mit unserem üblichen Glück fanden wir ihn dann im letzten Karton. Der Tisch war völlig überladen mit allen möglichen Schachteln, wir hätten einen Laden aufmachen können. Und wir sahen ganz schön blöd aus der Wäsche, wie wir so dastanden, mit unserem Päckchen Tee in der Hand.

»Wieder das gleiche Problem ... Wir können nicht alles so stehen lassen bis morgen früh ... Wir müssen alles einräumen, bevor wir eine Tasse Tee trinken.«

Sie erraten sicher, daß die Schränke voll geworden sind. Das heißt, wir räumten einfach alles aufeinander. Es hat mindestens eine Stunde lang gedauert, bis wir fertig waren. Und es war viel anstrengender als Rollbrettfahren, das kann ich Ihnen sagen. Und viel weniger lustig.

»Und jetzt, sollen wir die Steaks heraussuchen?«
»Was? Du spinnst ja! Wir gehen ins Restaurant!«
»Genau das wollte ich von dir hören!«

Woraufhin wir aus dieser verdammten Küche stürzten, die uns für heute genug gequält hatte. Wilfried verdünnisierte sich in sein Zimmer, um seinen Blouson und sein Rollbrett zu schnappen. Ich meinerseits tat währenddessen das gleiche, und wir trafen uns im gleichen Augenblick an der Tür. Und da wir sehr egoistisch sind, taten wir so, als hörten wir Mandrika nicht ...

Wir waren in Saint-Germain, weil es uns doch mehr anmacht als die Champs-Elysées, auch wenn es dort weniger »schick« ist. Außer uns war fast niemand unterwegs. Das fanden wir zwar ziemlich merkwürdig, aber eigentlich gefiel es uns, denn das Bad in der Menge hat uns noch nie besonders angezogen. Es war schon ganz dunkel, ich mag die Dunkelheit, und deshalb mag ich auch den Winter ... Wir gingen in ein kleines Restaurant in der Rue de la Huchette, weil es außen schön aussah, und wir waren wütend, als wir die Karte sahen: Italienische Spezialitäten, Spaghetti mit Tomatensoße, Spaghetti mit Gruyère und ich weiß nicht, was noch.

Es stimmt schon, das hat uns die Wahl erleichtert. Es blieb nicht mehr viel übrig, nachdem wir alle Arten von Spaghetti ausgeschlossen hatten. Aber dafür würden wir ein ganz besonderes Dessert essen! Auf jeden Fall! Der Kellner kam an unseren Tisch. Er lächelte, als sei ihm gerade das Schönste auf der Welt zugestoßen.

»Ein gutes neues Jahr!«

Was? Wir sahen uns einen Augenblick lang an, ohne zu reagieren ... Das ist nicht möglich. Heute kann doch nicht der 1. Januar sein! Nein! Der Kellner begriff nicht, warum wir so verstört und unglücklich aussahen. Nein, er begriff es wirklich nicht ...

Und Weihnachten ist dann schon vorbei? Unerklärlich! Stellen Sie sich doch einmal vor, die verdammte Schule fängt am 3. wieder an! In zwei Tagen!

Das nahm uns den Atem ... und den Appetit. Natürlich versuchten wir trotzdem, fröhlich zu sein, schließlich blieben uns ja noch zwei Nächte und ein Tag ... aber ... trotzdem ... uns war wirklich nicht mehr zum Lachen zumute. Normalerweise zieht sich die Zeit immer, und jetzt war sie vergangen, ohne daß wir etwas davon gemerkt hatten! Das ist nicht gerecht!

»Was machen wir?«

»Ich weiß nicht. Was meinst du?«

Ich zerschneide mein Fleisch in kleine Stücke, irgendwie muß ich meine Hände beschäftigen, sonst ... Wilfried ißt mit einem abwesenden Gesichtsausdruck, als suche er nach einer Lösung. Eine Lösung. Es gibt keine Lösung. Wir können nichts machen. Absolut nichts. Ich versuche mir vorzustellen, wie es ist, wenn ich wieder auf der Schulbank sitze. Aber es gelingt mir nicht, ich höre der Musik zu, ich betrachte die Tischdecken aus grobem Leinen und die großen Eisbecher ... und Wilfried, der immer noch konzentriert dasitzt und aussieht, als sei er innerlich hin- und hergerissen. Er wird schon eine Lösung finden, ich will, daß er eine findet ... Übrigens ist er sehr intelligent, und ich wüßte nicht, warum er keine finden sollte.

Alles verschwand im Rauch der Zigaretten und der gegrillten Steaks, alles verlor sich im Nebel, außer Wilfrieds Gesicht, das mir noch matter vorkommt als gewöhnlich, noch schöner. Ich will es immer ansehen können, wie wenn es mir gehören würde, nur mir, es ist mein Bild, ein Bild, das ich bewundern kann, wann ich will, ein Bild, das mich träumen läßt ... Ich würde ihn gern fragen, woran er denkt, aber ich weiß, daß er jetzt lieber still ist. Ich weiß auch, daß er es mir sagen wird, das, was ich so gern wissen möchte. Er wird mir sagen, daß wir uns nicht trennen werden, nur weil die anderen es für uns, an unserer Stelle so beschlossen haben. Die anderen sind eifersüchtig auf uns, das ist alles ... auf uns und unser Glück. Der Kellner kam wieder an unseren Tisch, um die leeren Teller zu holen und unsere Bestellung für das Dessert entgegenzunehmen. Wilfried scheint ihn nicht zu bemerken, seine Augen sehen mich an, ohne mich richtig zu sehen, sie verlieren sich irgendwo. Der Kellner ist verwirrt, weil wir so traurig aussehen, geduldig wartet er mit dem Bleistift über seinem Schreibblock ...

»Mein Herr?«

Mein Herr! Wilfried sieht zu ihm auf, schaut ihn einen Moment lang an, als versuche er, sich zu erinnern, wo er sei und was er hier wohl mache, plötzlich hellt sich seine Miene auf, er lächelt, vielleicht wegen des »Mein Herr«, vielleicht auch wegen etwas anderem ...

»Zwei Eisbecher. Die besten. Ich meine, die größten.«

Leuchtend. Er hat leuchtende Augen. Ich frage mich, ob das nicht so ist, weil er die »Lösung« gefunden hat ... diese Lösung. Er wartet, bis der Kellner weggegangen ist, um sie mir zu sagen. Nein, sein Gesicht verschließt sich wieder, er verschwindet wieder in seine unergründlichen Überlegungen, und ich sitze wie auf Kohlen in einem italienischen Restaurant, in dem es nur Spaghetti mit allen möglichen Soßen gibt. Wir haben unsere Rollen vertauscht, jetzt träume nicht mehr ich ... jetzt beklage ich mich über die Wirklichkeit. Aber das macht nichts, weil wir ja zusammen sind, weil ja jeder dem anderen alles erzählt. So haben wir nichts verloren, wir ergänzen uns.

Und da kommen zwei herrliche Eisbecher, lila, Fruchteis ... sicher Erdbeer und Johannisbeere. In Kristallgläsern (sicher ist es Kristall) und mit kleinen Silberlöffeln (sicher ist es Silber). Ich kann nicht mehr warten, ich muß es wissen ...

»Also sagst du es mir?«

Er nimmt einen Eisbecher, betrachtet ihn genau, sehr genau, als suche er darin ... ich weiß auch nicht, irgend etwas sehr Wichtiges ... Hat er mich nicht gehört oder was? Man könnte meinen, die Welt existiere gar nicht mehr für ihn, ich frage mich wirklich, wo seine Gedanken sind.

»Ich dachte nur ...«

»Was?«

»Na ... Die einzige Lösung ... ist, daß wir nicht mehr hingehen.«

»Meinst du, das können wir machen?«

»Eigentlich können wir es nicht. Aber wir können trotzdem. Wir haben das Recht, alles zu tun, um uns zu wehren.«

»Aber was sagen wir ihnen?«

»Nichts. Wir gehen sehr weit weg, damit sie uns nicht finden. Wir gehen aufs Land.«

»Aber ... wohin denn?«

»Erinnerst du dich an das Haus von diesem Dummkopf von Vater? Ich weiß nicht mehr genau, wo es ist, irgendwo im Süden.«

»Das mit dem großen Park und dem Wald drumherum?«

»Ja ... Da könnten wir hingehen. Ich weiß, daß niemand dort ist.«

»Würdest du es denn wiederfinden?«

»Ich weiß, daß man mit dem Zug bis Avignon fahren

muß ... Daß es in der Nähe von Aix liegt ... Der Name muß mir doch wieder einfallen ... Ich weiß nicht mehr.«

»Du mußt dich daran erinnern!«

»Wenn ich es auf der Karte sehe, fällt es mir wieder ein.«

»Und das Geld? Wie machen wir es mit dem Geld, hmm? Unser Vater hat seine Banken im Süden noch nicht benachrichtigt.«

»Was wir haben, reicht noch eine Weile.«

»Aber nachher?«

»Nachher schlagen wir uns schon irgendwie durch! Du denkst immer zu weit voraus!«

Ich brauche Ihnen ja nicht zu sagen, daß mir diese Idee vollkommen verrückt erschien. Obwohl mich das unheimlich reizen würde ... Außerdem, wenn Wilfried es vorschlägt, heißt das auch, daß nichts passieren kann. Wie sollten sie auch auf die Idee kommen, daß wir auf dem Land untergetaucht sind? Sicher denken sie, wir haben uns in ein Hotel verzogen, oder wir haben uns zu irgendwelchen Freunden geflüchtet (die es nicht gibt). Oder ... und außerdem, wer ist eigentlich »sie«? Niemand kontrolliert uns ... Niemand. Genau, wir werden aufs Land verduften, nur wir zwei ... Ich wußte ja, daß Wilfried ...

»Wann gehen wir?«

»Morgen. Heute abend ist es schon zu spät. Außerdem müssen wir noch packen und einen Blick auf die Karte werfen.«

»Morgen früh also. Es ist immer besser, morgens zu reisen.«

»Wir müssen vor allem Pullis mitnehmen. Dort ist es im Winter unheimlich kalt.«

Plötzlich sah ich einen Vogel, der hoch am Himmel flog und mit seinen Flügeln schlug, ich habe ihn gesehen, bestimmt, und er flog nach Nirgendwo und träumte von seiner Heimat. Ich bin sicher, daß er von seiner Heimat träumte, es kann gar nicht anders gewesen sein.

Ich mußte komisch aus der Wäsche geguckt haben, daß Wilfried mich so ansah. Er mußte denken, mir sei das schicksalhafte Hindernis eingefallen, das seine geniale Lösung zunichte machen könnte. Aber ich bin gar nicht traurig, wenn ich Mandrika davonfliegen sehe, wo er doch den weiten Himmel lieber mag als die engen Mauern, wo er mir doch nicht gehört, wo er niemandem gehört ... niemandem.

»Deine Lösung gefällt mir.«

Ich wußte nicht, was ich sagen sollte, ich wußte nicht, was man hätte sagen sollen. Ich war so glücklich, daß ich schon wieder traurig war. Aber ich wußte doch, daß wir ganz sicher zu zweit weggehen würden, weit weg von allem und jedem, ich wußte doch, daß Wilfried ganz sicher nur mich liebte ... daß ich alles tun konnte, was ich wollte und wie ich es wollte. Am liebsten hätte ich geweint, und gleichzeitig verabscheute ich mich dafür, ich hätte vor Freude in die Luft springen, schreien wollen, aber nein ... nichts ...

In Wilfrieds Augen sah ich, daß er unruhig war. Und ich wußte wohl, daß die Unruhe, die ich an seinen Augen ablesen konnte, meinetwegen da war. Ich tat, als sei mir danach zu lachen, damit das alles verschwinden sollte und nur noch ein Wort, ein einziges Wort zwischen uns war.

»Du bezahlst mir doch noch ein Eis, um eine solche Entscheidung zu feiern?«

»Natürlich. Nütze es ruhig aus, denn da unten haben wir sicher keine Lust mehr auf Eis!«

Auch er tat so, als sei er fröhlich. In diesem Augenblick hatten wir auf nichts mehr Lust, nur noch darauf, uns an den Händen zu halten und einander zu erzählen, wie wir in unserem verlassenen Winkel leben würden. Und doch war das Wort, dieses Wort zwischen uns. Es legte uns beiden denselben Schleier über die Augen, damit wir noch enger miteinander verbunden waren. Wissen Sie, manchmal ist man dann am glücklichsten, wenn man traurig ist.

25

Es ist vier Uhr morgens. Ich nehme zum zehntausendsten Mal diese verdammte Karte vom südlichen Teil Frankreichs unter die Lupe, die Straßen sind nur noch verschwommene Linien, die allmählich ineinander übergehen, die Städtenamen verformen sich zu einem Durcheinander von kleinen schwarzen Balken, die ich nicht mehr entziffern kann. Malika sitzt bequem in einem Sessel und erkundigt sich alle zwei Minuten dreißig Sekunden: »Bist du sicher, daß du dich diesmal nicht getäuscht hast?« Ja, denken Sie nur, in meiner miserablen Erinnerung gab es tatsächlich einen kleinen Irrtum, was den Zielbahnhof angeht. Aix ist in Wirklichkeit Brives. Dort müssen wir einen Zug nehmen, der uns in Martel absetzt, und von Martel aus sind es nur noch fünf Kilometer zu Fuß. Mein Irrtum ist nicht so schlimm, das Périgord und der Süden liegen ja ganz nah beieinander. Ich kann schon fast nicht mehr aus den Augen sehen, sicher fallen sie mir vor lauter Müdigkeit bald zu, ich habe nicht einmal mehr die Kraft, mich auf der Couch auszustrecken, gleich schlafe ich auf dem Teppich ein ...

»Du hast doch alles gefunden, hmm? Es wäre idiotisch, wenn wir drei Tage lang danach suchen müßten.«

»Nein ... nein ... alles ist ... in Ordnung.«

Ich hatte gedacht, Malika würde es verrückt finden, daß ich ihr so etwas vorschlage. Es war mir einfach so eingefallen, als ich gerade zwei Männern zusah, die uns in dem italienischen Restaurant gegenübersaßen und aßen, sicher waren es Schäfer oder Bauern gewesen. Sie sahen so glücklich aus, so schön ... Ich stellte sie mir vor, wie sie mitten auf einer Wiese standen und ihre Ziegen um sie herum grasten ... Es wurde Nacht ... Sie würden ihre Herde in den Stall treiben und anschließend Holz hacken, um ein gewaltiges Feuer im Kamin anzuzünden ... Sie hatten ein wirklich hübsches Bauernhaus mit einem großen Raum, in dem sie kochten und lebten, der Fußboden war mit Steinplatten belegt, und die Decke wurde durch Holzbalken gestützt ... Und als ich mir dies alles gerade vorstellte, fiel mein Blick auf ein Gesicht, auf ein einzelnes Gesicht, das traurig und düster und blaß war, sicher ein Geschäftsmann, der seine Spaghetti sehr schnell hinunterschlang, damit er keine Zeit verlor, und der während seines Essens flink und geübt verschiedene hellblaue Formulare ausfüllte. Es hat mich buchstäblich umgehauen, als ich das sah ... Ich weiß auch nicht, warum ... Ich fühlte mich wirklich elend, wenn ich daran dachte, daß auch ich später so von meiner Arbeit besessen sein könnte, daß ich durch die Straßen hasten und jede Nacht um zwei ins Bett gehen würde, um morgens um sieben wieder aufzustehen und mich in mein luxuriös ausgestattetes Büro einzuschließen. Vielleicht würde es wirklich luxuriös sein, aber Mauern sind überall gleich. Auch wenn sie mit den schönsten Bildern geschmückt sind und die schönste Musik in ihnen erklingt, kann man niemals vergessen, daß sie da sind, und man verliert nie das Gefühl des

Eingeschlossenseins und des Unbehagens, das sie einem vermitteln.

Mein Blick fiel wieder auf die beiden Männer, die leise miteinander sprachen und dabei gemächlich ihren Kaffee tranken ... Wäre ich Maler gewesen, hätten sie auf meinen Bildern das Glück darstellen können. Echt.

Und der andere, die Angst, der Tod, warf ein paar verstohlene Blicke auf sein Gegenteil und versuchte dabei, sich davon zu überzeugen, daß es diese beiden wunderschönen Gesichter nur in seiner Einbildung gab.

Gräßlich.

Ich entschied mich für die beiden Männer.

Unerbittlich klingelte der Wecker, als es sechs Uhr war. Das leise Geräusch dröhnte in meinem Kopf wie eine Sirene, ich fühlte die Erschütterung in meinem Gehirn, ich versuchte, gegen dieses höllische Beben anzukämpfen, aber der Wecker klingelte weiter, immer weiter ... Ich streckte den Arm aus, um diesen verdammten Wecker abzustellen, aber Malika (umsichtig, wie sie ist) hatte ihn fünf Meter weit weg gestellt ... Sobald ich sah, wo er stand, sprang ich aus dem Bett, um ihn endlich zum Schweigen zu bringen, und ich wollte mich schon wieder in mein schönes warmes Bett werfen, als mir einfiel, daß ich ja jetzt das Schlimmste hinter mir hatte ... Es wäre idiotisch, wenn ich jetzt aufgeben würde ...

Malika öffnete träge ein Auge, als ich sie schüttelte. Ich mußte einen großen Teil meiner Energie darauf verwenden, ihr die ... Umstände wieder ins Gedächtnis zu rufen ... Nach einer Viertelstunde fiel ihr endlich wieder alles ein, sie sprang in ihrem Bett auf, schlang ihre Arme um meinen Hals, küßte mich, wohin sie gerade traf und war überhaupt nicht mehr schläfrig. Am liebsten hätte ich sie an mich gedrückt und wäre dann wieder eingeschlafen, ganz nah bei ihr, ohne an etwas zu denken. Später. Später ... haben wir Zeit dafür. Ich fühlte mich, als sei ich bedroht, verfolgt. Wir mußten uns beeilen, um unser Ziel, unsere Einsamkeit, unser Glück zu erreichen. Nichts sollte uns davon abhalten. Nichts, und vor allem nicht die Zeit, die uns an der Straßenecke abpaßte und die uns überfallen würde, wenn wir sie weiter verstreichen lassen würden, ohne etwas zu unternehmen. Diese Beklemmung, die einem plötzlich die Brust zusammendrückt, bis man vor Schmerz und Angst schreien möchte, diese unbändige Lust, kilometerweit zu fliehen und niemals mehr mit diesem Grauen in Berührung zu kommen. Ein einziges Wort, das sich immer schneller in Ihrem Kopf dreht: schnell, schnell, noch schneller... Und Ihr ganzer Körper wird zu einer Kugel aus Angst, die Sie auf der Stelle festhält, die Ihren Bauch, Ihr Herz und Ihre Gurgel abschnürt, als sollten Sie ersticken ... Aber Sie können sich nicht wehren, und Sie bekommen immer weniger Luft, schnell, schnell, noch schneller, meine Hände zittern, meine Gedanken verflüchtigen sich, meine Erinnerung verblaßt ....

Und Malika sieht mich aufmerksam an. Sie nimmt mich an der Hand, lacht und führt mich ins Badezimmer, stellt mich unter die eiskalte Dusche und ruft mir zu, sie wolle »alles vorbereiten«. Tausend kleine Nadeln stechen mich. Sie wollen mir wehtun, aber sie tun mir gut, wie eine neue Haut, die sich über die alte legt, aber eigentlich geht eher die alte Haut ab und löst sich ganz allmählich vom Körper... Ein wunderbares Gefühl der Erneuerung, der Ruhe. Die Beklemmung, das Wort ist verschwunden ... Jetzt liegt nur noch ein Schleier der Unbekümmertheit und der Erleichterung auf meinen Gedanken, wie um sie zu beschützen.

»Beeil dich! Ich habe die Toasts hingekriegt!«

»Das muß gefeiert werden!«

»Was machen wir mit all den Vorräten, die wir eingekauft haben?«

»Du willst doch nicht, daß wir sie mitnehmen, oder?«

»Na ja ... ich wollte schon, aber dann bräuchten wir einen Lastwagen.«

»Mach dir nichts daraus, wir kaufen eine Menge neue. Und nur vom Besten, weißt du, vom Bauernhof, Landbrot, Eier und frische Milch ...«

»Ah! Und dann essen wir die Hasen, die wir gejagt und die Fische, die wir geangelt haben, hmm?«

»Du nimmst mich auf den Arm!«

»Aber nein, ich frage dich.«

Malika setzt sich und hält mir eine Tasse Tee hin. Ist dies die Geste einer Frau oder die eines Kindes, ich weiß es nicht, vielleicht beides gleichzeitig, vielleicht eines nach dem anderen ... Oder hat sie gelernt, ihren Blick wie ein Geschenk darzubieten, mit ihren Augen stumm und doch so deutlich zu fragen? Ich weiß nicht. Im Augenblick weiß ich nur, daß sie an meiner Stelle entscheidet, auch wenn sie mir das Gefühl läßt, ich hätte selbst entschieden, ich weiß, daß sie alles für uns beide erträgt, auch wenn es nicht so aussieht. Ich folge ihr nur, ich höre auf sie, ohne daß es mir bewußt wird, und ihre stummen Wünsche werden zu meinen, als ob sie sie mir eingeflößt hätte, schließlich glaube ich, sie seien schon immer meine eigenen gewesen, sie seien nur in meinem Innersten, in einem verborgenen Winkel verschüttet und ein Geheimnis gewesen, das ich erst jetzt entdecke ... Das alles geht über meinen Horizont, ich begreife nicht, warum sie eine solche Macht über mich hat. Vielleicht einfach deshalb, weil ich verliebt bin.

Verrückt, wie schnell man denkt. All das ist mir durch den Kopf gegangen, solange Malika mir eine Tasse Tee reichte, aber es waren keine Sätze, sondern eine Art Blitz, nicht einmal eine bildliche Vorstellung, sondern ein unscharfer Blitz, der immer deutlicher wurde, während ich die Tasse nahm und Malikas Hände streichelte.

Jetzt senkt sie den Blick und betrachtet offensichtlich zufrieden die Toasts, die sie gebuttert und mit einer dünnen roten Schicht überzogen hat, mit einem schüchternen Lächeln reicht sie mir den Teller herüber. Es ist wirklich verrückt, wie sehr sich die Dinge in einem kleinen Augenblick verändern können. Eben noch wollte ich vor Angst schreien, und jetzt könnte ich vor Freude sterben. Ihr Blick scheint mir zu sagen, daß sie ein Kompliment, ein Wort erwartet. Vielleicht eine Geste, ja, so wie ihre Geste eben. Und plötzlich denke ich, daß ich ihr nichts geben kann. Ein unangenehmer, ein bitterer Gedanke.

Also lächle ich sie an. Wie ein Dummkopf, wie ein Esel, der nichts Besseres zu tun weiß. Ich stehe auf und küsse sie auf die Lippen. Ihre Lippen sind so zart, ich fasse unter ihre Haare, streiche über ihren Hals, sie hat einen so süßen Körper ... Ein leichtes Erschauern, ein zärtlicher Blick, eine andere Art zu fordern, eine andere Art zu danken ... Eine andere Art zu lieben.

Und dann verschwindet alles, und alles kommt wieder, der wahnsinnige Tanz fängt wieder an und hört nicht mehr auf, die Gesichter verschwimmen, die Körper vermischen sich, ich weiß nicht mehr, wer ich bin, aber das ist auch egal, ich sehe eine wunderschöne, von der Sonne bestrahlte Landschaft und ein unwirklich erscheinendes Gesicht, das von innen her zu leuchten scheint.

Zehn Uhr. Die Gare d'Austerlitz liegt trübe vor uns, aber von jetzt an ist nichts mehr trübe für uns. Von jetzt an machen wir aus den Dingen, was wir wollen, wir verändern sie je nachdem, was gerade in uns vorgeht. Wir müssen komisch aussehen, mit unseren altmodischen und staubigen Koffern und all den mit Schnüren umwickelten Paketen, die an unseren Armen hängen. Sicher hält man uns für Kinder reicher Eltern, die gerade auf eine Insel fahren. Kurz, sollen sie doch denken, was sie wollen, wir sind jetzt zusammen und glücklich, und niemand wird uns jetzt noch für etwas »halten« können.

Hinter uns liegen all die Dinge, die wir verlassen haben, das ganze Leben, das uns nicht wirklich gehörte, all die Worte, die nicht die unseren waren, die ganze Welt, die man uns aufgezwungen hat, und wir nehmen uns jetzt das Recht, sie abzulehnen.

Hinter uns haben wir ein großes schwarzes Loch zurückgelassen, eine gewaltige Leere, und wir gehen langsam auf die Sonne zu, auf das Licht, das sich ganz am Ende unseres Weges abzeichnet, nichts kann uns jetzt noch berühren, wir werden in einer anderen Welt leben, in der Welt, die wir schon Tausende von Malen gesehen haben ... einen Traum lang ... nur einen Traum lang ...

Das Haus ist ein luxuriöses Landhaus. Kaum zu glauben, daß wir mitten im Luxus geboren sind. Ein langer, mit Kies bestreuter Weg führt durch einen Eichenwald von der Straße zum Haus, ein langer, sonnenbeschienener Weg, gerade so schattig wie nötig. Das Haus thront mitten auf einer Lichtung, eingerahmt von Baumreihen und einem Blumengarten, die steinernen Wände sind fast zu sauber, die Ziegel fast zu glänzend ... Ein Schornstein ragt in den Himmel, man wartet darauf, daß goldener oder silberner, nach gegrillten Langusten duftender Rauch daraus aufsteigt ...

Die Räume liegen alle hintereinander. Die Decken sind so hoch, daß ich drei Mal so groß sein und sie immer noch nicht berühren könnte. Die Küche ist riesig und in der Mitte durch eine Art Bar geteilt, die den Herd und die Küchenschränke von dem großen Holztisch trennt und von den

Sesseln, die rund um den Kamin herum stehen. Der Steinfußboden ist so sauber, daß man schwören würde, daß noch nie jemand darauf gegangen ist, alles ist so blitzblank, daß man meinen könnte, ein Engel mache hier den Haushalt. Nur in der Feuerstelle liegt Asche, und eine schwarze Rußspur steigt den Kamin hinauf.

Dieser Raum gefällt uns am besten. Malika hat sich auf den Tisch gesetzt, um zu malen. Ich finde sie schöner, seit wir hier sind. Sie scheint wirklich glücklich zu sein, ein Schleier liegt auf ihrem Gesicht, ihre Bewegungen sind ruhiger, ihre Augen sind noch sanfter und noch größer, sie sind dunkelgrün geworden, ... ein Nachtgrün, ein Meeresgrün, ein Flaschengrün ... Sie sieht nicht mehr so verschlossen und in sich gekehrt aus, wie sonst manchmal, wenn sie am liebsten revoltiert hätte. Sie weint nicht mehr einfach so, wegen nichts, wie früher, als sie auf etwas wartete, von dem sie wußte, daß es unmöglich war. Sie wird nicht mehr wütend über die falschen Gründe für ihre Wut. Sie sieht mich voller Zärtlichkeit an, sie ... Ich weiß auch nicht. Sie ist nicht mehr dieselbe. Und dennoch ist sie immer noch Malika, nur lebt sie ein anderes Leben, sie hat ihre Umgebung und ihre Rolle verändert, sie ist nicht mehr irgendeine Person, sondern sie selbst.

In der Nähe ist ein Bauernhof, auf dem wir Eier und Milch kaufen. Malika mag den Geruch der Tiere nicht, und sie hätte beinahe wütend aufgeheult, als ein Bauer ihr vorgeschlagen hat, einmal beim Stopfen der Gänse zuzusehen. Mist, Schmutz und Stroh sind nichts für sie. Ihr wird übel davon, speiübel ... Ich sehe, wie sie bleich, wie sie weiß wird. Sie faßt nach meiner Hand und schließt die Augen halb, um ihren Abscheu nicht allzu deutlich zu zeigen, damit der Bauer sie nicht mit allen möglichen Schimpfnamen belegt, die er sicher für die »Städter« übrig hat. Es war ein wenig schwierig, ihre Fragen zu beantworten. Ich sagte ihnen nicht allzu viel, aber sie wußten schließlich doch, daß wir allein in dem Haus des »Reichen« wohnten. Sie verachten uns, aber sie zeigen es nicht, weil sie Angst haben, dann den mageren Erlös zu verlieren, den sie täglich durch uns haben. Wir lachen nur darüber. Von jetzt an lachen wir über alles. Wir denken an nichts anderes mehr als daran, unser Glück zu verteidigen.

Draußen ist es feucht und kalt. Wir stecken in riesigen

Wollpullis, die wir ausgetauscht haben, um das Gefühl zu haben, wir seien einander noch näher. Die Zeit vergeht oder vergeht nicht, was macht das schon, soll sie doch, wir lassen sie tun, was sie will, ohne uns um sie zu kümmern. Welchen Tag haben wir heute? Wie spät ist es? In wieviel Tagen fangen die nächsten Ferien an? So viele Sätze, die wir vergessen haben, und ein paar von denen, die wir vergessen haben, und ein paar von denen, die wir hinter uns gelassen haben. Die Einsamkeit hat uns in ihre zarte Seidenhaut eingehüllt, sie schützt und wärmt uns, die Einsamkeit zu zweit, in der wir uns nachts aneinander schmiegen, um nicht zu spüren, wie die Kälte in uns hineinkriecht.

Wir haben vergessen, was man tut und was man nicht tut. Wir haben alles vergessen, um unsere eigene Sprache zu lernen, um wieder sprechen zu lernen. Wir hören nur noch einander zu, diese Stimmen kannten wir noch nicht, wir haben sie bis jetzt noch nicht gehört, so laut schrien die anderen um uns herum, um uns besser zerstören zu können, um uns zu erledigen und uns in ihre Konventionen, ihre Regeln, ihre Rechte und Pflichten zu pressen. All das ist hinter uns geblieben, aber wir sind noch wütend, weil wir nicht revoltiert haben, weil wir wissen, daß sie uns für die Verlierer halten, obwohl wir doch in Wirklichkeit die Gewinner sind. Wir sind wütend, weil wir sicher sind, daß es ihnen ein Leichtes gewesen wäre, uns hereinzulegen. Wir hätten es vielleicht nicht einmal gemerkt, und sie hätten uns zu sich selbst in jenen Schraubstock gezwängt, aus dem es kein Entrinnen gibt, der einem das Hirn zermalmt, um es mit dem der anderen zu vermischen, so daß alle dieselbe Zusammensetzung und dieselbe Form haben. Und diese Drohung schwebt ungewiß und unsichtbar über uns, etwas Unbekanntes, das uns unruhig macht, weil wir es nicht greifen können. Wir lächeln, aber hinter unserem Lächeln verbirgt sich die Niedergeschlagenheit, die aus der Ohnmacht entsteht. Wir sind glücklich, aber hinter unserem Glück verbirgt sich die Angst vor der Rache, die auf uns zukommt. Wir meinen zu wissen, wie weit ihr Haß geht, aber wir wissen es nicht.

Es ist Abend geworden, und das Feuer knistert im Kamin. Alles ist still, ruhig, alles ist schön und scheint ewig dauern zu wollen. Malika hat sich in meine Arme geschmiegt, sie schläft wie eine kleine Katze, zusammengerollt und an mich gekuschelt. Das Feuer wirft sein Licht auf sie. Ich habe das Gefühl, eine Stimme rezitiert ein langes Gedicht für mich, aber es gelingt mir nicht, die Worte genau zu verstehen. Sie entgleiten mir, sie fliehen, ich fühle nur noch die Fülle, die Zartheit, die die Verse zum Ausdruck gebracht haben. Ich weiß nicht, ich weiß nichts, ich schließe die Augen, um diese Stille und diese Freude besser fühlen zu können, ich will, daß all dies ewig dauert, ich möchte mir nie mehr vorstellen, daß uns jemand auf unserer Straße, unserem Weg, unserem Pfad zu unserem Traum verfolgt, daß jemand hinter uns her läuft, um uns einzuholen und uns zu zerstören ... Eigentlich ist es nicht so sehr die Angst, nicht einmal das Gefühl der Beklemmung, das einen daran hindert zu leben, sondern vielmehr der Zweifel, der schreckliche Zweifel, der einem mit aller Macht entgegentritt, der einen berechnen läßt, wie viele Möglichkeiten es dafür und wie viele es dagegen gibt, daß ... Eine leise Angst, die so harmlos erscheint und die sich doch als so heimtückisch erweist! Ich höre Malikas regelmäßigen Atem, ihre Haare gleiten über meine Hände, ihre Lippen streicheln meinen Hals, und da ist der Zweifel mit seinem scheinheiligen Gesicht, mit seinem ironisch gefärbten Lächeln ... Ich weiß, daß er da ist, aber ich will ihn nicht sehen, ich spiele den Gleichgültigen, weil es zu sehr schmerzt, ich spiele den Unwissenden und Naiven, weil es zu bitter ist. Ich schließe die Augen, das Feuer wird immer heißer, Malika zieht meine Kleider aus und lächelt, ohne mich anzusehen, sie lächelt, lächelt, lächelt! Ich habe nie ein wirkliches Lächeln gesehen, sie gibt es mir. Nur mir. Ganz für mich allein.

In der Nacht sind unsere Körper und unsere Bewegungen schön, weil hier alles so schön ist, nein, es ist kein Traum, Träume ziehen keine ewige Angst hinter sich her.

Wir sind vor dem Feuer eingeschlafen, und die Kälte hat uns mitten in der Nacht aufgeweckt. Alles war dunkel und eisig, der Raum erinnerte an ein Grab, wir sahen nichts, fühlten nichts als diese Kälte, die so eisig war, daß wir uns nicht einmal mehr bewegen konnten. Ich fühlte mich, als habe ich mich in einem Labyrinth verirrt und als würde ich nie mehr den Ausgang, die Wärme finden .. Ja, ich bin kindisch, ich weiß gut, daß nichts von all dem wahr ist, aber in diesem

Augenblick glaubte ich wirklich daran, ich glaubte so sehr daran, daß ich vor Angst ganz starr war. Malika fragte immer wieder leise: »Nimmst du mich mit unter die Decken, sag, nimmst du mich mit?« Und natürlich wollte ich ihr nicht sagen, daß ich nicht mehr weiter wußte, daß ich mich nicht einmal mehr bewegen oder sprechen konnte... Schließlich gewann ich den Kampf gegen den Angsthasen in mir, und ich tastete mich durch die Dunkelheit, um den Lichtschalter zu finden, ich trug sogar Malika in unser Zimmer und schaltete die Heizdecke ein .. Und dann verlor sich alles in einer tiefen Dunkelheit.

Sie trinkt Tee mit kleinen, nervösen Bewegungen. Sie sieht mich lächelnd an, aber ich weiß wohl, daß sie mich etwas fragen will. Draußen ist alles vom Schnee bedeckt, aber ich brauche Ihnen sicher nicht zu sagen, daß wir keine Sekunde lang daran dachten, eine schöne Schneeballschlacht mit richtig weißen und eisigen Schneebällen zu beginnen. Wir müssen einkaufen gehen, ich meine richtig einkaufen ... aber das ist recht schwierig, weil wir doch kein Auto haben ... Nicht einmal einen Chauffeur ... Ich frage mich, was wir machen, wenn es einen Schneesturm gibt ...

Sie sagt nichts. Sie wartet. Nein, ich habe mich geirrt, sie wird nichts sagen. Sie will, daß ich anfange. Aber worüber soll ich sprechen? Es gibt nichts zu erklären. Nichts. Ich bin sicher, daß man mir den Zweifel nicht am Gesicht ablesen kann, ich bin sicher, daß aus meinen Augen nur das Glück und die Freude leuchten ... Worüber sollte ich sonst sprechen? Ich bin sicher, daß Malika nichts weiß, daß sie diese Bedrohung nicht spürt, daß sie nichts anderes tut als träumen, lieben, leben ... Nichts anderes. Also?

»Warum siehst du mich so an?«

»Nur so. Du siehst irgendwie komisch aus.«

»Verstehst du, ich frage mich, was wir machen, wenn es einen Schneesturm geben sollte, der uns hier einschließen würde. Wir hätten nicht einmal Holz zum Heizen und auch nichts zu essen.«

»Wir leben doch nicht in einem Abenteuerroman. Richtige Schneestürme gibt es nicht mehr.«

»Ah!«

»Und was ist außer dem Schneesturm?«

Nein, eindeutig, so leicht kann ich sie nicht täuschen.

»Ich friere.«

Sie versenkt sich wieder in ihren Tee, ein wenig verärgert, als wolle sie sagen: »Du bist nicht ehrlich, du antwortest mir nicht richtig, und du weißt, daß ich nichts sagen kann, daß ich nicht sagen kann, du lügst.« Es stimmt, ich bin ein Lügner. Aber warum sollte ich die Angst mit zwei multiplizieren, warum sollte ich sie ihr auch übertragen, nur weil ich unter Verfolgungswahn leide?

Verrückt, wie gemein man sein kann, wenn man vor dem Angst hat, was in einem selbst passiert. Erstens weiß ich sehr gut, daß mein Schweigen für Malika viel beunruhigender ist als die Flut von Worten, die ich mir selbst hundertmal wiederholt habe, um vielleicht doch zu verstehen und beruhigt zu sein und die ich ihr gern verraten würde, weil bei ihr alles plötzlich so klar, so einfach wird ... Mein Schweigen ängstigt sie sicher mehr, denn hinter diesem Schweigen verbirgt sich mein Unbehagen, dessen Ursache sie nicht errät und das sie ebensosehr zweifeln und unsicher werden läßt wie mich.

Außerdem weiß ich, daß Malika die Lösung finden würde, ich weiß genau, daß sie immer die Entscheidungen trifft und daß ich sie vor nichts beschützen kann, weder vor der Angst noch vor der Traurigkeit, noch vor der Welt ... Und im übrigen will ich sie nicht als die Schwächere betrachten, die unfähig ist, diese Beklemmung zu ertragen. Ich weiß, daß sie eine viel erwachsenere, viel gefestigtere Seite hat als alle meine Seiten zusammengenommen.

Auch wenn ich mir alles immer wieder vor Augen halte, solange ich ein Ei schäle (das Malika gekocht hat), gelingt es mir nicht, meine Stimme aus den Tiefen meiner Gedanken zu holen. Ich versuche, mich auf den ersten Satz zu konzentrieren. Ich weiß nicht, wo ich anfangen soll. Ich habe Angst, mich zu blamieren, obwohl ich ganz genau weiß, daß Malika sich niemals über mich lustig macht. Ich habe Angst, lächerlich zu wirken, obwohl ich weiß, daß dieses Wort zwischen uns keine Bedeutung hat. Ich habe Angst, verspottet zu werden, obwohl Malikas Gesicht nichts anderes zum Ausdruck bringt als ihre Ernsthaftigkeit. Traurig und zugleich zuversichtlich, voller Erwartung, Hoffnung und Zärtlichkeit sieht sie mich an.

Ich möchte sie tausendmal mehr lieben, ich möchte ... Und doch fühle ich schon den bohrenden Schmerz in meinem Herzen, nur weil ich weiß, daß ich ihr durch mein

Schweigen wehtue, daß sie es für falsche Fürsorglichkeit hält, für einen unangebrachten Versuch, sie zu beschützen. Alles in mir scheint blockiert zu sein, ich beobachte sie und versuche mich selbst davon zu überzeugen, daß es am besten wäre, ich würde meine Gedanken vor ihr ausbreiten ... Ich bewundere sie, ich will sie immer behalten, ich will, daß sie mich bis in alle Ewigkeit liebt, ich will ... Sie ist ein Teil meiner selbst, wir sind von derselben Frau geboren, leben in derselben Welt, atmen dieselbe Luft, haben dieselben Worte. In Wirklichkeit will ich diese Angst nicht vor ihr zugeben, weil ich die Angst selber nicht zulassen will, ich möchte sie vor meinem zweiten Ich verbergen, das sie darstellt ... Plötzlich würde ich am liebsten weinen.

Alles ist in sich zusammengefallen. Nein, keine Tränen oder unsichtbare Tränen im Inneren. Endlich fühlte ich, wie meine Wut und meine Bitterkeit aus mir herausdrängten, wie sie in meiner Kehle emporschossen, damit dieser unerträgliche Ekel verschwinden sollte. Die Überfülle meiner Gedanken breitete sich auf dem Tisch aus und löste sich dann unter Malikas immer verständnisvollerem und aufmerksamerem Blick in Luft auf.

Sie schmiegte sich an mich und sagte, jetzt sei alles vorbei, der Sturm habe aufgehört, jetzt könnten wir hinausgehen und lachen und vergessen. Lächelnd sagte sie, wir würden die Dunkelheit nie mehr ins Haus lassen und wir würden eine schöne Liebesgeschichte nur für uns beide erfinden.

Ich sehe das wüste und ekelerregende Erbrochene, sie sieht den Sturm im weißen und unberührten Schnee, ich sehe die Dunkelheit und sie sieht die Kerzen, wir sehen dieselben Bilder, aber sie findet die passenden Worte, den passenden Vergleich.

Sie ist meine schönste Seite.

Wir sind dreimal den Weg vom Haus ins Dorf und wieder zurück gegangen, um uns mit allem zu versorgen. Die Kartons sind auf den Tisch gehäuft, und wir betrachten sie zufrieden, starr vor Kälte, einer angenehmen Kälte. Neben dem Kamin liegt kein Holz mehr. Malika zieht mich hinter sich in den Garten hinaus und fängt an, kleine Zweige aufzulesen, während ich die schweren Holzscheite schleppe. Sie lacht. Ihr Lachen gibt mir Kraft und Energie.

Jetzt knistert und knackt das Feuer. Wir warten darauf, daß seine Wärme uns durchdringt, damit wir unsere Mäntel ausziehen und die Vorräte aufräumen können. Hand in Hand stehen wir eng aneinandergeschmiegt vor dem Kamin. Jetzt denken wir nicht mehr, oder wir denken auf eine andere Weise, ohne konkretes Ziel, ohne uns um die Logik zu kümmern, wir lassen unsere Gedanken zwischen den Mauern unseres neuen Hauses, zwischen den Mauern unseres gemeinsamen Traumes umherschweifen.

Sie ist begeistert über den Apfelkuchen, springt vor Freude in die Luft, als sie in einer Ecke des Kartons Erdbeertörtchen entdeckt, verschlingt das Roggenbrot mit den Augen, überlegt sich Rezepte. Wir ordnen alles sorgfältig in die Schränke ein, erst nach der Größe, dann nach Bedarf und schließlich nach ästhetischen Kriterien ...

Malika hat das rosarote Paket vom Konditor ganz auffällig auf den Tisch gestellt, als ob wir es vergessen könnten! Sie stellt das Radio an und beginnt zu tanzen und zu singen. Ich sehe ihr zu, fasziniert von ihren Bewegungen, den Blick unablässig auf ihren Körper geheftet, der der Musik folgt. Sie lächelt mich an. Sie lacht. Ihre Haare flattern um sie herum, sie sind noch verrückter und noch schöner als sonst, sie hat sie heute morgen mit mir zusammen gewaschen. Sie ist schön, so schön, daß ich das Gefühl habe, ich könnte sie immer ansehen, ohne daß ich jemals wieder aufhören wollte. Das Lied ist zu Ende, ich bin enttäuscht, ich hätte gewollt, daß sie weitertanzt, daß sie mir weiter den Hof macht ... Sie läßt sich in einen Sessel fallen und seufzt, seufzt tief.

»Also, Herr Meisterkoch, ist die Glut stark genug, um die Steaks zu braten?«

»In zwei Minuten, wenn du den Chef nicht ablenkst. Es reicht nicht mehr, um vorher einen Kuchen zu essen.«

»O nein. Ich würde doch den Koch nicht beleidigen. Immerhin bin ich höflich genug.«

»Ich muß zugeben, daß ich gute Lust hätte, es mir gegenüber nicht zu sein ...«

Ich klemme das Fleisch in den Grill und schiebe ihn ins Feuer. Ich fühle Malikas Blick, fühle, wie sie lächelnd jede meiner Bewegungen mit den Augen verfolgt ... und daran denkt, daß die Glut nicht richtig ausgebreitet ist und daß die Asche am Fleisch kleben wird. Aber nein, jetzt bin ich Experte. Ich setze mich neben sie. Ich möchte, daß sie noch näher bei mir ist. Ich möchte nie mehr denken, daß sie unerreichbar ist ... Aber selbst ich habe den Eindruck, daß ich mich selbst nicht kenne, daß ich nicht an mich herankommen kann ... Ein kleines Knistern der Flammen, die leicht an das Fleisch herankommen .. Das war abzusehen, ich hatte den Grill genau an die richtige Stelle gelegt ... Warum kann man die Dinge und die Menschen nicht einfach auch an die richtige Stelle setzen, an der man weiß, daß man an sie herankommt? Warum brauche ich immer mehr, warum habe ich immer das Gefühl, etwas nicht richtig, nicht vollständig, nicht bis auf den Grund verstanden zu haben? Ja, ich weiß, ich bin neurotisch, unsicher, schizophren. Diese Wörter haben keine Bedeutung mehr, sie machen mir nicht einmal mehr Angst, ich habe sie zu oft wiederholt, ohne auch nur ihre Bedeutung zu kennen, mit ihnen habe ich mich zu sehr über mich selbst lustig gemacht .. Ich sehe mich in Malikas Augen, und ich weiß, daß ich schön bin, ich weiß, daß mich jeder x-Beliebige lieben würde, wegen meines hübschen Gesichts, wegen meiner Locken, wegen meiner großen blauen und tiefen Augen und wegen meiner langen Beine, die noch schöner sind als die eines Tänzers ... Aber warum sollte man mich sonst noch lieben? Wegen meiner Zweifel, meiner Fragen, meiner Schrullen? Das alles mag nur Malika an mir, weil sie mich versteht, weil sie alles in einem Menschen haben will ... Aber ich fürchte mich vor den anderen, für die nicht die gleichen Dinge wichtig sind, die nicht das gleiche Spiel spielen ... Ich weiß ... hier existieren die anderen nicht. Hier sind sie weit weg, ungeheuer weit weg. Aber ihr Geruch, ihre Bedrohung, ihre Andersartigkeit lasten auf mir wie eine Anklage, die mir sagt, daß mein Leben auf ein einziges Wesen, eine einzige Zeit ... einen einzigen Traum begrenzt ist.

Eine Seite ist fertig gebraten. Ich drehe das Fleisch um. Ich habe das Gefühl, ich tue etwas sehr Wichtiges, etwas sehr Ernsthaftes. Malika stellt die Teller auf den Tisch und wirft hin und wieder unauffällig einen Blick auf das rosa Paket. Rosa ist eine schöne Farbe, sie nimmt sie für jedes Bild. Ich sehe in das Feuer, in dem ich Bilder entdecke, die ich aber nicht beschreiben kann, so schnell verschwinden sie wieder und so undeutlich sind sie. Aber das macht nichts, weil ich sie schön finde, weil ich sie gern bewundere, auch wenn ich nicht weiß, was sie darstellen.

»Ist es bald fertig?«

»In zwei Minuten.«

»Vorhin hast du auch schon gesagt, in zwei Minuten.«

Es stimmt, daß das Feuer so unheimlich schön erscheint, aber wenn die Flammen nach Ihrer Haut züngeln ... wahnsinnig, wie häßlich es dann werden kann ... Eigentlich ist die Schönheit ein Widerspruch, ein Paradox ... Wer nie häßlich sein kann, ist auch nicht schön.

»Wir werden in den Wald gehen, weil ich anfangen will, ein Herbarium anzulegen. Das ist etwas Schönes, weißt du, getrocknete Pflanzen auf weißem Papier ... Sag, daß es etwas Schönes ist ... Sag, daß du mit mir kommst ... Sag, daß wir immer so zusammenleben werden ...«

Ich habe mich geirrt. Sie ist niemals häßlich. Sie ist immer nur schön. Ich habe mich schon immer nur geirrt.

26

Die Bäume haben keine Blätter mehr, die Blumen sind noch nicht hervorgekommen, und der Waldboden ist ganz moderig. Es gibt zwar ein paar Pilze, aber sie sind nicht schön, und außerdem hebt man Pilze nicht in einem Herbarium auf. Also gehen wir einen Weg entlang und begnügen uns damit, zu schauen und hin und wieder ein wenig zu rennen, damit die Kälte nicht in uns hineinkriecht. Der Schnee ist nicht geschmolzen, man kann Spuren von Pfoten erkennen, von Hasen oder Eichhörnchen oder vielleicht von Hirschkühen, ich weiß nicht, das ist auch egal, es genügt zu wissen, daß sie von schönen, von hübschen Tieren stammen. Ich mag den Winter, aber nicht die Handschuhe, die man tragen muß. Mit ihnen kann man die Haut des anderen nicht fühlen, dessen Hand man in seiner hält. Im Winter muß man lernen, in den Augen des anderen zu lesen, weil das übrige Gesicht ja vom Schal und von der Mütze zugedeckt ist ... Und der Blick ist nicht mehr derselbe, wenn es kalt ist ... er ist tiefer ... und schwerer zu enträtseln ... Eigentlich ist mir der Übergang von einer Jahreszeit zur anderen lieber, weil dann alles klar und einfach ist.

Es ist, als gingen wir durch einen Traum, aber ich weiß wohl, daß es kein Traum ist, sondern etwas noch Besseres. Bald kehren wir zu unserem Haus zurück, trinken heißen

Tee, essen Apfelkuchen, lachen, sehen dem Feuer zu, halten uns an den Händen und ...

Am Ende des Weges liegt ein toter Vogel. Ein schöner toter Vogel. Wilfried tut so, als sähe er ihn nicht, weil er will, daß ich ihn auch nicht sehe. Also tue ich auch so. Aber das Bild der nassen und schmutzigen Flügel, der geschlossenen Augen, des Kopfes geht mir nicht aus dem Kopf, bis wir die Lichtung erreichen, auf der unser Haus steht.

Ich habe Wilfrieds Porträt weitergemalt. Es wird immer schöner, und das ist auch völlig normal, weil nämlich Wilfried immer schöner wird. Manchmal sieht er traurig oder eher beunruhigt aus. Er hat versucht mir zu erklären, warum, aber ich habe es nicht richtig verstanden. Warum fürchtet er sich, wo wir doch hier in Sicherheit sind, weit weg von allem? Das kann nicht sein! Nichts kann an uns herankommen, uns zerstören, uns zermalmen! Nichts. Wenn sie das tun, dann gehen wir, beide zusammen, auf die andere Seite des Lebens. Und selbst wenn der Tod leer und dunkel ist, werden wir uns an der Hand halten und uns weiter lieben.

Ich habe keine Angst. Ich fürchte mich nicht, weil ich Wilfried vertraue. Ich weiß, daß er alles richtig macht.

In der Küche riecht es gut nach Brennholz und gegrilltem Brot. Allein dieser Geruch macht einem Lust, vor Freude in die Höhe zu springen und sich dann in einen großen Sessel zu setzen, um dem Feuer zuzusehen und zu träumen ... einfach zu träumen ... Alles ist schön, und nichts existiert wirklich, ich weiß nicht, wo ich bin, und das ist auch nicht wichtig. Übrigens frage ich mich wirklich, was das eigentlich heißen soll, wichtig ... Sicher ein leeres Wort ohne jede Bedeutung ...

Ich fühle mich wohl, und ich möchte immer so bleiben, hier sitzen, vor dem Kamin, die Beine verschränkt und den Blick ins Feuer gerichtet ... Ich höre, wie Wilfried mit den Tassen und den Untertassen klappert, wie er Milch einschenkt, Zitronenscheiben abschneidet, Brot schneidet, es mit Butter bestreicht ... Schokoladenstreusel darübergibt ... All das richtet er für mich her, nur für mich, auch für sich selbst, aber er ist ich, und ich bin er ...

Der Wasserkessel pfeift. Er schüttet das Wasser in die Teekanne, belädt das Tablett ... Ja, allein an den Geräuschen kann ich jede seiner Bewegungen erraten. Jetzt kommt er zu mir her. Er ist da und stellt das kostbare Tablett auf den Boden, setzt sich im Schneidersitz auf den Teppich, lächelt ... Ich möchte ihn immer so lächeln sehen ... Er ist noch schöner als sonst. Er spielt mit den Tassen, reicht mir eine, nachdem er Milch hineingeschüttet und eine große Zitronenscheibe und drei Stück Zucker dazugegeben hat ... Ich sehe ihm zu, ich nehme alles, was er mir gibt, weil alles, was er mir gibt, gut ist. Echt, der Tee wärmt mich auf, und ich werde noch euphorischer. Seine Augen dringen durch mich hindurch, und ich möchte in seinen Armen mit ihm verschmelzen und ihn nie mehr verlassen ...

»Du hast die Torte vergessen, Herr Meisterkoch.«

»In der Beziehung bin ich eigen. Sie stammt nicht von mir.«

Er lächelt.

»Na gut, dann mußt du eben eine machen. Nicht, weil ich keinen Toast mit Butter und Schokolade mag, aber Torte mag ich noch lieber.«

»Willst du wirklich, daß ich eine mache?«

»Wenn du mir die vom Konditor gibst, verzichte ich auf deine.«

»Danke. Das schmeichelt meinen Backkünsten.«

»Aber ich habe es doch gesagt, weil ich dachte, du hättest keine Lust, soviel Geschirr zu spülen ...«

»Du findest immer einen Grund ...«

»Warte! Bewege dich auf keinen Fall! Ich hole mein Bild, so bist du genau richtig.«

Echt, den Blick ins Leere gerichtet, mit abwesendem Gesichtsausdruck, den Kopf leicht nach hinten geneigt .. Ein wirklich schönes Gesicht ... Das einen bedroht, weil es zu gleichgültig aussieht.

Ich laufe in unser Zimmer und schleife über den Steinfußboden, ich halte mich an den Wänden fest, ich komme, so schnell ich kann, wieder in die Küche zurück, und Wilfried hat seinen unbeweglichen Gesichtsausdruck immer noch, aber er hat Lust zu lachen. Nein, dieses Lächeln auf seinem Gesicht darf man nicht sehen, es darf nicht da sein, nicht auf meinem Bild. Ich versuche, ernsthaft und konzentriert zu sein, die Augen verlieren ihren bösen Ausdruck, ich ziehe einige Striche, ich skizziere ... ich ordne neu an ... Und ich mache alles häßlich. Ich kann nicht mehr zeichnen. Ich habe keine Lust mehr zu zeichnen. Es macht mich traurig. Ich habe das Gefühl, etwas sehr Wichtiges verloren zu haben und möchte am liebsten weinen. Meine Kehle fühlt sich an wie zugeschnürt, und ich kritzle weiter, damit ich den Kopf nicht heben muß, damit Wilfried meine roten Augen nicht sieht. Ich zeichne immer erbitterter, die Mine des Stifts wird immer kleiner... Jetzt ist das ganze Gesicht von Strichen durchzogen, und nur die Augen sind noch frei, sie sind so schön ... daß es mir weh tut. Ich kann mich nicht mehr zurückhalten, ich möchte losheulen.

»Ich schaffe es nicht mehr! Ich kann nicht mehr zeichnen!«

Und ich werfe das verdammte Blatt Papier ins Feuer und sehe befriedigt, wie es sich darin krümmt, von jetzt an wird es mich nicht mehr zum Narren halten! Ich fange an zu weinen. Ich habe das Gefühl, ich kann nie mehr damit aufhören, nie mehr...

Ich habe Wilfrieds Gesicht ins Feuer geworfen. Ich habe seine Augen ins Feuer geworfen. Ich habe mich verbrennen lassen. Jetzt bin ich eine andere. Mein altes Ich, die alte Malika ist verschwunden, sie ist zu Asche geworden ... Sie war mir lieber, aber es gibt sie nicht mehr ... Die neue Malika kann nicht mehr zeichnen, kann den Leuten auf der Straße keine Grimassen mehr schneiden, sie kennt die Städte nicht mehr, sie möchte am liebsten nicht mehr aufhören zu weinen.

Er hält mich an der Hand, und wir gehen den Weg entlang, um Eier und Milch auf dem Bauernhof zu kaufen. Manchmal lädt uns der Bauer in sein Haus ein. Er bietet uns ein Glas Most an und spricht mit uns über das schlechte Wetter, über die Touristen, die seine Felder verwüsten, und über seine Kuh, die nicht kalben will. Er verabscheut uns, aber es muß beruhigend für ihn sein, mit jemand zu reden, der nichts davon versteht und dem es gleichgültig ist, was er erzählt. So bekommt er keine Schuldgefühle, er meint, wir hätten alles vergessen. Er hat immer diesen schmutzigen und räudigen Hund bei sich, der uns an die Beine fährt, wenn wir in den Hof kommen. Medor heißt er, und das paßt auch zu ihm. Alle Hühner fliegen auf und gackern, wenn er auf uns zurennt, sie vergessen dann sogar, ihre Körner aufzupicken, stellen Sie sich das mal vor. Wir richten es immer so ein, daß wir irgendwann am Nachmittag kommen, denn abends stopft der Bauer seine Gänse, und dabei wollen wir auf keinen Fall zusehen. Ich weiß auch nicht, warum er so stolz darauf ist. Am Anfang hat er uns vorgeschlagen, ihm dabei zuzusehen, und sein Gesicht leuchtete vor Freude, als er das sagte. Er widert mich an. Ich weiß, daß Gänseleber viel Geld bringt, aber ich würde lieber Kirschbäume pflanzen und meinen Gänsen ihren Frieden lassen, als diese Knollen in ihren Hals zu schieben und sie dabei fast zu ersticken …

Heute regnet es, und der Hof ist noch schlammiger als sonst. Unsere Schuhe versinken im Schmutz und kommen kaum mehr heraus. Bei jedem Schritt macht es pluff. Wenn es doch schon Frühling wäre und die Sonne scheinen und die Blumen wachsen würden. Dann wäre es auf dem Land nicht so traurig. Im Winter ist es in den Städten besser. Aber in den Städten … Nein, ich will nicht mehr zurück.

Der Bauer begrüßt uns herablassend. Er hat eine Harke in der Hand und legt sie weg, als er uns kommen sieht. Dann geht er zum Hühnerstall. Ich weiß natürlich, daß die Hühner die Eier legen, aber das erste Mal fand ich es trotzdem komisch, als ich die kleinen Kugeln in den Nestern sah. Ich konnte mir einfach nicht richtig vorstellen, daß ein Ei aus dem Bauch eines Huhns herauskommt. Bis dahin hatte ich Eier immer nur im Karton gesehen … sechs oder zehn beieinander … Schließlich könnte man ja auch meinen, sie würden chemisch hergestellt oder ich weiß nicht wie … Er wikkelt sie in Zeitungspapier ein, und wir zerbrechen deshalb immer mindestens ein halbes Dutzend auf dem Heimweg. Wahrscheinlich gibt uns der Bauer gerade deswegen keinen Karton; er will, daß wir am nächsten Tag wiederkommen. Für die Milch haben wir uns eine Flasche gekauft, die man zuschrauben kann. Ich wußte nicht, daß Kühe mit Maschinen gemolken werden. Wahrscheinlich, weil dann niemand getroffen wird, wenn sie ausschlagen … Letztlich langweilt man sich wohl in diesem Beruf. Jeden Morgen muß man um fünf aufstehen, sich um die Tiere kümmern, die Felder bestellen. Und das Tag für Tag, das ganze Jahr hindurch … In Wirklichkeit ist das auch nicht besser, als wenn man wie die Städter ins Büro geht. Natürlich können die Bauern die Bäume sehen und die Sonne fühlen … Aber sie sehen nicht so aus, als würden sie es bemerken. Also … Heute ist er schlecht gelaunt, weil der Regen seine Erdbeerpflanzungen verwüstet hat. Er schaut uns an, als seien wir daran schuld. Beiläufig sagen wir, es sei eine »Plage« mit dem Wetter, aber er scheint unsere Bemerkung nicht aufgreifen zu wollen. Er drückt uns die Ware in die Hände, steckt das Geld ein, nimmt seine Harke wieder und wendet uns den Rücken zu. Egal, wir brauchen sein Lächeln nicht.

An Regentage und an das Scrabble hatten wir nicht gedacht, deshalb habe ich ein neues gemacht. Aber vorher beschlossen wir, das Haus von oben bis unten zu besichtigen, die Wohnräume, den Speicher und den Keller. Stimmt eigentlich, wir kennen dieses Haus noch nicht einmal ... Vielleicht finden wir ein paar Überraschungen ... Wie im Märchen ... Sie wissen doch, daß im Speicher immer ein Teufel eingesperrt ist, der schon seit Jahren auf seine Befreiung wartet, oder vielleicht finden wir auch mit einem Fluch beladene Fotos, durch die man verwünscht werden kann ... Obwohl ich eigentlich lieber einen günstigen Schicksalsspruch finden würde ... Ich habe eine leichte Gänsehaut, wenn ich an all das denke, und ich liebe dieses Gefühl. Man hat Angst und weiß trotzdem genau, daß einem nichts passieren kann. Unheimlich aufregend. Vor allem, wenn Wilfried bei mir ist.

Wir sind also die Treppe zum ersten Stockwerk hinaufgestiegen. Eine phantastische, sehr breite Treppe mit einem aus Holz geschnitzten Treppengeländer und einem roten Teppich auf den Stufen, genau wie im Maxim's. Jedenfalls genauso, wie ich mir das Maxim's vorstelle ... Natürlich hängt an der Decke ein herrlicher Kristalleuchter, der bei jedem Luftzug ein wunderschönes, leises Geräusch hervorbringt. Jedenfalls stelle ich es mir so vor ... Wir sind also im ersten Stock, ein langer Gang, alle Türen sind geschlossen. Zimmer ... nichts als Zimmer, mit ungemachten Betten, allzu weißen Waschbecken und einer Dusche, die sich hinter einem abscheulichen Plastikvorhang verbirgt ... »Unser Vater« hat ganz eindeutig keinen Geschmack ... Nach dieser prachtvollen Treppe diese billigen Landhotelzimmer. Kurz, wir sind eher enttäuscht. Ich hatte von ganz besonderen runden Badewannen aus Elfenbein und von türkischen Bädern mit Kacheln überall geträumt ... Ich habe zuviel Phantasie. Wir gehen also wieder zur Treppe zurück und gehen langsam weiter hinauf, man muß das Vergnügen möglichst lange ziehen ... Das zweite Stockwerk. Hier sind überhaupt keine Zwischenwände, nur ein einziger Raum, völlig heruntergekommen, mit zerschlissenen Hängematten, alten Blumentöpfen, auf dem Boden aufgestapelten, staubbedeckten Büchern und vielen Tüchern, die auf dem Boden verstreut liegen. Die Wände haben Risse, und einige Fliesen sind zerbrochen. Meine Gänsehaut wird stärker, jetzt gefällt es mir besser. Sicher ist der Speicher noch gruseliger und noch geheimnisvoller. Wilfried wühlt in einem großen Koffer. Er holt jede Menge alte Spielzeuge, Holzlokomotiven, rostige Rollschuhe, vergilbte Bilderbücher, Briefmarkenalben daraus hervor. Sie müssen wirklich ein einfaches Gemüt gehabt haben, wenn sie damit ihren Spaß hatten ... Kein Wunder, daß daraus dann so schwachsinnige Erwachsene werden ... wie »unser Vater«. Ich untersuche gerade einen alten Bauernschrank voller Damenkleidung, löchrige Spitzenkleider und abgewetzte Seidenkleider, Blumenhüte, lächerliche Handschuhe ... In einem kleinen Köfferchen finde ich Schmuck, wissen Sie, diese gelben, mit vielen Steinen besetzten Ringe, völlig bescheuert, und diese großen Ohrringe, zum Kotzen. Kurz, es gab nichts Interessantes.

Am Ende des Raumes die Teufelstreppe, die quietschend und halb zerfallen auf den Speicher führt ... Jetzt wird meine Gänsehaut zu einem richtigen Zittern. Ich fasse nach Wilfrieds Hand. Ich bemühe mich, ein bißchen Theater zu machen, denn in Wirklichkeit habe ich überhaupt keine Angst. Ich stelle mir eine phantastische Geschichte vor, damit ich ein wenig aufgeregt werde. Ein großes Bett mit einer Daunendecke ... Eine drei Jahrhunderte alte dicke Staubschicht auf dem Fußboden. Überall Koffer und alte, leere Möbel. Perlenvorhänge, mit großen Nägeln an den Balken befestigt, die inzwischen Rost angesetzt haben. Durch die kleinen Dachluken sehen wir die graue Landschaft im strömenden Regen. Genau über uns hören wir den Regen auf das Dach trommeln. Ein schönes Geräusch, wie ein Schluchzen, wie Tränen, wie ein Hilferuf. Wilfrieds Hand drückt meine fester. Ich bin traurig, ohne zu wissen, warum, eigentlich nicht richtig traurig, sondern traurig und glücklich zugleich. Merkwürdig. Er küßt mich auf die Lippen und lächelt. Sein Gesicht wird plötzlich ganz sanft, so sanft, daß ich das Gefühl habe, er ist wie der Regen, er will dasselbe.

Das Geräusch wird stärker und wieder schwächer, es nimmt zu und dann wieder ab. Ich habe keine Angst mehr, ich kann mir nicht mehr einreden, ich hätte Angst. Weil

Wilfried mich ganz fest an sich drückt, als habe er Angst, als habe er Angst, mich zu verlieren. Er hält mich ganz fest, so fest, daß ich sein Herz schlagen hören kann, gleichmäßig und rhythmisch. Ich kann an seinem Herzschlag nichts ablesen. Und seine Augen sind geschlossen, seine Lider sind fast durchscheinend, ein wenig violett, ja, leicht violett, genau wie die, die ihm die tote Malika auf einem ihrer Bilder gemalt hat.

27

Sie sind da. In dem Augenblick, in dem ich sie auf den Speicher kommen sah, wußte ich, daß ich sie erwartet hatte. Sie waren zu zweit und hatten häßliche Gesichter, wie Sträflinge, die armselig und bösartig geworden sind, um überleben zu können. Malika und ich lagen auf dem Bett, die Arme umeinander geschlungen ... wir hatten dem Weinen des Regens zugehört. Wir rührten uns nicht. Ich schloß die Augen, um ihren Blick nicht sehen zu müssen. Ich schloß die Augen, um mich der Illusion hingeben zu können, sie seien noch nicht da. Ich fühlte Malikas Körper neben meinem, ihre Beine, die um meine geschlungen waren, ihr Haar auf meinen Händen, ihren gleichmäßigen Atem an meiner Brust. Sie schlief.

Vor meinen Augen lief ein Film ab, sehr schnell und sehr undeutlich. Dieser Augenblick erschien mir sehr, sehr lange ... eine Ewigkeit lang ... Als ob mein ganzes Leben vor mir ablief. Und dann hörte ich eine Stimme. Ich erfaßte nicht gleich, was sie sagte und brauchte noch eine ganze Weile, bevor ich verstand.

»Ihr seid doch Malika und Wilfried de Lamar?«

Das war der Name von Fremden. Er klang lange in meinen Gedanken nach, bevor mir klar wurde, daß sie von uns sprachen. Also sagte ich ja, aber ich hätte schreien, hätte brüllen mögen: NEIN, NEIN! Und dann sprach die gemeine Stimme weiter.

»Euer Vater sucht euch schon seit einem Monat. Wir übrigens auch. Ihr seid offensichtlich ausgerissen. Das werdet ihr dem Inspektor erklären müssen. Würdet ihr uns jetzt bitte folgen?«

Eine Frage. Nur eine Frage, die in Wirklichkeit ein Befehl ist. Ich gehöre nicht mehr mir selbst, Malika gehört nicht mehr sich selbst, Malika gehört nicht mehr mir, ich gehöre nicht mehr Malika. Diese Worte kreisten in meinem Kopf wie der Refrain eines verzweifelten Liedes. Nein, ich wollte mich nicht einmal mehr wehren ... Nichts. Nur noch eine grenzenlose Leere.

Malika öffnete die Augen und begann lautlos zu weinen. Nur diese glitzernden Tränen, die über ihr Gesicht liefen und sich an ihrem Hals auflösten. Wir standen auf, immer noch die Arme umeinander geschlungen, hocherhobenen Hauptes und den Blick fest auf sie gerichtet, um ihnen zu beweisen, daß wir ihnen trotz allem überlegen waren, auch wenn sie die Handschellen, die Drohungen und das, was sie die »Macht« nennen, auf ihrer Seite hatten. Einer von ihnen stellte sich hinter uns, der andere blieb vor uns. Wir haben ein Verbrechen begangen, weil wir uns lieben, weil wir ihnen eine Zeitlang entfliehen konnten, weil wir das Leben abgelehnt haben, zu dem sie uns zwingen wollten. Langsam stiegen wir die Treppen hinunter, langsam stiegen wir von unserem langen Traum voller Liebe und Einsamkeit hinunter, und auf jeder Stufe verschwand, verzerrte sich ein Bild, eine Geste, ein Wort, bevor es zu Asche wurde. Bei jedem Schritt starben wir ein wenig mehr. Wir gingen am Kamin vorbei, in dem das Feuer weitersang; es stimmt, das Feuer ist grausam ... Und Malikas Tränen rollten immer noch leise über ihr Gesicht, sie schienen Narben des Schmerzes und der Wut zu hinterlassen, die niemand und nichts mehr würde heilen können.

Und dann schloß sich die vergitterte Tür hinter uns, und die Leere und die Dunkelheit überfielen uns und quälten uns, als wollten sie sich an uns rächen.

Malika hielt mich an der Hand und schmiegte sich an mich. Sie sagte nichts. Wir konnten nicht sprechen, in einem solchen Augenblick können Worte nicht mehr trösten. Nichts kann uns noch trösten. Das Polizeiauto fuhr schon unendlich lange, und wir hörten immer noch den Regen, der jetzt gleichmäßig auf das Wellblechdach schlug. Alles schloß sich um uns zusammen, wie die Mauern, gegen die wir uns gewehrt hatten, aber diesmal waren sie noch stärker, noch unerschütterlicher.

Auf der Autobahn hielten sie an. Wir warteten darauf, daß

sie ausstiegen und versuchten dann, wenn auch ohne rechte Überzeugung, die Tür zu öffnen. Umsonst, wir hatten es schon vorher gewußt. Im übrigen kann uns hier und jetzt ohnehin nichts mehr helfen. Eng aneinandergeschmiegt warten wir im Dunkeln darauf, daß sie ihr Ziel erreichen. Wir warten auf das haßerfüllte Gewitter, damit wir von diesem Warten erlöst werden, das uns ganz allmählich erstickt und uns völlig zerstört auf der harten und kalten Sitzbank dieses Verbrecherkäfigs zurückläßt.

Die Fahrt dauerte lange, unendlich lange ... Erbarmungslos und grausam holten sie uns den ganzen Weg zurück, den wir gegangen waren, sadistisch spielten sie ihre Macht aus. Sie zerstörten uns langsam, schließlich sind wir nur zwei mickrige Kinder ohne jede Bedeutung, denen man ruhig das Rückgrat brechen kann, die man ruhig demütigen kann, denn Kinder fühlen ja nichts. So denken sie. Daran glauben sie. Wir haben niemals gelebt, ihre Drohungen haben uns daran gehindert. Voller Genugtuung fahren sie uns dahin zurück, wo wir das Gefühl hatten, sterben zu müssen.

»Ich dachte, ich könne dir vertrauen. Du hast mich enttäuscht, furchtbar enttäuscht. Du hast dich wie ein kleiner Junge aufgeführt, und deine Schwester hast du auch noch mit hineingezogen! Es gibt wirklich keine Entschuldigung für dein Verhalten. Um so weniger, als mir zu Ohren gekommen ist, daß du sie auf eine ganz besonders schändliche Art mißbraucht hast. Ich begreife nicht, wie du so schlecht sein kannst. Du bist erbärmlich.«

Er sprach in einem gleichgültigen Ton. Nicht einmal wütend war er. Im Grunde interessierte ihn das Ganze gar nicht, aber er mußte schließlich so tun, als erfülle er seine Vaterpflicht.

»Natürlich kann ich dir das nicht verzeihen oder auch nur nachsichtig sein. Das wäre Schwäche und viel mehr noch Dummheit, denn ich weiß gut, daß du wieder damit anfangen würdest. Deshalb habe ich beschlossen, dich in ein Heim für schwer erziehbare Kinder zu stecken, bis ich den Eindruck habe, daß du vernünftig geworden bist. Wenn man Dummheiten macht, muß man sich auch über die Folgen im klaren sein, was bei dir offenbar nicht der Fall ist. Wenn man schon so idiotisch ist, arrangiert man sich und paßt sich dem an, was die Gesellschaft von einem fordert. Malika bleibt bei mir. Sie braucht jetzt Zärtlichkeit und Liebe, nach all dem Grauenhaften, das sie mit dir mitmachen mußte.«

Ich habe nicht einmal mehr die Kraft, mich zu wehren oder auch nur zu reagieren. Malika weint im Nebenzimmer, ich höre ihre wütenden Schreie, sie ruft mich, ich soll zu ihr kommen, sie beleidigt diesen beschränkten Alten, der ihr etwas von Grausamkeiten erzählt ... und so tut, als höre er sie nicht. Sie haben uns mit Gewalt voneinander getrennt ...

Da thront er vor mir, wie ein »höheres Wesen«, wie das »höchste Wesen«, das ein Recht über Leben und Tod aller anderen besitzt. Und die weißen Mauern dieses Wohnzimmers kreisen mich ein und werden zur Falle, dieses Wohnzimmer, in dem wir uns geliebt haben, Malika und ich, jetzt finde ich es häßlich ... so häßlich ... so unendlich häßlich. Das körnige und schmutzige Gelb des Kommissariats wäre mir noch lieber. Dort hat er uns abgeholt und seine falsche, autoritäre Arroganz und seine falsche Wut als »Verantwortlicher« gezeigt. Er sagte kein Wort, er packte mich nur am Arm und stieß mich nach draußen, als sei ich nur ein Objekt, ein verfluchtes Objekt, das aus der wohlgeordneten Sammlung auf dem Regal in seinem Büro entwischen wollte.

Ich strecke mich im Sessel aus. Ich weiß, daß ihn meine betonte Lässigkeit reizt. Er will, daß ich vor Schreck von Sinnen bin, daß ich ihn auf Knien anflehe ... daß ich mich vor ihm erniedrige, daß ich mich demütige ... Aber seinem Blick sieht man nur zu deutlich an, daß er nicht nachgeben wird, daß er nur einen Beweis seiner Macht erwartet ... Und wenn er genug davon hat, wird er die Tür hinter meinem am Boden zerstörten Stolz zuschlagen, und ich werde mit meiner Heuchelei, mit meiner Erbärmlichkeit allein zurückbleiben. Im übrigen habe ich auch gar nicht den Mut zu sprechen und mich dazu zu zwingen, Argumente und Beweise zu finden. Er würde mich nicht verstehen, er kann mich gar nicht verstehen. Unsere Sprache ist nicht dieselbe. Wir haben dieselben Wörter gelernt, aber sie haben nicht dieselbe Bedeutung ...

In meinem Sessel ausgestreckt betrachte ich ihn. Er ist ein häßlicher Mann, mit einem vom Alkohol aufgedunsenen Gesicht, mit Ringen unter den Augen, weil er ständig zuviel arbeitet, mit dem übelriechenden Atem des Zigarrenrauchers. Sein Blick ist starr, tot, er fällt von seinem haßerfüllten und rachsüchtigen Gebrüll in das stille und befriedigte

Wohlbefinden eines Hungrigen, der endlich satt geworden ist. Ich verabscheue ihn nicht einmal. Er widert mich an.

Ich betrachte meine Beine. Ich fühle mich leer, ruhig oder traurig, ich weiß auch nicht. Ich begreife nicht, warum ich nicht einmal versuche zu fliehen, zu schreien oder zu sagen, was ich von ihrer elenden Welt halte. Nein, es ist alles umsonst, nutzlos, leblos, kraftlos, sinnlos. Ich höre Malika weinen. Ich möchte zu ihr, aber ich weiß, daß man einen toten Traum nicht wieder zum Leben erweckt, ich weiß, daß sich die Zeit nicht zurückdrehen läßt, um sich noch einmal totschlagen zu lassen.

Ich existiere nicht mehr, ich reagiere nicht mehr, ich liebe nicht mehr. Malika erscheint mir wie eine weit entfernte Gestalt, die in eine andere Welt geht, die für immer von der meinen getrennt ist. Ganz allmählich verschwinden ihre blonden Haare, und nur ihre großen grünen Augen bleiben, sie werden nicht aufhören zu weinen und langsam an ihrem Schmerz sterben.

Er hat mir nicht erlaubt, mich von ihr zu verabschieden.

»Das wagst du mich noch zu fragen! Du bist schlecht bis auf den Grund. Dir ist nicht einmal klar, daß du sie völlig traumatisiert hast, sie hört gar nicht mehr auf zu weinen.«

Sie wollen mich in ein Gefängnis stecken. Sie wollen mich dahin bringen, wo ich kein Recht mehr darauf habe, zu denken, zu leben. Dahin, wo die einzige Regel die ist, daß man sich von den Stärkeren zerstören lassen muß, um selbst die Schwächeren besser zerstören zu können.

Heute nacht habe ich nicht geschlafen. Ich habe lange nachgedacht. Auf dem harten und kalten Boden ausgestreckt, habe ich dabei das Bild an der Decke betrachtet, aber jetzt erscheint mir nichts mehr schön. Die Tür war abgeschlossen, und unter dem Fenster stand ein Polizist. Am liebsten hätte ich hinausgeschrien: »Keine Angst, der Verbrecher wird nicht fliehen ... Jedenfalls kann ihn keiner und nichts einholen, und nichts kann ihn daran hindern ...« Nach einer ganzen Weile, als es schon völlig dunkel war, stand ich auf und nahm aus meiner Schreibtischschublade den weißen Umschlag, mit den beiden kleinen Tabletten. Malika und ich hatten sie hineingelegt, für den Tag, an dem man uns trennen würde ... Sie hatte gesagt:

»Wir werden immer die Stärkeren sein ... Sie können uns nicht daran hindern, uns zu lieben ...«

Und dann hatte sie mit einem Zeichenmesser unsere Initialen in die weißen Tabletten geritzt ...

Ich sah sie an. Sie glänzten im Dunkel der Nacht, des Todes. Heute wird die Nacht meines Todes sein, oder vielmehr meiner Befreiung, denn ich will dies alles hinter mir lassen. Dies alles, das sind keine schönen Worte, aber eine einfache Erklärung ... Und außerdem gibt es dabei ohnehin nichts Schönes ... Ich habe sie lange angesehen, diese beiden kleinen weißen Tabletten. Malika ist im Labyrinth der Gräber untergetaucht, und ich bin am anderen Ende, ich sehe den Ausgang, bald werde ich ihn erreicht haben, und ich weiß, daß sie auch kommen wird.

Ich legte sie auf meine Handfläche. Sie waren ganz winzig, ganz leicht ... Ich lutschte sie langsam und weinte dabei vor Freude oder vor Verzweiflung, ich weiß nicht. Der Schmerz stieg langsam in meinem Bauch hoch, ein furchtbarer Knoten, der einem das Herz zerreißt und die Gedanken verbrennt, aber welche Bedeutung hat das noch, welche Bedeutung ... Malika, Malika, Malika ... MALIKA! Der Schmerz steigt von neuem in mir auf, überwältigt mich, zerstört mich allmählich, ich fühle, wie er seine Wirkung tut ... Ein unsäglich tröstliches Gefühl ... Eine süße Vollkommenheit ... Ein letztes Aufflackern, ein letztes Aufbäumen, und ich bin weit weg ... Der Lichtschein kommt näher, ich sehe ihn schon ... ich kann ihn berühren ... Endlich habe ich den Ausgang aus dem Labyrinth der toten Lebenden gefunden.

28

»Sie haben Wilfried tot in seinem Bett gefunden. Vergiftet.«

»Sie haben Wilfried tot in seinem Bett gefunden, vergiftet.«

»Wilfried hat sich vergiftet, er liegt tot in seinem Bett.«

»Wilfried hat sich in seinem Bett vergiftet.«

Dieser Satz kreist in meinem Kopf, kehrt wieder zurück, singt, summt. Er ist hinterhältig, dunkel, häßlich, furchtbar. Nein, er hat mich nicht verraten. Ich wußte, daß er ohne

Vorwarnung gehen würde, um mich leichter wieder treffen zu können. Ich wußte, daß er sich nicht hinter die Gitter eines ungerechten Gefängnisses bringen lassen würde.

Er hat den weißen Umschlag genommen. Er hat sich von mir verabschiedet und ist dann auf die lange Reise des Alptraums gegangen, wohin auch ich ihm folgen werde, um ihn wiederzufinden. Dort werden wir endlich allein und frei sein, allein und frei, allein und frei. Ich weine. Aber ich weiß nicht einmal mehr, daß ich weine, so sehr schmerzen meine Augen. Jetzt ist ihnen alles gleichgültig, sie leben nicht mehr, sie sind für immer verbrannt.

Nichts kann mich jetzt noch interessieren. Nichts kann mich mehr fröhlich machen. Weil ich nicht vergessen will. Wilfrieds Gesicht geht mir nicht aus dem Kopf, aber er ist so weit weg, so weit weg, daß ich vor Wut heule, weil ich ihn nicht erreichen kann. Die Straße erscheint mir wie ein riesiger, düsterer Jahrmarkt. Ich suche Wilfried, aber keiner sieht ihm ähnlich. Keiner will mir sagen, wohin er sich verirrt hat. Ich rufe ihn, ich schreie seinen Namen hinaus, aber alles bleibt stumm, und die Menschen laufen weiter, schnell, immer schneller... Ich werde nirgendwo erwartet. Nirgendwo. Ich weiß nicht, wo Wilfried ist.

Mein Herz hat vor Freude einen Luftsprung gemacht. Ich habe ihn gefunden. Da, hinter dem Wagenfenster. Er sieht mich an, er lächelt. Ich laufe auf ihn zu, warte auf mich, ich komme, ich komme, ich schmiege mich in deine Arme, wir streicheln uns, um zu vergessen, wir finden uns wieder, warte auf mich, ich komme, ich bin doch schon da ...

Ich lache, ich lache, auch wenn es wehtut, ich lache und laufe weiter. Ich habe Angst, ihn noch einmal in der Masse der toten Körper zu verlieren, die auch laufen, seine blauen Augen rufen mich, ich komme, ich komme ...

Ein lauter Knall, ein gewaltiger Schlag, der mir die Eingeweide zerreißt. Ich habe keinen Körper mehr. Ein letzter Schrei voller Angst ... Ein letzter Gruß ... Das Blut fließt, fließt wie ein Meer, wie ein Strom des Grauens, jetzt werde ich die Freude erleben, unsere Blicke, unsere Körper sind zu einem einzigen verschmolzen. Wir haben einander endlich gefunden.

Marguerite Duras im dtv

Foto: Hélène Bamberger

Die Englische Geliebte

Den bestialischen Mord an der taubstummen Marie-Thérèse Bousquet kann sich in Viorne niemand erklären. Man findet Teile ihrer Leiche in Eisenbahnwaggons überall in Frankreich. Nur der Kopf bleibt verschollen. Die Kriminalpolizei kommt in die kleine Stadt, besucht das örtliche Cafe, stellt Fragen, versucht dem Mörder auf die Spur zu kommen. Hauptleidtragende sind Claire und Pierre Lannes. Marie Thérèse war die Kusine von Claire und hat dem Ehepaar den Haushalt geführt. Obwohl noch kein Verdacht auf sie gefallen war, gesteht Claire überraschend den Mord. Ein Motiv scheint sie nicht zu haben, und sie scheint auch keine Reue zu empfinden...
dtv 10730

India Song

»Es ist eine Wohnstätte der Inder. Geräumig. Wohnstätte von ›Weißen‹. Sofas, Lehnsessel. Möbel aus der Epoche von ›India Song‹. Ein Ventilator dreht sich an der Decke, aber mit der Langsamkeit eines Albtraums. Tüllnetze an den Fenstern, hinter den Netzen Alleen eines tropischen Parks. Lorbeerrosenbüsche, Palmbäume.« – ›India Song‹ ist eine Melodie aus der Zeit zwischen den Kriegen und die Geschichte einer Liebe, erlebt im Indien der dreißiger Jahre in einer übervölkerten Stadt am Ufer des Ganges. Im Mittelpunkt steht Anne-Marie Stretter, die schöne und elegante Frau des französischen Botschafters.
dtv 10996

Zerstören, sagt sie

»Madame, seit zehn Tagen beobachte ich Sie. Etwas an Ihnen fasziniert und bestürzt mich... Madame, ich möchte Sie kennenlernen, ohne auch nur das Geringste für mich zu erwarten...« In einem abgeschiedenen Hotel, das umgeben ist von einem rätselhaften, undurchdringlichen Wald, erholt sich Elisabeth Alione von einer Fehlgeburt – und wird zum Objekt der Begierde. Die achtzehnjährige Alissa und ihre beiden Liebhaber, ein Pariser Professor und der Jude Stein, beobachten sie, verfolgen sie, wollen sie besitzen, vielleicht auch zerstören. Die Identitäten verschmelzen...
dtv 11063

Julien Green im dtv

Foto: Isolde Ohlbaum

Junge Jahre
Autobiographie

Aufgewachsen zwischen zwei Kulturen, früh vom Tod seiner Mutter betroffen, mit siebzehn als Kriegsfreiwilliger schon an der Front, sucht ein ebenso sensibler wie arroganter junger Mann seinen Weg, stets im leidenschaftlichen Kampf mit der Sünde, der sexuellen Verfehlung, dem Bösen.
Julien Greens geistvolle Erinnerungen an die jungen Jahre sind geprägt von der souveränen Ironie des Alters und bleiben zugleich doch schonungsloses Bekenntnis, eine Entdeckungsreise in das Innerste des eigenen Ich.
dtv 10940

Jugend
Autobiographie 1919 – 1930

In Amerika, dem Land seiner Väter, erhält der junge Julien Green den Schlüssel zu seinen geheimen Wünschen und Sehnsüchten. Doch das Bewußtwerden seiner homoerotischen Neigungen stürzt ihn zugleich in eine tiefe persönliche Krise, die er erst in seiner Hinwendung zur Literatur überwinden kann.
dtv 11068

Paris

»Ich habe oft davon geträumt, ein Buch über Paris zu schreiben, das wie ein langer endloser Spaziergang wäre, auf dem man nichts von dem findet, was man sucht, aber vieles, was man nicht gesucht hatte.« In 19 Abschnitten streift Green durch die verschiedensten Viertel der Stadt, besucht Museen und Straßen, erlebt Jahreszeiten und Gesichter.
dtv 10997

dialog und praxis

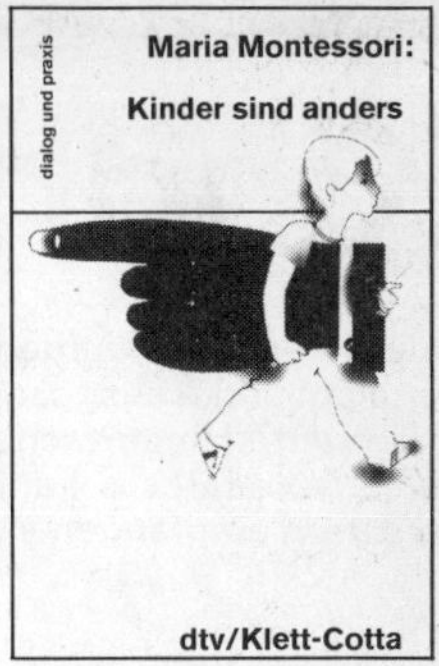

Kinder Eltern Familie

VERENA KAST
Wege aus Angst und Symbiose
Märchen psychologisch gedeutet
dtv 15031

Mann und Frau im Märchen
Eine psychologische Deutung
dtv 15038

Familienkonflikte im Märchen
Eine psychologische Deutung
dtv 15042

Wege zur Autonomie
Märchen psychologisch gedeutet
dtv 15049

MARSHALL H. KLAUS
JOHN H. KENNELL
Mutter-Kind-Bindung
Über die Folgen einer frühen Trennung
dtv 15033

EVA MADELUNG
Trotz
Zwischen Selbstzerstörung und Kreativität: Menschliches Verhalten im Widerspruch
dtv 15052

CARL-HEINZ MALLET
Kennen Sie Kinder?
Wie Kinder denken, handeln und fühlen
dtv 15012

Das Einhorn bin ich
Das Bild des Menschen im Märchen · dtv 15013

MARIA MONTESSORI
Kinder sind anders
Ein Klassiker der pädagogischen und kinderpsychologischen Literatur
dtv/Klett-Cotta 15036

JEAN PIAGET
Das moralische Urteil beim Kinde
dtv/Klett-Cotta 15015

Das Weltbild des Kindes
dtv/Klett-Cotta 15044

mit Bärbel Inhelder:
Die Psychologie des Kindes
dtv/Klett-Cotta 15021

RENÉ A. SPITZ
Vom Dialog
Studien über den Ursprung menschlicher Kommunikation und ihrer Rolle in der Persönlichkeitsbildung
dtv/Klett-Cotta 15047

Kindheiten

»Wie wir erzogen wurden?
Gar nicht und – ausgezeichnet.
Erziehung ist Innensache, Sache des Hauses, und vieles, ja das Beste, kann man nur aus der Hand der Eltern empfangen.«

(Theodor Fontane)

dtv 11115

dtv 10787

dtv 10538

dtv 10187

dtv 10798

dtv 4320